本書出版得到國家古籍整理出版專項經費資助

理學叢書

邵雍集

〔宋〕邵雍 著
郭彧 整理

中華書局

圖書在版編目(CIP)數據

邵雍集/(宋)邵雍著;郭彧整理. —北京:中華書局,
2010.1 (2025.4 重印)
(理學叢書)
ISBN 978-7-101-06979-2

Ⅰ.邵…　Ⅱ.①邵…②郭…　Ⅲ.邵雍(1011~1077)-
文集　Ⅳ.I244.31

中國版本圖書館 CIP 數據核字(2009)第 162948 號

責任編輯:張繼海
封面設計:周　玉
責任印製:陳麗娜

理學叢書
邵　雍　集
〔宋〕邵　雍 著
郭　彧 整理
*
中華書局出版發行
(北京市豐臺區太平橋西里 38 號　100073)
http://www.zhbc.com.cn
E-mail:zhbc@zhbc.com.cn
河北博文科技印務有限公司印刷
*
850×1168 毫米 1/32 · 20⅜印張 · 4 插頁 · 500 千字
2010 年 1 月第 1 版　2025 年 4 月第 11 次印刷
印數:17701-18700 册　定價:78.00 元

ISBN 978-7-101-06979-2

邵雍畫像

一物其來有一身　一身還有一乾坤
能知萬物備於我　肯把三才別立根
天向一中分造化　人於心上起經綸
天人焉有兩般義　道不虛行只在人

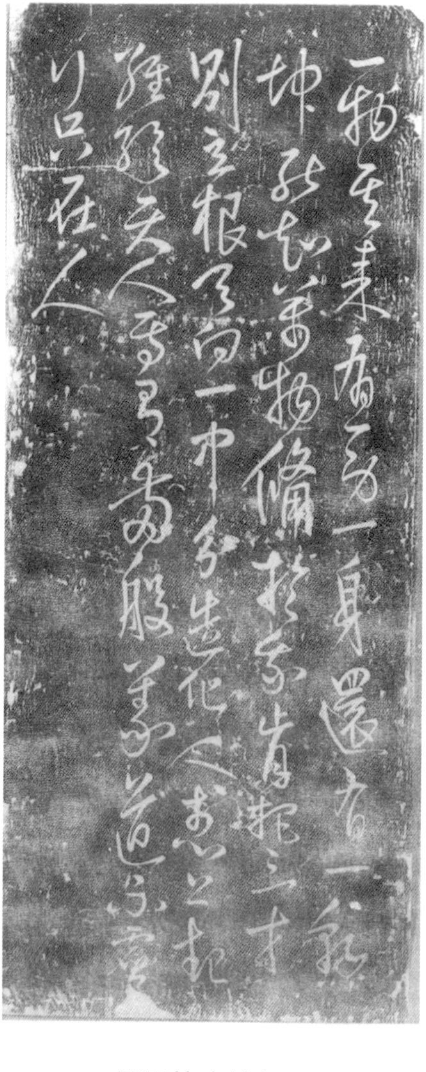

邵子詩碑刻之一

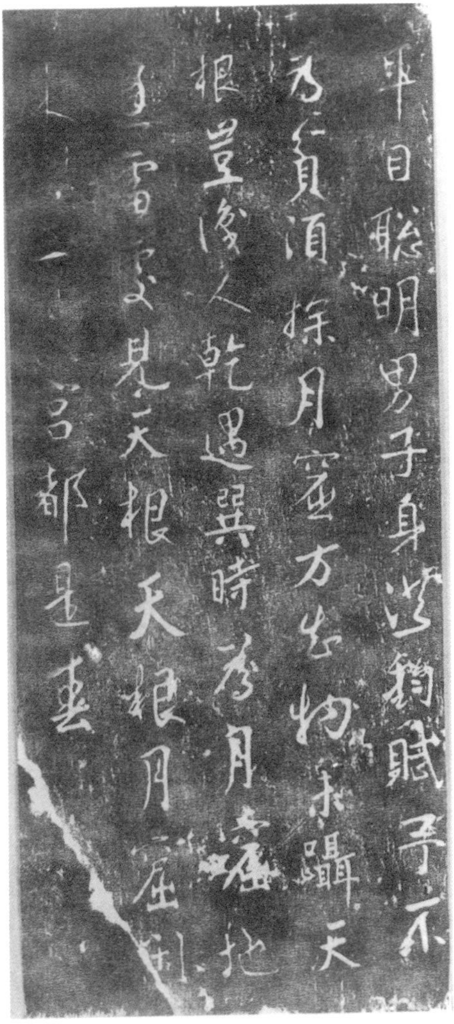

邵子詩碑刻之二

坤八	剝	比	觀	豫	晉	萃	否
謙	艮七	蹇	漸	小過	旅	咸	遯
師	蒙	坎六	渙	解	未濟	困	訟
升	蠱	井	巽五	恒	鼎	大過	姤
復	頤	屯	益	震四	噬嗑	隨	无妄
明夷	賁	既濟	家人	豐	離三	革	同人
臨	損	節	中孚	歸妹	睽	兌二	履
泰	大畜	需	小畜	大壯	大有	夬	乾一

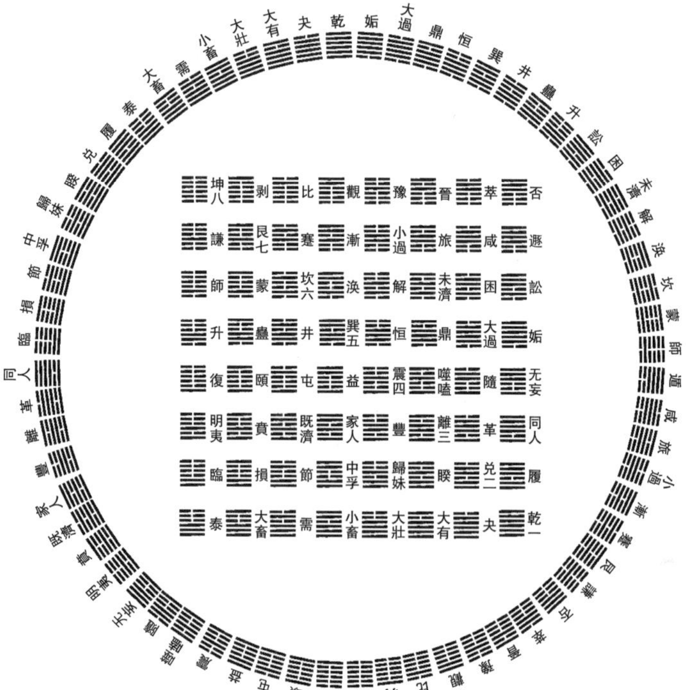

邵雍先天圖

理學叢書出版緣起

理學也稱道學、性理之學或義理之學，興起於北宋。主要代表人物有程顥、程頤，相與論學的有張載、邵雍，後人又溯及二程的本師周敦頤，合稱「北宋五子」。南宋朱熹繼承和發展了二程學説，並汲取周、張、邵學説的部分内容，加以綜合，熔鑄成龐大的體系，建立了理學中居主流地位的學派；與此同時，也有以陸九淵爲代表的理學别派與之對峙。南宋末，朱學確立了主導地位。元代理學北傳，流播地區更廣。明代，程朱理學仍是正統官學，但陳獻章由宗朱轉而宗陸，王陽明繼之鼓吹心學，形成了理學中另一佔主流地位的學派。清初理學盛極而衰，雖仍有勢力，但頹勢已難挽回，一世學風逐漸轉變爲以乾嘉樸學爲主流。理學從産生到式微，經歷約七個世紀。而它在思想界影響的廣泛深入，超過兩漢經學、魏晉玄學、南北朝隋唐的佛學。

理學繼承古代儒學，融會佛老，探討了宇宙本原、認識真理的方法途徑、世界的規律性和人類本性等哲學問題，提出了比較完整的哲學體系，並涉及道德、教育、宗教、政治等諸多領域，繼承改造了許多舊有的哲學範疇和命題，也提出了不少新的範疇和命題，進行了細緻的推究。「牛毛繭絲，無不辨晰」（黄宗羲明儒學案凡例），雖有煩瑣的一面，也有精密的一面。就理論思維的精密程度而論，確有度越前代之處。在我國哲學思想發展史上起過重大的作用，在國際上也有影響。作爲民族哲學遺產的一部分，我們没有理由無視它的歷史存在。

建國以來，學術界對理學的研究取得了很大成績。但在一段時間内，由於「左」的思想影響，妨礙了對理學進行實事求是、全面系統的研究，有關古籍資料的整理也未能很好地開展。近幾年情況有了很大變化，有關的論文、專著多起來了，有關的學術討論會也不斷召開。爲配合研究需要，國務院古籍整理出版規劃小組制訂的一九八二至一九九〇年的古籍整理出版規劃中列入了理學叢書，並開列了選目。這套叢書將由中華書局陸續出版。

理學著作極爲繁富，有大量經注、語録、講義和文集。私人撰述之外，又有官修的讀物如性理大全、性理精義。也有較通俗的以至訓蒙的作品，使理學得以向下層傳播。本叢書只收其中較有代表性的著作。凡收入的書，一般只做點校，個别重要而難懂的可加注釋，或選擇較有參考價值的舊注本進行點校。

熱切期望學術界關心和大力支持這項工作。

中華書局編輯部　一九八三年五月

前言

清乾隆年間編纂的四庫全書，不但録有邵雍的主要著作，還可以看到大量引用其學術思想或語録的著作。邵雍的學術思想能貫穿於經、史、子、集，這是北宋五子中其他四子所不可同年而語的。

在經部易類，邵伯温易學辨惑介紹了邵雍的學術源流，朱震的漢上易傳卦圖列出邵雍的先天圖（稱伏羲八卦圖），朱熹的易學啓蒙引用邵雍的先天圖（更名伏羲六十四卦圖），又引用邵雍觀物外篇語録多達二十七條。朱熹的周易本義卷首列出邵雍先天圖。此後於經部易類的一百三十四部著作中，就有五十五部引用了邵雍的先天圖或語録。如果把「存目」之書和後來續修四庫全書統計在內，引用邵雍先天圖和「先天之學」語録的易類著作，則超過百部。

在史部，宋胡宏的皇王大紀於堯後則採用皇極經世紀年，元察罕的帝王紀年纂要亦採用皇極經世紀年，明陳繼儒則著邵康節外紀。

在子部儒家類、術數類、雜家類、類書類、道家類乃至集部别集類，也都可以看到邵雍著作對後世的影響。

值得一提的是，四庫館臣一面説邵雍之學「洵粹然儒者之言」，一面却將皇極經世書列入子部術數類。在經部易類的御纂周易折中裏，有大量採自觀物外篇的語録，甚至觀物外篇的主要内容，也出現在御纂性理精義之中。就一幅先天圖來説，經部裏有，子部裏有，集部裏還有。在子部裏面，儒家類裏有，術數類裏有，道家類裏還有。邵雍是一位怎樣的學者，爲什麼會「歷代皆重其書」？邵雍的學問究竟是一門什麼學問，爲什麼四庫館臣説「知其道者鮮」？這些問題，是研究宋代邵雍道學要弄清楚的基本問題。

一　邵雍的生平

邵雍，字堯夫。宋真宗大中祥符四年十二月二十五日（辛亥年辛丑月甲子日甲戌辰），生於河南衡漳（今河南林州市康節村）。又遷共城（今河南輝縣市）。三十七歲時移居洛陽。

邵雍祖上姬姓，出於召公世系，爲周文王後代。他自幼胸懷大志，一心致力於科舉進取之學。居共城時，其母李氏過世，他便築廬於蘇門山，布衣蔬食，守喪三年。當時李挺之爲共城縣令，聽説邵雍好學，便造訪其廬。邵雍遂拜其爲師，從學義理之學、性命之學與物理之學。數年之後，邵雍學有所成，但從不到處張揚，所以瞭解他的人很少。時有新鄉人王豫同邵雍論學，他自恃自己學問足可當邵雍之師，誰知議論過後却深爲邵雍的學識所折服，於是虔誠地拜邵雍爲師。邵雍移居洛陽之後，所悟「先天之學」進一步完善，又收張峄等爲弟子，傳授先天圖及「先天之學」。邵雍四十五歲時娶王允修之妹爲妻，後二年得子，名伯温。五十一歲時（嘉祐六年），丞相富弼讓邵雍出來做官，甚至説「如不欲仕，亦可奉致一閑名目」，均被他婉言謝絶。嘉祐七年，王宣徽就洛陽天宫寺天津橋南五代節度使安審珂的舊宅基地，建屋三十間，請邵雍居住，富弼又給他買一花園。熙寧初，朝廷實行買官田新法，邵雍的天津居園劃爲官田，司馬光等二十餘家又集資爲他買下。邵雍命其園居爲「安樂窩」。當時神宗下詔天下舉士，呂公著、吴充、祖無擇等人皆推薦邵雍，朝廷連下三道詔書，任命邵雍爲秘書省校書郎、潁州團練推官。邵雍再三推辭，不得已而受官，可是又稱病不肯赴職。

邵雍五十七歲時，父親邵古去世。邵雍與程顥在伊川神陰原（今伊川縣伊水西紫荆山下），選擇了一塊墓地，「不盡用葬書，亦不信陰陽拘忌之説」，予以安葬。又過兩年，邵雍的同父異母弟邵睦猝死於東籬之下。他與弟睦手足情深，詠詩數首以表思念之情。

邵雍在洛陽閑居近三十年。冬夏則閉門讀書，春秋兩季出遊。每出遊必著道裝，乘小車。城中士大夫聽到車聲，均倒屣出門相迎，兒童和僕人也高興地尊奉他。久之，在洛陽城裏有「行窩十二家」。他樂天知命，常以詩言志，以園林景色、醇酒茗茶自娱平生。雖然他説「此身甘老在樵漁」、「身爲無事人」，但他却是在一心效法聖人，觀物得理，究天人之際，要立言不朽。他嘗有這樣的詩句：「秪恐身閑心未閑」、「若蘊奇才必奇用，不然須負一生閑」。可見他是一位具有遠大抱負的儒者。

王安石變法之時，雖然邵雍不支持他推行的新法，但是也不公開反對。「自從新法行，嘗苦罇無酒」、「盃觴限新法，何故便能傾」、「侯門深處還知否，百萬流民在露天」等詩句，反映了他對待新法的態度。門生故舊中的當官者，有的爲反對新法要「投劾而去」，他勸説這些人：「此賢者所當盡力之時，新法固嚴，能寬一分，則民受一分賜矣。投劾何益耶？」

二程兄弟與邵雍同巷居住近三十年，世間事無所不論。程顥嘗説：「邵堯夫於物理上盡説得，亦大段洩露他天機。」又説：「堯夫之學，先從理上推意，言象數，言天下之理。」以「内聖外王之道」評論邵雍之學，以「振古之豪傑」評論邵雍其人。

熙寧十年三月，邵雍有病，後卧床百餘日而不能起。至七月四日病危，五日凌晨去世，享年六十七。遺囑命治喪之事從簡，一如其父，葬從伊川先塋。邵雍病中，司馬光前來探視。邵雍對他説：「某病勢不起，且試與觀化一巡也。」司馬光寬慰他：「堯夫不應至此。」邵雍説：「死生亦常事耳。」當時正值張載從關中來，他給邵雍診脈後説：「先生脈息不虧，自當勿藥。」又要給邵雍推命吉凶，説：「先生信命乎？載試爲先生推之。」邵雍回答：「世俗所謂之命，某所不知，若天命則知之矣。」張載説：「既曰天命，則無可言者。」邵雍閑行吟：「買卜稽疑是買疑，病深何藥可能醫。夢中説夢重重妄，牀上安牀疊疊非。列子御風徒有待，夸夫逐日豈無疲。勞多未有收功處，踏盡人間閑路岐。」可見他是一個不信世俗之命，不搞卜筮稽疑那一套智數的儒者。程頤前來探病，詼諧地説：「先生至此，他人無以致力，願先生自主張。」邵雍説：「平生學道固至此矣，然亦無主張。」程頤還是跟他戲謔，邵雍也開玩笑説：「正叔可謂生薑樹頭生，必是樹頭生也。」這時邵雍的聲息已很微弱，就舉起兩手做手勢，程頤不明白，問：「從此與先生訣矣，更有可以見告者乎？」邵雍説：「面前路徑常令寬，路徑窄則無著身處，況能使人行也！」邵雍病重之中猶有「以命聽于天，於心何所失」、「唯將以命聽於天，此外誰能閑計較」、「死生都一致，利害漫相尋。湯劑功非淺，膏肓疾已深。然而猶灼艾，用慰友朋心」等詩句，足見他對待生死的樂天態度。

邵雍去世後，邵伯温請程顥爲其父作墓誌銘。程顥月下踱步於庭，思索良久，對程頤説：「顥已得堯夫墓誌矣。堯夫之學可謂安且成。」遂於墓誌中有「先生之學爲有傳也，語成德者，昔難其居。若先生之道，就所至而論之，可謂安且成矣」之語。哲宗元祐中，賜謚康節。歐陽修之子歐陽棐作謚議：「雍少篤學，有大志，久而後知道德之歸。且以爲學者之患，在於好惡，惡先成於心，而挾其私智以求於道，則蔽於所好，而不得其真。故求之至於四方萬里之遠，天地陰陽屈伸消長之變，無所折衷於聖人。雖深於象數，先見默識，未嘗以自名也。其學純一不雜，居之而安，行之能成，平夷渾大，不見圭角，其自得深矣。按謚法，温良好樂曰康，能固所守曰節。」南宋咸淳三年正月，邵雍被封爲新安伯，從祀孔子文廟。明嘉靖中，祀稱「先儒邵子」。

程顥、張崏、歐陽棐皆評價邵雍之學「純一不雜」，則是因其學問不雜以「智數」。宋史將邵雍列入道學傳，李贄藏書將邵雍列入德業儒臣傳，則表明邵雍是有宋道學（或稱理學）的大家。邵雍亦自説：「君子之學，以潤身爲本。其治人應物皆餘事也。」又説：「物理之學既有所不通，不可以强通。强通則有我，有我則失理而下入於術矣。」又説：「爲學養心，患在不由直道。去利欲，由直道，任至誠，則無所不通。天地之道直而已，當以直求之。若用智數，由徑以求之，是屈天地而徇人欲也，不亦難乎！」一些人「因雍之前知」就説邵雍能從一切物體的聲音、氣色、動作方面推其吉凶之變，於是就摘取人世間那些已經發生的事，説邵雍都有言在先了。其實是「雍蓋未必然也」。對於邵雍的「遇事能前知」，程頤的分析是：「其心虚明，自能知之。」

二　邵雍主要著作簡介

邵雍與張載、周敦頤、程顥、程頤，並稱「北宋五子」。他的著述及其所反映的理學思想，在中國哲學史、易學哲學史及宋明理學史中均佔有重要地位。邵雍弟子張峪述邵雍行狀曰：「先生治易詩春秋之學，窮意言象數之藴，明皇帝王霸之道，著書十萬餘言。研極精思三十年，觀天地之消長，推日月之盈縮，考陰陽之度數，察剛柔之形體，故經之以元，紀之以會，始之以運，終之以世。又斷自唐、虞，迄於五代，本諸天道，質以人事，興廢治亂，靡所不載。」又曰：「所著皇極經世、觀物篇、漁樵問對、擊壤集傳於世。」

一　皇極經世

兩宋間人王湜於皇極經世節要序中說：「康節先生衍易作經，曰皇極經世。其書浩大，凡十二册，積千三百餘板。以元經會二策，以會經運二策，以運經世二策，聲音律呂兩相唱和四册，準繫辭而作者二册。」其實，王湜所見十二卷本的皇極經世書，已是邵伯温於邵雍去世後將皇極經世與觀物篇合在一起，又加入其祖父邵古的聲音律呂之學與張峪聽邵雍講學時所作的筆録釐訂而成。一至六卷爲元會運世，七至十卷爲律呂聲音，十一卷爲觀物内篇，十二卷爲觀物外篇。對此，清王植於皇極經世書解例言中已有説明。

今見道藏太玄部載皇極經世十二卷，爲明初刊本，分全書爲五十四篇：一至三十四爲元會運世，三十五至四十爲律呂聲音，四十一至五十二爲觀物内篇，五十三至五十四爲觀物外篇。清乾隆年間修四庫全書時將皇極經世書收入子部術數類，爲十四卷本，分全書爲六十四篇：一至三十四爲元會運世，三十五至五十爲律呂聲音，五十一至六十二爲觀物内篇，加觀物外篇上及觀物外篇下二篇。二書所差異者，則在於對律呂聲音的分篇不同，一分爲六篇，一分爲十六篇。南宋祝泌著觀物篇解時，即有六十四篇，明初修性理大全亦爲六十四篇。

對於皇極經世的内容介紹，邵伯温曰：「皇極經世書凡十二卷。其一之二，則總元會運世之數，易所謂天地之數也。三之四以會經運，列世數與歲甲子，下紀帝堯至於五代歷年表，以見天下離合治亂之跡，以天時而驗人事者也。五之六以運經世，列世數與歲甲子，下紀自帝堯至於五代書傳所載興廢治亂得失邪正之跡，以人事而驗天時者也。自七至十，則以陰陽剛柔之數窮律呂聲音之數，以律呂聲音之數窮動植飛走之數，易所謂萬物之數也。其十一之十二，則論皇極經世之所以成書，窮日月星辰、飛走動植之數，以盡天地萬物之理，述皇帝王伯之事，以明大中至正之道。陰陽之消長，古今之治亂，較然可見。故書謂之皇極經世。」

程顥謂邵雍著作「有問有觀」，則知觀物篇是獨立於皇極經世書外之作。至於觀物外篇，則是邵伯温整理張峪聽學筆記之後所命名。將皇極經世、觀物篇及邵古的聲音律呂之學、張峪聽邵雍講學的筆録四者統合爲一書，分作十二卷，總其名爲皇極經世，分篇皆命名「觀物篇」，則是邵伯温的作爲。

歷來研究邵雍之學者不乏其人，也有許多解釋與發揮皇極經世的著作。北宋靖康之恥前，邵伯温舉家遷往蜀地，蜀中便有牛無邪、杜可大、廖應淮、張行成等人研究發揮邵雍之學。牛無邪著易鈐竇局爲元會運世配卦，張行成則著皇極經世索隱、皇極經世觀物外篇衍義和易通變，既爲元會運世重新配卦，又起「經世著法」。兩宋間免解進士王湜著易學，概略介紹皇極經世。其後以至於清代，涉及皇極經世的主要著作有：蔡元定皇極經世纂圖指要，祝泌觀物篇解、皇極經世起數訣，邵嗣堯易圖合説，黄畿皇極經世書傳，王植皇極經世書解等。

皇極經世一書篇幅鉅大，其大部分内容比較枯燥。爲節約讀者的時間與金錢，本整理本决定只收録其精華部分，即觀物内篇和觀物外篇，而將其他部分捨棄不録。對該書感興趣的讀者可以參看本書附録的皇極經世初探一文。

二　觀物内篇及觀物外篇

邵雍易學思想主要反映在觀物内篇及觀物外篇之中。「先天之學」包含着邵雍構建皇極經世一書的陰陽消長循環模式，它主要反映在觀物外篇之中。

「先天之學」是邵雍移居洛陽之後逐漸發展並完善起來的。在擊壤集中有不少描述「先天之學」的詩，如「體在天地後，用起天地先」、「乾遇巽時觀月窟，地逢雷處看天根。天根月窟閑來往，三十六宫都是春」、「萬物道爲樞，其來類自殊」、「若問先天一字無，後天方要著工夫」、「須識天人理，方知造化權」、「道不遠于人，乾坤只在身」、「何者謂之幾，天根理極微」、「人心先天天弗違，人身後天奉天時」、「天學修心，人學修身」、「冬至子之半，天心無改移。一陽初起處，萬物未生時」、「自從會得環中意，閑氣胸中一點無」等詩句中，都蘊涵着「先天之學」。這些詩，大都是邵雍六十歲之後所作。

邵雍的「先天之學」爲心法之學，即是無文字言語的「心易」。這是他有關宇宙生成論的主要內容，也是人們研究邵雍理學思想必須掌握的內容。易傳文言曰：「先天而天弗違，後天而奉天時。」先天地生的是「道」，也是「太極」。邵雍從哲學角度思考的是：天地是如何生成的？天地之先還有什麽？在他看來，先天地而存在的是「一氣」，是「一氣分而天地判」，「萬物各有太極、兩儀、八卦之次，亦有古今之象」，而「道生天，天生地」。至於「太極」是什麽？則曰心爲太極，又曰道爲太極。爲了表達「道爲太極」，他用「卦之生變」方法將六十四卦佈作圓圖以象天，又將六十四卦佈作方圖放入圓圖之中以象地，並把這樣的圖稱之爲先天圖。並説「圖雖無文，吾終日言而未嘗離乎是，蓋天地萬物之理盡在其中矣」、「先天之學，心也；後天之學，跡也」。這就是説，有跡的先天圖是用來表達「先天心學」的「道圖」或「太極圖」，是用「後天學之圖」去表達「先天心學」。方圓六十四卦之圖所表示的天地之全體即爲「太極」。「太極」爲道，本不可圖畫，爲了使人瞭解他的「先天心學」，就只能以「天圓地方」圖之全體去表達。「道不遠于人，乾坤只在身。誰能天地外，別去覓乾坤」，從這首詩中可知邵雍對自己「先天之學」的認可程度。

三　伊川擊壤集

邵雍不但是一位哲學家，還是一位詩人。他的伊川擊壤集收集了一生所作的三千餘首詩。邵雍詩的最大特點，是不但以之抒情言志，而且還以之闡述哲理。這是唐詩中少見的一大内容。後之儒者，特别看重邵雍之詩者不乏其人。

就詩歌的發展而言，八代、唐、宋是三個主要而各有特色的歷史階段。漢代的樂府詩、西晉的玄言詩、宋齊的山水詩、梁陳的宫體詩等，都各具特色。到了唐代，詩苑之花更爲茂盛，有詩人二千三百多家，詩作約五萬篇。邊塞和田園是盛唐詩的主題。李白的浪漫主義色彩、杜甫的現實主義色彩、白居易的新樂府色彩等，都對宋代詩人産生了很大影響。宋代詩人有三千八百多家。「唐詩主情，宋詩主意」，宋詩在語言風格和表現手段方面就顯得刻露，兼重議論。特别是仁宗、神宗時期的詩人，如歐陽修、梅堯臣、蘇舜欽、王安石、蘇軾等人的詩作，更是凸顯出宋代詩人的獨有風格，而邵雍正是生活在這一時期的詩人。他的詩不但有議論，而且還具有「玄學」説理的特點。雖然宋詩的特色是返樸還淳而不刻意求工，然亦非不精於韻律。邵雍的確是「真爲寄意於詩，而非刻意於詩者」。宋元時人重邵雍之詩，是將其視爲大儒，而明清時人忽視邵雍之詩，則實是所謂「異教牽附」的結果。以今見高步瀛的唐宋詩舉要及程千帆等所編古詩今選等都不收邵雍詩爲例，亦可見民國以來重邵雍詩者之鮮。伊川擊壤集收詩三千餘首，是今天研究宋詩及邵雍易學的必讀之書。

邵雍的主要易學著作是觀物内篇、觀物外篇與伊川擊壤集。我們研究他的先天之學，也應研讀伊川擊壤集中一些反映先天之學思想的詩。

邵雍其他著作還有無名公傳、戒子孫等。漁樵問對是否爲邵雍所作，尚存有爭議。至於題邵康節撰梅花易數一書，明季本於易學四同别録中已斷定爲後人託康節先生之名而作，並説該書出於元末。不著撰人之邵子加一倍法一書，則是以六十甲子積數以卜貴賤吉凶，並以「加一倍法」託之邵雍。四庫館臣列是書於術數類存目，並於提要中曰：「楊慎丹鉛録曰，張横渠喜論命，因問康節疾，曰先生推命否？康節曰，若天命已知之矣，世俗所謂之命則不知也。康節之言如此。今世遊食術人，妄造大定數蠢子術，託名康節，豈不厚誣前賢！則妄相假借，其來已久矣。」此言極是，邵雍本人於擊壤集及觀物外篇中，早就表明了自己不搞「智數」的態度。

三　本書整理情況

本書各部分所用版本如下：

觀物内篇，各本内容相差不大，今以文淵閣四庫全書所據之通行本皇極經世書爲底本，以道藏本爲校本。四庫本因避諱而改動的字詞，如「夷狄」改爲「左衽」等，皆據道藏本恢復。兩本有重要異文的，酌予出校説明。

觀物外篇，我們仔細比較了道藏本皇極經世、四庫本皇極經世書和四庫收入的南宋張行成皇極經世觀物外篇衍義，發現各本文字出入較大，甚至段落和次序也不一樣，但是應以張行成皇極經世觀物外篇衍義中的觀物外篇正文爲最佳。具體表現爲，張行成經常在書中注出舊本作某，正文則使用改正之字，而這些校改絶大多數都令人信服。而我們拿道藏本來比，發現其文字大多數跟張行成説的「舊本」一樣，張行成指出舊本有脱漏的地方，很多時候道藏本也恰是如此（當然也有少數例外）。比較起來，四庫本皇極經世書中的觀物外篇是文字最差的。因此我們在整理時採用以張行成皇極經世觀物外篇衍義中的觀物外篇正文爲底本，校以道藏本，個别觀物外篇中原有的邵雍小注也據道藏本補足。

爲便於讀者理解，本書對比較難懂的觀物内篇和觀物外篇加了注釋，在起首處用○作爲標誌。

邵雍伊川擊壤集，歷代刊本較多。先見於正統道藏太玄部，又見於道藏輯要星集。明代宗景泰八年，副都御史畢亨爲伊川擊壤集作序，刊刻於憲宗成化十一年，民國初由張元濟收入四部叢刊初編集部。清乾隆年間修四庫全書，將伊川擊壤集收入集部。四庫全書本與四部叢刊影畢亨刊本均收有邵雍集外詩。今編邵雍集中，伊川擊壤集以正統道藏本爲底本，以四部叢刊本爲主校本，並參考四庫全書本，視其舛錯程度而出校勘記。

由於易圖學研究的深入，筆者早在十八年前就開始了對邵雍易學的專題研究。研究伊始，就得到了哲學家余敦康先生的鼓勵和支持。十多年前，我同李申教授合作編著周易圖説總匯時，李申先生就給我的專題研究提供了許多寶貴資料，還不時關注我研究的進展情況。六年前，任文利博士就將我研究邵雍的部分成果發佈到網站上，積極向外界推介我的研究成果。在這裏向他們表示衷心的感謝。

本書點校過程中，承蒙中華書局資深編輯王國軒和王秀梅二位先生給予了多方指導，在此致以衷心謝意！

本書的定位是「實用」，就是爲研究邵雍的讀者提供一本實用的資料書。由於筆者的校點水平與研究能力有限，舛誤一定在所難免，希望讀者批評指正。

郭彧

二〇〇七年五月寫於北京寓所易心齋

目録

伊川擊壤集卷之九……三〇三

伊川擊壤集卷之十……………………三二三

觀物内篇

第一篇〔一〕

物之大者，無若天地，然而亦有所盡也。天之大，陰陽盡之矣；地之大，剛柔盡之矣。陰陽盡而四時成焉，剛柔盡而四維成焉。夫四時四維者，天地至大之謂也。凡言大者，無得而過之也，亦未始以大爲自得，故能成其大，豈不謂至偉至偉者歟？

天生于動者也，地生于靜者也。一動一靜交，而天地之道盡之矣。動之始則陽生焉，動之極則陰生焉。一陰一陽交，而天之用盡之矣。靜之始則柔生焉，靜之極則剛生焉。一柔一剛交，而地之用盡之矣。

○所謂動靜是太極之動靜。周敦頤太極圖易説曰：「自無極而爲太極，太極動而生陽，動極而靜，靜而生陰，靜極復動，一動一靜，互爲其根。分陰分陽，兩儀立焉。」萬物生於有，有生於

〔一〕本篇道藏本作「觀物篇四十一」，四庫本作「觀物篇五十一」，今以「第一篇」爲名，取便省覽。後仿此。

無。太極一氣是自無極生來。太極有動靜，動而生陽，動極而靜，靜而生陰。邵雍分氣爲陰陽，分形爲剛柔。以動之始生陽，動之極生陰；以靜之始生柔，靜之極生剛。此説的目的，則在於引出「天之四象」與「地之四象」。

動之大者謂之太陽，動之小者謂之少陽，靜之大者謂之太陰，靜之小者謂之少陰。太陽爲日，太陰爲月，少陽爲星，少陰爲辰。日月星辰交，而天之體盡之矣。靜之大者謂之太柔，靜之小者謂之少柔，動之大者謂之太剛，動之小者謂之少剛。太柔爲水，太剛爲火，少柔爲土，少剛爲石。水火土石交，而地之體盡之矣。

○天有日月星辰，爲天之四象；地有水火土石，爲地之四象。太極分而爲兩儀，兩儀分而爲四象。天之四象與地之四象合而爲八卦，八卦即爲天地之四象。

日爲暑，月爲寒，星爲晝，辰爲夜。暑寒晝夜交，而天之變盡之矣。水爲雨，火爲風，土爲露，石爲雷。雨風露雷交，而地之化盡之矣。

○此言天地四象之交而成變化。天地爲體，因體而起用，引出下文走、飛、草、木，動植物感應天地諸象之變化。

暑變物之性，寒變物之情，晝變物之形，夜變物之體。性情形體交，而動植之感盡之矣。雨化物之走，風化物之飛，露化物之草，雷化物之木。走飛草木交，而動植之應盡之矣。

走，感暑而變者性之走也，感寒而變者情之走也，感晝而變者形之走也，感夜而變者體之走也。

飛，感暑而變者性之飛也，感寒而變者情之飛也，感晝而變者形之飛也，感夜而變者體之飛也。

草，感暑而變者性之草也，感寒而變者情之草也，感晝而變者形之草也，感夜而變者體之草也。

木，感暑而變者性之木也，感寒而變者情之木也，感晝而變者形之木也，感夜而變者體之木也。

性，應雨而化者走之性也，應風而化者飛之性也，應露而化者草之性也，應雷而化者木之性也。

情，應雨而化者走之情也，應風而化者飛之情也，應露而化者草之情也，應雷而化者木之情也。

形，應雨而化者走之形也，應風而化者飛之形也，應露而化者草之形也，應雷而化者木之形也。

體，應雨而化者走之體也，應風而化者飛之體也，應露而化者草之體也，應雷而化者木之體也。

性之走善色，情之走善聲，形之走善氣，體之走善味。性之飛善色，情之飛善聲，形之飛善氣，體之飛善味。性之草善色，情之草善聲，形之草善氣，體之草善味。性之木善色，情之木善聲，形之木善氣，體之木善味。

走之性善耳，飛之性善目，草之性善口，木之性善鼻。走之情善耳，飛之情善目，草之情善口，木之情善鼻。走之形善耳，飛之形善目，草之形善口，木之形善鼻。走之體善耳，飛之體善目，草之體善口，木之體善鼻。

夫人也者，暑寒晝夜無不變，雨風露雷無不化，性情形體無不感，走飛草木無不應。所以目善萬物之色，耳善萬物之聲，鼻善萬物之氣，口善萬物之味。靈於萬物，不亦宜乎。

〇二程遺書程顥曰：「堯夫之學，先從理上推意。言象數，言天下之理，須出於四者。」

邵雍談感之變，則以走、飛、草、木之物分别感暑、寒、晝、夜，而變性、情、形、體。可以歸納作下表：

感之變	暑	寒	晝	夜
走	性之走	情之走	形之走	體之走
飛	性之飛	情之飛	形之飛	體之飛
草	性之草	情之草	形之草	體之草
木	性之木	情之木	形之木	體之木

邵雍談應之化，則以走、飛、草、木之物應雨、風、露、雷，而化性、情、形、體。可以歸納作下表：

應之化	雨	風	露	雷
性	走之性	飛之性	草之性	木之性
情	走之情	飛之情	草之情	木之情
形	走之形	飛之形	草之形	木之形
體	走之體	飛之體	草之體	木之體

邵雍以性、情、形、體之走、飛、草、木之物而談其所善之色、聲、氣、味。可以歸納作下表：

善色	性之走	性之飛	性之草	性之木
善聲	情之走	情之飛	情之草	情之木
善氣	形之走	形之飛	形之草	形之木
善味	體之走	體之飛	體之草	體之木

邵雍以走、飛、草、木物之性、情、形、體而談其所善之耳、目、口、鼻。可以歸納作下表：

走、飛、草、木之動植物，其性、情、形、體感應暑、寒、晝、夜及雨、風、露、雷而有所變化。

善耳	走之性	走之情	走之形	走之體
善目	飛之性	飛之情	飛之形	飛之體
善口	草之性	草之情	草之形	草之體
善鼻	木之性	木之情	木之形	木之體

人則爲萬物之靈，所以「暑寒晝夜無不變，雨風露雷無不化，性情形體無不感，走飛草木無不應。以目善萬物之色，耳善萬物之聲，鼻善萬物之氣，口善萬物之味」。周敦頤太極圖易説曰：「萬物生生而變化無窮焉。唯人也，得其秀而最靈。」這與邵雍的思想相通。

第二篇

人之所以能靈於萬物者，謂其目能收萬物之色，耳能收萬物之聲，鼻能收萬物之氣，口能收萬物之味。聲色氣味者，萬物之體也。目耳鼻口者，萬人之用也。體無定用，惟變是用。用無定體，惟化是體。體用交而人物之道于是乎備矣。

○張行成皇極經世索隱曰：「陽主用，故天之暑寒晝夜之變爲物之性情形體；陰主體，故地之雨風露雷之化爲物之走飛草木。」體與用是我國古代非常重要的哲學概念。體之用與用之體均變化多端。體用交，有正交與反交。觀物，天地爲物，人對物則人爲用而物爲體。聖亦人，凡人對聖人則聖人主用而凡人主體。有體方有用，用而必見體。本體與致用爲辯證關係。不可以一體而致一用，亦不可以一用而見一體。「體用交」是無定式之交，如此方備人與物之道。

然則人亦物也，聖亦人也。有一物之物，有十物之物，有百物之物，有千物之物，有萬物之物，有億物之物，有兆物之物。爲兆物之物豈非人乎！有一人之人，有十人之人，有百人之人，有千人之人，有萬人之人，有億人之人，有兆人之人。爲兆人之人，豈非聖乎！

是知人也者，物之至者也。聖也者，人之至者也。物之至者始得謂之物之物也。人之至者始得謂之人之人也。夫物之物者，至物之謂也。人之人者，至人之謂也。以一至物而當一至人，則非聖人而何？人謂之不聖，則吾不信也。何哉？謂其能以一心觀萬心，一身觀萬身，一物觀萬物，一世觀萬世者焉。又謂其能以心代天意，口代天言，手代天功，身代天事者焉。又謂其能以上識〔一〕天時，下盡〔二〕地理，中盡〔三〕物情，通照〔四〕人

〔一〕「識」，道藏本作「順」。
〔二〕「盡」，道藏本作「應」。
〔三〕「盡」，道藏本作「徇」。
〔四〕「照」，道藏本作「盡」。

事者焉。又謂其能以彌綸天地，出入造化，進退古今，表裏人物者焉。

○此段文字，以一物而推至兆物，而爲兆物者乃人。以一人而推至兆人，而爲兆人之人者乃聖。人爲物之至，聖爲人之至。聖亦人，亦爲「一至物」，爲聖人乃是「以一至物而當一至人」。聖非神，凡人可以嚮往聖人，並有可能成爲聖人，其關鍵則在於能否以一心觀萬心。這裏體現出邵雍一心嚮往聖人，並以聖人之道而「觀物」的博大胸懷。

噫！聖人者，非世世而效聖焉。吾不得而目見之也。雖然吾不得而目見之，察其心，觀其跡，探其體，潛其用，雖億千萬年亦可以理知之也。

○聖人非一，亦不是世世代代均效仿某一聖人。後人如何「知道」前聖？以理知之。至人必有其不同凡響處，以觀物而得理，即可知聖人之所爲。

人或告我曰：「天地之外，別有天地萬物，異乎此天地萬物。」則吾不得而知之也。非惟吾不得而知之也，聖人亦不得而知之也。凡言知者，謂其心得而知之也。言言者，謂其口得而言之也。既心尚不得而知之，口又惡得而言之乎？以心不可得知而知之，是謂妄知也。以口不可得言而言之，是謂妄言也。吾又安能從妄人而行妄知妄言者乎！

○論語曰：「敏於事而慎於言，就有道而正焉」，「知之爲知之，不知爲不知，是知也」。邵雍講究君子的出處語默功夫，慎言而不妄。聖人尚不知者不言，學聖之人必不妄知妄言。周敦頤易通曰：「誠者，聖人之本。」論語曰：「君子務本，本立而道生。」邵雍觀物而得理，處事以理行而不妄動，則得聖人以誠爲本之道。不妄知妄言，必有「主靜」功夫。

第三篇

易曰：「窮理盡性，以至于命。」所以謂之理者，物之理也。所以謂之性者，天之性也。所以謂之命者，處理性者也。所以能處理性者，非道而何？是知道爲天地之本，天地爲萬物之本。以天地觀萬物，則萬物爲萬物，以道觀天地，則天地亦爲萬物。

○邵雍「觀物」是爲得物之理，亦是爲得道。觀物得理的目的，則在於窮理盡性以至於命。嚮往聖人之人，就要在物理和性命本原上展開思維。説卦曰：「和順於道德而理於義，窮理盡性以至於命。」理窮而後知性，性盡而後知命。性謂天性，命謂天命。順性命之理就是要和順於道（天道、地道、人道），因而中庸曰：「天命之謂性，率性之謂道。」邵雍之學究天人之際，原始返終，故能知死生之説。

道之道盡之于天矣，天之道盡之于地矣，天地之道盡之于萬物矣，天地萬物之道盡之于人矣。人能知其天地萬物之道所以盡于人者，然後能盡民也。

○道有天道、地道、人道。道生天地，天地生萬物，皆有道，而道亦有所盡。盡，是以理盡而不是以形盡。其始爲道生天地，天地生萬物，其終則萬物歸地，地歸天，天歸道。所以君子貴道。

天之能盡物，則謂之曰昊天。人之能盡民，則謂之曰聖人。謂昊天能異乎萬物，則非所以謂之昊天也。謂聖人能異乎萬民，則非所以謂之聖人也。萬民與萬物同，則聖人固不異乎昊天者矣。然則聖人與昊天爲一道，聖人與昊天爲一道，則萬民與萬物亦可以爲一道。一世之萬民與一世之萬物既可以爲一道，則萬世之萬民與萬世之萬物亦可以爲一道也，明矣。

○邵雍觀物，能以一世之萬物而知萬世之萬物。天亦爲物，故昊天不異乎萬物，爲至物而能盡物而已。聖人亦人，故聖人不異乎常人，爲至人而能盡民而已。論語曰：「吾道一以貫之。」一道而生一太極，太極爲道之極。道不可分，而太極一氣可分而爲天地、四象（包含八卦）、萬物。觀物外篇曰：「萬物各有太極、兩儀、四象、八卦之次。」一道則貫穿於其中。

夫昊天之盡物，聖人之盡民，皆有四府焉。昊天之四府者，春夏秋冬之謂也。陰陽升降于其間矣。聖人之四府者，易、書、詩、春秋之謂也。禮、樂汙隆于其間矣。春爲生物之府，夏爲長物之府，秋爲收物之府，冬爲藏物之府。號物之庶謂之萬，雖曰萬之又萬，其庶能出此昊天之四府者乎？易爲生民之府，書爲長民之府，詩爲收民之府，春秋爲藏民之府。號民之庶謂之萬，雖曰萬之又萬，其庶能出此聖人之四府者乎？昊天之四府者，時也。聖人之四府者，經也。昊天以時授人，聖人以經法天。天人之事，當如何哉？

○邵雍以四數爲體。天有四時，聖人有四經（禮与樂在其中）。以天人之際會而闡明「天人合一」之道。説文解字釋「府」字曰：「文書藏也。」史謂孔子删定六經，此處之「聖人」乃指孔子而言。聖人之經，其道本於天。聖人之四府合於昊天之四府，天人之事当合一而觀之。

第四篇

觀春則知易之所存乎？觀夏則知書之所存乎？觀秋則知詩之所存乎？觀冬則知春秋之所存乎？

易之易者，生生之謂也。易之書者，生長之謂也。易之詩者，生收之謂也。易之春秋者，生藏之謂也。

書之易者，長生之謂也。書之書者，長長之謂也。書之詩者，長收之謂也。書之春秋者，長藏之謂也。

詩之易者，收生之謂也。詩之書者，收長之謂也。詩之詩者，收收之謂也。詩之春秋者，收藏之謂也。

春秋之易者，藏生之謂也。春秋之書者，藏長之謂也。春秋之詩者，藏收之謂也。春秋之春秋者，藏藏之謂也。

生生者修夫意者也，生長者修夫言者也，生收者修夫象者也，生藏者修夫數者也。

長生者修夫仁者也，長長者修夫禮者也，長收者修夫義者也，長藏者修夫智者也。

收生者修夫性者也，收長者修夫情者也，收收者修夫形者也，收藏者修夫體者也。

藏生者修夫聖者也，藏長者修夫賢者也，藏收者修夫才者也，藏藏者修夫術者也。

修夫意者三皇之謂也，修夫言者五帝之謂也，修夫象者三王之謂也，修夫數者五伯之謂也。

修夫仁者有虞之謂也，修夫禮者有夏之謂也，修夫義者有商之謂也，修夫智者有周之謂也。

修夫性者文王之謂也，修夫情者武王之謂也，修夫形者周公之謂也，修夫體者召公之謂也。修夫聖者秦穆之謂也，修夫賢者晉文之謂也，修夫才者齊桓之謂也，修夫術者楚莊之謂也。

皇帝王伯者，易之體也。虞夏商周者，書之體也。文武周召者，詩之體也。秦晉齊楚者，春秋之體也。意言象數者，易之用也。仁義禮智者，書之用也。性情形體者，詩之用也。聖賢才術者，春秋之用也。

用也者，心也。體也者，跡也。心跡之間有權存焉者，聖人之事也。

三皇同意而異化，五帝同言而異教，三王同象而異勸，五伯同數而異率。同意而異化者必以道。以道化民者，民亦以道歸之，故尚自然。夫自然者，無爲無有之謂也。無爲者，非不爲也，不固爲者也，故能廣。無有者，非不有也，不固有者也，故能大。廣大悉備，而不固爲固有者，其惟三皇乎？是故知能以道化天下者，天下亦以道歸焉。所以聖人有言曰：「我無爲，而民自化；我無事，而民自富；我好静，而民自正；我無欲，而民自樸。」其斯之謂歟？

○「聖人有言」之言，見老子第五十七章。

三皇同仁而異化，五帝同禮而異教，三王同義而異勸，五伯同智而異率。同禮而異教者必以德。以德教民者，民亦以德歸之，故尚讓。夫讓也者，先人後己之謂也。以天下授人而不爲輕，若素無之也。受人之天下而不爲重，若素有之也。若素無素有者，謂不己無己有之也。若己無己有，則舉一毛以取與于人，猶有貪鄙之心生焉，而況天下者乎？能知其天下之天下非己之天下者，其唯五帝乎？是故知能以德教天下者，天下亦以德歸焉。所以聖人有言曰：「垂衣裳而天下治，蓋取諸乾坤。」其斯之謂歟？

○「聖人有言」之言，見易傳繫辭下。

三皇同性而異化，五帝同情而異教，三王同形而異勸，五伯同體而異率。同形而異勸者必以功。以功勸民者，民亦以功歸之，故尚政。夫政也者，正也，以正正夫不正之謂也。天下之正莫如利民焉，天下之不正莫如害民焉。能利民者正，則謂之曰王矣。能害民者不正，則謂之曰賊矣。以利除害，安有去王耶？以王去賊，安有弑君耶？是故知王者正也。能以功正天下之不正者，天下亦以功歸焉。所以聖人有言曰：「天地革而四時成。湯武革命，順乎天而應乎人。」其斯之謂歟？

○「聖人有言」之言，見易傳革象。

三皇同聖而異化，五帝同賢而異教，三王同才而異勸，五伯同術而異率。同術而異率者必以力。以力率民者，民亦以力歸之，故尚爭。夫爭也者，爭夫利者也。取以利不以義，然後謂之爭。小爭交以言，大爭交以兵。爭夫强弱者也，猶借夫名焉者，謂之曲直。名也者，命物正事之稱也。利也者，養人成務之具也。名不以仁，無以守業。利不以義，無以居功。利〔一〕不以功居，名〔二〕不以業守，則亂矣，民所以必爭之也。五伯者，借虛名以爭實利者也。帝不足則王，王不足則伯，伯又不足則夷狄〔三〕矣。然則五伯不謂無功于中國，語其王則未也，過夷狄則遠矣。周之東遷，文武之功德於是乎盡矣，猶能維持二十四君。王室不絕如綫，夷狄不敢屠害中原者，由五伯借名之力也。是故知能以力率天下者，天下亦以力歸焉。所以聖人有言曰：「眇能視，跛能履。履虎尾，咥人，凶。武

〔一〕「利」，道藏本作「名」。

〔二〕「名」，道藏本作「利」。

〔三〕自此以下共三處「夷狄」，前兩處四庫本作「左衽」，第三處四庫本作「秦楚」，現均據道藏本改。

人爲于大君。」其斯之謂歟?

○「聖人有言」之言,見易經履六三爻辭。

夫意也者盡物之性也,言也者盡物之情也,象也者盡物之形也,數也者盡物之體也。仁也者盡人之聖也,禮也者盡人之賢也,義也者盡人之才也,智也者盡人之術也。盡物之性者謂之道,盡物之情者謂之德,盡物之形者謂之功,盡物之體者謂之力。盡人之聖者謂之化,盡人之賢者謂之教,盡人之才者謂之勸,盡人之術者謂之率。道德功力者,存乎體者也。化教勸率者,存乎用者也。體用之間有變存焉者,聖人之業也。

夫變也者,昊天生萬物之謂也。權也者,聖人生萬民之謂也。非生物非生民,而得謂之權變乎?

○此篇以天道而及於聖人之經,進而以聖人之經而及於皇帝王伯。以易之意言象數、書之仁禮義智、詩之性情形體、春秋之聖賢才術,而言皇帝王伯之道德功力與化教勸率。可以歸納作下表:

	易	書	詩	春秋
春生易	三皇修意	五帝修言	三王修象	五伯修數
夏長書	有虞修仁	有夏修禮	有商修義	有周修智
秋收詩	文王修性	武王修情	周公修形	召公修體
冬藏春秋	秦穆修聖	晉文修賢	齊桓修才	楚莊修術

易之體	書之體	詩之體	春秋之體
皇帝王伯	虞夏商周	文武周召	秦晉齊楚
易之用	書之用	詩之用	春秋之用
意言象數	仁禮義智	性情形體	聖賢才術

三皇	同意異化	同仁異化	同性異化	同聖異化
五帝	同言異教	同禮異教	同情異教	同賢異教
三王	同象異勸	同義異勸	同形異勸	同才異勸
五伯	同數異率	同智異率	同體異率	同術異率

意	言	象	數
盡物之性	盡物之情	盡物之形	盡物之體
仁	禮	義	智
盡人之聖	盡人之賢	盡人之才	盡人之術

道	德	功	力
盡物之性	盡物之情	盡物之形	盡物之體
化	教	勸	率
盡人之聖	盡人之賢	盡人之才	盡人之術

誠然，今天看來邵雍的「歸納法」，是有些機械而牽强。他觀物的目的，就是要把「人事」納入「天道」。而天有四時，聖人有「四經」，歷史上就分作「三皇」、「五帝」、「三王」、「五伯」。如此歸納，旨在說明不同時代領袖人物的道、德、功、力與化、教、勸、率之不同。五伯之力率不如三王之功勸，三王之功勸不如五帝之德教，五帝之德教不如三皇之道化。觀物外篇曰：「老子五千言，大抵皆明物理。」老子曰：「聖人處無爲之事，行不言之教。」這就是所謂的「道化」。老子曰：「不尚賢，使民不爭。」是聖人之治。老子曰：「失道而後德，失德而後仁，失仁而後義，失義而後禮。」這就是邵雍謂三皇之道化爲最優的理由。

第五篇

善化天下者，止于盡道而已。善教天下者，止于盡德而已。善勸天下者，止于盡功而已。善率天下者，止于盡力而已。

以道德功力爲化者，乃謂之皇矣。以道德功力爲教者，乃謂之帝矣。以道德功力爲勸者，乃謂之王矣。以道德功力爲率者，乃謂之伯矣。

以化教勸率爲道者，乃謂之易矣。以化教勸率爲德者，乃謂之書矣。以化教勸率爲功者，乃謂之詩矣。以化教勸率爲力者，乃謂之春秋矣。

此四者，天地始則始焉，天地終則終焉，終始隨乎天地者也。

○此段以道德功力爲主線，言皇帝王伯之化教勸率，又以四經之化教勸率而言道德功力。可以歸納作下表：

皇	善化天下止於盡道	以道德功力爲化	易	以化教勸率爲道
帝	善教天下止於盡德	以道德功力爲教	書	以化教勸率爲德
王	善勸天下止於盡功	以道德功力爲勸	詩	以化教勸率爲功
伯	善率天下止於盡力	以道德功力爲率	春秋	以化教勸率爲力

夫古今者，在天地間猶旦暮也。以今觀今，則謂之今矣；以後觀今，則今亦謂之古矣。以今觀古，則謂之古矣；以古自觀，則古亦謂之今矣。是知古亦未必爲古，今亦未必爲今，皆自我而觀之也。安知千古之前萬古之後，其人不自我而觀之也。

○邵雍觀物，於時間方面具有相對觀點。研究分析古人之心與跡，當「以古自觀」。

若然，則皇帝王伯者，聖人之時也；易書詩春秋者，聖人之經也。時有消長，經有因革。時有消長，否泰盡之矣；經有因革，損益盡之矣。否泰盡而體用分，損益盡而心跡判。體與用分，心與跡判，聖人之事業於是乎備矣。

所以自古當世之君天下者，其命有四焉：一曰正命，二曰受命，三曰改命，四曰攝命。正命者，因而因者也；受命者，因而革者也；改命者，革而因者也；攝命者，革而革者也。因而因者長而長者也，因而革者長而消者也，革而因者消而長者也，革而革者消而消者也。革而革者，一世之事業也；革而因者，十世之事業也；因而革者，百世之事業也；因而因者，千世之事業也。可以因則因，可以革則革者，萬世之事業也。一世之事業者，非五伯之道而何？十世之事業者，非三王之道而何？百世之事業者，非五帝之道而何？千世之事業者，非三皇之道而何？萬世之事業者，非仲尼之道而何？是知皇帝王伯者，命世之謂也；仲尼者，不世之謂也。

仲尼曰：「殷因于夏禮，所損益可知也。周因于殷禮，所損益可知也。其或繼周者，雖百世可知也。」如是，則何止於百世而已哉！億千萬世皆可得而知之也。

○孔子爲萬世師表。仲尼之言出論語爲政第二。可以歸納作下表：

仲尼之道				萬世事業
三皇之道	正命	因而因者	長而長者	千世事業
五帝之道	受命	因而革者	長而消者	百世事業
三王之道	改命	革而因者	消而長者	十世事業
五伯之道	攝命	革而革者	消而消者	一世事業

人皆知仲尼之爲仲尼，不知仲尼之所以爲仲尼。不欲知仲尼之所以爲仲尼則已，如其必欲知仲尼之所以爲仲尼，則捨天地將奚之焉？

人皆知天地之爲天地，不知天地之所以爲天地。不欲知天地之所以爲天地則已，如其必欲知天地之所以爲天地，則舍動靜將奚之焉？

夫一動一靜者，天地至妙者歟？夫一動一靜之間者，天地人之至妙至妙者歟？是故知仲尼之所以能盡三才之道者，謂其行無轍跡也。故有言曰「予欲無言」，又曰：「天何

言哉？四時行焉，百物生焉。」其斯之謂歟？〔一〕

○觀物外篇曰：「無極之前，陰含陽也；有象之後，陽分陰也。」此「無極」與「有象」即爲「一動一靜之間」，亦即爲「不爲陰陽所攝者」之「神」。「天圓而地方」，「圓動而方靜」，人爲天地之心，即在一動一靜之間。

第六篇

孔子贊易自羲軒而下，序書自堯舜而下，删詩自文武而下，修春秋自桓文而下。自羲軒而下，祖三皇也。自堯舜而下，宗五帝也。自文武而下，子三王也。自桓文而下，孫五伯也。祖三皇，尚賢也。宗五帝，亦尚賢也。三皇尚賢以道，五帝尚賢以德。子三王，尚親也。孫五伯，亦尚親也。三王尚親以功，五伯尚親以力。嗚呼，時之既往億萬千年，時之未來亦億萬千年，仲尼中間生而爲人，何祖宗之寡而子孫之多耶！此所以重贊堯舜，至禹則曰：「禹，吾無間然矣。」仲尼後禹千五百餘年，今之後仲尼又千五百餘年，雖不敢比夫仲尼，上贊堯舜禹，豈不敢比孟子上贊仲尼乎？

〔一〕道藏本無「故有言曰」下數句。

○孔子語，見論語泰伯第八。

人謂仲尼惜乎無土，吾獨以爲不然。匹夫以百畝爲土，大夫以百里爲土，諸侯以四境爲土，天子以四海爲土，仲尼以萬世爲土。若然，則孟子言自生民以來，未有如夫子，斯亦未爲之過矣。

夫人不能自富，必待天與其富然後能富。人不能自貴，必待天與其貴然後能貴。若然，則富貴在天也，不在人也。有求而得之者，有求而不得者矣。是繫乎天者也。功德在人也，不在天也。可脩而得之，不脩則不得。是非繫乎天也，繫乎人者也。夫人之能求而得富貴者，求其可得者也。非其可得者，非所以能求之也。昧者不知，求而得之，則謂其己之能得也，故矜之；求而失之〔一〕，則謂其人之不與也，故怨之。如知其己之所以能得，人之所以能與，則天下安有不知量之人耶！

天下至富也，天子至貴也，豈可妄意求而得之也。雖曰天命，亦未始不由積功累行，聖君艱難以成之，庸君暴虐以壞之。是天歟，是人歟？是知人作之咎，固難逃已。天降

〔一〕道藏本「失之」作「不得」。

之災，禳之奚益？積功累行，君子常分，非有求而然也。有求而然者，所謂利乎仁者也。君子安有餘事于其間哉！然而有幸有不幸者，始可以語命也已。

夏禹以功有天下，夏桀以虐失天下；殷湯以功有天下，殷紂以虐失天下；周武以功有天下，周幽以虐失天下。三者雖時不同，其成敗之形一也。平王東遷，無功以復王業；赧王西走，無虐以喪王室。威令不逮一小國，諸侯仰存于五伯而已，此又奚足道哉！但時無真王者出焉，雖有虚名，與杞宋其誰曰少異？是時也，春秋之作不亦宜乎！

仲尼修經周平王之時，書終于晉文侯，詩列爲王國風，春秋始于魯隱公，易盡于未濟卦。予非知仲尼者，學爲仲尼者也。禮樂賞罰自天子出，而出自諸侯，天子之重去矣。宗周之功德自文武出，而出自幽厲，文武之基息矣。由是犬戎得以侮中國。周之諸侯非一，獨晉能攘去戎狄，徙王東都洛邑，用存王國，爲天下伯者之倡，秬鬯圭瓚之所錫，其能免乎？

傳稱「子貢欲去魯告朔之餼羊」，孔子曰：「賜也，爾愛其羊，我愛其禮。」是知名存實亡者，猶愈于名實俱亡者矣。禮雖廢而羊存，則後世安知無復行禮者乎？晉文公尊王，雖用虚名，猶能力使天下諸侯知有周天子，而不敢以兵加之也。及晉之衰也，秦由是敢滅周。斯愛禮之言，信不誣矣。

○孔子語，見論語八佾第三。

齊景公嘗一日問政于孔子，孔子對曰：「君君，臣臣，父父，子子。」公曰：「善哉，信如君不君，臣不臣，父不父，子不子，雖有粟，吾得而食諸？」是時也，諸侯僭天子，陪臣執國命，禄去公室，政出私門。景公自不能上奉周天子，欲其臣下奉己，不亦難乎？厥後齊祚卒爲田氏所移。夫齊之有田氏者，亦猶晉之有三卿也。晉之有三卿者，亦猶周之有五伯也。韓趙魏之于晉也，既立其功，又分其地，既卑其主，又奪其國。田氏之于齊也，既得其禄，又專其政，既殺其君，又移其祚。其如天下之事，豈無漸乎？履霜之戒，寧無思乎？

傳稱「王者往也」，能往天下者可以王矣。周之衰也，諸侯不朝天子久矣。及楚預中國會盟，仲尼始進爵爲之子，其于僭王也，不亦陋乎？

○孔子語，見論語顔淵第十二。

夫以力勝人者，人亦以力勝之。吴嘗破越而有輕楚之心，及其破楚，又有驕齊之志，貪婪功利，不顧德義，侵侮齊晉，專以夷狄爲事，遂復爲越所滅。越又不監之，其後復爲楚所滅。楚又不監之，其後復爲秦所滅。秦又不監之，其後復爲漢所代。恃强凌弱，與豺虎何以異乎？非所以謂之中國義理之師也。

宋之爲國也，爵高而力卑者乎？盟不度德，會不量力，區區與諸侯並驅中原，恥居其後，其于伯也，不亦難乎？

周之同姓諸侯而克永世者，獨有燕在焉。燕處北陸之地，去中原特遠，苟不隨韓趙魏齊楚較利刃，爭虛名，則足以養德待時，觀諸侯之變。秦雖虎狼，亦未易加害。延十五、六年後，天下事未可知也。

中原之地方九千里，古不加多而今不加少。然而有祚長祚短地大地小者，攻守異故也。自三代以降，漢唐爲盛，秦界于周漢之間矣。秦始盛于穆公，中于孝公，終于始皇。起于西夷，遷于岐山，徙于咸陽。兵瀆宇内，血流天下，併吞四海，更革古今。雖不能比德三代，非晉隋可同年而語也。其祚之不永，得非用法太酷，殺人之多乎？所以仲尼序書終于秦誓一事，其旨不亦遠乎？

夫好生者生之徒也，好殺者死之徒也。周之好生也以義，漢之好生也亦以義。秦之好殺也以利，楚之好殺也亦以利。周之好生也以義，而漢且不及。秦之好殺也以利，而楚又過之。天之道，人之情，又奚擇于周秦漢楚哉？擇乎善惡而已。是知善也者無敵于天下，而天下共善之。惡也者亦無敵于天下，而天下亦共惡之。天之道，人之情，又奚擇于周秦漢楚哉？擇乎善惡而已。

○邵雍之學「内聖外王」。自「學爲仲尼者」之説中，可見其博大胸懷。在邵雍心目中，雖老子、孔子皆爲聖人，然而以孔子爲榜樣，「學爲仲尼者」爲其主要志向。以史爲鑒，觀史而通古今之變，修身、齊家爲内學，治國、平天下爲外學。内聖外王在於經世致用。伊川擊壤集曰「若藴奇才必奇用，不然須負一生閑」，此言足见他具有偉大的抱負。上贊仲尼，可以歸納作下表：

贊易	羲軒而下	祖三皇	尚賢以道	寡
序書	堯舜而下	宗五帝	尚賢以德	寡
删詩	文武而下	子三王	尚親以功	多
修春秋	桓文而下	孫五伯	尚親以力	多

第七篇

昔者孔子語堯舜，則曰「垂衣裳而天下治」；語湯武，則曰「順乎天而應乎人」。斯言可以該古今帝王受命之理也。堯禪舜以德，舜禪禹以功。以德帝也，以功亦帝也。然而德下一等，則入于功矣。湯伐桀以放，武伐紂以殺。以放王也，以殺亦王也。然而放下一等，則入于殺矣。是知時有消長，事有因革，前聖後聖非出於一途哉。
○易傳繫辭下曰：「黄帝堯舜垂衣裳而天下治，蓋取諸乾坤。」易傳革彖曰：「天地革而四時成。湯武革命，順乎天而應乎人。」

天與人相爲表裏。天有陰陽，人有邪正。邪正之由，繫乎上之所好也。上好德則民用正，上好佞則民用邪。邪正之由，有自來矣。雖聖君在上，不能無小人，是難其爲小人。雖庸君在上，不能無君子，是難其爲君子。自古聖君之盛，未有如唐堯之世，君子何其多耶，時非無小人也，是難其爲小人，故君子多也。所以雖有四凶，不能肆其惡。自古庸君之盛，未有如商紂之世，小人何其多耶，時非無君子也，是難其爲君子，故小人多也。所以雖有三仁，不能遂其善。是知君擇臣臣擇君者，是繫乎人也；君得臣臣得君者，是非繫乎人也，繫乎天者也。

賢愚人之本性，利害民之常情。虞舜陶于河濱，傅説築于巖下。天下皆知其賢，而百執事不爲之舉者，利害使之然也。吁，利害叢于中而矛戟森于外，又安知有虞舜之聖而傅説之賢哉？河濱非禪位之所，巖下非求相之方。昔也在億萬人之下，而今也在億萬人之上，相去一何遠之甚耶！然而必此云者，貴有名者也。

易曰：「坎，有孚維心，亨。行有尚。」中正行險，往且有功，雖危無咎，能自信故也。伊尹以之，是知古之人患名過實者有之矣。其間有幸與不幸者，雖聖人，力有不及者矣。伊尹行冢宰，居責成之地。借使避放君之名，豈曰不忠乎？則天下之事去矣，又安能正嗣君，成終始之大忠者乎？吁，若委寄于匪人，三年之間，其如嗣君何？則天下之事亦去矣。又安有伊尹也？「坎，有孚維心，亨」，不亦近之乎？

○易經坎卦辭曰：「習坎　有孚維心，亨。行有尚。」彖辭曰：「習坎，重險也。水流而不盈。行險而不失其信。維心，亨，乃以剛中也。行有尚，往有功也。」

易曰：「由豫，大有得，勿疑，朋盍簪。」剛健主豫，動而有應，羣疑乃亡，能自强故也。周公以之，是知聖人不能使人無謗，能處謗者也。周公居總己當任重之地，借使避滅親之名，豈曰不孝乎？則天下之事去矣，又安能保嗣君，成終始之大孝乎？吁，若委寄于匪人，七年之間，其如嗣君何？則天下之事亦去矣。又安有周公也？「由豫，大有得，勿疑，朋盍簪」，不亦近之乎？

○易經豫卦九四爻辭曰：「由豫，大有得，勿疑，朋盍簪。」

夫天下將治，則人必尚行也；天下將亂，則人必尚言也。尚行則篤實之風行焉，尚言則詭譎之風行焉。天下將治，則人必尚義也；天下將亂，則人必尚利也。尚義則謙讓之風行焉，尚利則攘奪之風行焉。三王尚行者也，五伯尚言者也。尚行者必入于義也，尚言者必入于利也。義利之相去一何遠之若是耶？是知言之于口不若行之于身，行之于身不若盡之于心。言之于口，人得而聞之；行之于身，人得而見之；盡之于心，神得而知之。人之聰明猶不可欺，況神之聰明乎？是知無愧于口不若無愧于身，無愧于身不若無愧于心。無口過易，無身過難。無身過易，無心過難。心既無過，何難之有？吁，安得無心過之人而與之語心哉！是知聖人所以能立無過之地者，謂其善事于心者也。

○邵雍「先天之學」主乎誠，是爲「心學」。伊川擊壤集曰：「唯是大聖人，能立無過地。」「不求紅塵浪著鞭，唯求寡過尚無緣。」「著身靜處觀人事，放意閑中煉物情。」邵雍一心「學爲仲尼」，修身煉情，求「寡過」而從「心過」處反思，可謂賢者。

第八篇

仲尼曰：「韶盡美矣，又盡善也。武盡美矣，未盡善也。」又曰：「管仲相桓公，霸諸侯，一匡天下，民到于今受其賜。微管仲，吾其被髮左衽矣。」是知武王雖不逮舜之盡善盡美，以其解天下之倒懸，則下于舜一等耳。桓公雖不逮武之應天順人，以其霸諸侯，一匡天下，則高于狄亦遠矣。以武比舜，則不能無過，比桓則不能無功。以桓比狄則不能無功，比武則不能無過。

漢氏宜立乎桓武之間矣。是時也，非會天下之民厭秦之暴且甚，雖十劉季百子房，其如人心之未易何？且古今之時則異也，而民好生惡死之心非異也。自古殺人之多未有如秦之甚，天下安有不厭之乎？夫殺人之多不必以刃，謂天下之人無生路可趨也，而又況以刃多殺天下之人乎？

秦二世萬乘也，求爲黔首而不能得。漢劉季匹夫也，免爲元首而不能已。萬乘與匹夫相去有間矣，然而有時而代之者，謂其天下之利害有所懸之耳。天之道非禍萬乘而福匹夫也，謂其禍無道而福有道也。人之情非去萬乘而就匹夫也，謂其去無道而就有道也。萬乘與匹夫相去有間矣，然而有時而代之者，謂其直以天下之利害有所懸之耳。

○論語八佾第三曰：「子謂韶盡美矣，又盡善也。謂武盡美矣，未盡善也。」論語憲問第十四曰：「管仲相桓公，霸諸侯，一匡天下，民到於今受其賜。微管仲，吾其被髮左衽矣。」邵雍以天道及於人情，説明帝王之有道與無道，有道者以時而代之無道者。人事可修而有人情，「天命」則常富有道者。

日既没矣，月既望矣，星不能不希矣。非星之希，是星難乎其爲光矣，能爲其光者不亦希乎？漢唐既創業矣，吕武既擅權矣，臣不能不希矣。非臣之希，是臣難乎其爲忠矣，能爲其忠者不亦希乎？是知成天下事易，死天下事難。死天下事易，成天下事難。苟能成之，又何計乎死與生也？如其不成，雖死奚益？况其有正與不正者乎？與其死于不正，孰若生於正？與其生於不正，孰若死於正？在乎忠與智者之一擇焉。死固可惜，貴乎成天下之事也。如其敗天下之事，一死奚以塞責？生固可愛，貴乎成天下之事也。如其敗天下之事，一生何以收功？噫，能成天下之事，又能不失其正而生者，非漢之留侯，唐之梁公而何？微斯二人，則漢唐之祚或幾乎移矣。豈若虚生虚死者焉？夫虚生虚死者，譬之蕭艾，忠與智者不遊乎其間矣。

○漢之留侯指張良言，唐之梁公指狄仁傑言。此處見邵雍之生死觀。以觀物而得之理，用於經世之道。

第九篇

仲尼曰：「善人爲邦百年，亦可以勝殘去殺矣。」誠哉，是言也！自極亂至于極治，必三變矣。三皇之法無殺，五伯之法無生。伯一變至于王矣，王一變至于帝矣，帝一變至于皇矣。其于生也，非百年而何？是知三皇之世如春，五帝之世如夏，三王之世如秋，五伯之世如冬。如春温如也，如夏燠如也，如秋淒如也，如冬洌如也。春夏秋冬者，昊天之時也。易書詩春秋者，聖人之經也。天時不差則歲功成矣，聖經不忒則君德成矣。天有常時，聖有常經，行之正則正矣，行之邪則邪矣。邪正之間有道在焉。行之正則謂之正道，行之邪則謂之邪道。邪正之由人乎，由天乎？

○仲尼語，見論語子路第十三。

天由道而生，地由道而成，物由道而形，人由道而行〔一〕。天、地、人、物則異也，其于由道一也。夫道也者，道也。道無形，行之則見于事矣。如道路之道坦然，使千億萬年行之人知其歸者也。

或曰：「君子道長則小人道消，君子道消則小人道長。長者是，則消者非也；消者是，則長者非也。何以知正道邪道之然乎？」吁，賊夫人之論也！不曰君行君事，臣行臣事，父行父事，子行子事，夫行夫事，妻行妻事，君子行君子事，小人行小人事，中國行

〔一〕上十字四庫本有訛奪，作「物由道而行」，茲據道藏本改補。

中國事，夷狄〔一〕行夷狄事，謂之正道。君行臣事，臣行君事，父行子事，子行父事，夫行妻事，妻行夫事，君子行小人事，小人行君子事，中國行夷狄事，夷狄行中國事，謂之邪道。至于三代之世治，未有不治人倫之爲道也；三代之世亂，未有不亂人倫之爲道也。後世之慕三代之治世者，未有不正人倫者也；後世之慕三代之亂世者，未有不亂人倫者也。自三代而下，漢唐爲盛，未始不由治而興，亂而亡。況其不盛于漢唐者乎？其興也，又未始不由君道盛，父道盛，夫道盛，君子之道盛，中國之道盛；其亡也，又未始不由臣道盛，子道盛，妻道盛，小人之道盛，夷狄之道盛。噫，二道對行，何故治世少而亂世多耶？君子少而小人多耶？曰：豈不知陽一而陰二乎？天地尚由是道而生，況其人與物乎？人者，物之至靈者也。物之靈未若人之靈，尚由是道而生，又況人靈于物者乎？是知人亦物也，以其至靈，故特謂之人也。

○易傳繫辭下曰：「陽一君而二民，君子之道也；陰二君而一民，小人之道也。」邵雍據此而謂天地人物之道「陽一而陰二」，從而得出「治世少而亂世多」、「君子少而小人多」的結論。

〔一〕此「夷狄」與下三「夷狄」，原均作「僭竊」，據道藏本改。

第十篇

日經天之元，月經天之會，星經天之運，辰經天之世。

以日經日則元之元可知之矣，以日經月則元之會可知之矣，以日經星則元之運可知之矣，以日經辰則元之世可知之矣。

以月經日則會之元可知之矣，以月經月則會之會可知之矣，以月經星則會之運可知之矣，以月經辰則會之世可知之矣。

以星經日則運之元可知之矣，以星經月則運之會可知之矣，以星經星則運之運可知之矣，以星經辰則運之世可知之矣。

以辰經日則世之元可知之矣，以辰經月則世之會可知之矣，以辰經星則世之運可知之矣，以辰經辰則世之世可知之矣。

元之元一，元之會十二，元之運三百六十，元之世四千三百二十。

會之元十二，會之會一百四十四，會之運四千三百二十，會之世五萬一千八百四十。

運之元三百六十，運之會四千三百二十，運之運一十二萬九千六百，運之世一百五十五萬五千二百。

世之元四千三百二十，世之會五萬一千八百四十，世之運一百五十五萬五千二百，世之世一千八百六十六萬二千四百。

○元、會、運、世，是邵雍用來紀年的時間單位。1 元＝12 會，1 會＝30 運，1 運＝12 世，1 世＝30 年。1 元＝12 會＝360 運＝4320 世＝129600 年。1 會＝30 運＝360 世＝10800 年。1 運＝12 世＝360 年。可以歸納作下表：

經　知	日　元	月　會	星　運	辰　世
日　元	1	12	360	4320
月　會	12	144	4320	51840
星　運	360	4320	129600	1555200
辰　世	4320	51840	1555200	18662400

上表之數爲元會運世互乘之積。如「世之世」即爲 4320＊4320＝18662400

元之元以春行春之時也，元之會以春行夏之時也，元之運以春行秋之時也，元之世以春行冬之時也。

會之元以夏行春之時也，會之會以夏行夏之時也，會之運以夏行秋之時也，會之世以夏行冬之時也。

運之元以秋行春之時也，運之會以秋行夏之時也，運之運以秋行秋之時也，運之世以秋行冬之時也。

世之元以冬行春之時也，世之會以冬行夏之時也，世之運以冬行秋之時也，世之世以冬行冬之時也。

○可以歸納作下表：

行　時	元　春	會　夏	運　秋	世　冬
元　春	春之春	夏之春	秋之春	冬之春
會　夏	春之夏	夏之夏	秋之夏	冬之夏
運　秋	春之秋	夏之秋	秋之秋	冬之秋
世　冬	春之冬	夏之冬	秋之冬	冬之冬

皇之皇以道行道之事也，皇之帝以道行德之事也，皇之王以道行功之事也，皇之伯以道行力之事也。

帝之皇以德行道之事也，帝之帝以德行德之事也，帝之王以德行功之事也，帝之伯以德行力之事也。

王之皇以功行道之事也，王之帝以功行德之事也，王之王以功行功之事也，王之伯以功行力之事也。

伯之皇以力行道之事也，伯之帝以力行德之事也，伯之王以力行功之事也，伯之伯以力行力之事也。

○可以歸納作下表：

行事	皇道	帝德	王功	伯力
皇道	道之道	德之道	功之道	力之道
帝德	道之德	德之德	功之德	力之德
王功	道之功	德之功	功之功	力之功
伯力	道之力	德之力	功之力	力之力

時有消長，事有因革，非聖人無以〔一〕盡之。所以仲尼曰：「可與共學，未可與適道。

〔一〕「以」原作「不」，據道藏本改。

可與適道，未可與立。可與立，未可與權。」是知千萬世之時，千萬世之經，豈可畫地而輕言也哉！

三皇春也，五帝夏也，三王秋也，五伯冬也。七國，冬之餘洌也。漢王而不足，晉伯而有餘。三國，伯之雄者也。十六國，伯之叢者也。南五代，伯之借乘也。北五代，伯之傳舍也。隋，晉之子也。唐，漢之弟也。隋季諸郡之伯，江漢之餘波也。唐季諸鎮之伯，日月之餘光也。後五代之伯，日未出之星也。

自帝堯至于今，上下三千餘年，前後百有餘世，書傳可明紀者，四海之内，九州之間，其間或合或離，或治或隳，或强或羸，或唱或隨，未始有兼世而能一其風俗者。吁，古者謂三十年爲一世，豈徒然哉？俟化之必洽，教之必浹，民之情始可一變矣。苟有命世之人繼世而興焉，則雖民如夷狄，三變而帝道可舉矣。惜乎時無百年之世，世無百年之人，比其有代，則賢之與不肖，何止于相半也？時之難不其然乎？人之難不其然乎？

〇仲尼語，見論語子罕第九。

第十一篇

太陽之體數十，太陰之體數十二，少陽之體數十，少陰之體數十二。少剛之體數十，少柔之體數十二，太剛之體數十，太柔之體數十二。

進太陽、少陽、太剛、少剛之體數，退太陰、少陰、太柔、少柔之體數，是謂太陽、少陽、太剛、少剛之用數。進太陰、少陰、太柔、少柔之體數，退太陽、少陽、太剛、少剛之體數，是謂太陰、少陰、太柔、少柔之用數。太陽、少陽、太剛、少剛之體數一百六十，太陰、少陰、太柔、少柔之體數一百九十二。太陽、少陽、太剛、少剛之用數一百一十二，太陰、少陰、太柔、少柔之用數一百五十二。

以太陽、少陽、太剛、少剛之用數唱太陰、少陰、太柔、少柔之用數，是謂日月星辰之變數。以太陰、少陰、太柔、少柔之用數和太陽、少陽、太剛、少剛之用數，是謂水火土石之化數。日月星辰之變數一萬七千二十四，謂之動數。水火土石之化數一萬七千二十四，謂之植數。再唱和日月星辰水火土石之變化通數二萬八千九百八十一萬六千五百七十六，謂之動植通數。

日月星辰者，變乎暑寒晝夜者也；水火土石者，化乎雨風露雷者也。暑寒晝夜者，變乎性情形體者也；雨風露雷者，化乎走飛草木者也。暑變飛走草木之性，寒變飛走草木之情，晝變飛走草木之形，夜變飛走草木之體。雨化性情形體之走，風化性情形體之飛，露化性情形體之草，雷化性情形體之木。性情形體者，本乎天者也；飛走草木者，本乎地者也。本乎天者，分陰分陽之謂也；本乎地者，分柔分剛之謂也。夫分陰分陽、分柔分剛者，天地萬物之謂也。備天地萬物者，人之謂也。

○觀物外篇曰：「有象必有數，數立則象生。」太陽、太陰、少陽、少陰爲日、月、星、辰之象；太柔、太剛、少柔、少剛爲水、火、土、石之象。其數分體數與用數，天之四象數與地之四象數互唱，得變化之數。變數爲動物之數，化數爲植物之數，動物之數唱植物之數得動植通數。可以歸納作下表：

地之四象	水火土石	太柔太剛少柔少剛	12 10 12 10
天之四象	日月星辰	太陽太陰少陽少陰	10 12 10 12

陽剛之體數：(10＋10＋10＋10) * 4＝40 * 4＝160

陰柔之體數：(12＋12＋12＋12) * 4＝48 * 4＝192

陽剛之用數：160－48＝112

陰柔之用數：192－40＝152

動數(日月星辰變數)：112 * 152＝17024

植數(水火土石化數)：152 * 112＝17024

動植通數：17024 * 17024＝289816576

易傳說卦曰「觀變於陰陽而立卦，發揮於剛柔而生爻」、「立天之道曰陰與陽，立地之道曰柔與剛」。這是邵雍分天之四象爲陰陽，分地之四象爲剛柔的依據。太極一氣分，清輕者上爲天，重濁者下爲地，是爲兩儀。天有日月星辰，地有水火土石，是爲天地之四象（八卦）。天地八卦分陰陽剛柔，八卦相錯則萬物備。

第十二篇

有日日之物者也，有日月之物者也，有日星之物者也，有日辰之物者也。有月日之物者也，有月月之物者也，有月星之物者也，有月辰之物者也。有星日之物者也，有星月之物者也，有星星之物者也，有星辰之物者也。有辰日之物者也，有辰月之物者也，有辰星之物者也，有辰辰之物者也。日日物者飛飛也，日月物者飛走也，日星物者飛木也，日辰物者飛草也。月日物者走飛也，月月物者走走也，月星物者走木也，月辰物者走草也。星日物者木飛也，星月物者木走也，星星物者木木也，星辰物者木草也。辰日物者草飛也，辰月物者草走也，辰星物者草木也，辰辰物者草草也。

○可以歸納作下表：

天生物	日	月	星	辰
日	飛飛物	走飛物	木飛物	草飛物
月	飛走物	走走物	木走物	草走物
星	飛木物	走木物	木木物	草木物
辰	飛草物	走草物	木草物	草草物

有皇皇之民者也，有皇帝之民者也，有皇王之民者也，有皇伯之民者也。有帝皇之民者也，有帝帝之民者也，有帝王之民者也，有帝伯之民者也。有王皇之民者也，有王帝之民者也，有王王之民者也，有王伯之民者也。有伯皇之民者也，有伯帝之民者也，有伯王之民者也，有伯伯之民者也。

○可以歸納作下表：

統之民	皇	帝	王	伯
皇	皇皇民	帝皇民	王皇民	伯皇民
帝	皇帝民	帝帝民	王帝民	伯帝民
王	皇王民	帝王民	王王民	伯王民
伯	皇伯民	帝伯民	王伯民	伯伯民

皇皇民者士士也，皇帝民者士農也，皇王民者士工也，皇伯民者士商也。帝皇民者農士也，帝帝民者農農也，帝王民者農工也，帝伯民者農商也。王皇民者工士也，王帝民者工農也，王王民者工工也，王伯民者工商也。伯皇民者商士也，伯帝民者商農也，伯王民者商工也，伯伯民者商商也。

○可以歸納作下表：

民之分	士	農	工	商
士	皇皇民	帝皇民	王皇民	伯皇民
農	皇帝民	帝帝民	王帝民	伯帝民
工	皇王民	帝王民	王王民	伯王民
商	皇伯民	帝伯民	王伯民	伯伯民

飛飛物者性性也，飛走物者性情也，飛木物者性形也，飛草物者性體也。走飛物者情性也，走走物者情情也，走木物者情形也，走草物者情體也。木飛物者形性也，木走物者形情也，木木物者形形也，木草物者形體也。草飛物者體性也，草走物者體情也，草木物者體形也，草草物者體體也。

○可以歸納作下表：

物屬性	性	情	形	體
性	飛飛物	走飛物	木飛物	草飛物
情	飛走物	走走物	木走物	草走物
形	飛木物	走木物	木木物	草木物
體	飛草物	走草物	木草物	草草物

士士民者仁仁也，士農民者仁禮也，士工民者仁義也，士商民者仁智也。農士民者禮仁也，農農民者禮禮也，農工民者禮義也，農商民者禮智也。工士民者義仁也，工農民者義禮也，工工民者義義也，工商民者義智也。商士民者智仁也，商農民者智禮也，商工民者智義也，商商民者智智也。

○可以歸納作下表：

民之德	仁	禮	義	智
仁	士士民	農士民	工士民	商士民
禮	士農民	農農民	工農民	商農民
義	士工民	農工民	工工民	商工民
智	士商民	農商民	工商民	商商民

飛飛之物一之一，飛走之物一之十，飛木之物一之百，飛草之物一之千。

走飛之物十之一，走走之物十之十，走木之物十之百，走草之物十之千。

木飛之物百之一，木走之物百之十，木木之物百之百，木草之物百之千。

草飛之物千之一，草走之物千之十，草木之物千之百，草草之物千之千。

○可以歸納作下表：

物之數	飛	走	木	草
飛	一之一	十之一	百之一	千之一
走	一之十	十之十	百之十	千之十
木	一之百	十之百	百之百	千之百
草	一之千	十之千	百之千	千之千

士士之民一之一，士農之民一之十，士工之民一之百，士商之民一之千。

農士之民十之一，農農之民十之十，農工之民十之百，農商之民十之千。

工士之民百之一，工農之民百之十，工工之民百之百，工商之民百之千。

商士之民千之一，商農之民千之十，商工之民千之百，商商之民千之千。

○可以歸納作下表：

民之數	士	農	工	商
士	一之一	十之一	百之一	千之一
農	一之十	十之十	百之十	千之十
工	一之百	十之百	百之百	千之百
商	一之千	十之千	百之千	千之千

一一之飛當兆物，一十之飛當億物，一百之飛當萬物，一千之飛當千物。十一之走當億物，十十之走當萬物，十百之走當千物，十千之走當百物。百一之木當萬物，百十之木當千物，百百之木當百物，百千之木當十物。千一之草當千物，千十之草當百物，千百之草當十物，千千之草當一物。

○可以歸納作下表：

物當物	一飛	十走	百木	千草
一飛	兆物	億物	萬物	千物
十走	億物	萬物	千物	百物
百木	萬物	千物	百物	十物
千草	千物	百物	十物	一物

一一之士當兆民，一十之士當億民，一百之士當萬民，一千之士當千民。十一之農當億民，十十之農當萬民，十百之農當千民，十千之農當百民。百一之工當萬民，百十之工當千民，百百之工當百民，百千之工當十民。千一之商當千民，千十之商當百民，千百之商當十民，千千之商當一民。

○可以歸納作下表：

民當民	一士	十農	百工	千商
一士	兆民	億民	萬民	千民
十農	億民	萬民	千民	百民
百工	萬民	千民	百民	十民
千商	千民	百民	十民	一民

爲一一之物能當兆物者，非巨物而何？爲一一之民能當兆民者，非巨民而何？爲千千之物能分一物者，非細物而何？爲千千之民能分一民者，非細民而何？固知物有大小，民有賢愚。移昊天生兆物之德而生兆民，則豈不謂至神者乎？移昊天養兆物之功而養兆民，則豈不謂至聖者乎？吾而今而後知踐形爲大，非大聖大神之人，豈有不負於天地者乎？

天所以謂之觀物者，非以目觀之也。非觀之以目而觀之以心也，非觀之以心而觀之以理也。天下之物莫不有理焉，莫不有性焉，莫不有命焉。所以謂之理者，窮之而後可知也。所以謂之性者，盡之而後可知也。所以謂之命者，至之而後可知也。此三知者，天下之真知也。雖聖人無以過之也，而過之者非所以謂之聖人也。夫鑑之所以能爲明者，謂其能不隱萬物之形也。雖然，鑑之能不隱萬物之形，未若水之能一萬物之形也。雖然，水之能一萬物之形，又未若聖人之能一萬物之情也。聖人之所以能一萬物之情者，謂其聖人之能反觀也。所以謂之反觀者，不以我觀物也。不以我觀物者，以物觀物之謂也。既能以物觀物，又安有我于其間哉！是知我亦人也，人亦我也，我與人皆物也。此所以能用天下之目爲己之目，其目無所不觀矣。用天下之耳爲己之耳，其耳無所不聽矣。用天下之口爲己之口，其口無所不言矣。用天下之心爲己之心，其心無所不謀矣。夫天下之觀，其于見也不亦廣乎？天下之聽，其于聞也不亦遠乎？天下之言，其于論也不亦高乎？天下之謀，其于樂也不亦大乎？夫其見至廣，其聞至遠，其論至高，其樂至大，能爲至廣至遠至高至大之事而中無一爲焉，豈不謂至神至聖者乎？非惟吾謂之至神至聖，而天下亦謂之至神至聖，非唯一時之天下謂之至神至聖，而千萬世之天下亦謂之至神至聖者乎？過此以往，未之或知也已。

○易傳説卦曰：「和順於道德而理於義，窮理盡性以至於命。」邵雍觀物的境界非常之高，非同一般人之用目觀，而是以心觀理。窮理、盡性、至命，是學爲聖人的大事業。此爲真知，亦即爲「道學」。細民觀物與巨民觀物有所不同，巨民觀物善於「反觀」，物我兩忘，因而能成其至聖。「觀物」的目的在於「得理」，「得理」的目的在於盡性以至於命。這就是邵雍的修養功夫。

觀物外篇上之上

天數五，地數五，合而爲十，數之全也。天以一而變四，地以一而變四。四者有體也，而其一者無體也，是謂有無之極也。天之體數四而用者三，不用者一也；地之體數四而用者三，不用者一也。是故無體之一以況自然也，不用之一以況道也。用之者三，以況天地人也。

○繫辭曰：「天數五，地數五，五位相得而各有合。天數二十有五，地數三十，凡天地之數五十有五，此所以成變化而行鬼神也。」以奇偶言，一、三、五、七、九爲天數，二、四、六、八、十爲地數。一至十爲數之全。一爲太極，太極一氣分而爲天地，天生乎動，地生乎靜。天體有日月星辰，是爲「以一而變四」；地體有水火土石，是爲「以一而變四」。太陽爲日，太陰爲月，少陽爲星，少陰爲辰；太柔爲水，太剛爲火，少柔爲土，少剛爲石。太極之一寓於天地，天之一寓於日月星辰四者之間，地之一寓於水火土石之間，故有「四者有體也，而其一者無體」之説。有體者可以目觀，無體者不可以目觀。無體之一爲太極，爲法自然之道。人法地，地法天，天法道，道法自然。道生一，太極爲一。一生二，太極分而爲天地。「二生三」，天之四象與地之四象爲八卦，是爲天地之二生八卦之三。邵雍曰：「獨陽不生，寡陰不成。」二陰不能生四陰，故有「用之者三」之説。邵雍曰：「老子，知易之體者也。」又曰：「道不可分也，其終則萬物歸地，地歸天，天歸道。」太極生天地，天之四象與地之四象爲八卦，八卦相錯爲萬物，「是故易有太極，是生兩儀，兩儀生四象，四象生八卦，八卦定吉凶，吉凶生大業」，語其體則是「道生一，一生二，二生三，三生萬物」。四陰不能生八陰，八陰不能生十六陰，十六陰不能生三十二陰，三十二陰不能生六十四陰，是「三生萬物」，八卦相錯而得六十四卦，以象萬物。繫辭曰：「擬諸其形容，象其物宜，是故謂之象。」天地各有四象，天之象日月星辰，地之象水火土石，八卦則是日月星辰水火土石之象。

體者八變，用者六變。是以八卦之象，不易者四，反易者二，以六卦變而成八也。

○乾、坤、震、巽、坎、離、艮、兑八卦，乾、坤、坎、離四卦不易，正反看皆爲本卦。震反看爲艮，巽反看爲兑，是爲「反易者二」。以震、巽二卦反易得艮、兑二卦，是爲「以六卦變而成八」。

重卦之象，不易者八，反易者二十八，以三十六變而成六十四也。

○「重卦」指「八卦相錯」而言。八卦相錯而得六十四卦，在六十四卦中，正反看皆爲本卦者，有乾、坤、頤、大過、坎、離、中孚、小過八個卦。餘五十六卦是二十八卦之反對：屯反爲蒙，需反爲訟，師反爲比，小畜反爲履，泰反爲否，同人反爲大有，謙反爲豫，隨反爲蠱，臨反爲觀，噬嗑反爲賁，剥反爲復，无妄反爲大畜，咸反爲恒，遯反爲大壯，晉反爲明夷，家人反爲睽，蹇反爲解，損反爲益，夬反爲姤，萃反爲升，困反爲井，革反爲鼎，震反爲艮，漸反爲歸妹，豐反爲旅，巽反爲兑，涣反爲節，既濟反爲未濟。不易者八加反易者二十八爲三十六，故有「以三十六變而成六十四」之説。易經分上下，上經三十卦，反覆視之爲十八卦；下經三十四卦，反覆視之亦十八卦。此以三十六卦而分上下經各十八卦説，邵雍看得分明。

故爻止于六，卦盡于八，策窮于三十六，而重卦極于六十四也。卦成于八，重于六十四，爻成于六，策窮于三十六，而重于三百八十四也。

○八卦有三爻，六十四重卦每卦有六爻，爲八卦相錯所得。揲四十九根蓍草，十有八變而成卦，得二十四、二十八、三十二、三十六，除以四而得六、七、八、九。六爲老陰，七爲少陽，八爲少陰，九爲老陽。三十六策爲揲蓍所得之最大數。一卦六爻，六十四卦共三百八十四爻。

天有四時，一時四月，一月四十日，四四十六而各去其一，是以一時三月，一月三十日也。四時，體數也，三月、三十日，用數也。體雖具四，而其一常不用也，故用者止于三而極于九也。體數常偶，故有四有十二；用數常奇，故有三有九。

○中國古代的哲學思維，與地處北温帶而有四季循環的氣象有密切關係。這是中國本土哲學的一大特點。天地爲兩儀，四季（含五行）爲四象，這是直到北宋邵雍時一直沿襲的哲學思想。觀物而得其象與數，而且又分體用，這又是中國本土哲學的根本理念。天有日月星辰，其體數四，一年分四季，其體數亦爲四。分月，則體數爲一季當四月，一年當十六個月，一月當四十日，共六百四十日。而實用則是一年十二個月，一個月三十日，共三百六十日。當期之日，爲乾策二百一十六與坤策一百四十四之和。大衍之數五十，其用四十有九。四爲體數，九爲用數。三三得九，一季三月九十日，用三用九，九爲數之極。

大數不足而小數常盈者，何也？以其大者不可見而小者可見也。故時止乎四，月止乎三，而日盈乎十也。是以人之支體有四而指有十也。

○數以小積大，以時見日，以日見月，以月見年，以年見世，以世見運，以運見會，以會見元。小數滿則進，爲可見者。大數無窮盡，不可見。人之生命常不滿百，而一運爲三百六十年，一會爲一萬八百年，一元爲十二萬九千六百年，是爲無人能見者。一年分四季，是爲「時止乎四」，一季三個月，一月三十日，是爲「月止乎三」。一月三旬，一旬十日，是爲「日盈乎十」，故以十天干紀日。

天見乎南而潛乎北，極于六而餘于七。是以人知其前，昧其後，而略其左右也。

○我國古人於中州大地觀天，分周天爲 365 度，南北各分其半，各爲 182.5 度。背北而面南觀之，北極出地 36 度，餘 146.5 潛而不見；南極入地 36 度，餘 146.5 度現而可見。6＊6＝36，故有「極於六」之説。餘數近似取 147，以天地之數言，故有「餘七」之説。

天體數四而用三，地體數四而用三。天尅地，地尅天，而尅者在地，猶晝之餘分在夜也。是以天三而地四。天有三辰，地有四行也。然地之大〔一〕且見且隱，其餘分之謂耶？

○「日月星辰共爲天，水火土石共爲地」，天辰不見，地火常潛。故邵雍有「天體數四而用三，地體數四而用三」之説。邵雍説「地之火且見且隱」，地有五行，去火而有四行。天上只見日月星，地上只見土水木金，故曰「天有三辰，地有四行」，合之数「七」为餘分。

乾七子，兑六子，離五子，震四子，巽三子，坎二子，艮一子，坤全陰，故無子。乾七子，坤六子，兑五子，艮四子，離三子，坎二子，震一子，巽陰剛，故無子。

○這是本先天圖内六十四卦方圖而言。

〔一〕張行成於此「大」字下注：「舊本作火。」

坤	剥	比	觀	豫	晉	萃	否
謙	艮	蹇	漸	小過	旅	咸	遯
師	蒙	坎	涣	解	未濟	困	訟
升	蠱	井	巽	恒	鼎	大過	姤
復	頤	屯	益	震	噬嗑	隨	无妄
明夷	賁	既濟	家人	豐	離	革	同人
臨	損	節	中孚	歸妹	睽	兑	履
泰	大畜	需	小畜	大壯	大有	夬	乾

先天圖六十四卦方圖，自右下角至左上角爲乾、兑、離、震、巽、坎、艮、坤八卦，居一對角線上。乾後有兑、離、震、巽、坎、艮、坤七卦，兑後有離、震、巽、坎、艮、坤六卦，離後有震、巽、坎、艮、坤五卦，震後有巽、坎、艮、坤四卦，巽後有坎、艮、坤三卦，坎後有艮、坤二卦，艮後有坤一卦，坤後無卦。起乾自右向左和自下向上看，向左有七卦，向上有七卦；起兑向左有六卦，向上有

六卦；起離向左有五卦，向上有五卦；起震向左有四卦，向上有四卦；起巽向左有三卦，向上有三卦；起坎向左有二卦，向上有二卦；起艮向左有一卦，向上有一卦；坤向左向上皆無卦。

自對角線兩端起，起乾有兑、離、震、巽、坎、艮、坤七卦，起坤有艮、坎、巽、震、離、兑六卦，起兑有離、震、巽、坎、艮五卦，起艮有坎、巽、震、離四卦，起離有震、巽、坎三卦，起坎有巽、震二卦，起震有巽一卦，起巽皆無卦。自右向左起乾和自上向下起坤或自下向上起乾和自左向右起坤，乾向左有七卦，向上有七卦；坤向下有六卦，向右有六卦；兑向左有五卦，向上有五卦；艮向下有四卦，向右有四卦；離向左有三卦，向上有三卦；坎向下有二卦，向右有二卦；震向左有一卦，向上有一卦；巽向下向右皆無卦。

天有二正，地有二正，而共用二變以成八卦也。天有四正，地有四正，共用二十八變以成六十四卦也。是以小成之卦，正者四，變者二，共六卦也。大成之卦，正者八，變者二十八，共三十六卦也。乾坤離坎爲三十六卦之祖也，兑震巽艮爲二十八卦之祖也。

○内卦爲貞，外卦爲悔。先天圖一貞八悔，乾、兑、離、震、巽、坎、艮、坤八貞，乾、兑、離、震屬天，巽、坎、艮、坤屬地。八卦小成，乾與離爲天之二正，坤與坎爲地之二正。就三畫卦言，乾、坤、離、坎反覆皆正而不變，震、巽反覆則爲艮、兑，故曰「正者四，變者二，共六卦」，二卦變得四卦，加四正卦共爲八卦，故曰「共用二變以成八卦」。

先天圖六十四卦圓圖，左方三十二卦屬天，右方三十二卦屬地。左方有乾、中孚、離、頤四卦，反覆皆正；右方有坤、小過、坎、大過四卦，反覆皆正。六十四卦大成，其中有五十六卦，爲二十八卦之反覆。二十八卦變五十六卦，加八正卦爲六十四卦，故曰「共用二十八變以成六十四卦也」，二十八卦加八正卦爲三十六卦，上經十八卦，下經十八卦。上經有乾、坤、坎、離，下經有震、巽、兑、艮。不變者體，可變者用，乾、坤、坎、離爲體之祖，震、巽、兑、艮爲用之祖。

乾坤七變，是以晝夜之極不過七分也。艮兑〔一〕六變，是以月止于六，共爲十二也。離坎五變，是以日止于五，共爲十也。震巽四變，是以體止于四，共爲八也。

○邵雍以八卦配天陰陽四象與地剛柔四象。乾爲日（太陽），兑爲月（太陰），離爲星（少陽），震爲辰（少陰），坤爲水（太柔），艮爲火（太剛），坎爲土（少柔），巽爲石（少剛）。日月星辰各主年月日時，七變求年，六變求月，五變求日，四變求時（辰體）。天四變而含地四變，共爲八變。

卦之正、變共三十六，而爻又有二百一十六，則用數之策也。三十六去四則三十二也，又去四則二十八也，又去四則二十四也。故卦數三十二位，去四而言之也；天數二十

〔一〕「艮兑」，道藏本、四庫本皇極經世作「兑艮」。

八位，去八而言之也；地數二十四位，去十二而言之也。四者乾坤離坎也，八者並頤、中孚、大、小過也。十二者，並兑、震、泰、既濟也。

○繫辭：「乾之策二百一十有六。」正者八加變者二十八，共三十六，一卦六爻，共二百一十六爻。陽主用，故二百一十六爲用數之策。三十六除以四得九，爲老陽之數，四九三十六爲乾之策數；三十二除以四得八，爲少陰之數，四八三十二爲巽離兑之策數；二十八除以四得七，爲少陽之數，四七二十八爲震坎艮之策數；二十四除以四得六，爲老陰之數，四六二十四爲坤之策數。先天圖左右各三十二位，左爲天，右爲地。左方天卦三十二，去乾、中孚、離、頤四卦則爲二十八；右方地卦三十二，去坤、小過、坎、大過則爲二十八。三十六去八爲二十八，八者指乾、中孚、離、頤、坤、小過、坎、大過言。三十六去十二得二十四位，乾、中孚、離、頤、坤、小過、坎、大過八卦加兑、震、泰、既濟四卦爲十二卦。

日有八位而用止于七，去乾而言之也。月有八位而用止于六，去兑而言之也。星有八位而用止于五，去離而言之也。辰有八位而用止于四，去震而言之也。

○天之四象日、月、星、辰配乾、兑、離、震。先天圖六十四卦方圖，對角乾、兑、離、震、巽、坎、艮、坤八卦，乾當日有八位，用兑、離、震、巽、坎、艮、坤七位；兑當月有八位，用離、震、巽、坎、艮、坤六位；離當星有八位，用震、巽、坎、艮、坤五位；震當辰有八位，用巽、坎、艮、坤四位。

就先天圖六十四卦方圖自右向左循環觀之，起乾至泰爲八位，用其七（夬至泰）；起兑至履爲八位，用其六（睽至臨）；起離至革爲八位，用其五（豐至明夷）；起震至噬嗑爲八位，用其四（益至復）。

日有八位，而數止于七，去泰而言之也。

○先天圖六十四卦方圖乾至泰爲八位，用數七，八卦去泰爲七卦。類推之，月有八位，而數止於六，爲去損、臨而言之；星有八位，而數止於五，爲去既濟、賁、明夷而言之；辰有八位，而數止於四，爲去益、屯、頤、復而言之。

月自兑起者，月不能及日之數也，故十二月常餘十二日也。

○日黄道一年三百六十六日，月白道一年三百五十四日。日一年盈六日，月一年縮六日，共十二日爲閏。

乾，陽中陽，不可變，故一年止舉十二月也。震，陰中陰〔一〕，不可變，故一日十二時

〔一〕張行成於此注：「舊本作陽。」按：道藏本上三字正作「陰中陽」。

不可見也。兑，陽中陰，離，陰中陽，皆可變，故日月之數可分也。是以陰數以十二起，陽數以三十起，而常存二六也。

○以日、月、星、辰配元、會、運、世，一日元等於十二月會，一月會等於三十星運，一星運等於十二辰世，一辰世等於三十歲（年）。往下推之，一歲等於十二月，一月等於三十日，一日等於十二辰，一辰等於三十分。日、星爲陽，月、辰爲陰；歲、日爲陽，月、時爲陰。陽以三十起，陰以十二起。二六一十二，五六三十，常存二與六。乾日與震辰，不可分；兑月與離星可分。上文「震，陰中陽」當作「震，陰中陰」；「日月之數可分也」當作「月星之數可分也」。不變者不可分，可變者可分。

舉年見月，舉月見日，舉日見時，陽統陰也。是天四變含地四變。日之變含月與星辰之變也。是以一卦含四卦也。

○乾、兑、離、震象天之日、月、星、辰；巽、坎、艮、坤象地之石、土、火、水。元、會、運、世爲天之四變，歲、月、日、時爲地之四變，是「天四變含地四變」與「陽統陰」之義。乾一變得兑，乾、兑二變得離、震，是乾之變含兑、離、震之變，亦即「日之變含月與星辰之變」。乾與變得之三卦爲「一卦含四卦」。類推之，坤一變得艮，坤、艮二變得坎、巽，是坤之變含艮、坎、巽之變，亦即「歲之變含月與日時之變」，此亦是「一卦含四卦」。

日一位，月一位，星一位，辰一位。日有四位，月有四位，星有四位，辰有四位。四四十有六位。盡此一變而日月之數窮矣。〔一〕

○乾日元爲 1，兑月會爲 12，離星運爲 360，震辰世爲 4320。乾之乾 1，兑之兑 144，離之離 129600，辰之辰 18662400。乾、兑、離、震（日、月、星、辰）相錯得先天圖内方圖「天門」十六卦。

先天圖六十四卦分「天門」、「地户」、「人路」、「鬼方」四區，每區各十六卦。「天門」之天有日月，故曰「日月之數窮」。

天有四變，地有四變，變有長也，有消也。十有六變而天地之數窮矣。

○看先天圖六十四卦圓圖一貞八悔之貞卦，天以震、離、兑、乾爲長，以巽、坎、艮、坤爲消。看先天圖六十四卦方圖一貞八悔之貞卦，地以巽、坎、艮、坤爲長，以震、離、兑、乾爲消。天地消長共十六變。貞乾悔乾、兑、離、震、巽、坎、艮、坤爲一變，貞兑悔乾、兑、離、震、巽、坎、艮、坤爲二變，貞離悔乾、兑、離、震、巽、坎、艮、坤爲三變，貞震悔乾、兑、離、震、巽、坎、艮、坤爲四變，此爲「天有四變」；貞巽悔乾、兑、離、震、巽、坎、艮、坤爲一變，貞坎悔乾、兑、離、震、巽、

〔一〕張行成注：「『此一變』上原脱一『盡』字。」

坎、艮、坤爲二變，貞艮悔乾、兑、離、震、巽、坎、艮、坤爲三變，貞坤悔乾、兑、離、震、巽、坎、艮、坤爲四變，此爲「地有四變」。天地八變得先天圖六十四卦圓圖，又八變得先天圖六十四卦方圖，故有「十六變而天地之數窮矣」之説。

日起於一，月起於二，星起於三，辰起於四。引而伸之，陽數常六，陰數常二，十有二變，而大小之運窮矣。〔一〕

○日爲元，起於一；月爲會，起於十二；星爲運，起於三百六十；辰爲世，起於四千三百二十。即 1 元＝12 會＝360 運＝4320 世。二六得十二，五六得三十。大小運之數反復乘以 12 與 30，乃至無窮。

三百六十變爲十二萬九千六百。

○1 元＝129600 年　1 元＝360 運　360＊360＝129600

十二萬九千六百變爲一百六十七億九千六百一十六萬。

〔一〕張行成注：「陰數常二」下原脱「十有二變」一句。

○元之元數：129600＊129600＝16796160000

一百六十七億九千六百一十六萬變爲二萬八千二百一十一兆九百九十萬七千四百五十六億。

○元之元之元之元數：16796160000＊1679616000＝28211099074560000000

以三百六十爲時，以〔一〕十二萬九千六百爲日，以一百六十七億九千六百〔二〕一十六萬爲月，以二萬八千二百一十一兆九百九十萬七千四百五十六億爲年，則大小運之數立矣。

○元、會、運、世爲大運，年、月、日、時爲小運。時當世，以12當一秒之數，1時＝30分＝360秒，則360爲1時之數（1世＝30年＝360月）；日當運，以360當1分之數，1日＝12時＝360分＝129600，則129600爲1日之數（1運＝12世＝360年＝4320月＝129600日）；月當會，以129600當1秒之數，1月＝30日＝360時＝10800分＝129600秒＝1679616000，則1679616000爲1月之數（1會＝30運＝360世＝10800年＝129600月＝3888000日＝

〔一〕道藏本「以」下有「一」字。

〔二〕道藏本自此始有脱字。自「一十六萬爲月」始，脱至後「十二萬九千六百」一節。

46656000 時＝1399680000 分＝1679616000 秒）；年當元，以 1679616000 當 1 分之數，1 年＝12 月＝360 日＝4320 時＝129600 分＝1555200 秒＝46656000（？）＝559872000（？）＝16796160000（？）＝282110990745600000000，則 282110990745600000000 爲 1 元之數（1 元＝12 會＝360 運＝4320 世＝129600 年＝1555200 月＝46656000 日＝559872000 時＝1679616000 分＝281109907456000000000 秒）。

大小運之數，反復乘以 12 與 30 之數，可至無窮大與無窮小。實際上用數不過 1 元，12 會，360 運，4320 世，129600 年，1555200 月，46656000 日，559872000 時，16796160000 分，201553920000 秒。以年當元，1 年＝12 月＝360 日＝4320 時＝129600 分＝1555200 秒。以月當會，1 月＝30 日＝360 時＝10800 分＝129600 秒。以日當運，1 日＝12 時＝360 分＝4320 秒。以時當世，1 時＝30 分＝360 秒。如此計數，一年實有 365.25 日，每月亦不全是 30 日，所以就要以大小運數去計算如何置閏。

元、會、運、世與年、月、日、時可相互組合。

所得「元之元」與「年之年」等還可相互組合，得「元之元之元之元」與「年之年之年之年」等。如果 1 元之數爲 129600 年，則元之元數就是：129600 * 129600＝16796160000，元之元之元之元數就是：16796160000 * 16796160000＝282110990745600000000

二萬八千二百一十一兆九百九十萬七千四百五十六億分而爲十二，前六限爲長，後六限爲消，以當一年十二月之數，而進退三百六十日矣。

○先天圖六十四卦圓圖像一年氣候之運行，自子至巳爲長，自午至亥爲消。一年子、丑、寅、卯、辰、巳、午、未、申、酉、戌、亥十二月流行六十四卦，一月三十日，十二月共三百六十日。分元之元之元之元數爲十二限，配十二月，前六限配先天圖圓圖左方，爲長；後六限配先天圖圓圖右方，爲消。是把卦氣流行配以月數。進 360 而得元之元之元之元數，退元之元之元之元數而得 360。

360＊360＝129600　129600＊129600＝16796160000

16796160000＊16796160000＝282110990745600000000

一百六十七億九千六百一十六萬分而爲三十，以當一月三十日之數，隨大運消長而進退六十日矣。十二萬九千六百〔一〕分而爲十二，以當一日十二時之數，而進退六日矣。三百六十以當一時之數，隨小運之進退，以當晝夜之時也。

○一年十二月之數爲以元經會之數，一元十二會；一月三十日之數爲以會經運之數，一會三十

〔一〕張行成注：舊本脱至此。

運；一日十二時之數爲以運經世之數，一運十二世；一時當一世，一時 360 秒，一世 360 月。十二時，子至巳爲進，午至亥爲退。小運進退積而成大運之消長。

十六變之數，去其交數，取其用數，得二萬八千二百一十一兆九百九十一〔一〕萬七千四百五十六億。分爲十二限，前六限爲長，後六限爲消，每限得十三億九千九百六十八萬之一百六十七億九千六百一十六萬。

○1 限之數：28211099074560000000/12＝(16796160000/12)＊16796160000＝1399680000＊16796160000＝23509249228800000000

每一百六十七億九千六百一十六萬年，開一分，進六十日也。六限開六分，進三百六十日也。猶有餘分之一，故開七分，進三百六十六日也。其退亦若是矣。

○1 元之數分作 12 分，1 分當 1 會之數，即爲一限之數，其數爲 1399680000＊16796160000。1399680000/30/12/30＝129600

邵雍立大小運之法，會之 1 秒當元之 1 年，1 年當 129600 會，1 月當 10800 會，1 日當

〔一〕按，此「一」字當删。

360會，1時當30會，129600＊12＊30＊12＊30＝1679616000，爲12年當12秒之數。六限進三百六十日，又一限進一日，六限三百六十六日。漢儒卦氣以六十卦分三百六十五又四分之一日，每卦六日七分。邵雍則於三百六十日與三百六十六日之間進退，而置閏數於其間。

十二萬九千六百，去其三者，交數也，取其七者，用數也。用數三而成于六，加餘分故有七也。七之得九萬七百二十年，半之得四萬五千三百六十年，以進六日也。

○129600/10＊7＝90720　90720/2＝45360

日有晝夜，數有朓朒，以成十有二日也。每三千六百年進一日，凡四萬三千二百年進十有二日也。餘二千一百六十年以進餘分之六，合交數之二千一百六十年，共進十有二分以爲閏也。

○九章算術第七章劉徽注：「盈者謂之朓，不足者謂之朒。」3600＊12＝43200，45360－43200＝2160。四萬五千三百六十年共進十二日十二分。其中十二分爲閏。

故小運之變，凡六十而成三百六十有六日也。六者三天也，四者兩地也。天統乎體而託地以爲體，地分乎用而承天以爲用。天地相依，體用相附。〔一〕

○易傳說卦曰：「昔聖人之作易也，幽贊於神明而生蓍，參天兩地而倚數，觀變於陰陽而立卦。」「三天」、「兩地」之說出於此。邵雍賦予六十四卦以數，起於一，大至無極之數。他立大小運之演算法，目的則在於以易數推出曆數。

〔一〕道藏本無「六者三天也」至「體用相附」一段。

觀物外篇上之中

乾爲一，乾之五爻分而爲大有，以當三百六十之數也。乾之四爻分而爲小畜，以當十二萬九千六百之數也。乾之三爻分而爲履，以當一百六十七億九千六百一十六萬之數也。乾之二爻分而爲同人，以當二萬八千二百一十一兆九百九十萬七千四百五十六億之數也。乾之初〔一〕爻分而爲姤，以當〔七秭九千五百八十六萬六千一百十垓九千九百四十六萬四千八京八千四百三十九萬一千九百三十六兆之數也。〕〔二〕是謂分數也。分大爲小，皆自上而下，故以陽數當之。如一分为十二，十二分为三百六十也。

○變乾之九五爲六五，得大有。變乾之九四爲六四，得小畜。變乾之九三爲六三，得履。變乾之九二爲六二，得同人。變乾之初九爲初六，得姤。

各卦所當之數，大有是1乘以360，小畜是1乘以360的二次方，履是1乘以360的四次方，同人是1乘以360的八次方，姤是1乘以360的十六次方。

〔一〕張行成注：舊本作「六」。
〔二〕張行成注：舊本闕此一節。

乾數 1；

大有數 360；

小畜數 129600；

履數 1679616000；

同人數 2821109907456000000；

姤數 795866110994640088439193600000000000000。

一生二爲夬，當十二之數也。二生四爲大壯，當四千三百二十之數也。四生八爲泰，當五億五千九百八十七萬二千之數也。八生十六爲臨，當九百四十（四）〔一〕兆三千六百九十九萬六千九百一十五億二千萬〔二〕之數也。十六生三十二爲復，當「二千六百五十二萬八千八百七十垓三千六百六十四萬八千八百京二千九百四十七萬九千七百三十一兆二千萬億」〔三〕之數也。三十二生六十四爲坤，當無極之數也。是謂長數也。長小

〔一〕張行成注：舊本衍一「四」字。

〔二〕「萬」字據道藏本補。

〔三〕張行成注：舊本闕此一節。

爲大，皆自下而上，故以陰數當之。

○邵雍以「先天卦變」得到先天圖。其法以乾爲祖自上爻始，逆爻序一變而二，二變而四，四變而八，八變而十六，十六變而三十二，三十二變而六十四。變乾一之上爻得夬二，變乾一、夬二之五爻得大有三、大壯四，變乾一、夬二、大有三、大壯四之四爻得小畜五、需六、大畜七、泰八，變乾一至泰八之三爻得履九至臨十六，變乾一至臨十六之二爻得同人十七至復三十二，變乾一至復三十二之初爻得姤三十三至坤六十四。是變乾一之上爻生夬二，變夬二之五爻生大壯四，變大壯四之四爻生泰八，變泰八之三爻生臨十六，變臨十六之二爻生復三十二，變復三十二之初爻生坤六十四。此即是所謂的「加一倍法」。

各卦所當之數，夬是 12，大壯是 12 乘以 360，泰是 12 乘以 360 的 3 次方，臨是 12 乘以 360 的 7 次方，復是 12 乘以 360 的 15 次方，坤是 12 乘以 360 的 31 次方。

夬數 12

大壯數 4320

泰數 559872000

臨數 9403699691520000000

復數 265288703664880029479731200000000000000

坤數 211134288876577592353874289822706288699654872760320000000000000000000000000000000

六十四卦皆有數。以乾爲祖六變生六十四卦，卦序號爲奇者爲「分數」，其數爲以乾一之數1乘以360的一次方、二次方、四次方、八次方、十六次方。1爲陽數，故有「以陽數當之」之説；卦序號爲偶者爲「長數」，其數爲以夬二之數12乘以360的一次方、三次方、七次方、十五次方、三十一次方。12爲陰數，故有「以陰數當之」之説。

六十四卦所當之數表，見書後附表。

天統乎體，故八變而終于十六；地分乎用，故六變而終于十二。天起于一而終于「七秭九千五百八十六萬六千一百一十垓九千九百四十六萬四千八京八千四百三十九萬一千九百三十六兆」〔一〕；地起于十二而終于二百四垓〔二〕六千九百八十萬七千三百八十一京〔三〕五千四百九十一〔四〕萬八千四百九十九兆七百二十萬億也。

○天起於乾之1，終於姤之79586611099464008843919360000000000000000。分數自大有至姤爲十六卦。地起於夬之12，終於震之20469807381549384990720000000000000。長數自

〔一〕張行成注：舊本闕此一節。

〔二〕張行成注：舊本「垓」作「稊」。

〔三〕張行成注：舊本「京」作「垓」。

〔四〕此「一」字當作「二」。

需至震爲十二卦。

有地然後有二，有二然後有晝夜。二三以變，錯綜而成，故易以二而生數，以十二而起〔一〕，而一非數也，非數而數以之成也。天行不息，未嘗有晝夜，人居地上以爲晝夜，故以地上之數爲人之用也。

○一爲太極，一生二，二生三，三生萬物，一非數而二爲數。繫辭曰：「易有太極，是生兩儀，兩儀生四象，四象生八卦。」太極一氣分而爲天地兩儀，是有二數，二生三，是天地各生有四象（合爲八卦）。太極之一非數，然二數、三數，乃至萬數，皆由太極生出，故曰「非數而數以之成」。邵雍之時，雖不知地是圓球形，然却知「天行不息，未嘗有晝夜」，而晝夜是因「人居地上」而形成。此可謂觀物之大者。

天自臨以上，地自師以上，運數也。天自同人以下，地自遯〔二〕以下，年數也。運數則在天者也，年數則在地者也。天自賁以上，地自艮以上，用數也。天自明夷以下，地自

〔一〕道藏本「起」作「變」。
〔二〕張行成注：舊本「遯」誤作「剥」。按：道藏本誤作「剥」。

否以下，交數也。天自震以上，地自晉以上，有數也。天自益以下，地自豫以下，無數也。

○觀先天圖六十四卦圓圖之貞卦，其左方自震至乾爲冬至迄夏至，其右方自巽至坤爲夏至迄冬至。其左方爲陽屬天，其右方爲陰屬地。

中分圓圖上下觀之，其上乾兑巽坎爲晝屬天，其下離震艮坤爲夜屬地。臨爲貞兑末卦，師爲貞坎末卦，故左方臨至乾十六卦與右方師至姤十六卦之數爲在天之「運數」；同人爲貞離之首卦，遯爲貞坎之首卦，故左方同人至復十六卦與右方遯至坤十六卦之數爲在地之「年數」。

左方賁至乾二十三卦與右方艮至姤二十三卦之數爲「用數」。

左方明夷至頤九卦與右方否至坤八卦之數爲「交數」。

左方震至夬二十七卦與右方晉至姤二十七卦之數爲「有數」。

左方益至復四卦與右方豫至剥四卦之數爲「無數」。

天之有數起乾而止震，餘入于無者，天辰不見也。地去一而起十二者，地火常潛也。故天以體爲基而常隱其基，地以用爲本而常藏其用也。

○天數起於乾之一，地數起於夬之十二。

一時止于三月，一月止于三十日，皆去其辰數也。是以八八之卦六十四，而不變者八，可變者(七)〔一〕七八五十六，其義亦由此矣。

○天地之體數各四，而用者三。一時四月用三月，一月四十日用三十日，皆去其辰數，用三而一不用。六十四卦，不變者八，可变者五十六。

陽爻，晝數也，陰爻，夜數也。天地相銜，陰陽相交，故晝夜相雜〔二〕，剛柔相錯。春夏陽多〔三〕也，故晝數多夜數少；秋冬陰多〔四〕也，故晝數少夜數多。

○先天圖六十四卦圓圖像天一年四季之運行。復當冬至，姤當夏至。冬至後晝長夜短，夏至後晝短夜長。圓圖左方三十二卦192爻中112陽80陰，右方三十二卦192爻中112陰80陽。陽爻象晝，陰爻象夜，左方象春夏，故曰「晝數多夜數少」；右方象秋冬，故曰「晝數少夜數多」。邵雍先天之學，只有一先天圖，用以表明象、數、言、意，並謂「天下之數出於理」、「天地萬物之理盡在其中」。

〔一〕張行成注：舊本衍「七」字。
〔二〕張行成注：舊本「雜」誤作「離」。
〔三〕道藏本無「多」字。
〔四〕道藏本無「多」字。

體數之策三百八十四，去乾坤坎離之策爲用數三百六十。

○六十四卦，每卦六爻，共384爻。去乾坤坎離四正卦24爻，用360爻，是「當期之日」數。

體數之用二百七十，去乾與坎離之策爲用數之用二百五十二也。體數之用二百七十，其一百五十六爲陽，一百十四爲陰。去離之策得一百五十二陽、一百一十二陰，爲實用之數也。蓋陽去離而用乾，陰去坤而用坎也。是以天之陽策一百十二，去其陰也。地之陰策一百十二，陽策四十，去其南北之陽也。

○先天圖六十四卦圓圖，左方去隨至復七卦，右方去漸至坤十二卦，餘四十五卦，其爻數270，其中陽爻156，陰爻114。離卦四陽二陰，去之陽得152，陰得112，爲實用之數。四十五卦270爻，去乾與坎離三卦18爻，餘252爻。體數之用爲270，用數之用爲252，陽152與陰112爲實用之數。四十五卦中有乾無坤，再去離，則曰「陽去離而用乾，陰去坤而用坎」。實用陽策152，去其南北40策，則天之陽策112，地之陰策112。

極南大暑，極北大寒，物不能生，是以去之也。其四十爲天之餘分耶？陽侵陰，晝侵夜，是以在地也。合之爲一百五十二陽，一百十二陰也。陽去乾之策，陰去坎之策，得一〔一〕百四十四〔二〕陽，一百八陰，爲用數之用也。陽三十六，三之爲一百八；陰三十六，三之爲一百八。三陽三陰，陰陽各半也。陽有餘分之一爲三十六，合之爲一百四十四〔三〕陽，一百八陰也。故體數之用二百七十，而實用者二百六十四，用數之用二百五十二也。

○天圓地方，方地之南爲陽極，方地之北爲陰極，故曰「極南大暑，極北大寒」。天陽策152，陰策112，天地之策各取112，以陽策40爲「天之餘分」。

陽策152去乾陽策6，得146；陰策112去坎陰策4，得108。36乘以3得108。

卦有六十四而用止乎三十六，爻有三百八十四而用止乎二百一十六也。六十四分而爲二百五十六，是以一卦去其初、上之爻，亦二百五十六也，此生物之數也。故離坎爲生物之主，以離四陽、坎四陰，故生物者必四也。陽一百一十二，陰一百一十二，去其離坎之爻則二百一十六也。陰陽之四十共爲二百五十六也。

〔一〕張行成注：舊本作「二」。
〔二〕張行成注：舊本作「六」。
〔三〕張行成注：舊本作「六」。

○六十四卦中有八卦反覆不變，有二十八卦反覆爲五十六卦，8 加 28 爲 36。108 加 108 爲 216。六十四卦共 384 爻，每卦去 2 爻，共去 128 爻，餘 256 爻。陽 112 去離 4 陽得 108；陰 112 去坎 4 陰得 108，合之爲 216。216 加 40 得 256。

是以八卦用六爻，乾坤主之也。六爻用四位，離坎主之也。故天之昏曉不生物，而日中生物，地之南北不生物，而中央生物也。體數何爲者也？生物者也。用數何爲者也？運行者也。運行者天也，生物者地也。天以獨運，故以用數自相乘，而以用數之用爲生物之時也。地偶而生，故以體數之用，陽乘陰爲生物之數也。

○用數 360，自相乘得 129600，爲一元之年數。用數之用爲 252，以此數爲生物之時。體數之用 270，乘以生物之數 256，得 69120。元之世數 4320 * 16 = 69120，69120 * 270 = 18662400，爲世之世數。69120/6＝11520，爲繫辭所言「萬物之數」。

天數三，故六六而又六之，是以乾之策二百一十有六。地數兩，故十二而十二之，是以坤之策百四十有四也。乾用九，故三其八爲二十四，而九之亦二百一十六，兩其八爲十六，而九之亦百四十有四。坤用六，故三其十二爲三十六，而六之亦二百一十六，兩其十二爲二十四，而六之亦百四十有四也。

○繫辭：「乾之策二百一十有六，坤之策百四十有四，凡三百六十。」

6＊6＊6＝216；12＊12＝144。8＊3＝24，24＊9＝216；8＊2＝16，16＊9＝144。

12＊3＝36，36＊6＝216；12＊2＝24，24＊6＝144。

坤以十二之三，十六之四，六之一與半，爲乾之餘分，則乾得二百五十二，坤得一百八也。

○216＋36＝252，144－36＝108。144/12＊3＝36；144/16＊4＝36；144/6＊1.5＝36。

陽四卦十二爻，八陽四陰，以三十六乘其陽，以二十四乘其陰，則三百八十四也。

○看先天圖六十四卦圓圖一貞八悔之貞卦，左方乾、兑、離、震爲陽四卦，乾三陽，兑二陽，離二陽，震一陽，計八陽，乾無陰，兑一陰，離一陰，震二陰，計四陰。8＊36＝288，4＊24＝96，合之爲384，爲先天圖六十四卦總爻數。

體有三百八十四而用止于三百六十，何也？以乾、坤、坎、離之不用也。乾、坤、坎、離之不用，何也？乾、坤、坎、離之不用，所以成三百六十之用也。故萬物變易而四者不變也。夫惟不變，是以能變也。用止于三百六十而有三百六十六，何也？數之贏〔一〕也。數之贏則何用也？乾之全用也。乾、坤不用，則離坎用半也。乾全用者，何也？陽主贏也。乾坤不用者，何也？獨陽不生，專〔二〕陰不成也。離、坎用半，何也？離東坎西，當陰陽之半，爲春秋晝夜之門也。或用乾，或用離、坎，何也？主陽而言之，故用乾也，主贏分而言之，則陽侵陰，晝侵夜，故用離、坎也。陽主贏，故乾全用也。陰主虛，故坤全不用也。陽侵陰，陰侵陽，故坎離用半也。是以天之南全見而北全不見，東西各半見也。離坎〔三〕陰陽之限也，故離當寅，坎當申，而數常踰之者，蓋陰陽之溢也。然用數不過乎寅，交〔四〕數不過乎申。或离当卯，坎当酉。乾四十八而四分之，一分爲陰所剋，坤四十八而四分之，一分爲所剋之陽也。故乾得三十六，而坤得十二也。陽主進，是以進之爲三百六十日；陰主消，是以十二月消十二日也。

〔一〕「贏」字，道藏本作「羸」，下同。
〔二〕道藏本作「寡」。
〔三〕道藏本「離坎」作「爲稱」。
〔四〕張行成注：舊本作「爻」。

○六十四卦 384 爻，去乾坤坎離四正卦 24 爻，得 360，全用乾 6 爻，則得 366，離坎 12 爻用其 6 爻，亦得 366。乾全用，離坎用半，惟獨不用坤。先天圖六十四卦圓圖，乾、坤定上下之位，離、坎列左右之門。乾當巳位，坤當亥位，離當寅位，坎當申位。天自賁以上爲用數，不過乎寅；地自否以下爲交數，不過乎申。先天圖貞乾八卦 48 爻，36 陽 12 陰；貞坤八卦 48 爻，12 陽 36 陰。48/4＝12，12＊3＝36。360 爲一年當期之日，月行疾 59 日而再會，12 月消 12 日爲積閏之數，19 年而 7 閏。周天 365.25 度，360 日爲正數，餘 6 日爲贏數。邵雍皇極經世用 360 與 12，1 元＝360 運，1 運＝360 年，1 世＝360 月，1 年＝360 日，1 月＝360 時。1 元＝12 會，1 運＝12 世，1 年＝12 月，1 日＝12 時。

> 順數之，乾一，兑二，離三，震四，巽五，坎六，艮七，坤八。逆數之，震一，離兑二，乾三，巽四，坎艮五，坤六也。

○先天圖圓圖像天，方圖形地。圓者起一而積六，方者起一而積八。天逆日而行，以貞卦看陰陽消長，起震（一陽二陰）歷離兑（二陽一陰）、乾（三陽無陰）、巽（二陽一陰）、坎艮（一陽二陰）至坤（三陰無陽），「逆知四時」數之，震一，離兑二，乾三，巽四，坎艮五，坤六，此爲圓圖起一積六數之。地自下而上順生萬物，以貞卦自下而上數之，乾一，兑二，離三，震四，巽五，坎六，艮七，坤八，此爲方圖起一而積八數之。

乾四十八，兑三十，離二十四，震十，坤十二，艮二十，坎三十六，巽四十。

○看先天圖六十四卦圓圖，貞乾八卦、貞兑八卦、貞離八卦、貞震八卦居左爲陽卦；貞坤八卦、貞艮八卦、貞坎八卦、貞巽八卦居右爲陰卦。乾、坎、離、坤爲四正卦，巽、兑、艮、震爲四隅卦。正卦以地支十二數乘以一、二、三、四，得坤12，離24，坎36，乾48。隅卦以天干十數乘以一、二、三、四，得震10，艮20，兑30，巽40。

看先天圖方圖，起乾，下乾八卦與上乾八卦，計48陽爻。起離，向左六卦下離12陽爻，向上六卦上離12陽爻，合計24陽爻。起震，向左五卦下震五陽爻，向上五卦上震五陽爻，合計十陽爻。起坤向右八卦有12陽爻，向下八卦有12陽爻。起艮，向上向下八卦有20陽爻，向左向右八卦有20陽爻。起巽，向右五卦有20陽爻，向下五卦有20陽爻，合計有40陽爻。

乾三十六，坤十二，離兑巽二十八，坎艮震二十。兑離上正更思之。〔一〕

○看先天圖六十四卦圓圖和六十四卦方圖，貞乾八卦36陽，貞坤八卦12陽，貞離八卦、貞兑八卦、貞巽八卦各28陽，貞坎八卦、貞艮八卦、貞震八卦各20陽，合計爲192陽。以陰爻計，則乾12，坤36，離兑巽20，坎艮震28，合計亦爲192陰。

〔一〕底本無此小字注，據道藏本補。

圓數有一，方數有二，奇偶之義也。六即一也，十二即二也。天圓而地方，圓者數之起一而積六，方者數之起一而積八。變之則起四而積十二也。六者常以六變，八者常以八變，而十二者亦以八變，自然之道也。

○圓者徑一圍三，方者徑一圍四，二二得四，故有「圓數有一，方數有二」說。天地之數十，五生數各加五得五成數，六爲一之成數，十二去成數十即爲二生數。

先天圖六十四卦圓圖像天，逆數之，起一而積六，震一，離兑二，乾三，巽四，坎艮五，坤六。

先天圖六十四卦方圖形地，自下而上順數之，起一而積八，乾一，兑二，離三，震四，巽五，坎六，艮七，坤八。

數六者圓圖，是以乾爲祖六變而得：一變而二，二變而四，三變而八，四變而十有六，五變而三十有二，六變而六十四卦備。圓圖像一年四時十二月，爲起四而積十二。

數八者方圖，是以八卦相錯經八變而得：以乾一爲下卦，上錯乾一至坤八，得八卦；以兑二爲下卦，上錯乾一至坤八，得八卦；以離三爲下卦，上錯乾一至坤八，得八卦；以震四爲下卦，上錯乾一至坤八，得八卦；以巽五爲下卦，上錯乾一至坤八，得八卦；以坎六爲下卦，上錯乾一至坤八，得八卦；以艮七爲下卦，上錯乾一至坤八，得八卦；以坤八爲下卦，上錯乾一至坤八，得八卦。八變共得六十四卦。

八節二十四氣，爲十二者亦以八變。天有四象，地有四象，合天地四象爲八卦。體四而用三，四三一十二。六變、八變皆爲天地之數變，是出於「自然之道」之變。

八者天地之體也，六者天之用也，十二者地之用也。天變方爲圓而常存其一，地分一爲四而常執其方。天變其體而不變其用也，地變其用而不變其體也。六者并其一而爲七，十二者并其四而爲十六也。陽主進，故天并其一而爲七；陰主退，故地去其四而止於十二也。是陽常存一而陰常晦一也，故天地之體止於八，而天之用極於七，地之用止於十二也。圓者刓〔一〕方以爲用，故一變四，四去其一則三也，三變九，九去其三則六也；方者引〔二〕圓以爲體，故一變三，并之四也。四變十二，并之十六也。故用數成于三而極于六，體數成于四而極于十六也。是以圓者徑一而圍三，起一而積六；方者分一而爲四，分四而爲十六，皆自然之道也。

○太極一氣分而爲天地，天一變而有日月星辰之四；地一變而有水火土石之四，體四而用三，天地之體數爲八，天辰不見，地火常潛，六爲其用。易乾鑿度曰：「易變而爲一，一變而爲七，七變而爲九。九者氣變之究也，乃復變而爲一。」邵雍本此説天地之體用數。

〔一〕「刓」原作「裁」，據道藏本改。
〔二〕「引」原作「展」，據道藏本改。

一役二以生三，三去其一則二也。三生九，九去其一則八也，去其三則六也。故一役三，三復役二也。三役九，九復役八與六也。是以二生四，八生十六，六生十二也。三并一則爲四，九并三則爲十二也，十二又并四則爲十六。故四以一爲本，三爲用；十二以三爲本，九爲用；十六以四爲本，十二爲用。更思之。〔一〕

○太極一氣生天地兩儀爲「一役二以生三」，天地見而太極隱。三生九爲八卦與一太極，太極隱則八卦顯。八卦實六卦，震巽反覆得艮兑，九去其三爲六。天之四象與地之四象，四爲本，而太極爲一，天地爲一生二，則八卦爲二生三，三爲用。

圓者六變，六六而進之，故六十變而三百六十矣。方者八變，故八八而成六十四矣。陽主進，是以進之爲六十也。

○先天圖圓圖六變得六十四卦，六十四卦中八卦不變，二十八卦反覆爲五十六卦。八卦加二十八卦爲三十六卦，實六六三十六之變。圓圖像一年當期之日三百六十，6＊6＊10＝6＊60＝360。方圖八卦相錯，一卦統八卦，八變而得六十四卦。

〔一〕底本無「更思之」三小字注，據道藏本補。

觀物外篇上之下

蓍數不以六而以七，何也？并其餘分也。去其餘分則六，故策數三十六也。是以五十者，六十四卦閏歲之策也。其用四十有九者，六十卦一歲之策也。歸奇掛一，猶一歲之閏也。卦直去四者，何也？天變而地效之。是以蓍去一，則卦去四也。

○揲蓍用四十九根蓍草，七七四十九，故言「以七」。得大數三十六爲太陽之策，六六三十六，故言「以六」。「餘分」爲一，「蓍」七去一得「策」六。六十四卦384爻，去四正卦爲360爻，當一歲之日。大衍之數五十，去一而用四十九，歸奇掛一如同六十四卦去四正卦，皆與置閏聯繫。

圓者徑一圍三，重之則六；方者徑一圍四，重之則八也。

○繫辭曰：「蓍之德圓而神，卦之德方以知。」邵雍於此將圓方之數與六爻八卦聯繫起來。

裁方而爲圓，天所以運行；分大而爲小，地所以生化。故天用六變，地用四變也。

○裁四爲三，重之則六，則先天圖圓圖六十四卦爲以乾爲祖經六變而得。析一爲四，「四象相交成十六事」，一變而得十六卦（天之四象），二變而得三十二卦（天之四象交於地之四象），三變而得四十八卦（地之四象交於天之四象），四變而得六十四卦（地之四象交於地之四象），是爲先天圖方圖六十四卦。

一八爲九，裁爲七，八裁爲六，十六裁爲十二，二十四裁爲十八，三十二裁爲二十四，四十裁爲三十，四十八裁爲三十六，五十六裁爲四十二，六十四裁爲四十八也。一分爲四，八分爲三十二，十六分爲六十四，以至九十六分爲三百八十四也。

○先天圖圓圖，用數皆四分去一。8 四分去一得 6，16 四分去一得 12，24 四分去一得 18，32 四分去一得 24，40 四分去一得 30，48 四分去一得 36，56 四分去一得 42，64 四分去一得 48。先天圖方圖，體數皆一分爲四。以卦變而言，1 變 4，2 變 8，4 變 16，8 變 32，16 變 64。以爻畫而言，16 卦 96 爻變 64 卦 384 爻。

一生六，六生十二，十二生十八，十八生二十四，二十四生三十，三十生三十六，引而伸之，六十變而生三百六十矣，此運行之數也。四生十二，十二生二十，二十生二十八，二十八生三十六，此生物之數也。故乾之陽策三十六，兑、離、巽之陽策二十八，震、坎、艮之陽策二十，坤之陽策十二也。

○天數爲運行之數，地數爲生物之數。先天圖圓圖寓天數，方圖寓地數。圓圖去四正卦，六十卦爲360爻，爲一年當期之日。一卦6爻，二卦12爻，三卦18爻，四卦24爻，五卦30爻，六卦36爻，引而伸之，六十卦360爻。方圖六十四卦，不易者8，反易者28，合之爲36。以4反易卦合8不易卦爲12，以12反易卦合8不易卦爲20，以20反易卦合8不易卦爲28，以28反易卦合8不易卦爲36。看先天圖六十四卦圓圖和六十四卦方圖一貞八悔，貞乾八卦36陽，貞離八卦、貞兑八卦、貞巽八卦各28陽，貞坎八卦、貞艮八卦、貞震八卦各20陽，貞坤八卦12陽。

圓者一變則生六，去一則五也。二變則生十二，去二則十也。三變則生十八，去三則十五也。四變則二十四，去四則二十也。五變則三十，去五則二十五也。六變則三十六，去六則三十也。是以存之則六六，去之則五五也。五則四而存一也，四則三而存一也，三則二而存一也〔一〕，二則一而存一也。故一生二，去一則一也，二生三，去一則二

〔一〕道藏本缺「三則二而存一也」一句。

也，三生四，去一則三也，四生五，去一則四也。是故二以一爲本，三以二爲本，四以三爲本，五以四爲本，六以五爲本。更思之。〔一〕

方者一變而爲四，四生八，并四而爲十二；八生十二，并八而爲二十；十二生十六，并十二而爲二十八；十六生二十，并十六而爲三十六也。一生三，并而爲四也；十二生二十，并而爲三十二也；二十八生三十六，并而爲六十四也。更思之。〔二〕

○圓者徑一而圍三，方者分一而爲四。圓者之圍三加倍算之得六，再以六積算，得十二、十八、二十四、三十、三十六。依次減一、二、三、四、五、六，則得五、十、十五、二十、二十五、三十，故曰「存之則六六，去之則五五」。又本一、二、三、四、五各加一得二、三、四、五、六，得出數本的結論。此説目的在於説明「一」爲數之本，衍而至五與六，進而得三十及三十六有用之數，天用六變，一變得六，二變得十二，三變得十八，四變得二十四，五變得三十，六變得三十六。以圓之徑言，則分別爲二、四、六、八、十、十二。方者之圍四加倍算之得八，再以四積算，得十二、十六、二十。又各加本數得二十、二十八、三十六。進而得四、三十二、六十四有用之數。地用四變，一變得八，二變得十六，三變得三十二，四變得六十四。以方之徑言，則

〔一〕底本無「更思之」三字注，據道藏本補。
〔二〕底本無自「一生三」起至段末之文字，據道藏本補。

分别爲二、四、八、十六。此圓方之數，爲觀先天圖圓方六十四卦之變而得。圓圖以爻變，一卦變得六卦，二卦變得十二卦，至六卦變得三十六卦。方圖以「四象相交」，「天之四象交於天之四象」、「天之四象交於地之四象」、「地之四象交於天之四象」、「地之四象交於地之四象」而得六十四卦。

易之大衍何數也？聖人之倚數也。天數二十五，合之爲五十；地數三十，合之爲六十。故曰「五位相得而各有合」也。五十者，蓍數也；六十者，卦數也。五者蓍之小衍，故五十爲大衍也；八者卦之小成，則六十四爲大成也。

蓍德圓以況天之數，故七七四十九也。五十者，存一而言之也。卦德方以況地之數，故八八六十四也。六十者，去四而言之也。蓍者，用數也；卦者，體數也。用以體爲基，故存一也；體以用爲本，故去四也。圓者本一，方者本四，故蓍存一而卦去四也。蓍之用數七，并其餘分，亦存一之義也，掛其一，亦去一之義也。

○易傳繫辭：「蓍之德圓而神，卦之德方以知，六爻之義易以貢。」邵雍本此而附於數，蓍爲用數，其數爲大衍之數四十有九，卦爲體數，其數爲六十四。用五十根蓍草卜筮，必去其一方能揲之得三十六、三十二、二十八、二十四而成老少陰陽之爻。邵雍於此以體用之數明之。

蓍之用數，掛一以象三，其餘四十八則一卦之策也。四其十二爲四十八也。十二去三而用九，四〔一〕三十二，所去之策也，四九三十六，所用之策也，以當乾之三十六陽爻也。十二去五而用七，四五二十，所去之策也，四七二十八，所用之策也，以當兑、離之二十八陽爻也。十二去六而用六，四六二十四，所去之策也，四六二十四，所用之策也，以當坤之二十四陰爻也。十二去四而用八，四四十六，所去之策也，四八三十二，所用之策也，以當坎、艮之二十四爻，并上卦之八陰爲三十二〔二〕爻也。是故七、九爲陽，六、八爲陰也。九者，陽之極數，六者，陰之極數。數極則反，故爲卦之變也。震、巽無策者，以當不用之數。天以剛爲德，故柔者不見，地以柔爲體，故剛者不生，是以震、巽無策〔三〕也。乾用九，故其策九也。四之者，以應四時，一時九十日也。坤用六，故其策亦六也。

○用 49 根蓍草揲筮，再去其一爲「掛一」，「以象三」爲象天地人三才之道。48 根「分而爲二以象兩」，隨機分在兩手，「揲之以四」，各以四數之。其結果餘 12(3*4)，則 48－12＝36 爲老陽之策數；餘 20(5*4)，則 48－20＝28，爲少陽之策；餘 24(6*4)，則 48－24＝24 爲老陰

〔一〕張行成注：舊衍「八」字。
〔二〕張行成注：舊本作「四」。
〔三〕道藏本「無策」作「不用」。

之策；餘16（4＊4），則48－16＝32爲少陰之策。以先天圖陽左陰右而言，乾爲老陽36策（9＊4），兑、離爲少陽28策（7＊4），坎、艮爲少陰36策（8＊4），坤爲老陰24策（6＊4）。九與七爲奇數屬陽，六與八爲偶數屬陰。陰陽老少分之六卦，則震與巽即爲「無策」者。

奇數四：有一，有二，有三，有四；策數四：有六，有七，有八，有九，合而爲八數，以應方數之八變也。歸奇合掛之數有六：謂五與四四也，九與八八也，五與四八也，九與四八也，五與八八也，九與四四也，以應圓數之六變也。

○揲筮餘數（歸奇合掛）有六種結果：13（5＋4＋4），49－13＝36，36/4＝9；25（9＋8＋8），49－25＝24，24/4＝6；17（5＋4＋8），49－17＝32，32/4＝8；21（9＋4＋8），49－21＝28，28/4＝7；21（5＋8＋8），49－21＝28，28/4＝7；17（9＋4＋4），49－17＝32，32/4＝8。邵雍主圓六變而方八變説，此處歸納各數而附之。所謂「奇數」指「歸奇合掛」之數而言，非奇偶數之「奇」。

奇數極于四而五不用，策數極于九而十不用。五則一也，十則二也，故去五、十而用四〔一〕、九也。奇不用五，策不用十，有無之極也，以況自然之數也。

〔一〕底本與道藏本「四」下均有「十」字，誤，今删去。

○揲筮「歸奇」或一，或二，或三，或四。奇四加「掛一」方爲五，一爲太極，五爲太虛。大衍之數五十，其用四十有九，故曰「十不用」。

卦有六十四而用止于六十者，何也？六十卦者，三百六十爻也，故甲子止于六十也，六甲而天道窮矣。是以策數應之三十六與二十四，合之則六十也。三十二與二十八，合之亦六十也。

○漢儒卦氣説以乾坤坎離爲四正卦，象二至二分，餘六十卦爲一年「當期之日」360，一爻當一日。十天干與十二地支有六十個組合，可用來計日（甲子日、癸亥日等），其中甲子、甲戌、甲申、甲午、甲辰、甲寅，合稱「六甲」。老陽之策36＋老陰之策24＝60；少陰之策32＋少陽之策28＝60。

乾四十八，坤十二；震二十，巽四十；離兑三十二，坎艮二十八，合之爲六十。

○以先天圖方圖六十四卦爲例，貞乾内八卦24陽，悔乾外八卦24陽，合計48陽，貞坤之外悔八卦12陽，合計爲60。貞震八卦8陽，悔震八卦12陽，合計20陽，貞巽八卦悔坤八卦12陽，乾坤之陽合計爲60。貞乾八卦36陽，悔乾八卦12陽，合計48陽，悔坤八卦12陽，乾坤之陽合計爲60。

蓍數全，故陽策三十六與二十八，合之爲六十四也。卦數去其四，故陰策二十四與三十二，合之爲五十六也。

○老陽之策 36＋少陽之策 28＝64；老陰之策 24＋少陰之策 32＝56。

九進之爲三十六，皆陽數也，故爲陽中之陽；七進之爲二十八，先陽後陰也，故爲陽中之陰；六進之爲二十四，皆陰數也，故爲陰中之陰；八進之爲三十二，先陰後陽也，故爲陰中之陽。

○奇數陽，偶數陰。九與三（十六）皆陽，七與二（十八）先陽後陰，六與二（十四）皆陰，八與三（十二）先陰後陽。

蓍四進之則百，卦四進之則百二十。百則十也，百二十則十二也。

○「揲之以四」可進 100，卦用 60 可進 120。以 10 約之，分别得 10 與 12。

歸奇合掛之數，得五與四四，則策數四九也；得九與八八，則策數四六也；得五與八八、得九與四八，則策數皆四七也；得九與四四、得五與四八，則策數皆四八也。爲九者一變以應乾也，爲六者一變以應坤也，爲七者二變以應兑與離也，爲八者二變以應艮與坎也。五與四四，去掛一之數，則四〔一〕三十二也，九與八八，去掛一之數，則四六二十四也，五與八八、九與四八，去掛一之數，則四五二十也，九與四四、五與四八，去掛一之數，則四四十六也。故去其三、四、五、六之數，以成九、八、七、六之策也。

○歸奇合掛之數：49－(5＋4＋4)＝4＊9，應乾；49－(9＋8＋8)＝4＊6，應坤；49－(5＋8＋8)＝4＊7，49－(9＋4＋8)＝4＊7，應兑、離；49－(9＋4＋4)＝4＊8，49－(5＋4＋8)＝4＊8，應艮、坎。

(5＋4＋4)－1＝4＊3＝12；(9＋4＋4)－1＝4＊4＝16，(5＋4＋8)－1＝4＊4＝16；(5＋8＋8)－1＝4＊5＝20，(9＋4＋8)－1＝4＊5＝20；(9＋8＋8)－1＝4＊6＝24。

天一，地二；天三，地四；天五，地六；天七，地八；天九，地十。參伍以變，錯綜其數也。如天地之相銜，晝夜之相交也。一者，數之始而非數也，故二二爲四，三三爲九，四四爲十六，五五爲二十五，六六爲三十六，七七爲四十九，八八爲六十四，九九爲八十一，

〔一〕張行成注：舊衍「八」字。

而一不可變也。百則十也，十則一也，亦不可變也。是故數去其一而極于九，皆用其變者也。五五二十五，天數也，六六三十六，乾之策數也，七七四十九，大衍之用數也，八八六十四，卦數也，九九八十一，玄、範之數也。

○太極之數爲一，故有非數之說。九爲極數，盈十又爲一。一、三、五、七、九爲天數，二、四、六、八、十爲地數，天數之和 25，地數之和 30。乾老陽之策 36。大衍之用數 49。六畫卦有 64。揚雄太玄有 81 首。尚書洪範述「九疇」，9＊9＝81。

大衍之數，其算法之源乎？是以算數之起，不過乎方圓曲直也。乘數，生數也；除數，消數也。算法雖多，不出乎此矣。

○乘除算法出於加減，算起於求方圓曲直之數。千歸百，百歸十，十歸一，七七四十九，數中有四「奇數」與九極數，四則算法不出於此數。

陰無一，陽無十。

○一爲天數，屬陽，十爲地數，屬陰。

陽得陰而生，陰得陽而成。故蓍數四而九，卦數六〔一〕而十也。猶幹支之相錯，幹以六終而支以五終也。

○太極動而生陽，靜而生陰，陰陽合和方能化生萬物。獨陽不生，獨陰不生，獨天不生。

三四十二也，二六亦十二也，二其十二二十四也，三八亦二十四也，四六亦二十四也，三其十二三十六也，四九亦三十六也，六六亦三十六也，四其十二四十八也，三其十六亦四十八也，六八亦四十八也，五其十二六十也，三其二十亦六十也，六其十亦六十也。皆自然之相符也。此蓋陰數分其陽數耳，是以相因也。如月初一全作十二也，二十四氣七十二候之數，亦可因以明之。〔二〕

四九三十六也，六六三十六也，陽六而又兼陰六之半，是以九也，故以二卦〔三〕言之，陰陽各三也，以六爻言之，天地人各二也。陰陽之中各有天地人，天地人之中各有陰陽，故「參天兩地而倚數」也。

〔一〕張行成注：舊本作「四」。
〔二〕道藏本無此段小字注。
〔三〕道藏本「以二卦」作「六者」。

○易傳說卦：「參天兩地而倚數。」三爲天數，二爲地數。此處是邵雍以三與二說數之推演。陽數一，衍之爲〔一〕十，十干之類是也；陰數二，衍之爲十二，十二支、十二月之類是也。

一變而二，二變而四，三變而八卦成矣。四變而十有六，五變而三十有二，六變而六十四卦備矣。

○此說先天圖卦變之法。有三變得八卦與六變得六十四卦之法。八卦之變：以乾爲祖，一變乾之上爻得兑，二變乾、兑之中爻得離、震，三變乾、兑、離、震之下爻得巽、坎、艮、坤。以坤爲祖：一變坤之上爻得艮，二變坤、艮之中爻得坎、巽，三變坤、艮、坎、巽之下爻得震、離、兑、乾。實則以任一卦爲祖，皆可變得八卦，如以震爲祖：一變震之上爻得離，二變震、離之中爻得兑、乾，三變震、離、兑、乾之下爻得坤、艮、坎、巽。所得八卦方點陣圖，惟「乾坤縱而六子横」圖，可比附於說卦「天地定位，山澤通氣，雷風相薄，水火不相射」之說。六十四卦之變：以乾爲祖，一變乾之上爻得夬，二變乾、夬之五爻得大有、大壯，三變乾、夬、大有、大壯之四爻得小畜、需、大畜、泰，四變乾至泰八卦之三爻得履、兑、睽、歸妹、中孚、節、損、臨，五變乾

〔一〕「爲」原作「而」，據道藏本改。

至臨十六卦之二爻得同人、革、離、豐、家人、既濟、賁、明夷、无妄、隨、噬嗑、震、益、屯、頤、復，六變乾至復三十二卦之初爻得姤、大過、鼎、恒、巽、井、蠱、升、訟、困、未濟、解、涣、坎、蒙、師、遯、咸、旅、小過、漸、蹇、艮、謙、否、萃、晉、豫、觀、比、剥、坤。以坤爲祖：一變坤之上爻得剥，二變坤、剥之五爻得比、觀，三變坤至觀之四爻得豫至否四卦，四變坤至否八卦之三爻得謙至遯八卦，五變坤至遯十六卦之二爻得師至姤十六卦，六變坤至姤三十二卦之初爻得復至乾三十二卦。實則以任一卦爲祖，皆可變得六十四卦，如以復爲祖：一變復之上爻得頤，二變復、頤之五爻得屯、益，三變復至益之四爻得震至无妄四卦，四變復至无妄八卦之三爻得明夷至同人八卦，五變復至同人十六卦之二爻得損至乾十六卦，六變復至乾三十二卦之初爻得坤至姤三十二卦。所得六十四卦方位圖，惟八貞卦「乾坤縱而六子横」圖，可附於説卦「天地定位，山澤通氣，雷風相薄，水火不相射」之説。當然，非止逆爻序之變法，順爻序亦可進行卦變，所得卦圖有兩種讀卦方法，一爲自内向外讀，一爲自外向内讀。以邵雍先天圖六十四卦圓圖爲例，所標卦名爲「夬」者，是自内向外讀，即初爻在内，上爻在外，如果自外向内讀，則其卦名就是「姤」。以此處邵雍所述卦變方法可變得許多「八卦圓圖」與「六十四卦圓圖」，而先天圖就是諸多圖中之一種，以其内之方圖看，邵雍所取者是與説卦言「天地定位」有合之圖，而且是自内向外讀卦。朱震所述鄭夬卦變法，則是自外向内讀卦，圖雖同，然卦名有别。邵雍得先天圖之卦變方法爲邏輯逆爻序法，與李挺之卦變不同，依此知先天圖出於邵雍，非自李氏傳授而來。以卦變構造先天圖，其過程如下（以■□代卦爻原本符號示意圖）：

卦祖	1	乾	上□□□□□□初			初■□□□□□上	姤	33
一變而二	2	夬	■□□□□□	貞	貞	■□□□□■	大過	34
	3	大有	□■□□□□			■□□□■□	鼎	35
二變而四	4	大壯	■■□□□□	乾	巽	■□□□■■	恒	36
	5	小畜	□□■□□□			■□□■□□	巽	37
	6	需	■□■□□□	八	八	■□□■□■	井	38
	7	大畜	□■■□□□			■□□■■□	蠱	39
三變而八	8	泰	■■■□□□	卦	卦	■□□■■■	升	40
	9	履	□□□■□□			■□■□□□	訟	41
	10	兌	■□□■□□	貞	貞	■□■□□■	困	42
	11	睽	□■□■□□			■□■□■□	未濟	43
	12	歸妹	■■□■□□	兌	坎	■□■□■■	解	44
	13	中孚	□□■■□□			■□■■□□	渙	45
	14	節	■□■■□□	八	八	■□■■□■	坎	46

四變而十有六

15	損	□■■■□□		■□■■■□	蒙	47
16	臨	■■■■□□	卦卦	■□■■■■	師	48
17	同人	□□□□■□		■■□□□□	遯	49
18	革	■□□□■□	貞貞	■■□□□■	咸	50
19	離	□■□□■□		■■□□■□	旅	51
20	豐	■■□□■□	離艮	■■□□■■	小過	52
21	家人	□□■□■□		■■□■□□	漸	53
22	既濟	■□■□■□	八八	■■□■□■	蹇	54
23	賁	□■■□■□		■■□■■□	艮	55
24	明夷	■■■□■□	卦卦	■■□■■■	謙	56
25	无妄	□□□■■□		■■■□□□	否	57
26	隨	■□□■■□	貞貞	■■■□□■	萃	58
27	噬嗑	□■□■■□		■■■□■□	晉	59
28	震	■■□■■□	震坤	■■■□■■	豫	60
29	益	□□■■■□		■■■■□□	觀	61
30	屯	■□■■■□	八八	■■■■□■	比	62

31 頤 ䷚ 卦 ䷖ 剥 63

五變而三十有二 32 復 ䷗ 卦 ䷁ 坤 64 六變而六十有四

易有真數，三而已矣。參天者，三三而九；兩地者，倍三而六。「參天兩地而倚數」，非天地之正數也。倚者擬也，擬天地正數而生也。

○易傳説卦：「兼三才而兩之，故易六畫而成卦。」易有天地人三才之道，故謂其真數爲三。

易之生數一十二萬九千六百，總爲四千三百二十世，此消長之大數。衍三十年之辰數，即其數也。歲三百六十日，得四千三百二十辰，以三十乘之，得其數矣。凡甲子、甲午爲世首，此爲經世之數，始于日甲，月子，星甲，辰子。又云：此經世日甲之數，月子、星甲、辰子從之也。

○邵雍定一元爲129600年，30年爲一世，一元爲4320世。元爲日，會爲月，運爲星，世爲辰。十天干與十二地支組合有60，甲子爲其1，甲午爲其31，以之計年，則甲子、甲午各爲世之始。邵雍皇極經世有以元經會、以會經運、以運經世三部分。元、會、運、世配以日、月、星、辰，以十天干計日、星，十二地支計月、辰。一元之一會一運一世就始於日甲月子星甲辰子。一月30日，一年12月，一世30年，一運12世，一會30運，一元12會，以十二、三十積算就得129600之數，一元爲129600年，除以30得4320，爲一元之世數。大至一元，小至一時，皆有12與30之倍數關係。

一、十、百、千、萬、億，爲奇天之數也；十二、百二十、千二百、萬二千、億二萬，爲偶地之數也。

○陽一而陰二。推而廣之，十則一，十二則二。餘類推。奇爲天數，偶爲地數。

五十分之則爲十，若參天兩之則爲六，兩地又兩之，則爲四。此天地分太極之數也。

○天地之數一、二、三、四、五、六、七、八、九、十，和爲55。分十爲一與九、二與八、三與七、四與六、五與五，和爲50，而一、二、三、四、五、五、六、七、八、九「爲十」數。「參天兩之」爲六，分六爲一與五、二與四、三與三，而一、二、三、三、四、五「爲六」數。「兩地兩之」爲四，分四爲一與三、二與二，而一、二、二、三「爲四」數。

復至乾，凡百有十二陽，姤至坤，凡八十陽；姤至坤，凡百有十二陰，復至乾，凡八十陰。

○六十四卦384爻，陽爻192，陰爻192。看先天圖六十四卦圓圖，右方復至乾32卦192爻，其中112陽爻，80陰爻；左方姤至坤32卦192爻，其中112陰爻，80陽爻。

陽數於三百六十上盈，陰數於三百六十上縮。

○360爲「當期之日」，六十卦爲360爻，象一年之日數（四正卦象二至二分），陰陽數之盈縮不過乎360。

觀物外篇中之上

人爲萬物之靈，寄類於走。走陰也，故百二十。

○邵雍分萬物爲飛、走、草、木，人爲走類，長壽當 120 歲，陰數。

有一日之物，有一月之物，有一時之物，有一歲之物，有十歲之物，至於百千萬皆有之。天地亦物也，亦有數焉。雀三年之物，馬三十年之物。凡飛走之物，皆可以數推。人百有二十年之物。

○觀物内篇曰：「有一物之物，有十物之物，有百物之物，有千物之物，有萬物之物，有億物之物，有兆物之物。」此處則以時分物類，如蓂莢爲一月之物，瓜果爲一時之物，五穀爲一歲之物等。以道觀天地，則天地亦爲萬物，其數爲一元 129600 年。

卦之反對皆六陽六陰也。在易則六陽六陰者，十有二對也，去四正則八陽四陰、八陰四陽者，各六對也，十陽二陰、十陰二陽者，各三對也。

○卦之「反對」者，六爻皆陰陽相反。64 卦中去乾與坤、坎與離、頤與大過、中孚與小過，餘 56

卦爲28反對。其中六陰六陽十二對者，爲否與泰、咸與恒、豐與旅、漸與歸妹、渙與節、既濟與未濟；泰與否、損與益、噬嗑與賁、隨與蠱、困與井、未濟與既濟。八陽四陰六對者，爲遯與大壯、需與訟、无妄與大畜、睽與家人、兑與巽、革與鼎。八陰四陽六對者，爲臨與觀、明夷與晉、升與萃、蹇與解、艮與震、蒙與屯。十陽二陰三對者，爲姤與夬、同人與大有、履與小畜。十陰二陽三對者，爲復與剥、師與比、謙與豫。三陰三陽與三陽三陰計二十卦爲十對，言「六陰六陽十二對」者，重否泰與既未濟二對。

圓者星也，曆紀之數其肇於此乎？方者土也，畫州井土之法其倣於此乎？蓋圓者河圖之數，方者洛書之文。故羲文因之而造易，禹箕敘之而作範也。

○十數圓而九數方。曆紀與易皆用天地之十數；洪範九疇、九州與井田之法皆用九數。河圖爲天地十數，故圓；洛書爲九數，故方。

太極既分，兩儀立矣。陽下交於陰，陰上交於陽，四象生矣。陽交于陰、陰交于陽而生天之四象；剛交於柔、柔交於剛而生地之四象，于是八卦成矣。八卦相錯，然後萬物生焉。是故一分爲二，二分爲四，四分爲八，八分爲十六，十六分爲三十二，三十二分爲六十四。故曰「分陰分陽，迭用柔剛，故易六位而成章」也。十分爲百，百分爲千，千分爲萬，猶根之有幹，幹之有枝，枝之有葉，愈大則愈少，愈細則愈繁，合之斯爲一，衍之斯爲萬。是故乾以分之，坤以翕之，震以長之，巽以消之，長則分，分則消，消則翕也。

○邵雍以太極爲「道生一」，兩儀爲「一生二」，八卦（天之四象與地之四象）爲「二生三」，八卦相錯得六十四卦爲「三生萬物」。「萬物生焉」之後，即可以「加一倍法」衍之，一卦變二卦，二卦變四卦，四卦變八卦，八卦變十六卦，十六卦變三十二卦，三十二卦變六十四卦……乃至千萬卦。諸多六爻之卦乃陰陽爻相互迭用「六位而成章」。（説卦：「兼三才而兩之，故易六畫而成卦。分陰分陽，迭用柔剛，故易六位而成章。」）萬物之分，數目愈大則個體愈小，分類愈細則總數愈繁。萬物一太極，合之則爲一，分之可至萬。先天圖以分之於乾，收斂於坤。起震則一陽生，至巽則一陰生，陰陽消長見於巽、震。起震一陽長至乾六陽而分，起巽一陰消至坤六陰而翕。是説先天圖六十四卦圓圖陰陽消長循環無端。

乾坤，定位也；震巽，一交也；兑離坎艮再交也。故震陽少而陰尚多也，巽陰少而陽尚多也，兑離陽浸多也，坎艮陰浸多也，是以辰與火不見也。

○説卦：「震一索而得男」、「巽一索而得女」、「坎再索而得男」、「離再索而得女」。此言先天圖八貞卦「乾坤縱而六子横」。乾上坤下，坤右爲震，一陽生（一陽二陰）；乾左爲巽，一陰生（一陰二陽）。左離與兑二陽一陰，故曰「陽浸多」；右坎與艮二陰一陽，故曰「陰浸多」。張行成觀物外篇衍義曰：「在天而陰多陽少，則陽不見；在地而陽多陰少，則陰不見。故冬至之後木行天泓，養其陽四十五日立春，而後陽用事；夏至之後金行靈府，養其陰四十五日立秋，而後陰用事。所以天辰不見，地火常潛，而震巽無策也。」冬水、春木、夏火、秋金。辰星既是太陰，當北方水，火星既是熒惑，當南方火。震當立春，巽當立夏，以天象觀之，當其位而辰星與火星不見。

一氣分而陰陽判，得陽之多者爲天，得陰之多者爲地。是故陰陽半而形質具焉，陰陽偏而性情分焉。形質又分，則多陽者爲剛也，多陰者爲柔也，性情又分，則多陽者陽之極也，多陰者陰之極也。

○太極有動靜，靜而生陰，動而生陽。太極分而爲陰陽二氣，動而無動靜而無靜則神，動中有靜，靜中有動。二氣相依，陽非獨陽，陰非獨陰。天爲陽剛其陽多，地爲陰柔其陰多。乾爲陽極，坤爲陰極。先天圖貞乾八卦，36 陽而 12 陰，貞坤八卦 36 陰而 12 陽。

兑離巽，得陽之多者也；艮坎震，得陰之多者也，是以爲天地用也。乾陽極，坤陰極，是以不用也。

○繫辭：「陽卦多陰，陰卦多陽。」長女巽、中女離與少女兑皆二陽一陰，故曰「得陽之多者」；長男震、中男坎與少男艮皆二陰一陽，故曰「得陰之多者」。

乾四分取一以與坤，坤四分取一以奉乾。乾坤合而生六子，三男皆陽也，三女皆陰也。兑分〔一〕一陽以與艮，坎分一陰以奉離，震巽以二相易。合而言之，陰陽各半，是以水火相生而相尅，然後既成萬物也。

○先天圖一貞八悔（内卦爲貞，外卦爲悔），貞乾八經卦24爻，悔乾八經卦24爻，合48爻，貞乾八別卦陽爻36，陰爻12，故曰「乾四分取一以奉坤」；貞坤八經卦24爻，悔坤八經卦24爻，合48爻，貞坤八別卦陰爻36，陽爻12，故曰「坤四分取一以奉乾」。三男經卦爲陽卦，三女經卦爲陰卦。少女兑二陽一陰，少男艮二陰一陽，互易一陽一陰；中男坎二陰一陽，中女離二陽一陰，互易一陰一陽；長男震二陰一陽，長女巽二陽一陰，互易二陽二陰，皆爲乾坤。

乾坤之名位不可易也，坎離名可易而位不可易也，震巽位可易而名不可易也，兑艮

〔一〕張行成注「舊脱分字」，今見道藏本不脱。

名與位皆可易也。

〇先天圖乾反爲乾，坤反爲坤，乾上坤下爲「天地定位」，故名與位不可易。離東坎西，離反爲離，坎反爲坎，其位不可易，日離月坎，日月可居東居西，「水火不相射」，故其名可易。震反爲艮，巽反爲兑，震雷巽風，「雷風相薄」，其位可易而名不可易。兑反爲巽，艮反爲震，名與位皆可易。

離肖乾，坎肖坤，中孚肖乾，頤肖離，小過肖坤，大過肖坎。是以乾、坤、坎、離、中孚、頤、大小過，皆不可易者也。

〇六十四卦「非覆即變」，其中乾、坤、坎、離、中孚、頤、大過、小過正反看皆爲一卦，爲不易卦。「肖」爲「像」、「相似」意。離四陽二陰，像乾；坎四陰二陽，像坤；風澤中孚四陽二陰，像乾；山雷頤初六爲陽，像離；雷山小過初二五上爲陰，像坤；澤風大過初六爲陰，像坎。以中孚、小過、大過、頤肖乾、坤、坎、離，而言其不可易。

離在天而當夜，故陽中有陰也；坎在地而當晝，故陰中有陽也。震始交陰而陽生，巽始消陽而陰生。兑，陽長也；艮，陰長也。震兑，在天之陰也；巽艮，在地之陽也，故震兑上陰而下陽，巽艮上陽而下陰。天以始生言之，故陰上而陽下，交泰之義也，地以既成言之，故陽上而陰下，尊卑之位也。

○先天圖乾、兑、離、震居左爲陽天，巽、坎、艮、坤居右爲陰地；乾、兑、巽、坎居上爲晝，坤、艮、震、離居下爲夜。離當卯初，夜將終而晝始，故曰「陽中有陰」；坎當酉初，晝將終而夜始，故曰「陰中有陽」。乾上當午爲夏，坤下當子爲冬，離左當卯爲春，坎右當酉爲秋。震一陽生，至兑二陽，其陰爲天之陰；巽一陰生，至艮二陰，其陽爲地之陽。地天泰，上地而下天，陰上陽下天始生；天地否，上天而下地，陽上陰下地既成。

乾坤定上下之位，離坎列左右之門，天地之所闔闢，日月之所出入，是以春夏秋冬、晦朔弦望、晝夜長短、行度盈縮，莫不由乎此矣。

○先天圖乾上坤下，離左坎右。乾坤爲天地，離坎爲日月。六十四卦圓圖像天，逆數之，震一、離兑二、乾三、巽四、坎艮五、坤六。四季循環而有春夏秋冬，日升日落而有晝夜，月出月降而有晦朔弦望。天文、地理與氣候之理皆寓於「先天」一圖。

自下而上謂之升，自上而下謂之降。升者生也，降者消也。故陽生於下，陰生於上，是以萬物皆反生，陰生陽，陽生陰，陰復生陽，陽復生陰，是以循環而無窮也。

○上位爲午，下位爲子，「陽生於子而陰生於午」，先天圖與十二辟卦圓圖同理，皆是「陽生於下，陰生於上」。先天圖六十四卦方圖乾下坤上，爲自下而上「萬物皆反生」。

陰陽生而分兩儀，二儀交而生四象，四象交而生八卦，八卦交而生萬物。故二儀生天地之類，四象定天地之體；四象生日月〔一〕之類，八卦定日月之體；八卦生萬物之類，重卦定萬物之體。類者，生之序也；體者，象之交也。推類者必本乎生，觀體者必由乎象。生則未來而逆推，象則既成而順觀。是故日月一類也，同出而異處也，異處而同象也。推此以往，物焉逃哉！

○繫辭：「易有太極，是生兩儀。兩儀生四象，四象生八卦，八卦定吉凶，吉凶生大業。」太極之動靜而生陰陽，以生之序而分類，一氣分而爲天地，天有日月星辰，地有水火土石，日月星辰水火土石交而生萬物之類。以交之象而定體，一氣定太極之體，日月星辰定天之體，水火土石定地之體，八卦相重定六十四卦（萬物）之體。先天圖乾坤各六變而得六十四卦。自復至乾接自姤至坤爲逆，皆先見子女而後見父母，皆爲未生之卦，故逆推其生；自乾至復接自坤

〔一〕張行成注：「日月舊誤作八卦。」

至姤爲順，皆先見父母而後見子女，故順觀其象。

天變時而地應物，時則陰變而陽應，物則陽變而陰應。故時可逆知，物必順成。是以陽迎而陰隨，陰逆而陽順。

○先天圖起震歷離、兑、乾、巽、坎、艮以至於坤爲逆，是爲「逆知四時」之序。起乾歷兑、離、震、坤、艮、坎、巽爲順，是爲生卦之序。

語其體則天分而爲地，地分而爲萬物，而道不可分也。其終則萬物歸地，地歸天，天歸道。是以君子貴道也。

○老子：「地法天，天法道，道法自然。」道生一，一爲太極，太極分而爲天地，有天地而後有萬物。混沌一氣爲一太極，化生萬物仍爲一太極。「道可道非常道」，道可生而不可分。先天圖圓方一百二十八卦總爲一太極。其卦之變，以乾天而得坤地，以乾坤各六變而得六十四卦，以象萬物。以象語體，則「天分而爲地，地分而爲萬物」。

有變則必有應也。故變於内者應於外，變於外者應於内，變於下者應於上，變於上者應於下也。天變而日應之，故變者從天而應者法日也。是以日紀乎星，月會於辰，水生於土，火潛於石，飛者棲木，走者依草，心肺之相聯，肝膽之相屬，無他，變應之道也。

○繫辭曰：「爻者，言乎變者也。」又曰：「化而裁之謂之變，推而行之謂之通。」以動尚其變則爲應。變内而應外，變外而應内，變上而應下，變下而應上，觀變而應之則通，是爲應變之道。

本乎天者親上，本乎地者親下，故變之與應常反對也。

陽交於陰而生蹄角之類也，剛交於柔而生根荄之類也，陰交於陽而生羽翼之類也，柔交於剛而生支幹之類也。天交於地，地交於天，故有羽而走者，足而騰者，草中有木，木中有草也。各以類而推之，則生物之類不過是矣。走者便於下，飛者利於上，從其類也。

○以類歸納之，動植萬物皆可歸於陰陽之交。是爲邵子觀物分類系統。

陸中之物，水中必具者，猶影象也。陸多走水多飛者，交也。是故巨于陸者必細於水，巨於水者必細於陸也。

虎豹之毛猶草也，鷹鸇之羽猶木也。

木者星之子，是以果實象之。

葉，陰也；華實，陽也，枝葉耎而根幹堅也。

人之骨巨而體繁，木之幹巨而枝繁，應天地之數也。

動者體橫，植者體縱，人宜橫而反縱也。

飛者有翅，走者有趾。人之兩手，翅也；兩足，趾也。

飛者食木，走者食草，人皆兼之而又食飛走也，故最貴於萬物也。

體必交而後生，故陽與剛交而生心肺，陽與柔交而生肝膽，柔與陰交而生腎與膀胱，剛與陰交而生脾胃。心生目，膽生耳，脾生鼻，腎生口，肺生骨，肝生肉，胃生髓，膀胱生血。故乾爲心，兑爲脾，離爲膽，震爲腎，坤爲血，艮爲肉，坎爲髓，巽爲骨。泰爲目，中孚爲鼻，既濟爲耳，頤爲口，大過爲肺，未濟爲胃，小過爲肝，否爲膀胱。

○説卦：「立天之道曰陰與陽，立地之道曰柔與剛。」邵子分天之四象爲太陽、太陰、少陽、少陰，地之四象爲太剛、太柔、少剛、少柔。此處則以陰陽與剛柔之互交而言器官之生。

天地有八象，人有十六象，何也？合天地而生人，合父母而生子，故有十六象也。

○邵子以日月星辰爲天之四象，水火土石爲地之四象，合爲天地八象（即八卦之象）。人之十六象爲臟四、首四、府四、身四。

心居肺，膽居肝，何也？言性者必歸之天，言體者必歸之地，地中有天，石中有火，是以心膽象之也。心膽之倒垂，何也？草木者，地之體也，人與草木皆反生，是以倒垂也。

口目橫而鼻耳〔一〕縱，何也？體必交也。故動者宜縱而反橫，植者宜橫而反縱，皆交也。

天有四時，地有四方，人有四支。是以指節可以觀天，掌文可以察地。天地之理具指掌矣，可不貴之哉！

神統於心，氣統於腎，形統於首。形氣交而神主乎其中，三才之道也。

人之四肢各有脉也。一脉三部，一部三候，以應天數也。

心藏神，腎藏精，脾藏魂，膽藏魄。

胃受物而化之，傳氣於肺，傳血於肝，而傳水穀於脬腸矣。

〔一〕張行成注：舊脱「耳」字。

觀物外篇中之中

天圓而地方，天南高而北下，是以望之如倚蓋然。地東南下西北高，是以東南多水，西北多山也。天覆地，地載天，天地相函，故天上有地，地上有天。

天渾渾於上而不可測也，故觀斗數以占天也。斗之所建，天之所行也。魁建子，杓建寅，星以寅爲晝也。斗有七星，是以晝不過乎七分也。更詳之〔一〕。

○北斗七星爲大熊星座，天樞、天璿、天璣、天權、玉衡、開陽、搖光排列成斗（或杓）形。前四星總稱斗魁（又稱璿璣），後三星總稱斗杓（又稱玉衡）。

天行所以爲晝夜，日行所以爲寒暑。夏淺冬深，天地之交也。左旋右行，天日之交也。

○此本地爲中心説，天左旋而有晝夜，日右行而有寒暑（太陽光與地球面交角的變化而形成温帶和副熱帶地區的四季現象）。

〔一〕「更詳之」三字據道藏本補。

日朝在東，夕在西，隨天之行也。夏在北，冬在南，隨天之交也。天一周而超一星，應日之行也。春酉正，夏午正，秋卯正，冬子正，應日之交也。

○我國古代以立春、立夏、立秋、立冬爲四季之始。以日影短而天長，日影長而天短，説太陽去南北極之遠近爲「隨天之交」。以日春分當酉、夏至當午、秋分當卯、冬至當子，而説「天日之交」。

日以遲爲進，月以疾爲退，日月一會而加半日減半日，是以爲閏餘也。日一大運而進六日，月一大運而退六日，是以爲閏差也。

○張行成觀物外篇衍義注：「日一晝夜行天一度，月一晝夜行天十三度十九分度之七，天運左旋，日月右行，月一月一周天，皆爲徒行，其及日者在最後之二日半，而常在日之後，故日遲而反爲進，月疾而反爲退也。日月三十日一會，實二十九日半，故一會而日加半日，月減半日者，日一歲本多於月六日，而今又加六日減半日者，月一歲本虧於日六日，今又減六日，以所加減積之，是爲閏餘也。日月一大運進退十二日，得三年一閏，五歲再閏，是爲閏差也。」

日行陽度則盈，行陰度〔一〕則縮，賓主之道也。月去日則明生而遲，近日則魄生而

〔一〕上二「度」字，道藏本作「庭」。

疾，君臣之義也。

○冬至後天漸長，夏至後天漸短。張行成觀物外篇衍義引諸曆家説：「月一日至四日，行最疾，日夜行十四度餘，五日至八日，行次疾，日夜行十三度餘，自九日至十九日，行又小疾，日夜行十三度餘，二十四日至晦，行又大疾，日夜行十四度餘，以一月均之，則得十三度十九分之七也。遠日則明生而行遲，近日則魄生而行疾。」

陽消則生陰，故日下而月西出也。陰盛則敵陽，故月望而東出〔一〕也。天爲父，日爲子，故天左旋，日右行。日爲夫，月爲婦，故日東出月西生也。

○周易參同契之「月體納甲説」曰：初三日落而月在庚（西方），初八上弦日落而月在丁（西南），十五望日落而月在甲（東方），十六日將出時而月在辛（西北），二十三下弦日將出時而月在丙（南方），三十日晦日月在乙（東南）。

日月之相食，數之交也。日望月則月食，月掩日則日食，猶水火之相尅也。是以君子用智，小人用力。

〔一〕「月望而東出」，道藏本作「日望而月東出」。

○宋人雖不知日、月、地皆爲球體，然却知「月本無光，借日以爲光」，亦知「日望月則月食，月掩日則日食」。日月相對謂望，日月相會謂晦。日常食於朔，月常食於望，故以水火相尅比之。

日隨天而轉，月隨日而行，星隨月而見，故星法月，月法日，日法天。天半明半晦，日半贏半縮，月半盈半虧，星半動半靜，陰陽之義也〔一〕。

天晝夜常見，日見於晝，月見於夜而半不見，星半見於夜，貴賤之等也。

月，晝可見也，故爲陽中之陰。星，夜可見也，故爲陰中之陽。

天奇而地耦，是以占天文者，觀星而已，察地理者，觀山水而已。觀星而天體見矣，觀山水而地體見矣。天體容物，地體負物，是故體幾於道也。

極南大暑，極北大寒，故南融而北結，萬物之死地也。夏則日隨斗而北，冬則日隨斗而南，故天地交而寒暑和，寒暑和而物乃生焉。

○古人以北辰（北極星）爲中心，以北斗七星之杓柄所指方向觀日行與四季變化。夏小正有「正月，斗柄懸在下」、「六月，斗柄懸在上」之說。周髀算經七衡圖注曰：「北辰正居天中之央，北辰

〔一〕道藏本「義也」作「变化」。

之下，六月見日，六月不見日。從春分到秋分六月常見日，從秋分到春分六月常不見日……日冬至在牽牛，春分在婁，夏至在東井，秋分在角。冬至從南而北，夏至從北而南，終而復始也。」斗柄在下亦謂在北，斗柄在上亦謂在南。夏至後日隨斗柄指向而漸北，冬至後日隨斗柄指向而漸南。先天圖乾上坤下，故有「天地交而寒暑合」之説。此又爲邵雍拘於當時天文與地理知識，不知地球南北極皆「大寒」。

天以剛爲德，故柔者不見；地以柔爲體，故剛者不生。是以震天之陰也，巽地之陽也〔一〕。地陰也，有陽而陰效之，故至陰者辰也，至陽者日也，皆在乎天，而地則水火而已，是以地上皆有質之物。陰伏陽而形質生，陽伏陰而性情生，是以陽生陰，陰生陽，陽尅陰，陰尅陽。陽之不可伏者不見於地，陰之不可尅者不見於天。伏陽之少者其體必柔，是以畏陽而爲陽所用；伏陽之多者其體必剛，是以禦陽而爲陰所用。故水火動而隨陽，土石靜而隨陰也。

陽生陰，故水先成；陰生陽，故火後成。陰陽相生也，體性相須也。是以陽去則陰

〔一〕張行成注：舊脱誤作「震巽天之陽也」。

竭，陰盡則陽滅。

〇春秋穀梁傳曰：「獨陰不生，獨陽不生，獨天不生，三合然後生。」邵雍本此説而發揮「陰陽相生」之義。「一陰一陽之謂道」，無陽則無陰，無陰則無陽，獨陽不生，寡陰不成，這是自漢代以來解易者的共識。只是到了朱熹説「太極一理」，獨陽能動，獨陰能静，可分一陽爲一，分一陰爲二，之後這一説法才逐漸被學易者忽視。

金火相守則流，火木相得則然，從其類也。

水過寒則結，遇火則竭，從其所勝也。

陽得陰而爲雨，陰得陽而爲風，剛得柔而爲雲，柔得剛而爲雷。無陰則不能爲雨，無陽則不能爲雷。雨柔也而屬陰，陰不能獨立，故待陽而後興；雷剛也而屬體，體不能自用，必待陽而後發也。

至哉！文王之作易也，其得天地之用乎？故乾坤交而爲泰，坎離交而爲既濟也。乾生於子，坤生於午，坎終於寅，離終於申，以應天之時也。置乾於西北，退坤於西南，長子用事而長女代母，坎離得位，兑艮[一]爲耦，以應地之方也。王者之法，其盡於是矣。

〔一〕「艮」原作「震」，據道藏本改。

○邵子以震正東、巽東南、離正南、坤西南、兑正西、乾西北、坎正北、艮東北之八卦方位爲文王所定，而且是由「乾坤縱而六子横」所謂「先天八卦」方位變化而來。實則此所謂「後天八卦」（「文王八卦」）不後，而「先天八卦」不先，以之出於文王，亦無明證。邵子以説卦「天地定位」一節爲「明伏羲八卦」，則又謂「起震終艮一節，明文王八卦」，邵子之前，八卦没有如此分別。

乾坤，天地之本；離坎，天地之用。是以易始於乾坤，中於坎離，終於既未濟。而否泰爲上經之中，咸恒當下經之首，皆言乎其用也。

○易經六十四卦分上下經，上經始於乾坤，終於離坎，下經始於咸恒，終於既濟未濟。上經三十卦，泰當第十一，否當第十二。

坤統三女於西南，乾統三男於東北。上經起於三，下經終於四，皆交泰之義也。故易者，用也：乾用九，坤用六，大衍用四十九，而「潛龍勿用」也。大哉用乎！吾於此見聖人之心矣。

○所謂「文王八卦」方位，坤位西南，巽位東南，離位正南，兑位正西，四陰卦統居西南，是爲「坤統三女於西南」；坎位正北、艮位東北、震位正東、乾位西北，四陽卦統居東北，是爲「乾統三男於東北」。易經上經三十卦，下經三十四卦，三爲天數，四爲地數，地天交爲泰卦。伏羲之易爲體，文王之易爲用，故曰「於此見聖人之心」。

乾坤交而爲泰，變而爲雜卦也。

○泰卦乾下而坤上。以乾坤之爻變可得雜卦。

乾、坤、坎、離爲上篇之用，兑、艮、震、巽爲下篇之用也。頤、中孚、大小過爲二篇之正也。

○張行成觀物外篇衍義注：「乾、坤、坎、離不變者也，天之資也；震、巽、艮、兑變者也，人之資也。上經天道，故不變者爲之用；下經人道，故變者爲之用。頤、中孚、大小過變中之變者，故爲二篇之正也。頤、大過肖乾、坤，故爲上篇之正；中孚、小過肖坎、離，故爲下篇之正。」

易者，一陰一陽之謂也。震兑始交者也，故當朝夕之位；離坎交之極者也，故當子午之位；巽艮雖不交而陰陽猶雜也，故當用中之偏位；乾坤純陰陽也，故當不用之位。

○以説卦八卦方位當一晝夜而配十二地支，震爲陰始交陽，艮爲陽始交陰，當朝夕之位；離當午位，坎當子位；巽當離右，艮當坎左；乾西北而坤西南爲不用之位。

乾坤縱而六子横，易之本也；震兑横而六卦縱，易之用也。

○先天圖八貞卦乾上坤下，兑與巽爲一横，離與坎爲一横，震與艮爲一横。邵子謂「天地定位一節，明伏羲八卦」，則以「伏羲之易」爲「易之本」。邵子謂説卦「起震終艮一節，明文王之易」，其方位圓圖東震西兑爲横，離上坎下爲一縱，巽上震下爲一縱，坤上乾下爲一縱，則以「文王之易」爲「易之用」。

天之陽在南而陰在北，地之陰在南而陽在北。人之陽在上而陰在下，既交則陽下而陰上。

○先天圖六十四卦圓圖像天，乾爲天之陽而在南，坤爲天之陰而在北。六十四卦方圖形地，乾下坤上，乾为地之陽而在北，坤爲地之陰而在南。

辰數十二，日月交會謂之辰，辰天之體也，天之體無物之氣也。

天之陽在南，故日處之；地之剛在北，故山處之。所以地高西北，天高東南也。

天之神棲乎日，人之神發[一]乎目，人之神，寤則棲心，寐則棲腎，所以象天，此晝夜之道也。

雲行雨施，電發[二]雷震，亦各從其類也。

吹噴吁呵呼，風雨雲霧雷，言相類也。[三]

萬物各有太極、兩儀、四象、八卦之次，亦有古今之象。

○太極、兩儀、四象、八卦爲一氣四變之象，由虛入實爲自古及今，自實返虛爲自今返古。大而一氣，小而萬物，皆有古今四變之象。兩儀爲一太極，四象爲一太極，八卦爲一太極，萬物爲一太極。萬物之變不出統體一太極。

雲有水火土石之異，他類亦然。

二至相去東西之度凡一百八十，南北之度凡六十。

○張行成觀物外篇衍義注：「日春分在西方奎十四度少强，秋分在東方角五度少弱，當黄赤二

[一]「發」，道藏本作「棲」。

[二]「發」，道藏本作「激」。

[三] 此句，道藏本作「吹噴吁呵，風雨雲霧，皆當相須也」。

道之交中，相去一百八十二度半。夏至日在井二十五度，去極六十七度少强，冬至日在斗二十一度，去極一百十五度少强，去北極一百十五度，則去南極亦六十七度少强矣。二至之日東西度相去亦等，則大行本無差，惟是冬至日去南極六十七度，夏至日去北極六十七度……故日夜有長短也。曰百八十、六十云者，舉大凡也。」

冬至之月所行如夏至之日，夏至之月所行如冬至之日。

○以日月之運行類似冬至之夜長如夏至之日長，冬至之日短如夏至之夜短。

四正者，乾坤坎離也。觀其象無反復之變，所以爲正也。

○漢人卦氣圖以六十四卦中之乾、坤、坎、離象二至二分，爲四正卦，餘六十卦當一年之期，一卦六日七分。觀象無反覆之變者，還有頤、中孚、大過、小過。

陽在陰中陽逆行，陰在陽中陰逆行，陽在陽中、陰在陰中，則皆順行。此真至之理，按圖可見之矣。〔一〕

〔一〕道藏本無此一段，但是又見於四庫全書本皇極經世書。

○張行成觀物外篇衍義注：「先天圖左爲陽右爲陰，凡陽在陰中、陰在陽中者，五變之數皆逆行而生，凡陽在陽中、陰在陰中者，五變之數皆順行而生。右行爲逆，『知來者逆』也，皆未生之卦也；左行爲順，『數往者順』也，皆已生之卦也。」先天圖六十四卦圓圖，從乾、姤與坤、復之中間起，左方32卦以乾爲祖五變而得，爲「陽在陽中」；右方32卦以坤爲祖五變而得，爲「陰在陰中」，皆爲順行。圖從乾、夬與坤、剥之中間起，乾生長女姤，爲「陽在陰中」，姤五變而生右方31卦；坤孕長男復，爲「陰在陽中」，復五變而得左方31卦，皆爲逆行。左行爲順，右行爲逆，其左右以乾之左右分。

草類之細入於坤。

五行之木，萬物之類也，五行之金，出乎石也，故水火土石不及金木，金木生其間也。〔一〕

〔一〕道藏本無此兩段，但是又見於四庫全書本皇極經世書。

觀物外篇中之下

得天氣者動，得地氣者靜。

陽之類圓，成形則方；陰之類方，成形則圓。〔一〕

木之枝幹，土石之所成也，所以不易；葉花，水火之所成，故變而易也。

東赤南白西黃北黑，此正色也。驗之于曉午暮夜之時，可見之矣。

冬至之子中，陰之極；春分之卯中，陽之中；夏至之午中，陽之極；秋分之酉中，陰之中。凡三百六十，中分之則一百八十。此二至二分相去之數也。

○先天圖六十四卦圓圖像一年之四季運行，以「當期之日」則爲三百六十。配以十二地支，子位當冬至，卯位當春分，午位當夏至，酉位當秋分。中分三百六十，冬至到夏至爲一百八十，春分到秋分爲一百八十。

陽中有陰，陰中有陽，天之道也。陽中之陽，日也，暑之道也。陽中之陰，月也，以其

〔一〕道藏本無此一段，但是又見於四庫全書本皇極經世書。

陽之類，故能見于晝。陰中之陽，星也，所以見於夜。陰中之陰，辰也，天壤也。〔一〕

辰之於天，猶天地之體也。地有五行，天有五緯。地止有水火，天復有日月者，月爲真水，日爲真火，陰陽真精是生五行，所以天地之數各五。陽數獨盈于七也，是故五藏之外，又有心包絡命門而七者，真心離火，命門坎水，五藏生焉。精神之主，性命之根也。〔二〕

干者幹之義，陽也；支者枝之義，陰也。干十而支十二，是陽數中有陰，陰數中有陽也。〔三〕

魚者水之族也，蟲者風之族也。〔四〕

目口〔五〕凸而耳鼻竅，竅者受聲嗅氣，物或不能閉之，凸者視色別味，物則能閉之也。四者雖象于一，而各備其四矣。〔六〕

水者火之地，火者水之氣，黑者白之地，寒者暑之地。

〔一〕道藏本無此一段，但是又見於四庫全書本皇極經世書。
〔二〕道藏本無此一段，但是又見於四庫全書本皇極經世書。
〔三〕道藏本無此一段，但是又見於四庫全書本皇極經世書。
〔四〕道藏本無此一段，但是又見於四庫全書本皇極經世書。
〔五〕此處有小注：「謂舌也。」
〔六〕道藏本無此一段，但是又見於四庫全書本皇極經世書。

草伏之獸，毛如草之莖；林棲之鳥，羽如林之葉。類使之然也。〔一〕

石之花，鹽消之類也。

水之物無異乎陸之物，各有寒熱之性，大較則陸爲陽中之陰，而水爲陰中之陽。〔二〕

日月星辰共爲天，水火土石共爲地。耳目鼻口共爲首，髓血骨肉共爲身。此乃五之數也。

○天與「天之四象」共爲五，地與「地之四象」共爲五，首與「耳目口鼻」共爲五，身與「髓血骨肉」共爲五。

火生於無，水生於有。

辰至日爲生，日至辰爲用。蓋順爲生而逆爲用也。

易有三百八十四爻，真天文也。

鷹鶰之類食生，而雞鳧之類不專食生；虎豹之類食生，而猫犬之類食生又食穀。以類推之，從可知矣。

〔一〕道藏本無此一段，但是又見於四庫全書本皇極經世書。

〔二〕道藏本無此一段，但是又見於四庫全書本皇極經世書。

馬牛皆陰類，細分之，則馬爲陽而牛爲陰。

飛之類喜風而敏於飛上，走之類喜土而利於走下。

禽蟲之卵，果穀之類也。穀之類多子，蟲之類亦然。

蠶之類，今歲蛾而子，來歲則子而蠶；蕪菁之類，今歲根而苗，來歲則苗而子。此皆一歲之物也。〔一〕

天地之氣運北而南則治，南而北則亂，亂久則復北而南矣。天道人事皆然，推之歷代，可見消長之理也。

在水者不瞑，在風者瞑。走之類上睫接下，飛之類下睫接上。類使之然也。

在水之〔二〕鱗鬣，飛之類也；龜獺之類，走之類也。

夫四象若錯綜而用之，日月，天之陰陽；水火，地之陰陽；星辰，天之剛柔；土石，地之剛柔。

○觀物内篇：「天之大，陰陽盡之矣；地之大，剛柔盡之矣。」邵雍此説本説卦「立天之道曰陰與陽，立地之道曰柔與剛」而出。日月星辰爲「天之四象」；水火土石爲「地之四象」，若「錯綜而

〔一〕道藏本無「此皆一歲之物也」句。

〔二〕「之」原作「而」，據道藏本改。

用之」，則有如是說。

飛之走，雞鳧之類是也；走之飛，龍馬之屬是也。〔一〕

陽主舒長，陰主慘急。日入盈度，陰從于陽；日入縮度，陽從于陰。

神者，人之主。將寐在脾，熟寐在腎，將寤在肝〔二〕，正寤在心。

天地之大寤在夏，人之神則存于心。

水之族以陰爲主，陽次之；陸之類以陽爲主，陰次之。故水類出水則死，風類入水則死。然有出入之類者〔三〕，龜蟹鵝鳧之類是也。

天地之交十之三。

天火，無體之火也；地火，有體之火也。火無體，因物以爲體。金石之火烈于草木之火者，因物而然也。

氣形盛則魂魄盛，氣形衰則魂魄亦從而衰矣。魂隨氣而變，魄隨形而止。故形在則

〔一〕道藏本無此一段，但是又見於四庫全書本皇極經世書。
〔二〕此處有小注：「又言在膽。」
〔三〕道藏本有「者」，據補。

魄存，形化則魄散。

星爲日餘，辰爲月餘。

星之至微如沙塵者，隕而爲堆阜。

藏者，天行也；府者，地行也。天地並行，則配爲八卦。

○张行成觀物外篇衍義注：「乾爲心，兑爲脾，離爲膽，震爲腎，四藏應乎天者也。巽爲肺，坎爲胃，艮爲肝，坤爲膀胱，四府應乎地者也。此邵雍之論，與素問諸書皆不同。諸書論五行，邵雍論八卦。八卦者，天地數也，先天之體也。五行者，人物數也，後天之用也。」

八卦相錯者，相交錯而成六十四卦也。

夫易根於乾坤而生於姤復。蓋剛交柔而爲復，柔交剛而爲姤，自兹而無窮矣。

○乾坤爲大父母，乾之初爻變而爲姤，坤之初爻變而爲復。先天圖可以復姤爲小父母而變得。以乾坤爲大父母逆爻序變得先天圖六十四卦圓圖，則爲順行，皆爲已生之卦。以復姤爲小父母順爻序變得先天圖六十四卦圓圖，則爲逆行，皆爲未生之卦。先見大父母而後見子女爲「已生」，先見子女而後見大父母爲「未生」。

龍能大能小，然亦有制之者，受制於陰陽之氣，得時則能變化，變變則不能也。

○帛書周易孔子曰：「龍大矣！ 龍形㝅遐賓於帝，俔神聖之德也。高尚齊乎星辰日月而不眺，能陽也；下綸窮深淵之淵而不沫，能陰也。……龍大矣！ 龍既能雲變，又能蛇變，又能魚變。飛鳥□蟲，唯所欲化而不失其本形，神能之至也……智者不能察其變，辯者不能察其義，至巧不能贏其文……龍大矣！ 龍之德剛也……龍寢矣而不陽，時至矣而不出，可謂寢矣。」又曰：「龍七十變而不能去其文，則文其信而達神明之德也。」邵雍之時似乎不知孔子對「龍」有這樣的議論，但是他所謂龍變「受制於陰陽之氣」之說，的確與孔子之説合拍。據易經乾卦「潛龍勿用」到「亢龍有悔」，似乎可以得出這樣的看法。

一歲之閏，六陰六陽，三年三十六日，故三年一閏，五年六十日，故五歲再閏。

○張行成觀物外篇衍義注此段說：「三年三十六日，三天也，乾之策也。又二年二十四日，兩地也，坤之策也。十九年二百一十日，七閏無餘分，則歸奇象閏之數，閏之本法也。是故老陰老陽少陰少陽，歸奇之數，兩卦皆得二百二十八者，閏法所起也。曆法十九年爲一章者，以七閏無餘分也。置閏之法起於日月之行不齊，日一日行天一度，月一日行天十三度十九分度之七，其十三度爲一年十三周天之數，餘七分則爲閏，故閏法以七與十九相取，以十二乘七得八十四，以十二乘十九得二百二十八，以年中取月，日中取時，則又以八十四爲七分，以二百二十八而爲十九分也。今自一時而積之，一日餘七分，以一月三十日之數乘之，計二百一十分，十二月則二千五百二十分也，滿十九分爲一時，年得一百三十二時，餘十二不盡，若以十九年之數乘之，得四萬七千八百八十分，如法除折，每年得一十一日，餘十二不盡，十九年共得二百九日，餘二百二十八分，則一日十二時之分數也。通爲二百十日，故十九年而七閏，無餘分也。今欲求年，年置閏七分，滿十九而爲閏，則知當閏之年矣。復以十二月之數乘一年之數，年得八十四分，滿二百二十八而爲閏，則知置閏之月矣。欲求日，日置閏七分，滿十九而得閏一時，則知閏朔之日矣。復以十二時之數乘一日之數，日得八十四分，滿二百二十八分而得閏一時，則知合朔之時矣。大抵以七與十九相取者，閏法之粗也。以八十四與二百二十八而取者，閏法之密也。蓋閏本奇數，積於七滿於十九，故七與十九自相乘除，皆得一百三十三。月與時法既衍十二以乘，當衍十二以除，故得二百二十八，其一月之分一章之日，皆二百一十。所以繫辭言『歸奇於扐以象閏』。而先天日數用一百三十三，星數用一百五也。閏本天之奇數而以月求之，故知陽以陰爲節，而陰陽相爲體用也。二百二十八而十之又偶之，則四千五百六十，乃四分曆一元之數也。」以此見周易與曆法之間的確有關係，並有粗與密兩種推算方法。

先天圖中，環中也。

○莊子齊物論：「彼是莫得其偶，謂之道樞。樞始得其環中，以應無窮。」道大無偶，先天圖統體爲一太極，「太極，道之極也」，道樞以環中而運轉。六十四卦圓圖爲環，而圖皆從中起。

月體本黑，受日之光而白。

水在人之身爲血，土在人之身爲肉。

膽與腎同陰，心與脾同陽。心主目，脾主鼻。

陽中陽，日也；陽中陰，月也；陰中陽，星也；陰中陰，辰也；柔中柔，水也；柔中剛，火也；剛中柔，土也；剛中剛，石也。

鼻之氣，目見之，口之言，耳聞之。以類應也。

倚蓋之説，崑崙四垂而爲海，推之理則不然。夫地直方而靜，豈得如圓動之天乎？

動物自首生，植物自根生。自首生命在首，自根生命在根。

海潮者，地之喘息也。所以應月者，從其類也。

震爲龍，一陽動於二陰之下，震也。重淵之下有動物者，豈非龍乎？

○易傳説卦：「震爲龍」、「乾爲天」。

風類，水類，大小相反。

天之陽在東南，日月居之；地之陰在西北，火石處之。

○張行成觀物外篇衍義注：「日月居東南者，乾兑也。石火居西北者，巽坎也。觀先天方圓二圖可以見矣。圓圖，天也。乾兑比離震，則在東南。方圖，地也。巽坎比坤艮，則在西北。」

起震終艮一節，明文王八卦也；天地定位一節，明伏羲八卦也。八卦相錯者，明交錯而成六十四也。數往者順，若順天而行，是左旋也，皆已生之卦也，故云數往也；知來者逆，若逆天而行，是右旋也，皆未生之卦也，故云知來也。夫易之數由逆而成矣。此一節直解圖意，逆若逆知四時之謂也。

○此以先天圖六十四卦圓圖解説説卦有關文字。圖從乾姤之中起，左旋爲順天，右旋爲逆天。圓圖起震一、離兑二、乾三、巽四、坎艮五，以至坤六爲逆，其運行象一年四季，故以「逆知四時」解之。

堯典期三百六旬有六日，夫日之餘盈也，六則月之餘縮也，亦六，若去日月之餘十二，則有三百五十四，乃日行之數，以十二除之，則得二十九日。

○張行成觀物外篇衍義注：「周天三百六十五度四分度之一，故三百六旬有六日爲一期，日月盈縮各六，則實得三百五十四，以十二月除之，月得二十九日半，故曰得二十九日也。大小月者，以所得半日之多少而分之也。」

素問，肺主皮毛，心脉，脾肉，肝筋，腎骨，上而下，外而内也。心血腎骨，交法也。交即用也。

「乾爲天」之類，本象也，「爲金」之類，别〔一〕象也。

○見易傳説卦。

天地並行，則藏府配。四藏，天也；四府，地也。

乾，奇也，陽也，健也，故天下之健莫如天。坤，耦也，陰也，順也，故天下之順莫如地，所以順天也。震，起也，一陽起也，起，動也，故天下之動莫如雷。坎，陷也，一陽陷於二陰，陷，下也，故天下之下莫如水。艮，止也，一陽於是而止也，故天下之止莫如山。巽，入也，

〔一〕張行成注：舊本作「列」。

一陰入二陽之下，故天下之入莫如風。離，麗也，一陰離於二陽，其卦錯然成文而華麗也，故天下之麗莫如火，又如附麗之麗。兑，説也，一陰出於外而説於物，故天下之説莫如澤。火内暗而外明，故離陽在外，火之用，用外也；水外暗而内明，故坎陽在内，水之用，用内也。

人寓形於走類者，何也？走類者，地之長子也。〔一〕

○張行成觀物外篇衍義注：「八卦若錯綜用之，以上爲天，下爲地，則乾爲日，兑爲月，坎爲辰，巽爲星，離爲飛，震爲走，艮爲木，坤爲草。故曰『走類者，地之長子也』。」

自泰至否，其間則有蠱矣，自否至泰，其間則有隨矣。

○先天圖六十四卦圓圖，逆行自泰至否，其第十四卦爲蠱，順行自否至泰，其第十四卦爲隨。泰變初、上爻爲蠱，否變初、上爻爲隨。

天有五辰，日月星辰與天爲五；地有五行，金木水火與土爲五。

〔一〕道藏本無此句。

有温泉而無寒火，陰能從陽而陽不能從陰也。

有雷則有電，有電則有風。

雨生於水，露生於土，雷生於石，電生於火。電與風同爲陽之極，故有電必有風。

木之堅非雷不能震，草之柔非露不能潤。

觀物外篇下之上

陽尊而神，尊故役物，神故藏用，是以道生天地萬物而不自見也。天地萬物亦取法乎道矣。

陽者道之用，陰者道之體。陽用陰，陰用陽，以陽爲用則尊陰，以陰爲用則尊陽也。陰幾於道，故以況道也。六變而成〔一〕三十六矣，八變而成六十四矣，十二變而成三百八十四矣。六六而變之，八八六十四變而成三百八十四矣。八八而變之，七七四十九變而成三百八十四矣。

○陰與陽不能自變，動而無動、靜而無靜方爲神態。邵雍曰：「體者八變，用者六變。」八卦之象不易者六，反易者二，以六而變八。重卦不易者八，反易者二十八，以三十六而變六十四。六六三十六，八八六十四，六十四卦三百八十四爻。易經之卦「非覆即變」，上經十八，下經十八，共三十六。先天圖以乾爲祖，六變而得三十六。先天圖一貞八悔，一變得八，八變得六十四。先天圖乾與坤、夬與剥、大有與比、大壯與觀、小畜與豫、需與晉乃至復與姤，爲 32

〔一〕道藏本無「成」字。

反對卦，一對十二爻，32 對 384 爻，故有「十二變而成三百八十四」之說。先天圖以乾爲祖六變而得 64 卦，一卦六爻，64 卦 384 爻。是爲「六六變之」。先天圖一貞八悔有八，一「一貞八悔」48 爻，八「一貞八悔」384 爻。是爲「八八變之」。因而「八八而變之，七七四十九變而成三百八十四矣」当改作「八八而變之，六八四十八變而成三百八十四矣」。

無極之前陰含陽也，有象之後陽分陰也。陰爲陽之母，陽爲陰之父，故母孕長男而爲復，父生長女而爲姤。是以陽起於復，而陰起於姤也。

○老子有「復歸於無極」、「復歸於無物」、「歸根曰靜，靜曰復命」等説。莊子有「在太極之先而不爲高」、「太初有無，無有無名，一之所起，有一而未形」、「氣變而有形，形變而有生」、「天門者，無有也，萬物出乎無有，有不能以有爲有，必出乎無有，而無有一無有」等説。先天圖坤復之間爲「天根」，乾姤之間爲「月窟」。「復歸於無極」，一陽起於復居子位，復之前爲「無極」，起復爲「有象」。以乾坤爲大父母，復姤爲小父母可變得六十四卦。變坤之初爻爲復，變乾之初爻爲姤。以復姤爲小父母各五變而得先天圖左右三十二卦。京氏易傳曰：「陰從午，陽從子，子午分行。子左行，午右行。」又曰：「建子陽生，建午陰生。」鄭玄注乾鑿度曰：「陽氣始於亥，生於子……陰氣始於巳，生於午。」子位之復爲冬至一陽生，午位之姤爲夏至一陰生。故曰：「陽起於復，而陰起於姤。」

性非體不成，體非性不生，陽以陰爲體，陰以陽爲體。動者性也，靜者體也。在天則陽動而陰靜，在地則陽靜而陰動。性得體而靜，體隨性而動，是以陽舒而陰疾也。更詳之〔一〕。

陽不能獨立，必得陰而後立，故陽以陰爲基；陰不能自見，必待陽而後見，故陰以陽爲唱。陽知其始而享其成，陰效其法而終其勞。

○京氏易傳曰：「陰陽之體，不可執一爲定象。」春秋穀梁傳曰：「獨陽不生，獨陰不生，獨天不生。」陽中有陰，陰中有陽。太極動而生陽，靜而生陰，動而無動，靜而無靜。邵雍與北宋時的多數易學家一樣，不以一陽爻與一陰爻爲「兩儀」，當然也不以兩爻之組合爲「四象」。

陽能知而陰不能知，陽能見而陰不能見也。能知能見者爲有，故陽性有而陰性無也。陽有所不徧，而陰無所不徧也。陽有去〔二〕，而陰常居也。無不徧而常居者爲實，故陽體虛而陰體實也。

天地之本其起於中乎？是以乾坤屢變而不離乎中。

〔一〕「更詳之」三字，據道藏本補。
〔二〕「去」，道藏本作「知」。

○先天圖復至乾32卦，姤至坤32卦，是乾坤爲圓圖之中。復居子位，至巳位之乾而陽極；姤居午位，至亥位之坤而陰極。乾坤居陰陽變化之中。乾爲天坤爲地，故有「天地之本其起於中」之説。太極爲大中之氣，判爲天地兩儀。

人居天地之中，心居人之中，日中則盛，月中則盈，故君子貴中也。

本一氣也，生則爲陽，消則爲陰，故二者一而已矣，四者二而已矣，六者三而已矣，八者四而已矣，是以言天不言地，言君不言臣，言父不言子，言夫不言婦也。然天得地而萬物生，君得臣而萬化行，父得子、夫得婦而家道成，故有一則有二，有二則有四，有三則有六，有四則有八。

有意必有言，有言必有象，有象必有數。數立則象生，象生則言著彰，言著彰〔一〕則意顯。象、數則筌蹄也，言、意則魚兔也。得魚兔而忘筌蹄，則可也，捨筌蹄而求魚兔，則未見其得也。

○莊子外物曰：「筌者所以在魚，得魚而忘筌；蹄者所以在兔，得兔而忘蹄。言者所以在意，得

〔一〕以上二「著彰」，道藏本皆作「用」。

意而忘言。」王弼周易略例明象曰：「夫象者出意者也，言者明象者也。盡意莫若象，盡象莫若言。言生於象，故可尋言以觀象。象生於意，故可尋象以觀意。意以象盡，象以言著。故言者所以明象，得象而忘言。象者所以存意，得意而忘象。猶蹄者所以在兔，得兔而忘蹄；筌者所以在魚，得魚而忘筌也。然則言者象之蹄也，象者意之筌也。是故存言者，非得象者也。存象者，非得意者也。象生於意而存象焉，則所存者乃非其象也。言生於象而存言焉，則所存者乃非其言也。然則忘象者，乃得意者也。忘言者，乃得象者也。得意在忘象，得象在忘言。故立象以盡意，而象可忘也；重畫以盡情，而畫可忘也。」邵雍於此强調象數與言意之間的因果關係。

天變而人效之，故元亨利貞，易之變也；人行而天應之，故吉凶悔吝，易之應也。以元亨爲變，則利貞爲應；以吉凶爲應，則悔吝爲變。元則吉，吉則利應之，亨則凶，凶則應之以貞，悔則吉，吝則凶。是以變中有應，應中有變也。變中之應，天道也，故元爲變，則亨應之；利爲變，則應之以貞。應中之變，人事也，故變則凶，應則吉，變則吝，應則悔也。悔者吉之先〔一〕，而吝者凶之本，是以君子從天不從人。

〔一〕「先」，道藏本作「兆也」。

元者春也，仁也，春者時之始，仁者德之長，時則未盛，而德足以長人，故言德不言時。亨者夏也，禮也，夏者時之盛，禮者德之文，盛則必衰，而文不足救之，故言時不言德，故曰「大哉，乾元」，而上九有悔也。利者秋也，義也，秋者時之成，義者德之方，萬物方成而獲利，義者不通於利，故言時不言德也。貞者冬也，智也，冬者時之末，智者德之衰，貞則吉，不貞則凶，故言德而不言時也，故曰「利貞者，性情也」。

道生天，天生地。及其功成而身退，故子繼父禪，是以乾退一位也。

象起於形，數起於質，名起於言，意起於用。天下之數出於理，違乎理則入於術。世人以數而入於術，故失於理也。

○邵雍於此談「天下之數出於理」，强調「術數」有失於理。後世謂邵子爲「術數大師」者，是誣邵子也。

天下之事，皆以道致之，則休戚不能至矣。

天可以理盡而不可以形盡，渾天之術以形盡天，可乎？

精義入神以致用也，不精義則不能入神，不能入神則不能致用。

爲治之道必通其變，不可以膠柱，猶春之時不可行冬之令也。

自然而然不得而更者，内象、内數也，他皆外象、外數也。〔一〕

天道之變，王道之權也。

卦各有性有體，然皆不離乾坤之門，如萬物受性於天而各爲其性也。其在人則爲人之性，在禽獸則爲禽獸之性，在草木則爲草木之性。

天以氣爲主，體爲次；地以體爲主，氣爲次。在天在地者亦如之。

氣則養性，性則乘氣，故氣存則性存，性動則氣動也。

堯之前，先天也；堯之後，後天也。後天乃效法耳。

〔一〕道藏本無此段及以下至「堯之前」六段。

觀物外篇下之中

天之象數，則可得而推；如其神用，則不可得而測也。〔一〕

自然而然者天也，唯聖人能索之。效法者人也，若時行時止，雖人也亦天也。

生者性，天也；成者形，地也。

日入地中，交〔二〕精之象。

體四而變六，兼神與氣也。氣變必六，故三百六十也。

凡事爲之極，幾十之七則可止矣。

蓋夏至之日止于六十，兼之以晨昏分，可辨色矣。〔三〕庶幾乎十之七也。

圖雖無文，吾終日言未嘗離乎是，蓋天地萬物之理盡在其中矣。

氣一而已，主之者乾也。神亦一而已，乘氣而變化，出入於有無死生之間，無方而不

〔一〕道藏本無此段。
〔二〕「交」，道藏本作「構」。
〔三〕道藏本無「可辨色矣」四字。

測者也。〔一〕

不知乾，無以知性命之理。

時然後言，乃應變而言，言不在我也。

仁配天地，謂之人，唯仁者，真可以謂之人矣。

生而成，成而生，易之道也。

氣者神之宅也，體者氣之宅也。〔二〕

天六地四，天以氣爲質而以神爲神，地以質爲質而以氣爲神，唯人兼乎萬物而爲萬物之靈。如禽獸之聲，以其類而各能其一，無所不能者人也，推之他事亦莫不然。唯人得天地日月交之用，他類則不能也。人之生真可謂之貴矣，天地與其貴而不自貴，是悖天地之理，不祥莫大焉。〔三〕

燈之明暗之境，日月之象也。

月者日之影也，情者性之影也。心性而膽情，性神而情鬼。

〔一〕道藏本無此段。

〔二〕道藏本無「不知乾」至「气者神之宅」五段。

〔三〕道藏本無此一段，但是又見於四庫全書本皇極經世書。

心爲太極，又曰道爲太極。

形可分，神不可分。

陰事大半，蓋陽一而陰二也。

冬至之後爲呼，夏至之後爲吸，此天地一歲之呼吸也。

以物喜物，以物悲物，此發而中節者也。

不我物，則能物物。

任我則情，情則蔽，蔽則昏矣。因物則性，性則神，神則明矣。潛天潛地，不行而至，不爲陰陽所攝者，神也。

天之孽十之一猶可違，人之孽十之九不可逭。

先天之學，心也；後天之學，迹也。出入有無死生者，道也。

神無所在無所不在。至人與他心通者，以其本于一也。

道與一，神之强名也。以神爲神者，至言也。

身，地也，本静，所以能動者，血氣使之然也。

生生長類，天地成功，别生分類，聖人成能。

以物觀物，性也；以我觀物，情也。性公而明，情偏而暗。

陽主辟而出，陰主翕而入。

日在于水則生，離則死，交與不交之謂也。

陰對陽爲二，然陽來則生，陽去則死，天地萬物生死主于陽，則歸之于一也。

神無方而性有質。

發於性則見於情，發於情則見於色，以類而應也。

以天地生萬物，則以萬物爲萬物，以道生天地，則天地亦萬物也。

人之貴兼乎萬物〔一〕，自重而得其貴，所以能用萬類。

凡人之善惡形于言，發于行，人始得而知之。但萌諸心，發于慮，鬼神已得而知之矣。此君子所以慎獨也。

氣變而形化。

人之類，備乎萬物之性。

人之神則天地之神，人之自欺，所以欺天地，可不戒哉！

人之畏鬼亦猶鬼之畏人，人積善而陽多，鬼亦畏之矣；積惡而陰多，鬼不畏之矣。大

〔一〕「物」，道藏本作「類」。

人者「與鬼神合其吉凶」，夫何畏之有？

至理之學，非至誠則不至。物理之學或有所不通，不可以强通。强通則有我，有我則失理而下入於術矣。

○中庸曰：「誠者，天之道也；誠之者，人之道也。」先天學爲至理之學，不可强通。後人以術數名「先天學」，則是「失理而入於術」。

心一而不分，則能應萬物。此君子所以虛心而不動也。

聖人利物而無我。

明則有日月，幽則有鬼神。

夫聖人六經，渾然無迹如天道焉。春秋〔一〕録實事，而善惡形于其中矣。

中庸之法，自中者天也，自外者人也。

○中庸曰：「中也者，天下之大本也。」

〔一〕道藏本「春秋」上有「故」字。

韻法，闢翕〔一〕者律天，清濁者呂地。先〔二〕閉後開者，春也；純開者，夏也；先開後閉者，秋也；冬則閉而無聲。東爲春聲，陽爲夏聲，此見作韻者亦有所至也。銜凡冬聲也。

○古十二不平均律，陽六爲律，陰六爲呂。「三分損益」隔八相生，黄鐘下生林鐘，林鐘上生太蔟，太蔟下生南呂，南呂上生姑洗，姑洗下生應鐘，應鐘上生蕤賓，蕤賓下生大呂，大呂上生夷則，夷則下生夾鐘，夾鐘上生無射，無射下生中呂，中呂上生黄鐘。

「寂然不動」，反本復静，坤之時也；「感而遂通天下之故」，陽動於中，間不容髮，復之義也。

○繫辭曰：「易，無思也，無爲也，寂然不動，感而遂通天下之故。」先天圖圓圖坤復之間爲中，坤爲「無極之前」，復爲「有象之後」，邵雍以此釋繫辭此句之義。

不見動而動，妄也，動乎否之時是也；見動而動則爲无妄。然所以有災者，陽微而無

〔一〕「闢翕」，道藏本作「開閉」。
〔二〕道藏本「先」上有「韻法」二字。

應也。有應而動則爲益矣。

「精氣爲物」，形也；「遊魂爲變」，神也。又曰：「精氣爲物」，體也；「遊魂爲變」，用也。

○繫辭曰：「精氣爲物，遊魂爲變，是故知鬼神之情狀。」

君子之學，以潤身爲本。其治人應物，皆餘事也。

○禮記大學曰：「自天子以至於庶人，壹是皆以修身爲本。」

剸割〔一〕者，才力也；明辨者，智識也；寬洪者，德器也。三者不可闕一。

無德者責人，怨人易滿，滿則止也。

能循天理動者，造化在我也。

學不際天人，不足謂之學。

人必有德器，然後喜怒皆不妄。爲卿相、爲匹夫，以至學問高天下，亦若無有也。

得天理者，不獨潤身，亦能潤心。不獨潤心，至于性命亦潤。

〔一〕道藏本缺「剸割」二字。

曆不能無差。今之學曆者，但知曆法，不知曆理。能布算者，落下閎也，能推步者，甘公、石公也。落下閎但知曆法，揚雄知曆法又知曆理。

顔子不遷怒，不貳過。遷怒、貳過〔一〕皆情也，非性也。不至於性命，不足謂之好學。

○論語雍也第六：「有顔回者好學，不遷怒，不貳過。」

揚雄作玄〔二〕，可謂「見天地之心」者也。

易，无體也，曰「既有典常」，則是有體也，恐遂以爲有體，故曰「不可爲典要」。「既有典常」，常也，「不可爲典要」，變也。

○繫辭曰：「易之爲書不可遠，爲道也屢遷。變動不居，周流六虛，上下無常，剛柔相易，不可爲典要，唯變所適。」

莊周雄辯，數千年一人而已。如庖丁解牛曰「踟躕」、「四顧」，孔子觀吕梁之水曰「蹈水之道無私」，皆至理之言也。

〔一〕「遷怒貳過」四字據道藏本補。
〔二〕「玄」，道藏本作「太玄」。

○莊子養生主曰：「提刀而立，爲之四顧，爲之躊躇滿志，善刀而藏之。」莊子達生篇曰：「孔子觀於呂梁，縣水三十仞，流沫四十里，黿鼉魚鱉之所不能游也。見一丈夫游之，以爲有苦而欲死也，使弟子並流而拯之。數百步而出，被髮行歌而游於塘下。孔子從而問焉，曰：『吾以子爲鬼，察子則人也。請問蹈水有道乎？』曰：『亡，吾无道。吾始乎故，長乎性，成乎命。與齊俱入，與汩偕出，從水之道而不爲私焉。』」

夫易者，聖人長君子消小人之具也。及其長也，闢之於未然；及其消也，闔之於未然。一消一長，一闢一闔〔一〕，渾渾然無迹。非天下之至神，其孰能與於此？

大過，本末弱也。必有大德大位，然後可救〔二〕。常分有可過者，有不可過者。有〔三〕大德大位，可過者也，伊周其人也，不可懼〔四〕也。有大德無大位，不可過者也，孔孟其人也，不可悶〔五〕也。其位不勝德耶？大哉，位乎！待時〔六〕用之宅也。

〔一〕「一闢一闔」，道藏本作「一闔一闢」。
〔二〕「救」，道藏本作「過」。
〔三〕「有」字據道藏本補。
〔四〕「懼」，道藏本作「僭」。
〔五〕「悶」，道藏本作「誣」。
〔六〕「時」，道藏本作「才」。

復次剥，明治生於亂乎？姤次夬，明亂生於治乎？時哉！時哉！未有剥而不復，未有夬而不姤者。防乎其防，邦家其長，子孫其昌。是以聖人貴未然之防，是謂易之大綱。

先天學，心法也，故圖皆自中起，萬化萬事生乎心也。

所行之路不可不寬，寬則少礙。

○邵伯温易學辨惑記：「伊川曰：『從此與先生訣矣，更有可以見告者乎？』先君聲氣已微，舉張兩手以示之。伊川曰：『何謂也？』先君曰：『面前路徑常令寬，路徑窄則自無著身處，況能使人行也？』」亦有詩云：「面前路徑無令窄，路徑窄時無過客。過客無時路徑荒，人間大率多荆棘。」

知易者，不必引用講解，始爲知易。孟子著書未嘗及易，其間易道存焉，但人見之者鮮耳。人能用易，是爲知易，如孟子可謂善用易者也。

所謂皇帝王伯者，非獨三皇五帝三王五伯而已，但用無爲則皇也，用恩信則帝也，用公正則王也，用知力則伯也。〔一〕

〔一〕道藏本此段之下有「霸以下則夷狄，夷狄而下是禽獸也」一句。

鬼神者〔一〕無形而有用，其情狀可得而知也，於用則可見之矣。若人之耳目鼻口手足，草木之枝葉華實顏色，皆鬼神之所爲也。福善禍淫，主之者誰耶？聰明正直，有之者誰耶？不疾而速，不行而至，任之者誰耶？皆「鬼神之情狀」也。

易有意象，立意皆所以明象，統下三者，有言象，不擬物而直言以明事；有像象〔二〕，擬一物以明意；有數象，七日、八月、三年、十年之類是也。

易之數，窮天地始終。或曰：「天地亦有始終乎？」曰：「既有消長，豈無終始？天地雖大，是亦形器，乃二物也。」

易有内象，理致是也；有外象，指定一物而不變者是也。

在人則「乾道成男，坤道成女」；在物則乾道成陽，坤道成陰。

「神無方而易無體」，滯于一方則不能變化，非神也；有定體則不能變通，非易也。易雖有體，體者象也，假象以見體，而本無體也。

事無大小，皆有道在其間。能安分則謂之道，不能安分謂之非道。

〔一〕「者」字據道藏本補。
〔二〕「像象」，道藏本作「象像」。

正音律數，行至于七而止者，以夏至之日出於寅而入於戌，亥子丑三時，則日入於地而目無所見，此三數不行者，所以比於三時也。故生物之數亦然，非數之不行也，有數而不見也。

○明朱載堉之前，古律呂是「三分損益，隔八相生」。前漢書律曆志曰：「黄鍾之長三分損一下生林鍾，三分林鍾益一上生太簇，三分太簇損一下生南呂，三分南呂益一上生姑洗，三分姑洗損一下生應鍾，三分應鍾益一上生蕤賓，三分蕤賓損一下生大呂，三分大呂益一上生夷則，三分夷則損一下生夾鍾，三分夾鍾益一上生無射，三分無射損一下生中呂。陰陽相生自黄鍾始而左旋，八八爲伍。」古人以十二地支配十二律呂，黄鐘當子位，行丑至未，歷七而止於林鐘。行申至寅，歷七而止於太蔟。餘類推。

六虚者，六位也。虚以待變動之事也。

有形則有體，有性則有情。

天主用，地主體。聖人主用，百姓主體，故「日用而不知」。

法始乎伏羲，成乎堯，革於三王，極於五伯，絶於秦。萬世治亂之迹，無以逃此矣。

神者，易之主也，所以「無方」。易者，神之用也，所以「無體」。

循理則爲常，理之外則爲異矣。

火以性爲主，體次之；水以體爲主，性次之。

陽性而陰情，性神而情鬼。

易之首于乾坤，中于坎離，終于水火之交不交，皆至理也。

太極一也，不動；生二，二則神也。神生數，數生象，象生器。

太極不動，性也，發則神，神則數，數則象，象則器。器之變復歸于神也。

觀物外篇下之下

諸卦不交於乾坤者，則生於否泰。否泰，乾坤之交也。乾坤起自奇偶，奇偶生自太極。

天使我有是之謂命，命之在我之謂性，性之在物之謂理。

朔易之陽氣自北方而生，至北方而盡，謂變易循環也。

○先天圖六十四卦圓圖，子位爲「北方」，復爲一陽生，剥盡一陽而至坤，「陽氣」自子位而生，至子位而盡，變易循環。

春陽得權，故多旱；秋陰得權，故多雨。

元有二：有生天地之始者，太極也；有萬物之中各有始者，生之本也。

「天地之心」者，生萬物之本也。「天地之情」者，情狀也，與「鬼神之情狀」同也。

莊子與惠子遊於濠梁之上，莊子曰：「儵魚出遊從容，是魚樂也。」此盡己之性，能盡物之性也。非魚則然，天下之物則然。若莊子者，可謂善通物矣。

○見莊子至樂篇。

老子，知易之體者也。

無思無爲者，神妙致一之地也。聖人以此洗心，退藏於密。

太極，道之極也；太玄，道之玄〔一〕也；太素，色之本也；太一，數之始也；太初，事之初也。其成功則一也。

○莊子言「太極」、「太一」。乾鑿度引孔子言「太極」、「太易」、「太初」、「太始」、「太素」。扬雄作太玄。

太羹可和，玄酒可漓，則是造化亦可和可漓也。

○禮記禮器：「有以素爲貴者，至敬無文，父黨無容，大圭不琢，大羹不和。」曾子問：「無玄酒，不告利成。」

易地而處，則無我也。

〔一〕「玄」原作「元」，據道藏本改。

誠者，主性之具，無端無方者也。

智哉！留侯善藏其用。

素問、密語之類，於術之理可謂至也。

瞽瞍殺人，舜視棄天下猶棄敝屣也，竊負而逃，遵海濱而處，終身訢然，樂而忘天下。聖人雖天下之大，不能易天性之愛。

或問「顯諸仁，藏諸用」，曰：若日月之照臨，四時之成歲，是顯仁也。其度數之然，而不知其所以然，是藏用也。

君子於易，玩象，玩數，玩辭，玩意。

兑，説也。其他皆有所害，惟朋友講習無説於此，故言其極者也。

中庸，非天降地出，揆物之理，度人之情，行其所安，是爲得矣。

元亨利貞之德，各包吉凶悔吝之事。雖行乎德，若違于時，亦或凶矣。

湯放桀，武王伐紂，而不以爲弑者，若孟子言男女授受不親，禮也，嫂溺則援之以手，權也。故孔子既尊夷齊，亦與湯武，夷齊仁也，湯武義也。然唯湯武則可，非湯武則是篡也。

陰者陽之影，鬼者人之影也。

秦繆公有功于周，能遷善改過，爲伯者之最。晉文侯世世勤王，遷平王于洛，次之。齊桓〔一〕公九合諸侯，不以兵車，又次之。楚莊强大，又次之。宋襄公雖伯而力微，會諸侯而爲楚所執，不足論也。治春秋者，不先定四國之功過，則事無統理，不得聖人之心矣。春秋之間，有功者未見大於四國，有過者亦未見大於四國也。故四者功之首，罪之魁也。人言「春秋非性命書」，非也。至於書郊牛之口傷，改卜牛，牛死乃不郊，猶三望，此因魯事而貶之也。聖人何容心哉？無我故也，豈非由性命而發言也。又云春秋皆因事而褒貶，豈容人特立私意哉！又曰春秋聖人之筆削，爲天下之至公，不知聖人之所以爲公也。如因牛傷，則知魯之僭郊，因初獻六羽，則知舊僭八佾，因新作雉門，則知舊無雉門，皆非聖人有意於其間，故曰春秋盡性之書也。

易之爲書，「將以順性命之理」者，循自然也。孔子絶四、從心，「一以貫之」，至命者也。顔子心齋履空，好學者也。子貢多積以爲學，億度以求道，不能刳心滅見，委身於理，不受命者也。春秋循自然之理，而不立私意，故爲盡性之書也。

初與上同，然上亢不及初之進也；二與五同，然二之陰中不及五之陽中也；三與四

〔一〕「桓」原作「威」，據道藏本改。

同，然三處下卦之上，不若四之近君也。

人之貴兼乎萬類，自重而得其貴，所以能用萬類。

至理之學，非至誠則不至。

素問、陰符，七國時書也。

○朱熹陰符經考異：「陰符經三百言，李筌得於石室中，云寇謙之所藏，出於黃帝。河南邵氏以爲戰國時書，程子以爲非商末則周末。世數久遠，不得而詳知。以文字氣象言之，必非古書。然非深於道者，不能作也。」

「顯諸仁，藏諸用」，孔子善藏其用乎？

莊、荀之徒，失之辯。

伯夷義不食周粟，至餓且死，止得爲仁而已。

三人行必有師焉，至於友一鄉之賢，天下之賢，以天下爲未足，又至於尚論古人，無以加焉。

義重則内重，利重則外重。

能醫人能醫之疾，不得謂之良醫。醫人之所不能醫者，天下之良醫也。能處人所不能處之事，則能爲人所不能爲之事也。

人患乎自滿，滿則止也，故禹不自滿。假所以爲賢，雖學亦當常若不足，不可臨深以爲高也。

人苟用心，必有所得，獨有多寡之異，智識之有淺深也。

理窮而後知性，性盡而後知命，命知而後知至。

凡處失在得之先，則得亦不喜。若處得在失之先，則失難處矣，必至於隕穫。

人必内重，内重則外輕。苟内輕必外重，好利好名無所不至。

天下言讀書者不少，能讀書者少。若得天理真樂，何書不可讀？何堅不可破？何理不可精？

天時、地理、人事，三者知之不易。

資性得之天也，學問得之人也。資性由内出者也，學問由外入者也。自誠明，性也；自明誠，學也。

伯夷、柳下惠得聖人之一端：伯夷得聖人之清，柳下惠得聖人之和。孔子時清時和，時行時止，故得聖人之時。

〇見孟子公孫丑上。

太玄九日當兩卦，餘一卦當四日半。

○太玄九九八十一首，以之配一年之期。宋王薦畫有太玄擬卦日星節候圖，如「中」（擬易經中孚卦）配冬至十一月中後五晝四夜，「周」（擬易經復卦）接配五夜四晝，合當九日，至「難」與「勤」終 360 日之夜，至「養」終 365 日之晝。

用兵之道，必待人民富、倉廩實、府庫充，兵强名正，天時順地利得，然後可舉。

老子五千言，大抵皆明物理。

今有人登兩臺，兩臺皆等，則不見其高，一臺高，然後知其卑下者也。一國、一家、一身皆同，能處一身則能處一家，能處一家則能處一國，能處一國則能處天下。心爲身本，家爲國本，國爲天下本。心能運身，苟心所不欲，身能行乎？

人之精神貴藏而用之，苟衒於外，則鮮有不敗者，如利刃，物來則剸之，若恃刃之利而求割乎物，則刃與物俱傷矣。

言發於真誠，則心不勞而逸，人久而信之。作僞任數，一時或可以欺人，持久必敗。

人貴有德，小人有才者有之矣，才不可恃，德不可無。

天地日月悠久而已，故人當存乎遠，不可見其邇。

君子處畎畝則行畎畝之事，居廟堂則行廟堂之事，故無入不自得。智數或能施於一朝，蓋有時而窮，惟至誠與天地同久。

○「智數」既是「術數」，失理則入於智數。邵雍頭風吟有「閉目面前都是暗，開懷天外更無他。若由智數經營得，大有英雄善揣摩」詩句。以此知邵雍不搞術數。

天地無則至誠可息，苟天地不能無，則至誠亦不息也。

室中造車，天下可行，軌轍合故也。苟順義理，合人情，日月所照，皆可行也。

斂天下之善則廣矣，自用則小。

漢儒以反經合道爲權，得一端者也。權所以平物之輕重，聖人行權，酌其輕重而行之，合其宜而已，故執中無權者，猶爲偏也。王通言春秋王道之權，非王通莫能及此，故權在一身，則有一身之權，在一鄉，則有一鄉之權，以至於天下，則有天下之權。用雖不同，其權一也。

夫弓固有强弱，然一弓二人張之，則有力者以爲弓弱，無力者以爲弓强。故有力者不以己之力有餘，而以爲弓弱，無力者不以己之力不足，而以爲弓强。何不思之甚也？一弓非有强弱也，二人之力强弱不同也。今有食一杯在前，二人大餒而見之，若相遜則均得食也，相奪則爭，非徒爭之而已，或不得其食矣。此二者皆人之情也，知之者鮮，知此，則天下之事皆如是也。

先天學主乎誠，至誠可以通神明，不誠則不可以得道。

良藥不可以離手，善言不可以離口。

事必量力，量力故能久。

學以人事爲大，今之經典，古之人事也。

春秋三傳之外，陸淳、啖助可以兼治。

○陸淳（？—八〇六），唐經學家，師事啖助、趙匡，傳其春秋之學。

季札之才近伯夷，叔向、子產、晏子之才相等埒，管仲用智數，晚識物理，大抵才力過人也。

五霸者，功之首，罪之魁也。春秋者，孔子之刑書也。功過不相掩，聖人先褒其功，後貶其罪，故罪人有功亦必録之，不可不恕也。「新作兩觀」，「新」者貶之也，誅其舊無也；「初獻六羽」，「初」者褒之也，以其舊僭八佾也。

某人受春秋於尹師魯，師魯受於穆伯長，某人後復攻伯長曰：「春秋無褒，皆是貶也。」田述古曰：「孫復亦云春秋有貶而無褒。」曰：「春秋禮法廢，君臣亂，其間有能爲小善者，安得不進之也？況五霸實有功於天下，且五霸固不及於王，不猶愈於僭竊乎，安得不與之也？治春秋者不辯名實，不定五霸之功過，則未可言治春秋。先定五霸之功過而治春秋，則大意立，若事事求之，則無緒矣。」

○穆修，字伯長。宋史有傳。

凡人爲學，失於自主張太過。

平王名雖王，實不及一國之諸侯，齊晉雖侯，而實僭王，皆春秋之名實也。子貢欲去告朔之餼羊，羊，名也，禮，實也。名存而實亡，猶愈於名實俱亡，苟存其名，安知後世無王者作？是以有所待也。

春秋爲君弱臣强而作，故謂之名分之書。

聖人之難在不失仁義忠信而成事業，何如則可？在於絶四。

○論語子罕：「子絶四：毋意，毋必，毋固，毋我。」

有馬者借人乘之，舍己從人也。

或問：「才難何謂也？」曰：「臨大事然後見才之難也。」曰：「何獨言才？」曰：「才者，天之良質也，學者所以成其才也。」曰：「古人有不由學問而能立功業者，何必曰學？」曰：「周勃、霍光能成大事，唯其無學，故未盡善也。人而無學，則不能燭理，不能燭理，則固執而不通。」

人有出人之才必有剛，克中剛則足以立事業，處患難，若用於他，反爲邪惡，故孔子以申棖爲「焉得剛」，既有慾心，必無剛也。

君子喻于義，賢人也，小人喻於利而已。義利兼忘者，唯聖人能之。君子畏義而有所不爲，小人直不畏耳。聖人則動不踰矩，何義之畏乎！

顔子不貳過，孔子曰：「有不善未嘗不知，知之未嘗復行。」是也，是一而不再也。韓愈以爲將發於心而便能絶去，是過與顔子也。過與是爲私意，焉能至於道哉？或曰：「與善不亦愈於與惡乎？」曰：「聖人則不如是，私心過與，善惡同矣。」〇語見論語先進。

爲學養心，患在不由直道。去利欲，由直道，任至誠，則無所不通。天地之道直而已，當以直求之。若用智數，由徑以求之，是屈天地而徇人欲也，不亦難乎？

事無巨細，皆有天人之理。修身，人也；遇不遇，天也。得失不動心，所以順天也；行險僥倖，是逆天也。求之者，人也；得之與否，天也。得失不動心，所以順天也；强取必得，是逆天理也。逆天理者，患禍必至。

魯之郊禘，郊天大禘，皆非禮也。諸侯苟有四時之禘，以爲常祭可也，至於五年大禘，不可爲也。

仲弓可使南面，可使從政也。

誰能出不由户？户，道也，未有不由道而能濟者也。不由户者，鎖穴隙之類是也。

多聞，擇其善者而從之，雖多聞，必擇善而從之。多見而識之，識，别也，雖多見，必有以别之。

落下閎改顓帝曆爲太初曆，子雲準太初而作太玄，凡八十一卦，九分共二卦，凡一五隔一四，細分之，則四分半當一卦，氣起於中心，故首中卦。

元亨利貞，變易不常，天道之變也；吉凶悔吝，變易不定，人道之應也。

「一陰一陽之謂道」，道無聲無形，不可得而見者也，故假道路之道而爲名。人之有行必由于道，一陰一陽，天地之道也，物由是而生，由是而成也。

「顯諸仁」者，天地生萬物之功，則人可得而見也；所以造萬物，則人不可得而見，是

「藏諸用」也。

十干，天也；十二支，地也。支干配天地之用也。

易始于三皇，書始于二帝，詩始于三王，春秋始于五霸。

自乾、坤至坎、離，以天道也；自咸、恒至既濟、未濟，以人事也。

人謀，人也；鬼謀，天也。天人同謀而皆可，則事成而吉也。

變從時而便天下之事，不失禮之大經；變從時而順天下之理，不失義之大權者，君子之道也。

五星之説，自甘公、石公始也。

人智强則物智弱。

莊子著盜蹠篇，所以明至惡，雖至聖亦莫能化，蓋上智與下愚不移故也。

魯國之儒一人者，謂孔子也。

天下之事始于過重猶卒于輕，始於過于厚猶卒于薄。況始以輕、始以薄者乎？故鮮失之重，多失之輕，鮮失之厚，多失之薄。是以君子不患過乎重，常患過乎輕，不患過乎厚，常患過乎薄也。

莊子「齊物」，未免乎較量，較量則爭，爭則不平，不平則不和。無思無爲者，神妙致一之地也。所謂一以貫之。聖人以此洗心，退藏於密。

當仁不讓於師者，進仁之道也。

秦穆公伐鄭敗而有悔過，自誓之言，此非止霸者之事。幾於王道能悔，則無失矣。此聖人所以録於書末也。

劉絢問「無爲」，對曰：「時然後言，人不厭其言；樂然後笑，人不厭其笑；義然後取，人不厭其取。此所謂無爲也。」

○劉絢爲北宋哲宗元祐間春秋博士，少年時曾問學於邵雍。

文中子曰：「易樂者必多哀，輕施者必好奪。」或曰：「天下皆爭利棄義，吾獨若之何？」子曰：「舍其所爭，取其所棄，不亦君子乎？」若此之類，理義之言也。「心迹之判久矣」，若此之類，造化之言也。

莊子氣豪，若呂梁之事，言之至者也。盜蹠言事之無可奈何者，雖聖人亦莫如之何。漁父言事之不可强者，雖聖人亦不可强。此言有爲無爲之理，順理則無爲，强則有爲也。

金須百鍊然後精，人亦如此。

佛氏棄君臣父子夫婦之道，豈自然之理哉？

「志於道」者，統而言之，志者潛心之謂也。德者得於己，有形，故可〔一〕據。德主於仁，故曰依。

莊子曰：「庖人雖不治庖，尸祝不越樽俎而代之。」此君子思不出其位，素位而行之意也。

○語見莊子逍遥遊。

晉狐射姑殺陽處父，春秋書「晉殺其大夫陽處父」，上漏言也。「君不密則失臣」，故書國殺。

○事見春秋文公六年冬十月。

人得中和之氣則剛柔均，陽多則偏剛，陰多則偏柔。

作易者其知盜乎？聖人知天下萬物之理而一以貫之。

以尊臨卑曰臨，以上觀下曰觀。

〔一〕「可」原作「有」，據道藏本改。

毋意、毋必、毋固、毋我，合而言之則一，分而言之則二；合而言之則二，分而言之則四。始於有意，成於有我，有意然後有必，必生於意，有固然後有我，我生於固，意有心必先期，固不化我有已也。

記問之學，未足以爲事業。

學在不止，故王通云没身而已。

伊川擊壤集

伊川擊壤集序

擊壤集，伊川翁自樂之詩也。非唯自樂，又能樂時，與萬物之自得也。伊川翁曰：子夏謂「詩者，志之所之也。在心爲志，發言爲詩，情動於中而形於言，聲成其文而謂之音」，是知懷其時則謂之志，感其物則謂之情，發其志則謂之言，揚其情則謂之聲，言成章則謂之詩，聲成文則謂之音。然後聞其詩，聽其音，則人之志情可知之矣。且情有七，其要在二，二謂身也、時也。謂身則一身之休慼也，謂時則一時之否泰也。一身之休慼則不過貧富貴賤而已，一時之否泰則在夫興廢治亂者焉。是以仲尼删詩，十去其九。諸侯千有餘國，風取十五。西周十有二王，雅取其六。蓋垂訓之道，善惡明著者存焉耳。近世詩人，窮慼則職于怨憝，榮達則專於淫泆。身之休慼發于喜怒，時之否泰出于愛惡，殊不以天下大義而爲言者，故其詩大率溺于情好也。噫！情之溺人也，甚於水。古者謂水能載舟，亦能覆舟。是覆載在水也，不在人也。載則爲利，覆則爲害，是利害在人也，不在水也。不知覆載能使人有利害耶？利害能使水有覆載耶？二者之間必有處焉。就如人能蹈水，非水能蹈人也。然而有稱善蹈者，未始不爲水之所害也。若外利而蹈水，則水之情亦由人之情也；若内利而蹈水，則敗壞之患立至于前，又何必分乎人焉水焉，其傷性害命一也。性者道之形體也，性傷則道亦從之矣。心者性之郛郭也，心傷則性亦從之矣。身者心之區宇也，身傷則心亦從之矣。物者身之舟車也，物傷則身亦從之矣。是知以道觀性，以性觀心，以心觀身，以身觀物，治則治矣，然猶未離乎害者也。不若以道觀道，以性觀性，以心觀心，以身觀身，以物觀物，則雖欲相傷，其可得乎！若然，則以家觀家，以國觀國，以天下觀天下，亦從而可知之矣。

予自壯歲業于儒術，謂人世之樂何嘗有萬之一二，而謂名教之樂固有萬萬焉，況觀物之樂復有萬萬者焉。雖死生榮辱轉戰于前，曾未入于胸中，則何異四時風花雪月一過乎眼也？誠爲能以物觀物，而兩不相傷者焉，蓋其間情累都忘去爾，所未忘者獨有詩在焉。然而雖曰未忘，其實亦若忘之矣。何者？謂其所作異乎人之所作也。所作不限聲律，不沿愛惡，不立固必，不希名譽，如鑑之應形，如鐘之應聲。其或經道之餘，因閑觀時，因靜照物，因時起志，因物寓言，因志發詠，因言成詩，因詠成聲，因詩成音，是故哀而未嘗傷，樂而未嘗淫。雖曰吟詠情性，曾何累于性情哉！鐘鼓，樂也；玉帛，禮也。與其嗜鐘鼓玉帛，則斯言也不能無陋矣。必欲廢鐘鼓玉帛，則其如禮樂何？人謂風雅之道行于古而不行于今，殆非通論，牽于一身而爲言者也。吁！獨不念天下爲善者少，而害善者多；造危者衆，而持危者寡。志士在畎畝，則以畎畝言，故其詩名之曰伊川擊壤集。

時有宋治平丙午中秋日也。

伊川擊壤集卷之一

觀棊大吟

人有精游藝，予嘗觀弈棊。筭餘知造化，著外見幾微。好勝心無已，爭先意不低。
當人盡賓主，對面如蠻夷。財利激于衷，喜怒見于頎。生殺在于手，與奪指于頤。
戾不殊冰炭，和不侔塤篪。義不及朋友，情不通夫妻。珠玉出懷袖，龍蛇走肝脾。
金湯起罇俎，劍戟交幈幃。白晝役鬼神，平地蟠蛟螭。空江響雷雹，陸海誅鯨鯢。
寒暑同舒慘，昏明共蔽虧。山河燦輿地，星斗會璇璣。因覘輸贏勢，翻驚寵辱蹊。
高卑易裁制，返覆難拘羈。心跡既一判，利害不兩提。卷舒當要會，取捨在須斯。
智者傷于詐，信者失于椎。真僞之相雜，名實之都隳。得者失之本，福爲禍之梯。
乾坤支作訟，離坎變成睽。弧矢相淩犯，言辭共詆欺。何嘗無勝負，未始絶興衰。
前日之所是，今日之或非。今日之所强，明日之或羸。以古觀後世，終天露端倪。
以今觀往者，何止乎庖犧。堯舜行揖讓，四凶猶趄趑。湯武援干戈，二老〔一〕誠有譏。

〔一〕「二老」，四部叢刊本、四庫本作「三老」。

雖皋陶陳謨，而伊周獻規。曾未免矣夫，療骨而傷肌。仁爲名所敗，義爲利所擠。
治亂不自己，因革徒從宜。與賢不與子，賢愚生瑕玼。與子不與賢，子孫生瘡痍。
或苗民逆命，或有扈阻威。或羿浞起釁，或管蔡造疑。或商人征葛，或周人乘黎。
或鳴條振旅，或牧野搴旗。灼見夏臺日，曾照升自陑。安知羑里月，不照逾孟師。
厲王奔于彘，幽王死于驪。平王遷于洛，赧王敗于伊。或盟于召陵，或會于黄池。
或戰于長岸，或弑于乾谿。或入于鄢郢，或棲于會稽。或屠于〔一〕大梁，或入于臨淄。
五霸共吞噬，七雄相鞭笞。暴秦滅六國，楚漢決雄雌。天盡于有日，地極于無涯。
遐邇都包括，縱横悉指揮。井田方奕奕，兵甲正累累。易之以阡陌，畫之以郊畿。
銷之以鋒鏑，焚之以書詩。罷侯以置守，强幹而弱枝。重兵棲上郡，長城塹邊陲。
自謂磐石固，萬世無已而。廻天于指掌，割地于階墀。視人若螻蟻，用財如沙泥。
阿房宫未畢，祖龍車至戲。驪山卒未放，陳涉兵自蘄。灞上心非淺，鴻門氣正滋。
咸陽起煙焰，南鄭奮熊羆。人鬼同交錯，風雲共慘淒。項强劉未勝，得鹿莫知誰。
約法三章在，收兵五國隨。廟堂成筭重，帷幄坐籌奇。廣武貔貅怒，鴻溝虎豹饑。
滎陽留紀信，垓下别虞姬。三傑才方展，千年運正熙。山川舊形勝，日月新光輝。

〔一〕「于」原作「其」，據四部叢刊本、四庫本改。

正朔承三統，車書混四維。方隅無割據，窮僻有羈縻。后族爭行日，軍分南北司。
當時無佐命，何以救顛躋。百戰〔一〕方全日，長兵震天垂。豈知巫蠱事，禍起劉屈氂。
冢宰司衡日，重明正渺瀰。見危能致命，無忝寄孤遺。劇賊欺孤日，行同狐與狸。
宮中淩寡婦，殿上逐嬰兒。龍戰知何所，冰堅正在茲。潰堤雖患水，禦水敢忘堤。
東漢重晞日，昆陽屋瓦飛。幽憂新室鬼，狼籍漸台屍。鄗邑追隆準，新安掃赤眉。
再逢火德王，復覩漢官儀。竇鄧緣中饋，閻梁挾牝雞。經何功殆盡，至董業都糜。
河洛少煙火，京都多蒿藜。長天有鳥度，白骨無人悲。城有隍須復，羊無血可刲。
大廈之將顛，非一木可支。孟德提先手，仲謀藉世資。玄德志不遂，竟終于涕洟。
西晉尚清談，大計懸品題。婦人執國命，骨肉生厲疵。二主蒙霜露，五胡犯鼎彝。
世無管夷吾，令人重歔欷。廣陌羌塵合，中州胡馬嘶。龍光射牛斗，日影化虹蜺。
闢草來洛汭，墾田趨江湄。二百有四年，方駕而並馳。東晉分南尾，時或產靈芝。
凡經五改命，至陳卒昌隋。國破西風暮，城荒春草萋。長江空滿目，行客淚沾衣。
後魏開北首，孝文幾緝綏。河陰旋有變，國分爲東西。爾朱奮〔二〕高氏，宇文滅北齊。
及隋始併陳，四海爲藩籬。泛汴公私匱，征遼士卒疲。有身皆厭苦，無口不嗟咨。

〔一〕「百戰」原作「百載」，據四部叢刊本、四庫本改。
〔二〕「奮」，四庫本作「奪」。

處處稱年號，人人思亂離。中原未有主，誰識非鹿麋。千一難知日，天人相與期。龍騰則雲靄，虎步則風淒。母后專朝日，相仍紊宮闈。可嗟桓彥範，不殺武三思。繡嶺喧歌舞，漁陽動鼓鼙。太平其可傲，徒罪一楊妃。劍閣離天日，潼關漏虎貔。兩京皆覆没，九廟咸傾欹。樂極則悲至，恩交則害攜。事無可奈何，舉目誰與比。自此藩方盛，都無臣子祇。恃功而不朝，討賊以爲詞。各擁部兵盛，誰憐王室卑。邀朝廷姑息，觀社稷安危。攻取非君命，誅求本自肥。乘輿時播越，扈從或參差。尾大知難運，鞭長豈易麾。長奸憂必至，養虎害終貽。國步何顛沛，君心空忸怩。時來花爛漫，勢去葉離披。十姓分中夏，五家遞通逵。徒明星有爛，但東方未晞。纔返長蘆鎮，旋驅胡柳陂。絳霄兵自[一]取，玄武火何癡。中渡降堪罪，欒城死可嗤。太原朝見入，劉子夕聞啼。事體重重別，人情旋旋移。棄灰猶隱火，朽骨尚稱龜。譎詐多陰中，艱憂常自罹[二]。撓防膚革易，患救腹心遲。語禍不旋踵，言傷浪噬臍。欲升還隕落，將墜却扶持。瞑眩人皆惡，康寧世共晞。須能蠲重疾，始可謂良醫。久廢田磽确，難行路險巇。不逢真主出，何以見旋爲。家國邅迴極，君臣際會稀。上天生假手，我宋遂開基。睿算隨方没，羣豪引領歸。迄今百餘載，兵革民不知。

[一]「兵自」，四部叢刊本作「共目」，四庫本作「共日」。
[二]「罹」，四庫本作「懼」。

成敗須歸命，興亡自繫時。天機不常没，國手無常施。往事都陳跡，前書略可依。
比觀之博弈，不差乎毫釐。消長天旋運，陰陽道範圍。吉凶人變化，動靜事樞機。
疾走者先顛，遲茂者後萎。與其交受害，不若兩忘之。求魚必以筌，獲兔必以蹄。
得之不能忘，羊質而虎皮。道大聞老子，才難語仲尼。造形能自悟，當局豈憂迷。
黑白焉能浼，死生奚足猗。應機如破的，迎刃不容絲。勿訝傍人笑，休防冷眼窺。
既能通妙用，何必患多岐。同道道亦得，先天天弗違。窮理以盡性，放言而遣辭。
視外方知簡，聽餘始識希。大羹無以和，玄酒莫能漓。上兵不可伐，巧曆不可推。
善言不可道，逸駕不可追。兄弟專乎愛，父子主于慈。天下亦可授，此著不可私。

過温寄鞏縣宰吴祕丞 皇祐元年

風軟玉溪騰醉騎，花繁石窟漾歌舟。相望咫尺僊凡隔，不得同陪三月遊。

新居成呈劉君玉殿院

履道坊南竹徑修，緑楊陰裹水分流。衆賢買得澄心景，獨我居爲養志秋。
若比陳門誠已僭，苟陪顔巷亦堪憂。無端風雨雖狂暴，不信能淩沈隱侯。

寄謝三城太守韓子華舍人

洛陽自爲都，二千有餘年。舉步圖籍中，開目今古間。西北岦宮殿，東南傾山川。照人伊洛清，迎門嵩少寒。水竹最佳處，履道之南偏。下有幽人室，一徑通柴關。蓬蒿隱其居，藜藿品其飧。上親下妻子，厚薄隨其緣。人雖不堪憂，己亦不改安。閱史悟興亡，探經得根源。有客謂予曰，子獨不通權。清朝能用才，聖主正求賢。道德與仁義，不徒爲空言。功業貴及時，何不求美官。上食天子禄，下拯蒼生殘。通衢張大第，負郭廣良田。朱門爛金紫，青樓繁管絃。外廄列肥駿，後庭羅纖妍。入則坐虛堂，出則乘華軒。冠劍何燁燁，氣體自舒閑。高談天下事，廣坐生晴煙。人莫敢仰視，屏息候其顔。此所謂男子，志可得而觀。又何必自苦，形容若枯鱣。道古人行事，拾前世遺編。而臨水一溝，而愛竹數竿。此所謂匹夫，節何足而攀。予敢對客曰，事有難其詮。身非好敝緼，口非惡珍饘。豈不知繫匏，而固辭執鞭。蓋懼觀朵頤，敢忘賁丘園。深極有層波，峻極有層巔。履之若平地，此非人所艱。貧賤人所苦，富貴人所遷。處之若無事，此誠人所難。進行己之道，退養己之全。既未知易地，胡爲乎不堅。敢謂客之説，曾無所取焉。猗嗟乎玉兮，産之于荆山。和氏雖云知，楚國未爲然。汙隆道屈伸，進退時後先。苟不循此理，玉毁誰之愆。道之未行兮，其命也在天。近日遊三城，薄言尚盤桓。當世之名卿，加等爲之延。

或清夜論道，或後池漾船。數夕文酒會，有無涯之歡。十月初寒外，萬葉清霜前。歸來到環堵，竹窗晴醉眠。仰謝君子知，代書成此篇。

依韻和張元伯職方歲除 嘉祐元年

及正四十六，老去恥無才。殘臘方迴祥〔一〕，新春又起灰。非唯忘利禄，況復外形骸。白髮已過半，光陰任自催。

謝鄭守王密學惠酒

堂堂大府來新酒，密密小園開好花。何〔二〕日飲之紅樹下，還驚不稱野人家。

小園逢春

小隱園中百本花，各隨紅紫發新芽。東君見借陽和力，不減公侯富貴家。

〔一〕「祥」，四部叢刊本、四庫本作「律」。
〔二〕「何」，四部叢刊本、四庫本作「此」。

和張二少卿文白菊

清淡曉凝霜，宜乎殿顥商。自知能潔白，誰念獨芬芳。
豈爲瓊無豔，還驚雪有香。素英浮玉液，一色混瑤觴。

生男吟 嘉祐二年

我今行年四十五，生男方始爲人父。鞠育教誨誠在我，壽夭賢愚繫於汝。
我若壽命七十歲，眼前見汝二十五。我欲願汝成大賢，未知天意肯從否。

閑吟四首

平生如仕宦，隨分在風波。所損無紀極，所得能幾何。
既乖經世慮，尚可全天和。罇中有酒時，且飲復且歌。

予年四十五，已甫知命路。豈意天不絶，生男始爲父。
且免散琴書，敢望大門户。萬事盡如此，何用過憂懼。

居洛八九載，役心唯二三。相逢各白首，共坐多清談。
人事已默定，世情曾久諳。酒行匆相逼，徐得奉醺酣。
欲有一瓢樂，曾無二頃田。丹誠未貫日，白髮已華顛。
雲意寒尤淡，松心老益堅。年來疏懶甚，時憶舊林泉。

和張少卿文再到河陽

當年曾任青春客，今日重來白雪翁。今日當年已一世，幾多興替在其中。

高竹八首

高竹百餘挺，固知爲予生。忽忽有所得，時時閑遶行。
自信或未至，自知或未明。竊比于古人，不能無愧情。
高竹臨清溝，軒小亦且幽。光陰雖屬夏，風露已驚秋。
月色林間出，泉聲砌下流。誰知此夜情，邈矣不能收。

高竹已可愛，況在垂楊下。幽人無軒冕，得此自可詫。
枉尺既不能，括囊又何謝。賈生若知此，慟哭亦自罷。

高竹碧相倚，自能發餘清。時時微風來，萬葉同一聲。
道汙得夷理，物虛含遠情。堦前閑步人，意思何清平。

高竹如碧幢，翠柳若低蓋。幽人有軒榻，日夜與之對。
宇靜覺神開，景閑喜真會。與其喪吾真，孰若從吾愛。

高竹雜高梧，還驚秋節初。晚涼尤可喜，舊帙亦宜舒。
池閣輕風裏，園林晚景餘。人生有此樂，何必較錙銖。

高竹數十尺，仍在高花上。柴門晝不開，清碧日相向。
非止身休逸，是亦心夷曠。能知閑之樂，自可敵卿相。

高竹逾冬青，四月方易葉。抽萌如止戈，解籜若脱甲。
脩靜信可愛，遶行不知匝。嗟哉凡草木，徒自費鋤鍤。

伊川擊壤集卷之二

秋日飲鄭州宋園示管城簿周正叔

二都相去四百里，中有名園屬宋家。古木參天羅劍戟，長藤垂地走龍蛇。
我來遊日逢秋杪，君爲開筵對晚花。飲散竹軒微雨後，淩晨歸路起棲鵶。

重陽日再到共城百源故居

故國逢佳節，登臨但可悲。山川一夢外，風月十年期。
白髮飄新鬢，黄花遶舊籬。鄉人應笑我，晝錦是男兒。

過陝 嘉祐三年

吾祖道何光，二南分一方。開周爲太保，封陝輔成王。
歲月裝遼邈，山川造渺茫。世孫雖不肖，猶解憶甘棠。

題黄河

誰言爲利多于害，我謂長渾未始清。西至崑崙東至海，其間多少不平聲。

過潼關

禁密因離亂，機閑爲太平。山河雖設險，道德豈容爭。
不究千一義，空傳百二名。遐方久無外，何復用雞鳴。

題華山

域中有五嶽，國家謹時祀。華嶽居其一，作鎮雄西裔。
唐號金天王，今封順聖帝。吁咈哉若神，僭竊同天地。

宿華清宫

天寶初六載，作宫于温泉。明皇與妃子，自此歲幸焉。
紫閣清風裏，崇巒皓月前。奈何雙石甕，香溜尚涓涓。

登朝元閣

繡嶺岧層巒，岧嶤十九盤。微微經雨後，杳杳出雲端。
往事金輿遠，遺蹤玉像殘。至今臨渭水，依舊見長安。

長安道中作

長安道上何沾巾，古時道行今時人。不知寒暑與朝暮，車輪馬跡常轔轔。
自是此土亦辛苦，雨作泥兮風爲塵。泥塵返復不知數，大雨大風無出門。

題留侯廟

滅項興劉如覆手，絶秦昌漢若更棊。卷舒天下坐籌日，鍛鍊心源辟穀時。
黄石公傳皆是用，赤松子伴更何爲。如君才業求其比，今古相望不記誰。

題淮陰侯廟十首

一身作亂宜從戮，三族全夷似少恩。漢道是時初雜霸，蕭何王佐殆非尊。

據立大功非不智，復貪王爵似專愚。造成四百年炎漢，纔得安寧反受誅。

生身既得逢真主，立事何須作假王。誰謂禍階從此始，不宜回首怨高皇。

一時韓信爲良犬，千古蕭何作霸臣。彼此並干名教罪，罪猶不逮謂斯人。

韓信事劉元不叛，蕭何惑漢竟生疑。當初若聽蒯通語，高祖功名未可知。

雖則有才兼有智，存亡進退處非真。五湖依舊煙波在，范蠡無人繼後塵。

若非韓信難除項，不得蕭何莫制韓。天下須知無一手，苟非高祖用蕭難。

漢家基定議功勳，異姓封王有五人。不似淮陰最雄傑，敢教根固又生秦。

韓信恃功前慮寡，漢皇負德尚權安。幽囚必欲擒來斬，固要加諸甚不難。

若履暴榮須暴辱，既經多喜必多憂。功成能讓封王印，世世長爲列土侯。

鳳州郡樓上書所見

楊柳垂青帶，風動如飛蓋。危樓思不窮，盡日閑相對。鳥去林自空，雲移山不礙。
情隨雙燕還，意與孤鴻會。晚角時斷續，層崖遞明晦。殘陽掛疏紅，遠水生微瀨。
寒目煙岑密，都城若天外。如何久客心，東望憑欄殺。

自鳳州還至秦川驛寄守倅薛姚二君

歡聚九十日，迴首都如夢。明月與清江，東軒又難共。

謝西臺張元伯雪中送詩

洛城雪片大如手，爐中無火罇無酒。凌晨有人來打門，言送西臺詩一首。

送猗氏張主簿

人間仕宦幾千里，堂上親闈別兩重。須念鵬飛從此始，方今路險善求容。

新正吟 嘉祐五年

蘧瑗知非日，宣尼讀易年。人情止于是，天意豈徒然。
立事情尤倦，思山興益堅。誰能同此志，相伴老伊川。

春遊五首

五嶺梅花迎臘開，三川正月賞寒梅。相去萬里先一月，始知春色從南來。
何人妙曲傳羌笛，盡日清香落酒杯。料得天涯未歸客，也應臨此重徘徊。

洛城春色浩無涯，春色城東又復嘉。風力緩搖千樹柳，水光輕蕩半川花。
煙晴翡翠飛平岸，日暖鴛鴦下淺沙。不見君王西幸久，遊人但感鬢空華。

二月方當爛漫時，翠華未幸春無依。緑楊陰裏尋芳遍，紅杏香中帶醉歸。
數片落花蝴蝶趁，一竿斜日流鶯啼。清罇有酒慈親樂，猶得堦前戲綵衣。

人間佳節唯寒食，天下名園重洛陽。金谷暖橫宮殿碧，銅駝晴合綺羅光。

橋邊楊柳細垂地，花外鞦韆半出牆。白馬蹄輕草如剪，爛遊於此十年强。

三月牡丹方盛開，鼓聲多處是亭臺。車中遊女自笑語，樓下看人閑往來。

積翠波光搖帳幄，上陽花氣撲罇罍。西都風氣所宜者，草木空妖誰復哀。

竹庭睡起

竹庭睡起閑隱几，悠悠夏日光景長。鶯方引雛教嫩舌，杏正垂實裝輕黄。

雨滴幽夢時斷續，風飄遠思還飛揚。小渠弄水緑陰密，回首又且數日强。

秋遊六首

七月芙蕖正爛開，東南園近日徘徊。有時風向池心過，無限香從水面來。

罨畫溪深方誤入，洞庭湖晚未成回。坐來一霎蕭蕭雨，又送新涼到酒盃。

先秋顥氣已潛生，洛邑方知節候平。庭院乍涼人共喜，園林經雨氣尤清。

回舟伊水風微溜，緩轡天津月正明。自有皋夔分聖念，好將詩酒樂升平。

八月光陰未甚淒，松亭竹樹〔一〕尤爲宜。况當晝夜初停處，正是炎凉得所時。明月入懷如有意，好風迎面似相知。閑人歌詠自怡悦，不管朝廷不採詩。

家住城南〔二〕水竹涯，乘秋行樂未嘗虧。輕寒氣候我自愛，半醉光陰人莫知。信馬天街微雨後，憑欄僧閣晚晴時。十年美景追尋遍，好向風前請〔三〕白髭。

九月風光雖已暮，中州景物未全衰。眼觀秋色千萬里，手把黄花三兩枝。美酒易消閒歲月，青銅休照老容儀。若言必使他人信，瀝盡丹誠誰肯知。

霜天寥落思無窮，不奈樓高逼望中。四面遠山徒滿目，九秋宫殿自危空。雲横遠嶠千尋直，霞亂斜陽數縷紅。無限傷情言不到，共誰開口向西風。

〔一〕「樹」，四部叢刊本、四庫本作「榭」。
〔二〕「城南」，四部叢刊本、四庫本作「南城」。
〔三〕「請」，四部叢刊本、四庫本作「摘」。

秋日即事

鳥聲亂晝林，爲誰苦驅逼。蟲聲亂夜庭，爲誰苦勞役。
嗟哉彼何短，一概無休息。借問此何長，兩能忘語默。

商山道中作

十舍到商顏，雖遙不甚艱。東西溯洛水，表裏看秦山。
身在煙霞外，心存人子間。庭闈況非遠，自可指期還。

和商洛章子厚長官早梅

只應王母專輕巧，剪碎天邊亂白雲。無限清香與清豔，罇前飲享盡輸君。
梅覆春溪水遶山，梅花爛漫水潺湲。南秦地暖開仍早，比至春初已數番。
羣芳萬品遞相催，若説高標獨有梅。會得東君無別意，爲憐清淡使先開。

霜扶清格高高起，風駕寒香遠遠留。太守多情客多感，金罇倒盡是良籌。

商山旅中作

殘火昏燈夜正沉，默思前事擁寒衾。霜天皎月雖千里，不抵傷時一寸心。

和商守宋郎中早梅

山南地似嶺南温，臘月梅開已浹辰。恥與百花爭俗態，獨殊羣豔占先春。角中飄去淒於骨，笛裏吹來妙入神。秀額粧殘黏素粉，畫梁歌暖起輕塵。宰君惜豔獻州牧，太守分香及野人。手把數枝重疊嗅，忍教芳酒不濡脣。

和人放懷

爲人雖未有前知，富貴功名豈力爲。滌蕩襟懷須是酒，優游情思莫如詩。況當水竹雲山地，忍負風花雪月期。男子雄圖存用捨，不開眉笑待何時。

和商守登樓看雪

西樓賞雪眼偏明，次第身疑在水晶。千片萬片巧粧地，半舞半飛斜犯楹。
形如玉屑依還碎，體似楊花又更輕。誰謂天涯有羈客，一般對酒兩般情。

和商守西樓雪霽

大雪初晴日半曛，高樓何惜上仍頻。數峰峭崒劍鋩立，一水縈紆冰縷新。
崑嶺移歸都是玉，天河落後盡成銀。幽人自恨無佳句，景物從來不負人。

和商守雪殘登樓

雪殘已消冰已開，風光漸覺擁樓臺。旅人未遂日邊去，春色又從天上來。
況是罇中常有酒，豈堪嶺上却無梅。若非太守金蘭契，誰肯傾心重不才。

和商守雪霽對月

雪滿羣山霜滿庭，光寒月碾一輪輕。羈懷殊少歸時樂，皓彩空多此夜明。
竹近簾櫳饒碎影，風涵臺榭有餘清。恨無好句酬佳景，徒自淒涼夢不成。

和商守雪霽登樓

百尺危樓小雪晴，曉來閑望逼人清。山横暮靄高還下，水隔疏林淡復明。天際落霞千萬縷，風餘殘角兩三聲。此時此景真堪畫，只恐丹青筆未精。

旅中歲除

此〔一〕到明年無數刻，且令芳酒更斟廻。星杓建丑晦將盡，歲箭射人春又來。不用物情閑作梗，大都心緒已成灰。浮名更在浮雲外，瞬息光陰況便催。〔二〕

和商守新歲 嘉祐六年

衰軀在旅逢新歲，因感平生鬢易凋。飲罷襟懷還寂寞，歡餘情緒却無聊。望仙風月晴〔三〕偏好，抹緑簾櫳夜正遙。對此塊然唯土木，降茲未始不魂銷。

〔一〕「此」，四部叢刊本、四庫本作「比」。
〔二〕四部叢刊本、四庫本作「瞬見光陰況復催」。
〔三〕「晴」，四庫本作「情」。

追和王常侍登郡樓望山

四賢當日此盤桓，千百年人尚厚顔。天下有名難避世，胸中無物漫居山。
事觀今古興亡後，道在君臣進退間。若藴奇才必奇用，不然須負一生閑。

題四皓廟四首

强秦失御血横流，天下求君君不有。正是英雄較一作角。逐時，未知鹿入何人手。

灞上真人既已翔，四人相顧都無語。徐云天命自有歸，不若追蹤巢與許。

漢皇傲物終難屈，太子卑辭方肯出。雖老猶能成大功，至今高義如星日。

田横入海猶能得，商至長安百里强。能使四人成美節，始知高祖是真王。

謝商守宋郎中寄到天柱山户帖仍依元韻

商於飛到一符新，遂已平生分外親。尤喜紫芝先入手，西南天柱與天鄰。

初心本欲踐臣鄰，帝里司迴斗柄春。今日得居天柱下，不憂先有夜行人。

不將生殺奏嚴宸，却抱煙嵐學隱淪。多謝史〔一〕君虚右席，重延天柱一山人。

一簇煙嵐鏁亂雲，孤高天柱好棲真。從今便作西歸計，免向人間更問津。

無成麋鹿久同羣，占籍恩深荷史〔二〕君。萬古千今名與姓，得隨天柱數峰存。

寄商守宋郎中

初返洛城無限事，閑人體分似相違。如今一向覺優逸，却類商顔嘯傲時。

小園睡起

門外似深山，天真信可還。軒裳奔走外，日月往來間。

〔一〕「史」，四庫本作「使」。
〔二〕「史」，四庫本作「使」。

有水園亭活，無風草木閑。春禽破幽夢，枝上語綿蠻。

遊山三首

城邑又作闤闠。久居心自倦，闉闍纔出眼先明。龍門看盡伊川景，女几聽殘洛水聲。太室觀餘紅日旭，天壇望罷白雲生。此身已許陪真侶，不爲錙銖起重輕。

春盡登臨正得宜，人情天氣兩融怡。泛舟伊水風迴夜，垂釣溪門月上時。逸興劇憑詩放肆，病軀唯仰酒扶持。浮生日月無多子，忍向其間更斂眉。

樂則行之憂則違，大都知命是男兒。至微功業人難必，儘好雲山我自怡。休憚煙嵐雖遠處，且乘筋力未衰時。平生足外更何樂，富貴榮華過則悲。

二色桃

施朱施粉色俱好，傾國傾城豔不同。疑是蘂珠〔一〕雙姊妹，一時俱肯嫁春風。

〔一〕「珠」，四部叢刊本、四庫本作「宮」。

登山臨水吟

山有喬峰水有濤，未能容屐豈容舠。非無仁智斯爲樂，少有登臨不憚勞。
言味止知甘鱠炙，語真誰是識瓊瑤。自慚不盡人才處，長恨今人論太高。

謝富丞相招出仕二首

相招多謝不相遺，將謂胸中有所施。若進豈能禁吏責，既閑安用更名爲。將命者云，如不欲仕，亦可奉致一閑名目。
願同巢許稱臣日，甘老唐虞比屋時。滿眼清賢在朝列，病夫無以繫安危。

欲遂終焉老閑計，未知天意果如何。幾重軒冕酬身貴，得似雲山到眼多。
好景未嘗無興詠，壯心都已入消磨。鵷鴻自有江湖樂，安用區區設網羅。

答人語名教

開闢而來世教敷，其間雄者號真儒。修身有道名先覺，何代無人達奧區。
焕若丹青經史義，明如日月聖人途。鯫生涵泳雖云久，天下英才敢厚誣。

送王伯初學士赴北京機宜

丈夫志氣蓋棺定，自有雄圖繫重輕。去路不能無感舊，到官爭忍便忘情。
閑時語話貴精密，先事經營在太平。誰謂禦戎無上策，伐人謀處不須兵。

伊川擊壤集卷之三

賀人致政

人情大率喜爲官，達士何嘗有所牽。解印本非嫌禄薄，掛冠殊不爲高年。
因通物性興衰理，遂悟天心用捨權。宜放襟懷在清景，吾鄉況有好林泉。

初秋

夏去暑猶在，雨餘涼始來。堦前已流水，天外尚驚雷。
曲几靜中隱，衡門閑處開。壯心都已矣，何事更裝懷。

偶書

堪笑又堪嗟，人生果若何。宜將萬端事，都入一聲歌。
世態逾飜掌，年光劇逝波。靜中真氣味，所得不勝多。

傷足

災由無妄得，爲患固非深。乖己攝生理，貽親憂慮心。
乍然艱步履，偶爾阻登臨。逾月方能出，難忘樂正箴。

閑行

園圃正蕭然，行吟遶澤邊。風驚初社後，葉墜未霜前。
衰草襯斜日，暮雲扶遠天。何當見真象，止可入無言。

晨起

山高水復深，無計奈如〔一〕今。地盡一時事，天開萬古心。
輕煙籠曉閣，微雨散青林。此景雖平淡，人間何處尋。

月夜

雨霽風自好，秋深天未寒。移床就堦下，看月出林端。

〔一〕「如」，四部叢刊本、四庫本作「而」。

有酒欲共飲，無賓可同歡。他時遇良友，此景復求難。

盆池

三五小圓荷，盆容水不多。雖非大藪澤，亦有小風波。
粗起江湖趣，殊無鴛鷺過。幽人興難遏，時遶醉吟哦。

遊山二首

洛川多好山，伊川多美竹。遊既各有時，雖頻無倦目。
貪清非傷廉，瀆幽不爲辱。麋鹿不害人，心無害麋鹿。

二室多好峰，三川多好雲。看人不知倦，和氣潛生神。
一慮若動蕩，萬事從紛紜。人言無事貴，身爲無事人。

龍門道中作

物理人情自可明，何嘗慼慼向平生。卷舒在我有成筭，用捨隨時無定名。

滿目雲山俱是樂，一毫榮辱不須驚。侯門見説深如海，三十年來掉臂行。

名利吟

名利到頭非樂事，風波終久少安流。稍鄰美譽無多取，纔近清歡與賸求。美譽既多須有患，清歡隨賸且無憂。滔滔天下曾知否，覆轍相尋卒未休。

三十年吟

三十年間更一世，其間堪笑復堪愁。天生天殺何嘗盡，人是人非殊未休。善偶鴛鴦頭早白，能啼杜宇血先流。須知却被才爲害，及至無才又却憂。

答人放言

經時不見意何如，重出新詩笑語初。物理悟來添性淡，天心到後覺情踈。已全孟樂君無限，未識蘧非我有餘。大率空名如所論，此身甘老在樵漁。

遊洛川初出厚載門

初出都門外，西南指洛陬。山川開遠意，天地掛雙眸。
村落桑榆晚，田家禾黍秋。民間有此樂，何必待封侯。

宿延秋莊

驅車入洛川，下馬弄飛泉。乍有雲山樂，殊無朝市喧。
非唯快心志，自可忘形言。借問塵中友，誰爲得手先。

宿壽安西寺

好景信移情〔一〕，直連毛骨清。爲憐多勝槩，尤喜近都城。
竹色交山色，松聲亂水聲。豈辭終日愛，解榻傍虚楹。

過永濟橋二首

山背錦屏開，河臨永濟迴。土田平似掌，桑柘大如槐。

〔一〕「情」，四庫本作「人」。

斜日射虹去，低雲將雨來。無涯負清景，長是愧非才。

一水一溪門，溪門雲復屯。珍禽囀喬木，幽鹿走荒榛。
雨脚拖平地，稻畦扶遠村。高城半頹缺，興廢事休論。

至福昌縣作

清景幾人愛，愛之當遠尋。及臨韓嶽近，始見洛川深。
縣在雲山腹，民居水竹心。無機類閑物，愈覺少知音。

燕堂即事

川上數峰青，林間一水明。閑雲無定體，幽鳥不知名。
遊侶既非約，歸期莫計程。錙銖人世事，休强作威獰。

上寺看南山

疊疊是峰巒，西連梁雍寬。與其行裏看，不若坐中觀。

包括經唐漢，并吞歷晉韓。消沉事難問，唯爾尚巑岏。

縣尉廨宇蓮池

縣尉小齋前，水清池有蓮。豈唯觀菡萏，兼可聽潺湲。
宛類江湖上，殊非塵土邊。古人用心處，料得不徒然。

女几祠

西南有高山，山在杳冥間。神仙不可見，滿目空雲煙。
千年女几祠，門臨洛水邊。但聞霓裳曲，世人猶或傳。

故連昌宮

洛水來西南，昌水來西北。二水合流處，宮墻有遺壁。
行人徒想像，往事皆陳跡。空餘女几山，正對三鄉驛。

川上懷舊

去秋遊洛源，今秋遊洛川。川水雖無情，人心剛悄然。目亂千萬山，一山一重煙。山盡煙不盡，煙與天相連。田夫忙治禾，水禽閑求魚。一〔一〕者皆苦食，動静何相殊。事過見休慼，時來知卷舒。回顧此二物，易地還何如。爲今日之山，是昔日之原。爲今日之原，是昔日之川。山川尚如此，人事宜信然。幸免紅塵中，隨風浪著鞭。地迥川原闊，村孤煙水閑。雷輕龍過一作换。浦，雲亂雨移山。田者荷鋤去，漁人背網還。伊予獨霑濕，猶在道途間。

〔一〕「一」，四庫本作「二」。

燕堂暑飲

燕堂通高明，簷依斷崖嵚。涼風來松梢，清泉飛竹陰。
佳果間紅緑，旨酒隨淺深。却思闤闠間，鬱蒸不可任。

燕堂閑坐

天網踈難漏，世網密莫通。我心久不動，一脱二網中。
高竹漱清泉，長松迎清風。又云：瀟灑松間月，清泠竹外風。此時逢此景，正與此心同。

立秋日川上作

富貴固難愛，貧寒易得愁。休將少時態，移作老年羞。
既有非常樂，須防不次憂。誰能保終始，長作國公侯。

辯熊耳

昔禹别九州，導洛自熊耳。熊耳自有兩，未審孰爲是。
東者近成周，西者隔丹水。書傳稱上洛，斯言得之矣。

登女几

予看山多矣，未嘗逢此奇。巨崖如格虎，險石若張旗。雲意閑舒卷，巖形屢改移。丹青難狀處，四面盡如斯。

川上南望伊川

山留禹鑿門，川閣堯水痕。古人不復見，古跡尚或存。歲月易凋謝，善惡難湮淪。無作近名事，强邀世俗尊。

牧童

隨行笠與蓑，未始散天和。暖戲荒城側，寒偎古塚阿。數聲牛背笛，一曲隴頭歌。應是無心問，朝廷事若何。

夢中吟 三鄉道中作

夢中說夢猶能憶，夢覺夢中還又隔。今日恩光空喜歡，當年意愛難尋覓。水成流處豈無聲，花到謝時安有色。過此相逢陌路人，都如元未曾相識。

秋懷三十六首

秋月夜初長，星斗爭煌煌。庭除經小雨，枕簟生微涼。
照物無遁形，虚鑑自有光。照事無遁情，虚心自有常。

晴窗日初曛，幽庭雨乍洗。紅蘭静自披，緑竹閑相倚。
榮利若浮雲，情懷淡如水。身非天外人，意從天外起。

明月生海心，涼風起天末。物象自呈露，襟懷驟披豁。
悟盡周孔權，解開仁義結。禮法本防姦，豈爲吾曹設。

踈雨滴高梧，微風揺弱柳。此景歲歲同，世人自白首。
俗慮易縈仍，塵襟難抖擻。浮生已夢中，其間强爲有。

清湍文鴛鴦，寒潭繡鸂鶒。長天淨如水，不廢秋江碧。
男子一寸心，壯士萬夫敵。菡萏香風中，扁舟會相憶。

昨日思沃漿，今日思去扇。豈止人戈矛，炎涼自交戰。
利害生乎情，好尚存乎見。欲人爲善人，必須自爲善。

甘瓜青如藍，紅桃鮮若血。不忍以手拈，而況用齒齧。
其色已可愛，其味又更絶。食此無珍言，哀哉口與舌。

國命在乎民，民命在乎食。聖人雖復生，斯言固不易。
虛惠豈足尚，教人以姑息。虛名豈足高，教人以緣飾。

周詩云娶妻，周易云歸妹。七夕世俗情，乞巧兒女態。
日暮雲雨過，人謂牛女會。雲雨自無蹤，牛女豈相配。

清風無人兼，自可入吾手。明月無人并，自可入吾牖。
中心既已平，外物何嘗誘。餘事豈足論，但恐罇無酒。

青蕉葉披敷，碧蘆枝偃亞。風雨蕭蕭天，更漏沉沉夜。
彼物固無嫌，此情又何訝。但念征路人，天涯尚留掛。

淺煙羃踈林，輕風裊寒雨。日暮人已歸，羣鷄猶啄黍。此心固不動，此事極難處。一言以蔽之，尚恐費言語。

八月炎涼均，氣味亦自好。臨虚喬木低，遠望行人小。有跡事皆妄，無心物都了。何須更問辛，願君自食蓼。

黄黍秋正熟，黄鷄秋正肥。此物劇易致，古人多重之。可以迓賓友，可以奉親闈。有褐能卒歲，此外何足爲。

稻稌天所生，麴糵人所製。釀之命爲酒，飲之可成醉。剛者使之柔，懦者使之毅。善移造物權，其功亦不細。

秋色日漸深，老心日益懶。倦即下堦行，閑來弄書卷。廣陌多風塵，見説難閑〔一〕眼。侯門已是深，帝閽又復遠。

〔一〕「閑」，四部叢刊本、四庫本作「開」。

塞鴻猶未來，梁燕已辭去。雲山千萬重，相逢在何處。
岌嶪都城門，繚遶長亭路。風土敗人衣，纔新又成故。

斷續蟬聲外，稀踈鴈下前。年光空去也，人事益蕭然。
洗竹留新筍，黐書得舊編。誰知養心者，肯與世爭權。

中秋光景好，中州煙水奇。天重初寒候，人便半醉時。
榻緣明月掃，襟待好風吹。一點胸中事，人間都不知。

良月滿高樓，高樓仍中秋。午夜冷露下，千里寒光流。
何人將此鑑，拂拭新磨休。照破萬古心，白盡萬古頭。

寒露綴衰草，淒風搖晚林。鳥聲上復下，天氣晴還陰。
節改一時事，人懷千古心。誰云子期死，舉世無知音。

風柳散如梳，霜雲淡如掃。高樓破危空，低煙裊寒早〔一〕。

〔一〕「早」，四部叢刊本、四庫本作「草」。

此際興不盡，何以戰秋老。止可將酒瓶，同向西風倒。

池荷日取敗，籬菊日就榮。其于品彙間，自與節氣爭。
盛衰不同時，賢愚難並行。安得松桂心，四時長青青。

人老秋更老，山深水復深。高木已就脱，慧禽空好音。
筋骸非曩日，道德負初心。賴有餘編在，時時尚可尋。

九月氣乍肅，衰柳猶有蟬。霜外踈鐘斷，風餘輕籟傳。
千山亂遠目，一鶚摩高天。自非出世人，而敢危行言。

飽霜梨多紅，久雨榴自罅。此果世稱珍，厥味是可詫。
地有百物備，天無一言掛。我患尚有言，不得同造化。

惟南有美橘，惟北有美栗。厥包或頗同，厥味信不一。
天地豈無情，草木皆有實。物本不負人，人自負于物。

蛺蝶遶寒菊，蟋蟀鳴空堦。門前有犬卧，盡日無客來。
清波靜中流，白雲閑處堆。何以發天和，時飲酒一盃。

紅葉戰西風，黄花笑寒日。天道有消長，人事無固必。
靜勝得遺味，夢去知餘失。利害不相沿，是非然後出。

九日登高會，尋幽講雅歡。俗風追故事，天氣薦輕寒。
白酒連醅飲，黄花帶露觀。消沉浮世事，何足重汎瀾。

山横暮靄中，鳥逝孤煙外。殘菊憂霜摧，幽蘭懼風敗。
患難人不喜，富貴人所愛。我心自不有，愛憎〔一〕豈能賣。

水寒潭見心，木落山露骨。始信天無涯，萬里不隔物。
脱衣掛扶桑，引手探月窟。不負仁義心，區區五十一。

〔一〕「愛憎」，四庫本作「富貴」。

草緑露霑衣，草衰風切肌。物情非作異，人意强生疑。
岐動楊朱泣，絲添墨子悲。知之何太晚，徒自淚淋漓。
萬里晴天外，一片霜上月。長松挺青葱，羣卉入消歇。
有齒日益衰，有髪日益脱。獲罪固已多，此心難屑屑。
草枯山川貧，木落天地瘦。土口風大行，雲罅日微漏。
既往不復追，未來尚可救。餘事不忍言，言之必成咎。
飲酒不甚多，數杯醺心顔。未醺不可止，既醺勸亦難。
誰云萬物廣，豈出天地關。誰云萬事廣，豈出人情間。

和陝令張師柔石柱村詩

君爲陝縣令，我實康公孫。始祖有遺烈，託君訪其存。夫君有詩來，題云石柱村。
石柱之始立，於古無所根。就勒分陝銘，惟唐人之言。既歷年所多，首尾無完文。
難以從考正，將焉求其源。我患讀書寡，知識無過人。經書史傳外，不能破羣昏。

從長卿公羊，宜自陝而分。從君陳畢命，宜成周而云。二者兼取之，於義自或尊。分政東西郊，可以陝洛論。此説如近之，庶幾緩紛紜。甘棠之蔽芾，石柱之青〔一〕新。當時之盛事，予不得而親。二南之正化，二公之清芬。千載之美談，予可得而聞。棄經而任傳，儒者固不尊。作詩以明之，馳此庸報君。

放　言〔二〕

既得希夷樂，曾無寵辱驚。泥空終是著，齊物到頭爭。忽忽閑拈筆，時時自寫名。誰能苦真性，情外更生情。

〔一〕「青」，四庫本作「清」。
〔二〕四部叢刊本、四庫本將此詩置於本卷賀人致政後。

伊川擊壤集卷之四

天津新居成謝府尹王君貺尚書 嘉祐七年

嘉祐壬寅歲，新巢始僝功。仍分道德里，更近帝王宫。檻仰端門峻，軒迎兩觀雄。窗虚響瀍澗，臺迥瞰伊嵩。好景尤難得，昌辰豈易逢。無才濟天下，有分樂年豐。水竹腹心裏，鶯花淵藪中。老萊歡不已，靖〔一〕節與何窮。嘯傲陪真侣，經營賀府公。丹誠徒自寫，匪報是恩隆。

新春吟

多病筋骸五十二，新春猶得共銜盃。踐形有説常希孟，樂内無功可比回。燕去燕來徒自苦，花開花謝漫相催。此心不爲人休慼，二十年來已若灰。

〔一〕「靖」原作「静」，據四庫本改。

有客吟

伊嵩有客欲無言，進退由來盡俟天。好静未能忘水石，樂閑非爲學神仙。
休嗟紫陌難爲客，且喜清風不用錢。枉尺直尋何必較，此心都大不求全。

小圃逢春

隨分亭欄亦弄妍，不妨閑傍酒壚邊。夜簷静透花間月，晝户寒生竹外煙。〔一〕
事到悟來全偶爾，天教閑去豈徒然。壺中日月長多少，爛占風光十二年。

暮春吟

春來小圃弄羣芳，誰爲貧居富貴鄉。門外柳陰浮翠潤，堦前花影溜紅光。
梁間新燕未調舌，天末歸鴻已著行。自問心源何所有，答云疎懶味偏長。

惜芳菲

細筭人間千萬事，皆輸花底共開顔。芳菲大率一春内，爛漫都無十日間。

〔一〕此句四庫本作「書户晴生竹外煙」。

亦恐憂愁爲齟齬，更防風雨作艱難。莫教此後成遺恨，把火罇前尚可攀。

答人見寄

鬢毛不患漸成霜，有託琴書子一雙。既乏長才康盛世，無如高枕卧南窗。明知筋力難爲强，猶説雲山未樹降。多謝故人相愛甚，轍魚幸免困西江。

弄筆

年行五十二，老去復何憂。事貴照至底，話難言到頭。上有明天子，下有賢諸侯。飽食高眠外，自餘無所求。

問人丐酒

百病筋骸一老身，白頭今日愧因循。雖無紫詔還朝速，却有清山入夢頻。風月滿天誰是主，林泉遍地豈無人。市沽酒味難醇美，長負襟懷一片春。

答客

人間相識幾無數，相識雖多未必知。望我實多全爲道，知予淺處却因詩。
升沉休問百年事，今古都歸一局棊。乘馬須求似騏驥，奈何騏驥未來時。

悟人一言

百慮謀猶拙，一言迷自開。世間無大事，天下有雄才。
惟恐人難得，寧憂道未恢。忌心都去盡，何復病塵埃。

謝人惠筆

愛重寄文房，慇懃謝遠將。兔毫剛且健，筠管直而長。
靜録新詩藁，閑抄舊藥方。自餘無所用，足以養鋒鋩。

書事吟

天地有常理，日月無遁形。飽食高眠外，率是皆虛名。
雖乏伊呂才，不失堯舜氓。何須身作相，然後爲太平。

雙頭蓮

漢室嬋娟雙姊妹，天台嫖妙兩神仙。當時盡有風流過，謫向人間作瑞蓮。

答人書意

仲尼言正性，子輿言踐形。二者能自得，殆不爲虚生。所交若以道，所感若以誠。雖三軍在前，而莫得之淩。

答人書言

無位立事難，逢時建功易。求全自有毁，舉大須略細。去惡慮傷恩，存惡憂害義。徒有仁者心，殊無仁者意。

答人言

卿相一歲俸，寒儒一生費。人爵固不同，天爵何嘗匱。不有霜與雪，安知松與桂。雖無官自高，豈無道自貴。

與人話舊

耳目所聞見，且言三十春。纔更十次閏，已換一番人。
圮族綺紈故，朱門車馬新。從來皆偶爾，何者謂功勳。

閑　吟

忽忽閑拈筆，時時樂性靈。何嘗無對景，未始便忘情。
句會飄然得，詩因偶爾成。天機難狀處，一點自分明。

閑坐吟

當年計過之，今日事難隨。天命不我祐，雲山聊自怡。
無何緣淡薄，遂得造希夷。却欲嗤真宰，勞勞應不知。

天津閑步

天子舊神州，葱葱氣象浮。園林閑近水，殿閣遠横秋。
浪雪暑猶在，橋虹晴不收。人間無事日，此地好淹留。

天津幽居

予客洛城裏，況復在天津。日近先知曉，天低易得春。
時光優化國，景物厚幽人。自可辭軒冕，閑中老此身。

天津水聲

洛水近吾廬，潺湲到枕虚。湍驚九秋後，波急五更初。
細爲輕風背，豪因驟雨餘。幽人有兹樂，何必待笙竽。

不寢

閑坐更已深，就寢夜尚永。展轉不成寐，却把前事省。
奠枕時昏昏，擁衾還耿耿。西窗明月中，數葉芭蕉影。

天宫小閣

夏日到天宫，凭欄望莫窮。古人用心遠，天子建都雄。
樓觀深雲裏，山川暮靄中。行人漫來往，此意有誰同。

聽琴

琴宜入夜聽，別起一般情。纔覺哀猿絶，還聞離鳳鳴。
青山無限好，白髮不須驚。會取坐忘意，方知太古心。

天津感事二十六首

雲輕日淡天津暮，風急林疎洛水秋。獨步獨吟人莫會，時時鷗鷺下汀洲。
寵辱事多今不見，興亡時去止堪哀。請觀今日長安道，抵暮行人猶往來。
鳳樓深處鏁雲煙，一鏁雲煙又百年。痛惜汾陰西祀後，翠華辜負上陽天。
誰引長河貫洛城，鑾輿東去此爲輕。洪濤不服天津束，日夜奔騰作怒聲。
陽烏西去水東流，今古推移幾度秋。四面遠山長斂黛，不知終日爲誰愁。

忙忙負乘兩何殊，往復由來出此途。爭似不才閑坐處，平時雲水遶衣裾。

人言垂釣辯浮沉，辯著浮沉用意深。吾耻不爲知害性，等閑輕動望魚心。

自古別都多隙地，參天喬木亂昏鴉。荒垣壞堵人耕處，半是前朝卿相家。

鳳凰樓觀冷横秋，橋下長波入海流。千百年來舊朝市，幾番人向此經由。

輪蹄交錯未嘗停，去若相追來若爭。料得中心無別事，苟非干利即干名。

煙樹盡歸秋色裏，人家常在水聲中。數行旅鴈斜飛去，一簇樓臺峭倚空。

渌水悠悠際碧天，平蕪更與遠山連。白頭老叟心無事，閑凭欄干看洛川。

去年橋上凭欄人，今歲橋邊騎馬身。橋上橋邊不知數，於今但記十三春。

堤邊草色長芊芊，陌上行人自往還。淥水欲淨不得淨，春風未放柳條閑。

水流任急境一作景。常靜，花落雖頻意自閑。不似世人忙裏老，生平未始得開顔。

溪邊閑坐眼慵開，波射長堤勢欲摧。多少水禽文彩好，幾番飛去又飛來。

名利從來本任才，行人不用苦相猜。壺中日月長多少，閑步天津看往來。

地勢東南一槩傾，水流何日得安平。天津更在急流處，無限高深併此聲。

三千里外名荒服，一百年來號太平。爭似洛川無事客，何須列土始爲榮。

遶堤楊柳輕風裏，隔水樓臺細雨中。酒放半醺重九後，此時情味更無窮。

著身靜處觀人事，放意閑中鍊物情。去盡風波存止水，世間何事不能平。

隋唐而下貴公卿，近世風波走利名。借問天津橋下水，當時湍激作何聲。

前朝無限貴公卿，後世徒能記姓名。唯此天津橋下水，古今都作一般聲。

雲無一縷干明月，橋有千尋卧渌波。料得人間無此景，中秋對月興如何。

郟鄏城中同德友，鳳凰樓下會中秋。芳罇倒盡人歸去，月色波光戰未休。

了生始可言常事，知性方能議大猷。只此長川無晝夜，爲誰驅逼向東流。

誠明吟

孔子生知非假習，孟軻先覺亦須脩。誠明本屬吾家事，自是今人好外求。

繩水吟

有水善平難善直，唯繩能直不能平。如將繩水合爲一，世上何憂事不明。

辛酸吟

辛酸既不爲中味，商徵如何是正音。舉世未能分曲直，使誰爲主主心平。

言默吟

當默用言言是垢，當言任默默爲塵。當言當默都無任，塵垢何由得到身。

閑居述事

一點天真都不耗，千鍾人禄是難來。太平自慶無他事，有酒時時三五盃。

竹雨侵人氣自涼，南窗睡起望瀟湘。茅簷滴瀝無休歇，却憶當初宿夜航。

初晴月向松間出，盛暑風從水面來。已比他人多數倍，況能時復舉罇罍。

堂上慈親八十餘，堦前兒女笑相呼。旨甘取足隨豐儉，此樂人間更有無？

清歡少有虚三日，劇飲未嘗過五分。相見心中無別事，不評興廢只論文。
花木四時分景致，經書千卷號生涯。有人若問閑居處，道德坊中第一家。

天宫小閣納凉

小閣凭虚看洛城，滿川雲物拱神京。風從萬歲山頭至，多少煙嵐併此清。
小閣於吾有大功，清凉冠絶洛城中。自慙虚薄誠多幸，襟袖長涵萬里風。
小閣清風豈易當，一般情味若羲皇。洛陽有客不知姓，二十年來享此凉。

天宫幽居即事

人苦天津遠，來須特特來。閑餘知道泰，静久覺神開。
悟易觀棊局，談詩捻酒盃。世情千萬狀，都不與裝懷。

遊龍門

江天無少異，幽鳥下晴沙。路去山形斷，川廻渡口斜。
龕巖千萬空〔一〕，店舍兩三家。清景四時好，都城況不賒。

重遊洛川

買石尚饒雲，買山當從水。雲可致無心，水能爲鑑止。
性以無心明，情由鑑止已。二者不可失，出彼而入此。

川上觀魚

天氣冷涵秋，川長魚正遊。誰知能避網，猶恐悞吞鉤。
已絶登門望，曾無點額憂。因思濠上樂，曠達是莊周。

〔一〕「空」，四部叢刊本、四庫本作「穴」。

伊川擊壤集卷之五

後園即事三首 嘉祐八年

太平身老復何憂，景愛家園自在遊。幾樹緑楊陰乍合，數聲幽鳥語方休。
竹侵舊徑高低迸，水滿春渠左右流。借問主人何似樂，答云殊不異封侯。

天養踈慵自有方，洛城分得水雲鄉。不聞世上風波險，但見壺中日月長。
一局閑棊留野客，數盃醇酒面脩篁。物情悟了都無事，未覺顔淵已坐忘。

年來得疾號詩狂，每度詩狂必命觴。樂道襟懷忘檢束，任真言語省思量。
賓朋款密過從久，雲水優閑興味長。始信淵明深意在，此窗當日比羲皇。

觀棊長吟

院静春深晝掩扉，竹間閑看客爭棊。披羅神鬼聚胸臆，措置山河入範圍。

局合龍蛇成陣鬬，劫殘鴻鴈破行飛。殺多項羽坑秦卒，敗劇符堅畏晉師。
座上戈鋋嘗擊搏，面前冰炭旋更移。死生共抵兩家事，勝負都由一著時。
當路斷無相假借，對人須且强推辭。腹心受害誠堪懼，唇齒生憂尚可醫。
善用中傷爲得策，陰行狡獪謂知機。請觀今日長安道，易地何嘗不有之。

秋日登崇德閣二首

無限英〔一〕賢抑壯圖，登臨不用起長吁。山川千古戰爭後，冠劍百年零落餘。
浪把功名爲己任，那知富貴豈人謨。丹青曲盡世間妙，寫得凭欄意思無？

一百年來號太平，當初仍患不丁寧。京都尚有漢唐氣，宮闕猶虛霸王形。
煙外亂峰纔隱約，霜餘紅樹半凋零。罇中有酒難成醉，旋被西風吹又醒。

秋日飲後晚歸

水竹園林秋更好，忍把芳罇容易倒。重陽已過菊方開，情多不學年光老。

〔一〕「英」，四部叢刊本、四庫本作「高」。

陰雲不動楊柳低，風遞輕寒生暮早。無涯逸興不可收，馬蹄慢踏天街草。

寄陜守祖擇之舍人

記得相逢否，當時在海東。别離千里外，倏忽十年中。跡異名尤異，心同齒更同。終期再清會，文酒樂無窮。

哭張元伯職方

近年老輩頻凋落，使我中心又惻然。洛社掛冠高卧者，唯君清澈如神仙。昔者〔一〕與君論少長，今日與君爭後先。把酒酹君君必知，爲君洒淚西風前。

哭張師柔長官

生平志在立功名，誰謂才難與命爭。絶筆有詩形雅意，蓋棺無地盡交情。胸中時事何由展，天下人才不復評。魂若有知宜自慰，子孫大可振家聲。

〔一〕「者」，四部叢刊本、四庫本作「日」。

和登封裴寺丞翰見寄 治平二年

陋巷簞瓢世所傳，予何人斯〔一〕耻蕭然。既知富貴須由命，難把升沉更問天。靜默有功成野性，騫驤無路學時賢。紛華出入金門者，應笑溪翁治石田。

何事吟寄三城富相公

何事教人用意深，出塵些子索沉吟。施爲欲似千鈞弩，磨礪當如百鍊金。釣水誤持生殺柄，著棊閑動戰爭心。一盃酒美聊康濟，林下時時或自斟。

代書寄友人

當年有志高天下，嘗讀前書笑謝安。豈謂此身甘老朽，尚無閑地可盤桓。棊逢敵手纔堪著，琴少知音不願彈。非止不才能退默，古賢長恨得時難。

訪姚輔周郎中月陂西園

相憶不可遏，西街來訪時。交横過溝水，隙曲遶蔬畦。

〔一〕「斯」，原作「則」，據四庫本改。

樹偃低頭避，筇高換手持。朋遊相得甚，何樂更如之。

依韻謝登封劉李裴三君見約遊山

諸公見約往嵩前，重走新詩各一篇。擺落塵埃非敢後，訪尋雲水奈輸先。三陽宮近叢幽石，萬歲峰高羃紫煙。多少勝遊俱未到，願陪仙躅共攀緣。

登嵩頂

九州環遶若棊枰，萬歲嵩高看太平。四海有人能統御，中原何復有交爭。長憂眼見姦雄輩，且願身爲堯舜氓。五十三年蕪没事，如今方喜看春耕。

登封縣宇觀少室

天地始融結，此山已高極。羣峰擁旌幢，巨石羅劍戟。日出崖先紅，雨餘嵐更碧。安知無神仙，其間久遁跡。

山中寄登封令

初離縣日謀經宿，既到山中未忍廻。公宇若無民事決，願攜茶器上山來。

歸洛寄鄭州祖擇之龍圖

恩深骨髓謂慈親，義重丘山是故人。歸過嵩陽舊遊地，白雲收得薜蘿身。

和祖龍圖見寄

吾家職分是雲山，不見雲山不解顏。遊興亦難拘日限，夢魂都不到人間。

煙嵐欲極無涯樂，軒冕何嘗有暫閑。洛社交朋屢思約，幾時曾得略躋攀。

緣飾吟

緣飾了時稱好手，作爲成處似〔一〕真家。須防冷眼人覷覷，傀儡都無帳幕遮。

〔一〕「似」，四部叢刊本、四庫本作「是」。

自況三首

名利場中難著脚，林泉路上早廻頭。不然半百殘軀體，正被風波汩未休。

滿天風月爲官守，遍地雲山是事權。唯我敢開無意口，對人高道不妨言。

每恨性昏聞道晚，長慚智短適時難。人生三萬六千日，二萬日來身却閑。

偶　書

紛紛議論出多門，安得真儒號縉紳。名教一宗長有主，中原萬里豈無人。
皇王帝伯時雖異，禮樂詩書道自新。觀古事多今可見，不知何者謂經綸。

代書寄商洛令陳成伯

此去替〔一〕期猶半歲，商山窮僻少醫名。感傷多後氣防滯（成伯悼亡），暑濕偏時疾易生。
聖智不能無蹇剝，賢才方善處哀榮。斯言至淺理非淺，少補英豪一二明。

〔一〕「替」，四庫本作「暫」。

治平丁未仲秋遊伊洛二川六日晚出洛城西門宿奉親僧舍聽張道人彈琴

向晚驅車出上陽，初程便宿水雲鄉。更聞數弄神仙曲，始信壺中日月長。

七日遡洛夜宿延秋莊上

八月延秋禾熟天，農家富貴在豐年。一簞雞黍一瓢酒，誰羨王公食萬錢。

八日渡洛登南山觀噴玉泉會壽安縣張趙尹三君同遊

渡洛南觀噴玉泉，千峰萬峰遥相連。中間一道長如雪，飛入寒潭不記年。

九日登壽安縣錦㟩山下宿邑中

煙嵐一簇特崔嵬，到此令人心自灰。上有神仙不知姓，洞門閑倚白雲開。

並轡西遊疊石溪，斷崖環合與雲齊。飛泉亦有留人意，肯負他年向此棲。疊石溪在縣南五六里。

十日西過永濟橋 唐橋名

十日西行過永濟，時時細雨濕衫衣。多情會得山神意，猶恐行人欠翠微。

過宜陽城二首

六國區區共事秦，疲於奔命尚難親。如何殺盡半天下，豈是關東没一人。

當日宜陽號別都，奈何韓國特區區。子房不得宣遺恨，博浪沙中中副車。

十一日福昌縣會雨

雲勢移峰緩，泉聲出竹遲。此時無限意，唯有翠禽知。

依韻和壽安尹尉有寄

不向紅塵浪著鞭，殊無才業合時賢。本酬壯志都無效，欲住青山却有緣。翠竹陰中開縹帙，白雲堆裏揖飛泉。錦屏正與南溪對，他日從遊子子傳。

十二日同福昌令王贊善遊龍潭潭在南山，去縣十五里

二潭冷浸崖根黑，數峰高入雲衢碧。遊人屏氣不敢言，長恐雷霆奮於側。
水邊靜坐天將暮，猶自盤桓未成去。馬上迴頭更一觀，雲煙已隔無數重。

十三日遊上寺在縣北及黄澗在縣西

能休塵境爲真境，未了僧家是俗家。不向此中尋洞府，更於何處覓藏花。
堪嗟五伯爭周燼，可笑三分拾漢餘。何似不才閑處坐，平時雲水遶衣裾。

十四日留題福昌縣宇之東軒

洛川秋入景尤佳，微雨初過徑路斜。水竹洞中藏縣宇，煙嵐塢裏住人家。
霜餘紅間千重葉，天外晴排數縷霞。溪淺溪深清瀲灩，峰高峰下碧查牙。
鳥因擇木飛還遠，雲爲無心去更賒。蓋世功名多齟齬，出羣才業足咨嗟。
浮生日月仍須惜，半老筋骸莫强誇。就此巖邊宜築室，樂吾真樂樂無涯。

十五日别福昌因有所感

連昌宫廢昌河在，事去時移語浪傳。下有荒祠難問處，古槐枝秃竹參天。

是夕宿至錦屏山下

尋常看月亦嬋娟，不似今宵特地圓。疑是素娥紓宿憾，相逢爲在錦屏前。

十六日依韻酬福昌令有寄

道義相歡豈易親，古稱難處是知人。文章不結市朝士，榮辱非關雲水身。

話入精詳皆物理，言無形跡盡天真。他時洛社過從輩，圖牒中添又一鄰。

十七日錦屏山下謝城中張孫二君惠茶

山似挼藍波似染，遊心一句難拘檢。仍攜二友所分茶，每到煙嵐深處點。

壽安縣晚望

休歎浮生榮與辱，且聽終日水潺潺。遥穿暝靄孤鴻去，横截野煙雙鷺還。

佳樹又作老木排青巖下圃，好峰環翠縣前山。報言名利差輕者，少輟光陰到此間。

十八日逾牽羊坂南達伊川墳上

三尺荒墳百尺山，生身慈愛在其間。此情至死不能盡，日暮徘徊又且還。

思程氏父子兄弟因以寄之

年年時節近中秋，佳水佳山爛熳遊。此際歸期爲君促，伊川不得久遲留。

氣候如當日，山川似舊時。獨來還獨往，此意有誰知。

十九日歸洛城路遊龍門

伊川往復過龍山，每過龍山意且閑。莫道移人不由境，可堪深著利名間。

無煩物象弄精神，世態何嘗不喜新。唯有前墀好風月，清光依舊屬閑人。

留題龍門

融結成來不記秋，斷崖蒼壁鎖煙愁。中分洪造夏王力，横截大山伊水流。
八節灘聲長在耳，一川風景盡歸樓。行人莫動凭欄興，無限英雄浪白頭。
誰將長劍斬長蛟，斬斷長蛟劍復韜。爪尾蜿蜒凝華嶽，角牙獰惡結嵩高。
骨傷兩處嶄蒼壁，血出東流洶巨濤。此物猶難保身首，爲言讒口莫嗷嗷。

龍門石樓看伊川

數朝從款走煙霞，縱意凭欄看物華。百尺樓臺通鳥道，一川煙水屬僧家。
直須心逸方爲樂，始信官榮未足誇。此景得遊無事日，也宜知幸福無涯。

二十日到城中見交舊

年年此際走煙嵐，人亦何嘗謂我貪。歸見交親話清勝，且無防患在三緘。

二十二日晚步天津次日有詩

溪翁昨晚步天津，步到天津佇立頻。洛水只聞煎去棹，西風唯解促行人。

山川慘淡籠寒雨，樓觀參差鎖暮雲。此景分明誰會得，欲霜時候鴈來賓。

二十五日依韻和左藏吴傳正寺丞見贈

上陽光景好看書，非象之中有坦途。良月引歸芳草渡，快風飛過洞庭湖。

不因赤水時時往，焉有黄芽日日娱。莫道天津便無事，也須閑處著工夫。來詩云：「從此天津南畔景，不教都屬邵堯夫。」故有是句。

二十九日依韻和洛陽陸剛叔主簿見贈

一霎蕭蕭晚雨餘，鳳凰樓下偶驅車。郄詵片玉知能挹〔一〕，樂廣青天幸未踈。

相闊夏秋聞甚事，可親燈火讀何書。恨無束帛嘉程子，徒自悁悁返弊〔二〕廬。

〔一〕「挹」，四庫本作「憶」。

〔二〕「弊」，四庫本作「敝」。

伊川擊壤集卷之六

代書寄劍州普安令周士彦屯田

作官休用歎奚爲，未有升高不自卑。君子屈伸方爲道，吾儒進退貴從宜。
即今彭澤歸何地，他日東門去未遲。痛恨伊嵩景無限，一名佳處重求資。
二蜀至三吴，中間萬里餘。去年方北望，今歲復西驅。
劍閣離天日，秦川限帝都。臨風相憶處，能飲一盃無？

又一絶

正當老輩過從日，況值高秋搖落天。一把黄花一罇酒，故人西去又經年。

和趙充德〔一〕秘丞見贈

人言人事危冠冕，吾愛吾生遠市朝。野面不堪趨魏闕，閑身唯稱訪楊寥。

〔一〕「德」，四部叢刊本、四庫本作「道」。

殊無紀律詩千首，富有雲山酒一瓢。預借〔一〕軒車又東去，自兹風月恐難招。

和王不疑郎中見贈

二十年來住洛都，眼前人事任紛如。形同草木何勝野，心類鐘彝不啻虚。已沐仁風深骨髓，更驚詩思劇瓊琚。莊周休道虧名實，自是無才悦衆狙。

和魏教授見贈

清世文章日月懸，無才唯幸樂豐年。遊山太室更少室，看水伊川又洛川。古有孟軻難語覺，時無顔子易爲賢。讀書每到天根處，長懼諸公問極玄。

和吴沖卿省副見贈

非有非無是祖鄉，都來相去一毫芒。人人可到我未到，物物不妨誰與妨。失即肝脾爲楚越，得之藜藿是膏粱。一言千古難知處，妙用仍須看吕梁。

〔一〕「借」原作「惜」，據四部叢刊本、四庫本改。

和孫傳師祕教見贈

天津南畔是吾廬，時荷夫君枉乘車。始爲退來忘檢束，却因閑久長空疎。
與其功業逋青史，孰若雲山負素書。一片丹誠最難狀，庶幾長得類舟虚。

依韻和陳成伯著作長壽雪會

瓊苑羣花一夜新，瑶臺十二玉爲塵。城中竹葉湧增價，坐上楊花盛學春。
時會梁園皆墨客，誰思姑射有神人。餘糧豈止千倉望，盈尺仍宜莫厭頻。

依韻和陳成伯著作史館園會上作

竹遶長松松遶亭，令人到此骨毛清。梅梢帶雪微微坼，水脉連冰涾涾鳴。
殘臘歲華無奈感，半醺襟韻不勝情。誰憐相國名空在，吾道如何必可行。

和夔峽張憲白帝城懷古

不憤曹公跨許昌，苟非梁益莫爭王。三分區宇風雷惡，横截西南氣勢强。
行客往來閑指點，史官褒貶浪文章。後人未識興亡意，請看江心舊戰場。

閑適吟 熙寧元年

爲士幸而居盛世，住家况復在中都。虚名浮利非我有，渌水青山何處無。
選勝直宜尋美景，命儔須是擇吾徒。樂閑本屬閑人事，又與偷閑事更殊。

六尺眼前安樂身，四時爭忍負佳辰。温涼氣候二八月，道義賓朋三五人。
量力盃盤隨草具，開懷語笑任天真。勸君似此清閑事，雖老何須更厭頻。

莫將真氣助憂傷，憤死英豪世更長。陌上雖多馬跳躍，天邊亦有鳳翱翔。
三千賓客磨圭角，百二山河擁劍鋩。等是一場春夢過，自餘惡足更悲涼。

南窗睡起望春山，山在霏微煙靄間。千里難逃兩眼淨，百年未見一人閑。
情如落絮無高下，心似遊絲自往還。又恐幽禽知此意，故來枝上語綿蠻。

誰將造化屬東風，一屬東風事莫窮。殘臘也宜先作策，新正其那便要功。
柳梢借暖渾摇軟，梅萼偷春半露紅。安得鼂時情意在，輕衫撩亂少年中。

桃李吟

桃李因風花滿枝，因風桃李却離披。慘舒相繼不離手，憂喜兩般都在眉。
泰到盛時須入蠱，否當極處却成隨。今人休愛古人好，只爲今人生較遲。

傷心行

不知何鐵打成針，一打成針只刺心。料得人心不過寸，刺時須刺十分深。

傷二舍弟無疾而化

手足情深不可忘，割心猶未比其傷。急難疇昔爾相濟，終鮮如今我遂當。
韡韡棣開無並萼，邕邕鴈去破初行。自兹明月清風夜，蕭索東籬看斷腸。二弟殯東籬下，後得渠重九詩云：「衣如當月白，花似昔年黃。擬問東籬事，東籬事渺茫。」語類讖。
腸斷東籬何所尋，東籬從此事沉沉。差肩行處皆成往，吊影傷時無似今。
清淚已乾情莫極，黃泉未到恨非深。不知何日能消〔一〕盡，三十二年雍睦心。

〔一〕「消」，四部叢刊本、四庫本作「銷」。

又一首

兄既名雍弟名睦，弟兄雍睦情何足。居常出入留一人，奉親教子如其欲。
慈父享年七十九，四人稚子常相逐。其間同戲彩衣時，堂上愉愉歡可掬。
慈父前年忽傾逝，爾弟今年命還促。獨予奉母引四子，日對几筵相向哭。
不知腸有幾千尺，不知淚有幾千斛。斷盡滴盡無奈何，鼎日恩光焉可贖。

又一絶

手足恩情重，塤篪歡樂長。要知能忘處，墳草兩荒涼。

聽杜鵑思亡弟

嘗憶去年初夏時，與爾同聽杜鵑啼。杜鵑今年又復至，還是去年初夏時。
禽鳥亦知人意切，一聲未絶一聲悲。腸隨此聲既已斷，魂逐此禽何處飛。

書亡弟殯所

後乎吾來，先乎吾往。當往之初，殊不相讓。

南園南晚步思亡弟

南園之南草如茵，迎風晚步清無塵。不得與爾同歡欣，又疑天上有飛雲。一片世間來作人，飄來飄去殊無因。

自憫

天無私覆古今同，手足情多驟一空。五七年來併家難，六十歲許更頭風。常情不免順世俗，私計固難專僕童。安得仙人舊查〔一〕在，伊川雲水樂無窮。

戊申自貽

雖老仍思鼓缶歌，庶幾都未喪天和。明夷用晦止於是，無妄生災終奈何。似箭光陰頭上去，如麻人事眼前過。中間若不自爲計，所損其來又更多。

代書寄北海幕趙充道太博 熙寧二年

自從終鮮罷吟哦，聊爲臨風一浩歌。別易會難情不已，登高遠望興如何。

〔一〕「查」，四庫本作「槎」。

百年可惜時無再，千里相思事更多。今日罇罍真北海，況君雅重幾人過。

依韻和王不疑少卿見贈

不把憂愁累物華，光陰過眼疾如車。以平爲樂忝知分，待足求安恐未涯。
食罷有時尋蕙圃，睡餘無事訪僧家。天津風月勝他處，長是思君共煮茶。

仁者吟

仁者難尋思有常，平居慎勿恃無傷。爭先徑路機關惡，近後語言滋味長。
爽口物多須作疾，快心事過必爲殃。與其病後能求藥，不若病前能自防。

東軒消梅初開勸客酒二首

爲愛消梅勝早梅，數枝先發日徘徊。若教嶺表臘前盡，安有洛陽正後開。
香逐暖風初出谷，豔隨芳酒正浮醅。佳賓會取東君意，莫負乘春此際來。

春色融融滿洛城，莫辭行樂慰平生。深思賢友開眉笑，重惜梅花照眼明。

況是山翁差好事，可憐芳酒最多情。此時不向罇前醉，更向何事醉太平。

清風長吟

宇宙中和氣，清泠無比方。與時蠲疾病，爲歲造豐穰。起自青蘋末，來從翠樹傍。得逢明月夜，便入故人鄉。密葉搖重幄，殷花舞靚粧。兩三聲逈笛，千萬縷垂楊。細度絲桐韻，深傳蘭蕙香。樓臺臨遠水，軒檻近脩篁。盛夏驅煩暑，初晴送晚涼。輕披緑荷芰，緩透薄衣裳。浪走翩翻〔一〕袂，波生瀲灩觴。閒愁難著莫，幽思易飛揚。快若乘天馬，醒如沃蔗漿。面前游閬苑，坐上泛瀟湘。不可將錢買，焉能用斗量。依憑全藉德，收貯豈須倉。無患兼并取，寧憂寇盜攘。以兹爲樂事，未始有憂傷。

垂柳長吟

垂柳有兩種，有長有短垂。唯兹長一種，偏與靜相宜。院宇深春後，亭臺晚景時。不勝煙冪冪，無奈日遲遲。霡霂雨初過，清泠風乍吹。章臺街左右，華表柱東西。起眼出墻樹，拂頭當路枝。翩翻緑羅帶，縹緲縷金衣。蕩颺飄晴絮，繽紛舞暖絲。

〔一〕「翩翻」，四部叢刊本、四庫本作「翻翩」，下同。

絲牽寸腸斷，絮入萬家飛。婀娜王恭韻，婆娑趙后姿。脩妍張緒少，柔軟沈侯羸。
濯濯青拖地，毵毵翠遶池。般添花灼灼，引惹草萋萋。鬱鬱籠山館，踈踈映酒旗。
贈人人自泣，駐馬馬還嘶。影裏呷啞去，陰中轣轆歸。淒涼裝暝靄，淡薄掛斜暉。
懊惱輕攀折，憂愁重別離。早衰緣傍道，先茂爲臨溪。樓外蟬纔噪，橋邊鶯又啼。
生憎遮望眼，死恨學粧眉。遠客莫知數，長條曾繫誰。經霜儘憔悴，來歲却依依。

落花長吟

以酒戰花穠，花穠酒更濃。花能十日盡，酒未百壺空。尚喜裝衣袂，猶憐墜酒鍾。
多情唯粉蝶，薄倖是遊蜂。減却牆頭豔，添爲徑畔紅。飄零深院宇，點綴靜簾櫳〔一〕。
又恐隨流水，仍憂嫁遠風。水流猶委曲，風遠便西東。狼籍殘春後，離披晚照中。
亭臺雖有主，軒騎斷無蹤。劍去擁妃子，兵來圍石崇。馬嵬方戀戀，金谷正怱怱。
曹植辭休切，襄王夢已終。謬稱尋洛浦，浪說數巫峰。燕訴冤還在，鶯傳信莫通。
苔錢如可買，柳線自能縫。悵望尤真宰，淒涼殢化工。放教成爛熳，不使略從容。
命掃心爭忍，言收計遂窮。異香銷骨髓，絕色死英雄。任詫回天力，饒矜蓋世功。

〔一〕「櫳」，四部叢刊本、四庫本作「籠」。

奈何時既往，到了事難重。開謝形相戾，興衰理一同。天機之淺者，未始免忡忡。

芳草長吟

芳草更休生，芳罇更不傾。草如生不已，罇豈便能停。雨後閑池閣，春深小院庭。是時簾半卷，此際酒初醒。密密嫩方布，茸茸緑已成。送迴殘照淡，引起曉寒輕。靜襯花村薄，閑裝竹塢清。溪邊微水浸，原上未春耕。莫遣香車輾，休教細馬行。藉餘無限意，望久不勝情。臺迴眉初斂，樓危眼乍明。低低暮雲碧，隱隱遠山青。翠接鴛鴦浦，萋連楊柳汀。江潭夜帆落，海渚晚舟横。戍壘角一弄，牧童笛數聲。沙頭雙鷺下，渡口亂鴻驚。蓊鬱出征地，芊綿奉使程。遠披來往路，遍遶短長亭。苒苒秦皇墓，離離漢帝城。荒涼故銅雀，破碎舊金陵。霧鏁前朝事，煙昏後世名。枯猶藏狡兔，腐亦化流螢。縱剗奚由盡，纔燒又却榮。徒能蔽京觀，仍願且升平。

春水長吟

春在水自渌，春歸渌遂休。清非不逮渌，春奈勝于秋。渌向陽中得，清於冷上求。加於清一等，用是渌爲優。薄薄冰初泮，微微雨乍收。渺瀰新島嶼，瀲灩舊汀洲。

荷芰低猶卷，菰蒲嫩已抽。蘋蘩雖漸出，藻荇未全稠。日暖鴛鴦浴，煙晴翡翠游。波平躍雙鯉，風靜戲羣鷗。西蜀遨爭舉，東甌禊競修。武陵花再識，漢曲珮還投。臺下溶溶過，堤邊漫漫流。檻前纔泚泚，天外更悠悠。泛濫情懷惡，潺湲意思幽。遠山遮不斷一作住，別浦去難留。二月溪橋畔，三吳野渡頭。依前橫兩槳，特地送孤舟。畫手方停筆，騷人正倚樓。長江飛絮外，只是動離愁。

花月長吟

少年貪讀兩行書，人世樂事都如愚。而今却欲釋前憾，奈何意氣難如初。每逢花開與月圓，一般情態還何如。當此之際無詩酒，情亦願死不願甦。花逢皓月精神好，月見奇花光彩舒。人與花月合爲一，但覺此身遊蕊珠。又恐月爲雲阻隔，又恐花爲風破除。若無詩酒重收管，過此又却成輕辜。可收幸有長詩篇，可管幸有清酒壺。詩篇酒壺時一講，長如花月相招呼。有花無月愁花老，有月無花恨月孤。月恨只憑詩告訴，花愁全仰酒支梧。月恨花愁無一點，始知詩酒有功夫。些兒林下閑疎散，做得風流罪過無。

同府尹李給事遊上清宫

洛城二月春搖蕩，桃李盛開如步障。高花下花紅相連，垂楊更出高花上。
閑陪大尹出都門，邙阜真宫共尋訪。不見翠華西幸時，臨風盡日獨惆悵。

乞笛竹栽於李少保宅

浪種閑花占地生，未嘗容易暫留情。奈何苦愛淩霜節一作物，况是猶存鏤管名。
待鳳至時當有實，學龍吟處豈無聲。幽人願乞數枝種，得自君家又更榮。

思山吟

看即青山與白雲，尋思没量大功勳。未知樂處緣何事，豈止饑時會茹葷。
千首拙詩難著怨，一罇芳醑别涵春。壺中日月長多少，能老紅塵幾輩人。
秖恐身閑心未閑，心閑何必住雲山。果然得乎情性上，更肯埋頭利害間。
動止未嘗防忌諱，語言何復著機關。不圖爲樂至于此，天馬無蹤自往還。

恨月吟

我儂非是惜黄金，自是常娥愛負心。初未上時猶露滴，恰纔圓處便天陰。
欄干倚了還重倚，芳酒斟迴又再斟。安得深閨與收管，奈何前後誤人深。

愁花吟

三千宮女衣宮袍，望幸心同各自嬌。初似綻時猶淡薄，半來開處特妖饒。
檀心未吐香先發，露粉既垂魂已銷。對此芳罇多少意，看看風雨騁飍豪。

和張子望洛城觀花〔一〕

造化從來不負人，萬般紅紫見天真。滿城車馬空撩亂，未必逢春便得春。

落花短吟

滿園桃李正離披，更被狂風非意吹。長是憂愁初謝處，却須思念未開時。

〔一〕四庫本於此詩前有張峋觀洛城花呈先生詩。

奈何紅豔易消歇，不似青陰少改移。九十日春都去盡，罇前安忍更顰眉。

芳草短吟

花間水畔綠如茵，興廢曾經漢與秦。占了山川無限地，愁傷今古幾何人。
嚴霜殺盡還逢雨，野火燒殘又遇春。不那〔一〕路傍多此物，農家長是費耕耘。

垂柳短吟

臨溪拂水正依依，更被狂風來往吹。薄暮不勝煙羃羃，深春無奈日遲遲。
誰家縹緲青羅帔，何處蹁躚金縷衣。猶恐離人腸未斷，滿天仍著亂花飛。

春水短吟

雪消冰泮淥盈溝，翡翠鴛鴦得志秋。長恨遠山遮不斷，又疑別浦去難留。
遶堤楊柳輕輕拂，近岸新蒲細細抽。滿眼煙波杳無際，三吳特地送孤舟。

〔一〕「那」，四庫本作「奈」。

久居林下矣。」

清風短吟

清風興況未全衰，豈謂天心便棄遺。長具齋莊緣讀易，每塹踈散爲吟詩。
人間好景皆輸眼，世上閑愁不到眉。生長太平無事日，又還身老太平時。

暮春寄李審言龍圖

年年長是怕春深，每到春深病不任。傷酒情懷因小會，養花天氣爲輕陰。
歲華易革向來事，節物難廻老去心。唯有前軒堪靜坐，臨風想望舊知音。

初夏閑吟

緑楊深處囀流鶯，鶯語猶能喜太平。人享永年非不幸，天生珍物豈無情。
牡丹謝後紫櫻熟，芍藥開時班笋生。林下一般閑富貴，何嘗更肯讓公卿。

代書答開封府推官姚輔周郎中

世態其如與願違，必須言進是無知。遍將底事閑思處，不若西街極論時。
設有奇才能動世，奈何雙鬢已如絲。天邊新月從來細，不爲人間愛畫眉。來書云：「願先生自愛，恐不容

伊川擊壤集卷之七

代書寄濠倅張都官

多慙吾亦未知音，天樂雖聞不許尋。惠子相時情自好，莊生遊處意能深。閑來略記一春事，老去難忘千里心。洛社交朋每相見，爲吾因掉白頭吟。

詔三下答鄉人不起之意

生平不作皺眉事，天下應無切齒人。斷送落花安用雨，裝添舊物豈須春。幸逢堯舜爲真主，且放巢由作外臣。六十病夫宜揣分，監司無用苦開陳。

和王安之少卿韻

却恐鄉人未甚知，相知深後又何疑。貧時與禄是可受，老後得官難更爲。自有林泉安素志，況無才業動丹墀。荀楊若守吾儒分，免被韓文議小疵。

依韻和劉職方見贈

造物工夫意自深，從吾所樂是山林。少因多病不干禄，老爲無才難動心。花月静時行水際，蕙風香處卧松陰。閑窗一覺從容睡，願當封侯與賜金。

代書謝王勝之學士寄萊石茶酒器

東山有石若瓊玖，匠者追琢可盛酒。君子得之惜不用，慇懃遠寄林下叟。林叟從來用瓦盞，驚惶不敢擎上手。重誡兒童無損傷，緘藏復以待賢友。未知賢友何時歸，男子功名未成就。朝廷先從憂者言，方今莫如二虜醜。漢之六郡限遼西，唐之八州隔山後。自餘瓜〔一〕沙甘與涼，中原久而不能有。奈何更餌以金帛，重困吾民猶掣肘。若非堂上出奇兵，安得閫外拉餘朽。直可逐去此腥膻，西出玉門北逾口。城下狐狸既不存，路上豺狼自無走。太陽烜赫耀天衢，氛妖接變匿塵垢。功成不肯受上賞，印解黄金大如斗。乞洛辭君出國門，歸鞍暖拂天街柳。千官如壁遮道留，仰面弄鞭不回首。鄉人夾路迎大尹，醉擁旌幢錦光溜。下車拜墓還政餘，不訪公門訪親舊。

〔一〕「瓜」原作「甘」，據四庫本改。

始知此器用有時，吾當爲君獻眉壽。

崇德閣下答諸公不語禪

浩浩長空走日輪，何煩苦苦辨根塵。鵬程萬里非由駕，鶴筭三千别有春。
鉛錫點金終屬假，丹青畫馬妄求真。請觀風急天寒夜，誰是當門定脚人。

天宫小閣倚欄

六尺殘軀病復羸，況堪日日更添衰。滿懷可惜精明處，一語未能分付時。
沙裹有金然索揀，石中韞玉奈何疑。此情牢落西風暮，倚遍欄干人不知。

代書寄華山雲臺觀武道士

太華中峰五千仞，下有大道人往還。當時馬上一廻首，十載夢魂猶過關。
生平愛山山未足，由此看盡天下山。求如華山是難得，使人消得一生閑。

代書寄長安幕張文通

無學又無謨，胸中一向虛。枯腸忻〔一〕飲酒，病眼怕看書。洛浦輕風裏，天津小雨餘。故人千里隔，相望意何如。

和人聞韓魏公出鎮永興過洛

佐命三朝爲太宰，名垂千古號元功。栽培桃李滿天下，出入風濤半海中。虎帳夜寒心益壯，鳳池波暖位猶空。君王鼎盛子儀在，萬里河湟不足攻。

代書寄白波張景真輦運

秋入山河氣象雄，不堪閑望老年中。金蘭契重思無限，手足情多感未終。半局殘棊銷白晝，一簪華髮亂西風。唯君父子相知久，松桂心同色更同。

代書寄鄞江知縣張太博

長憶當年掃弊廬，弟兄同受策名初。一生不記尋常事，千里猶通咫尺書。

〔一〕「忻」，四庫本作「懽」。

風月遥知四明好，江山況是九秋餘。片帆未得閑飛去，徒見嚴君問起居。

先幾吟

先幾能識是吾儕，慎勿輕爲世俗咍。把似衆中呈醜拙，爭如静裏且詼諧。
奇花萬狀皆輸眼，明月一輪長入懷。似此光陰豈虚過，也知快活作人來。

秋暮西軒

遶欄種菊一齊芳，户牖軒窗總是香。得意不能無興詠，樂時況復遇豐穰。
深秋景物隨宜好，向老筋骸粗且康。飲罷何妨更登眺，爛霞堆裏有斜陽。

天津閑步

洛陽城裏任西東，二十年來放盡慵。故舊人多時款曲，京都國大體雍容。
池平有類江湖上，林静或如山谷中。不必奇功蓋天下，閑居之樂自無窮。

寄和長安張强二機宜

二公詩美過連城，欲報才非禰正平。本謂柏舟終不遇，却驚華袞重爲榮。
岷峨雨後方知峭，風月霜餘始見清。前有古人稱寡和，陽春白雪豈虚名。

代書答淮南憲張司封

緣木求魚固不能，緣魚求炙恐能行。與其病後求良藥，不若醉時辭大觥。
芝草無根休用種，蟠桃有實豈難生。荷君見愛情非淺，一芥還同一芥榮。

偶得吟

集大成人不肯模，却行何異棄金車。便言天下無難事，豈信人間有丈夫。
天意順時爲善計，人情安處是良圖。天人之際只些子，過此還同隔五湖。

代書寄友人

一别光陰二紀餘，歲華如箭止堪吁。東西契闊久經難，前後慇懃兩得書。
故國山川皆夢寐，舊家人物半丘墟。何時重講當時事，笑對西風拆酒壺。

風吹木葉吟 熙寧三年

風吹木葉不吹根，慎勿將根苦自陳。天子舊都閑好住，聖人餘事冗休論。
長年國裏神仙侶，安樂窩中富貴人。萬水千山行已遍，歸來認得自家身。

閑行吟

長憶當年掃弊廬，未嘗三徑草荒蕪。欲爲天下屠龍手，肯讀人間非聖書。
否泰悟來知進退，乾坤見了識親疎。自從會得環中意，閑氣胸中一點無。

投吴走越覓青天，殊不知天在眼前。開眼見時猶有病，舉頭尋處更無緣。
顔淵正在如愚日，孟子方當不動年。安得功夫遊寶肆，愛人珠貝重憂錢。

買卜稽疑是買疑，病深何藥可能醫。夢中説夢重重妄，牀上安牀疊疊非。
列子御風徒一本作猶有待，夸夫逐日豈無疲。勞多未有收功處，踏盡人間閑路岐。

對花飲

人言物外有煙霞，物外煙霞豈足誇。若用較量爲樂事，但無憂撓是仙家。百年光景留難住，十日芳菲去莫遮。對酒有花非負酒，對花無酒是虧花。

春盡後園閑步

緑樹成陰日，黄鶯對語時。小渠初瀲灩，新竹正參差。倚杖閑吟久，攜童引步遲。好風知我意，故故向人吹。

代書寄吴傳正寺丞

敦篤情懷世所稀，昔年今日事難追。雪霜未始寒無甚，松桂何嘗色暫移。洛邑士人雖我信，天津風月只君知。夢魂不悟東都遠，依舊過從似舊時。

洛下園池

洛下園池不閉門，洞天休用别尋春。縱遊只却輸閑客，遍入何嘗問主人。更小亭欄花自好，儘荒臺榭景纔真。虚名誤了無涯事，未必虚名總到身。

夢過城東謁洛陽尉楊應之

夜來清夢過城東，溪水分流徑路通。全似乘查〔一〕上天漢，但無嚴子驗行蹤。

代書寄前洛陽簿陸剛叔祕校

洛城官滿振衣裾，塵土何由浼遠途。道在幸逢清日月，眼明應見舊江湖。知行知止唯賢者，能屈能伸是丈夫。歸去何妨趁殘水，三吴還似嚮時無。

答人乞碧蘆

草有可嘉者，莫將蕭艾儔。扶踈全類竹，蒼翠特宜秋。風雨聲初入，江湖思莫收。無功濟天下，藉此一淹留。

逍遙吟

吾道本來平，人多不肯行。得心無厚味，失脚有深坑。

〔一〕「查」，四庫本作「槎」。

若未通天地，焉能了死生。向其間一事，須是自誠明。

人生憂不足，足外更何求。吾生雖未足，亦也却無憂。

天和將酒養，真樂用詩勾。不信年光會，催人早白頭。

夜入安樂窩，晨興飲太和。窮神知道泰，養素得天多。

日月任催盪，山川徒琢磨。欲求爲此者，到了是誰何。

何事感人深，求之無處尋。兩儀長在手，萬化不關心。

石裏時藏玉，砂中屢得金。分明難理會，須索入沉吟。

偶得吟

相去一毛間，千山復萬山。雖能忘寢食，未肯去機關。

不是責人備，奈何開口難。天心況非遠，既遠遂無還。

每度過東鄰

每度過東鄰，東鄰愈覺懃。既來長自愧，相見只如親。
飲食皆隨好，兒童亦自忻。吾鄉有是樂，何必更求仁。

每度過東街

每度過東街，東街怨暮來。只知閑説話，那覺太開懷。
我有千般樂，人無一點猜。半醺歡喜酒，未晚未成迴。

君子與人交

君子與人交，未始無驚惕。小人與人交，未始無差忒。
秖此真喜歡，也宜重愛惜。他年雲水踈，亦恐難尋覓。

唯天有二氣

唯天有二氣，一陰而一陽。陰差〔一〕産蛇蝎，陽和生鸞凰。

〔一〕「差」，四部叢刊本、四庫本作「毒」。

安得蛇蝎死，不爲人之殃。安得鳳凰生，長爲國之祥。

無客廻天意

無客廻天意，有人資盜糧。日中屢見斗，六月時降霜。
有書不暇讀，有食不暇嘗。食況不盈缶，書空堆滿牀。
惡死而好生，古今之常情。人心可生事，天下自無兵。
草木尚咸若，山川豈不寧。胡爲無擊壤，飲酒樂昇平。

放小魚

纖鮮〔一〕不足留，此失一生休。放爾江湖去，寬渠鼎鑊遊。
更宜深避網，慎勿誤吞鈎。天下多庖者，無令落庶羞。

〔一〕「鮮」，四部叢刊本、四庫本作「鱗」。

依韻和田大卿見贈

日日步家園，清風不著錢。城中得野景，竹下弄飛泉。
自顧無嗟若，何妨養浩然。却慙天下士，語道未忘筌。

乞笛竹

洛人好種花，唯我好種竹。所好雖不同，其心亦自足。
花止十日紅，竹能經歲緑。俱霑雨露恩，獨無霜雪辱。

依韻和王不疑少卿招飲

經難憶浮丘，吾鄉足勝遊。風前驚白髮，雨後喜新秋。
仕宦情雖薄，登臨興未休。人間浪憂事，都不到心頭。

再和王不疑少卿見贈

乍涼天氣好，何處不堪遊。鴻雁來賓日，鷹鸇得志秋。
忘形終夕樂，失脚一生休。多少江湖上，舟船未到頭。

依韻和三王少卿同過弊〔一〕廬 安之、不疑、中美

洛中詩有社，馬上句如神。白首交情重，黄花節物新。見過心可荷，知愧道非淳。寂寞西風裏，身閑半古人。

代書寄南陽太守吕獻可諫議

一别星霜二紀中，升沉音問不相通。林間談笑須歸我，天下安危宜繫公。萬乘几前當蹇諤，百花洲上略從容。不知月白風清夜，能憶伊川舊釣翁。

寄吴傳正寺丞

天津風月一何孤，似我經秋相憶無。每仗晴波寄聲去，不知曾得到東都。

寄前洛陽簿陸剛叔祕校

洛陽官滿歸吴會，男子雄圖志未伸。若到江山最佳處，舉盃無惜望天津。

〔一〕「弊」，四部叢刊本、四庫本作「敝」。

依韻和淮南憲張司封

庭梧葉半黄，籬菊初受霜。向晚意不快，把酒西南望平聲。
望君不見君，但見鴻南翔。正欲思寄書，自成書數行。

重陽前一日作

近來多病不堪言，長欲醺醺帶醉眠。新酒乍逢重九日，好花初接小春天。
自知命薄臨頭上，不願事多來眼前。唯有天津横落照，水聲仍是舊潺湲。

重九日登石閣三首

人情見了多，世態諳來久。事過憂噬臍，物傷防掣肘。
水濁更澄濾，衣塵須抖擻。必欲論主衡，何人爲好手。

事出一時間，時過事莫還。當時深可愛，過後不堪看。
夏去休言暑，冬來始講寒。人能知此理，憂患自難干。

今歲重陽日，凭欄氣候遲。雲煙雖已淡，林木未全衰。
天地開懷處，山川快眼時。欄干空倚遍，此意有誰知。

依韻答友人

百萬貔貅動塞塵，朝廷委寄不輕人。胡兒生事雖然淺，國士盡忠須是純。
隴上悲歌應憤惋，林間酣飲但酸辛。欲陳一句好言語，只恐相知未甚真。

偶見吟

富貴多傲人，人情有時移。道德不傲人，人情久益歸。
道德有常理，富貴無定期。蒿萊霜至萎，松柏雪更滋。
世上多附炎，炎歇人自去。君子善處約，約久情自固。
炎歇勢不迴，情固人不去。路人或如親，親人却如路。
心跡貴相親，相親善惡分。世間須有物，天下豈無人。

既見薰蕕臭，當思玉石焚。如何得時態，長似洛陽春。

無題吟

昔日不鍊物，嘗爲物所誤。今日不鍊人，又爲人所怒。
物誤亦可辯，人怒難往訴。我對人稱過，人亦爲我恕。

無酒吟

自從新法行，嘗苦罇無酒。每有賓朋至，盡日閑相守。
必欲丐于人，交親自無有。必欲典衣買，焉能得長久。

讀陶淵明歸去來

歸去來兮任我真，事雖成往意能新。何嘗不遇如斯世，其那難逢似此人。
近暮特嗟時翳翳，向榮還喜木欣欣。可憐六百餘年外，復有閑人繼後塵。

伊川擊壤集卷之八

訪南園張氏昆仲因而留宿

中秋天氣隨宜好，來訪南園會隱家張氏園名。貪飲不知歸去晚，水精宫裏宿煙霞。

和王安之少卿同遊龍門

生平有癖好尋幽，一歲龍山四五遊。或往或還都不計，蓋無榮利可稽留。

數朝從款看伊流，夜卜香山宿石樓。會有涼風開遠意，更和煙雨弄高秋。

歸城中再用前韻

乘興龍山訪盡幽，恰如人在畫圖遊。恨無美酒酬佳景，正欲留時不得留。

又一首

初秋微雨造輕寒，倚遍東岑閣上欄。不謂是時煙靄裏，松齋人作畫圖看。松齋，安之弟所居，在水西。

和人留題張相公庵

做了三公更引年，人間福德合居先。結茅未盡忘君處，正在嵩高萬歲前。

代書寄程正叔

嚴親出守劍門西，色養歡深世表儀。唐相規模今歷歷，蜀民遨樂舊熙熙。海棠洲畔停橈處，金鴈橋邊立馬時。料得預憂天下計，不忘君者更爲誰。

歲暮自貽

當年志意欲横秋，今日思之重可羞。事到强圖皆屑屑，道非真得盡悠悠。靜中照物精〔一〕難隱，老後看書味轉優。談塵從容對賓客，薦章重疊誤公侯。

〔一〕「精」，四部叢刊本、四庫本作「情」。

已蒙賢傑開青眼，不顧妻孥怨白頭。谷口鄭真焉敢望，壽陵餘子若爲謀。
鼎間龍虎忘看守，棊上山河廢講求。一枕晴窗睡初覺，數聲幽鳥語方休。
林泉好處將詩買，風月佳時用酒酬。三百六旬如去箭，肯教襟抱落閑愁。

歡喜吟 熙寧四年

行年六十一，筋骸未甚老。已爲兩世人，便化豈爲夭。
況且粗康强，又復無憂撓。如何不喜歡，佳辰自不少。

寄李景真太博

花前靜榻閑眠處，竹下明窗獨坐時。著甚語言名字泰，林間自有翠禽知。

感事吟

蛇頭蝎尾不相同，毒殺人多始是功。風月四時無限好，莫將閑事撓胸中。

寄亳州秦伯鎮兵部

三川地正得中陽，氣入奇葩亦自王。善識好花人不遠，好花無忝十分芳。
人事紛紛積有年，何煩顰蹙向花前。萬般計較頭須白，饒了胸中不坦然。
無限有情風月間，好將醇酒發酡顔。奈何人自生疑阻，利害嫌輕更設關。
雖貧無害日高眠，人不堪憂我自便。鍛鍊物情時得意，新詩還有百來篇。
天心復處是無心，心到無時無處尋。若謂無心便無事，水中何故却生金。
酒涵花影滿巵紅，瀉入天和胸臆中。最愛一般情味好，半醺時與太初同。

別寄一首

許大秦皇定九州，九州纔定却歸劉。他人莫謾誇精彩，徒自區區撰白頭。

思故人

芳酒一樽雖甚滿，故人千里奈思何。柳拖池閣條偏細，花近簷楹香更多。

謝王平甫教授賞花處惠茶仍和元韻〔一〕

太學先生善識花，得花精處却因茶。萬紅香裏烹餘後，分送天津第一家。

南園賞花

三月初三花正開，閑同親舊上春臺。尋常不醉此時醉，更醉猶能舉大盃。

花前把酒花前醉，醉把花枝仍自歌。花見白頭人莫笑，白頭人見好花多。

獨賞牡丹

賞花全易識花難，善識花人獨倚欄。雨露功中觀造化，神仙品裏定容顏。

〔一〕四部叢刊本、四庫本作「和王平甫教授賞花處惠茶韻」。

尋常止可言時尚，奇絶方名出世間。賦分也須知不淺，筭來消得一生閑。

問　春

三月春歸留不住，春歸春意難分付。凡言歸者必歸家，爲問春家在何處。
春歸必竟歸何處，無限春冤都未訴。欲託流鶯問所因，子規又叫不如去。
春來愁去只因花，春去愁來翻殢酒。長恨愁多酒力微，爲春成病花知否。

安樂窩中自貽

物如善得終爲美，事到巧圖安有公。不作風波於世上，自無冰炭到胸中。
災殃秋葉霜前墜，富貴春華雨後紅。造化分明人莫會，枯榮消得幾何功。

花前勸酒

春在對花飲，春歸花亦殘。對花不飲酒，歡意遂闌珊。

酒向花前飲，花宜醉後看。花前不飲酒，終負一年歡。

書皇極經世後

樸散人道立，法始乎羲皇。歲月易遷革，書傳難考詳。二帝啓禪讓，三王正紀綱。
五伯仗形勝，七國爭强良。兩漢驤龍鳳，三分走虎狼。西晉擅風流，羣凶來北荒。
東晉事清芬，傳馨宋齊梁。逮陳不足筭，江表成悲傷。後魏乘晉弊，掃除幾小康。
遷洛未甚久，旋聞東西將。北齊舉爝火，後周馳星光。隋能一統之，駕福于巨唐。
五代如傳舍，天下徒擾攘。不有真主出，何由奠中央。一萬里區宇，四千年興亡。
五百主肇位，七十國開疆。或混同六合，或控制一方。或創業先後，或垂祚短長。
或奮于將墜，或奪于已昌。或災興無妄，或福會不祥。或患生藩屏，或難起蕭牆。
或病由脣齒，或疾亟膏肓。談笑萌事端，酒食開戰場。情慾之一發，利害之相戕。
劇力恣吞噬，無涯罹禍殃。山川纔表裏，丘壠又荒涼。荆棘除難盡，芝蘭種未芳。
龍蛇走平地，玉石粹崑崗。善設稱周孔，能齊是老莊。奈何言已病，安得意都忘。

履道會飲

衆人之所樂，所樂唯囂塵。吾友之所樂，所樂唯清芬。清芬無鼓吹，直與太古鄰。

太古者靡他，和氣常絪緼。里閈舊情好，有才復有文。過從一日樂，十月生陽春。洛陽古神州，周公嘗縷陳。四時寒暑正，四方道里均。代不乏英俊，號爲多縉紳。至于花與木，天下莫敢倫。而逢此之景，而當此之辰。而能開口笑，而世有幾人。清衷貫金石，劇談驚鬼神。天地爲一指，富貴如浮雲。明時綏康濟，白晝閑經綸。莫如陪歡伯，又復對此君。商於六百里，黄金四萬斤。不能買茲樂，自餘惡足論。接籬倒戴時，蟾蜍生海垠。小車倒載〔一〕時，山翁歸天津。

思鄭州陳知默因感其化去不得一識面

美物須絶代，異人須不世。造化生得成，諒亦非容易。曠世耳可聞，同時目能視。陳子同時人，奈何聞諸耳。

謝城南張氏四兄弟冒雪載餚酒見過

久旱幾逾冬，川守祈未得。鴈行聯鑣來，佳雪遽盈尺。酒面生紅光，客心喜何極。半夜離天津，天津陡岑寂。

〔一〕「載」原作「戴」，據四部叢刊本改。

大寒吟

舊雪未及消，新雪又擁户。堦前凍銀牀，簷頭冰去聲鍾乳。清日無光輝，烈風正號怒。人口各有舌，言語不能吐。

和李審言龍圖大雪

萬樹瓊花一夜開，都和天地色皚皚。素娥腰細舞將徹，白玉堂深曲又催。氈牖書生方挾策，沙場甲士正銜枚。幽人骨瘦欲清損，賴有時時酒一盃。

小車行

喜醉豈無千日酒，惜春還有四時花。小車行處人歡喜，滿洛城中都似家。

依韻和浙憲任度支

宧〔一〕路尋知已得真，可堪輕負洛城春。江湖相望三千里，休使鄉朋想望頻。

〔一〕「宧」，四部叢刊本、四庫本作「官」。

和宋都官乞梅 熙寧五年

小園雖有四般梅，不似江南迎臘開。長恨東君少風韻，先時未肯放春來。

東軒黄紅二梅正開坐上書呈友人

一年一度見雙梅，能見雙梅幾度開。人壽百年今六十，休論閑事且銜盃。

和任比部憶梅

痛惜〔一〕梅開易得殘，既殘憔悴不堪看。年年長被清香誤，爭似閑栽竹數竿。

初春吟〔二〕

花木四時分景致，經書千卷號生涯。有人若問閑居處，道德坊中第一家。

〔一〕「惜」，四部叢刊本、四庫本作「憶」。
〔二〕此詩道藏本無，據四部叢刊本補。

垂　柳

門前垂柳正依依，更被東風來往吹。忘了自家今已老，却疑自是少年時。

至　靈　吟

至靈之謂人，至貴之謂君。明則有日月，幽則有鬼神。

人　鬼　吟〔一〕

既不能事人，又焉能事鬼。人鬼雖不同，其理何嘗異。

生平與人交

生平與人交，未始有甘壞。己亦無負人，人亦無我害。

知　識　吟

目見之爲識，耳聞之謂知。奈何知與識，天下亦常稀。

〔一〕此首詩，四庫本置於卷十二夢中吟之前。

偶書吟

風林無靜柯，風池無靜波。林池既不靜，禽魚當如何。

思患吟

僕奴淩主人，夷狄犯中國。自古知不平，無由能絶得。

寄三城王宣徽二首

林下居雖陋，花前飲却頻。世間無事樂，都恐屬閑人。

路上塵方坌，壺中花正開。何須頭盡白，然後賦歸來。

仁聖吟

盡道之謂聖，如天之謂仁。如何仁與聖，天下莫敢倫。

和邢和叔學士見别

世路如何若大東，相逢不待語言通。觀君自比諸葛亮，顧我殊非黄石公。講道汙隆無巨細，語時興替有初終。出人才業尤須惜，慎勿輕爲西晉風。

擊壤吟

人言别有洞中仙，洞裏神仙恐妄傳。若俟靈丹須九轉，必求朱頂更千年。長年國裏花千樹，安樂窩中樂滿懸。有樂有花仍有酒，却疑身是洞中仙。

春去吟

好物足艱難，都來數日間。既爲風攪撓，又被雨摧殘。富貴醉初醒，神仙夢乍還。遊人不知止，依舊倚朱欄。

南園花竹

花行竹逕緊相挨，每日須行四五廻。因把花行侵竹種，且圖竹逕對花開。花香遠遠隨衣袂，竹影重重上酒盃。誰道山翁少温潤，這般紅翠却長偎。

再答王宣徽

自有吾儒樂，人多不肯循。以禪爲樂事，又起一重塵。

又

大達誠無礙，人人自有家。假花猶入念，何者謂真花。

蒼蒼吟寄答曹州李審言龍圖

一般顔色正蒼蒼，今古人曾望又作叫斷腸。日往月來無少異，陽舒陰慘不相妨。
迅雷震後山川裂，甘露零時草木香。幽暗巖崖生鬼魅，清平郊野見鸞凰。
千花爛爲三春雨，萬木凋因一夜霜。此意分明難理會，直須賢者入消詳。

林下五吟

真工造化豈容私，拙者爲謀亦甚微。安樂窩深初起後，太和湯釅半醺時。
長年國裏籃舁往，永熟鄉中杖策歸。身似升平無一事，數莖髭白任風吹。

老年軀體索温存，安樂窩中別有春。萬事去心閑偃仰，四肢由我任舒伸。
庭花盛處涼鋪簟，簷雪飛時軟布裀。誰道山翁拙於用，也能康濟自家身。

有物輕醇號太和，半醺中最得春多。靈丹換骨還如否，白日升天得似磨。
儘快意時仍起舞，到忘言處只謳歌。賓朋莫怪無拘檢，真樂攻心不奈何。

相招相勸飲流霞，鬢亂秋霜髮亂華。所記莫非前甲子，凡經多是老官家。
共誇今日重孫過，更説當時舊事呀。言語丁寧有情味，後生無笑太周遮。

生來未始事田疇，無歲無時長有秋。隨分盃盤俱是樂，等閑池館便成遊。
風花雪月千金子，水竹雲山萬户侯。欲俟河清人壽幾，兩眉能著幾多愁。

安樂窩中自訟吟

不向紅塵浪著鞭，唯求寡過尚無緣。虛更蘧瑗知非日，謬歷宣尼讀易年。
髮到白時難受彩，心歸通後更何言。至陽之氣方爲玉，猶恐鑽磨未甚堅。

和君實端明花庵二首

不用丹楹刻桷爲，重重自有翠陰垂。後人繼取天真意，種蒔增華非所宜。

庵後庵前盡植花，花開番次四時好。主人事簡常燕休，不信歲華能撰〔一〕老。

〔一〕「撰」，四庫本作「换」。

伊川擊壤集卷之九

六十二吟

行年六十二康强，況復身居永熟鄉。美景良辰非易得，淺斟低唱又何妨。
無涯歲月難拘管，有限筋骸莫毀傷。多少英豪弄才智，大曾經過惡思量。

林下局事吟

閑人亦也有官守，官守一身四事有。一事承曉露看花，一事迎晚風觀柳。
一事對皓月吟詩，一事留佳賓飲酒。從事于茲二十年，欲求同列誰能否。

依韻和吴傳正寺丞見寄

五十年來讀舊書，世間應笑我迂疏。因思偶女忘今古，遂悟輪人致疾徐。
道業未醇誠可病，生涯雖薄敢言虚。時和受賜已多矣，安有胸中不晏如。

延福坊李太博乞園池詩

宣威十九次高牙，弈葉功臣舊將家。清世辭榮歸里第，白頭行樂過年華。
盃盈香醑浮春水，曲度新聲出靚花。如此園池如此壽，兒孫滿眼慶無涯。

金玉吟

良金美玉信難偕，好物其來最受埋。盜蹠免兵非積善，仲尼無土反成猜。
中孚既若須爲信一云：「能成信」，無妄因何却有災。莫若致之爲外事，心源可樂是昭回。

夏日南園

夏木無重數，森陰翠樾低。相呼百禽語，太半是黄鸝。

謝寧寺丞惠希夷鐏

仙掌峰巒峭不收，希夷陳圖南也去後遂無儔。能斟時事高擡手，善酌人情略撥頭。
畫虎不成心尚在，悲麟無應淚横流。悟來不必多言語，贏得清閑第一籌。

和君實端明花庵獨坐

靜坐養天和，其來所得多。耽耽同又作殊厦宇，密密引藤蘿。忘去貴臣度，能容野客過。繫時休戚重，終不道如何。

依韻和宋都官惠椶拂子

洛邑從來號别都，能容無狀久安居。衆蚊多少成雷處，一拂何由議掃除。

同王勝之學士轉運賞西園芍藥

此物揚州素所聞，今于洛汭特稱珍。雅知國色善移物，更著天香暗結人。欲殿羣芳仍占夏，得專奇品不須春。日斜立馬將歸去，再倚朱欄看一巡。

戲謝富相公惠班筍三首

名園不放過鶡飛，相國如今遂請時。鼎食從來稱富貴，更和花筭一兼之。

承將大筭來相詫，小圃其如都不生。雖向性情曾著力，奈何今日未能平。

應物功夫出世間，豈容人可强躋攀。我儂自是不知量，培塿須求比泰山。

答李希淳屯田

逢時雖出欲胡爲，其那天資知識微。弊性止堪同蠖屈，薄才安敢望鵬飛。長因訪舊歡無極，每爲尋幽暮不歸。花愛半開承露看，奈何花上露沾衣。

苔　錢

一雨一番新，非關鼓鑄頻。縱多難贈客，便失不猜人。遍地未爲富，滿堦那濟貧。買愁須有爲，酤酒斷無因。散處如籌計，重時似索陳。不能賙己急，何暇更賙親。

種穀吟

農家種穀時，種禾不種莠。奈何禾未榮，而見莠先茂。莠若不誅鋤，禾亦未成就。又況雨霈時，霑及恩一溜。

和君實端明見贈

曾不見蹺蹺，城中類遠郊。雖無千里馬，却有一枝巢。月出雲山背，風來松竹梢。頑然何所得，豈復避人嘲。

秋　夜

浮雲一消散，星斗粲[一]長天。碧蘚墜丹果，清香生白蓮。體涼猶衣葛，耳静已無蟬。坐久羣動息，秋空唯寂然。

平日遊園常策筇杖秋來發篋復出貂褥二物皆景仁所貺睹物思人斐然成詩

筇杖攜已久，貂褥展猶新。漸染岷山雪，拂除京國塵。危扶醉歸路，穩稱病來身。賴此齋中物，時如見故人。

〔一〕「粲」，四庫本作「燦」。

雲

晴空碧於水，那得片雲飛。映日成丹鳳，隨風變白衣。
去來皆絶迹，隱顯兩忘機。天理誰能測，終然何所歸。

閑來

閑來觀萬物，在處可逍遥。魚爲貪鈎得，蛾因赴火焦。
碧梧飢鸑鷟，白粒飽鷦鷯。帶索誰家子，行歌復采樵。

花庵多牽牛清晨始開日出已瘁花雖甚美而不能留賞

望遠雲凝岫，粧餘黛散鈿。縹囊承曉露，翠蓋拂秋煙。
嚮慕非葵比，凋零在槿先。才供少頃玩，空廢日高眠。

和秋夜

久畏夏暑日，喜逢秋夜天。急雨過脩竹，涼風摇晚蓮。
豈謂敗莎蛩，能繼衰柳蟬。安得九皋禽，清唳一灑然。

和貂褥筇杖二物皆范景仁所惠

君子亦保物，保故不保新。筇生蜀部石，貂走陰山塵。
善扶巇嶮路，能暖瘦羸身。行坐不可捨，常如覩斯人。

和　雲

萬里幙四垂，一片雲自飛。秪知根抱石，不爲天爲衣。
既來曾無心，却去寧有機。未能作霖雨，安用帝鄉歸。

和閑來

以身觀萬物，萬物理非遥。馬爲乘多瘦，龜因灼苦焦。
能言謝鸚鵡，易飽過鷦鷯。伊洛好煙水，願同漁與樵。

和花庵上牽牛花

葉鬧深如幄，花繁翠似鈿。瀼瀼泠〔一〕曉露，羃羃蔽晴煙。

〔一〕「泠」，四部叢刊本、四庫本作「零」。

謝既成番次，開仍有後先。主人凝佇苦，長是廢朝眠。

寄三城舊友衛比部二絶

雖老未龍鍾，籬邊菊滿叢。乍涼天氣好，里閈正過從。

景好身還健，天晴路又乾。小車芳草軟又作穩，處處是清歡。

秋日〔一〕登石閣

初晴僧閣一凭欄，風物淒涼八月間。欲盡上層嘗脚力，更於高處看人寰。

秋深天氣隨宜好，老後心懷只愛閑。爲報遠山休斂黛，這般情意久闌珊。

和李審言龍圖行次龍門見寄

萬里秋光入坐明，交情預喜笑相迎。菊花未服重陽過，如待君來泛巨觥。

〔一〕道藏本與四部叢刊本作「日」，四庫本作「霽」。

風月吟

涼風無限清，良月無限明。清明不我捨，長能成歡情。
終朝三褫辱，晝日三接榮。榮辱不我預，何復能有驚。

贈富公

天下繫休戚，世間誰擬倫。三朝爲宰相，四水作閑人。
照破萬古事，收歸一點真。不知緣底事，見我却慇懃。

弄筆吟

人生所貴有精神，既有精神却不淳。弄假象真終是假，將勤補拙總輸勤。
因飢得飽飽猶病，爲病求安安未真。人誤聖人人不少，聖人無誤世間人。

招司馬君實遊夏圃

雨霽景自好，秋深天未寒。可能乘興否，夏圃一盤桓。

秋日雨霽閑望

水冷雲踈霜意早，歲華雖晚黄花好。饒教四面遠山圍，奈何一片秋光老。
上天生物固無私，聖人餘事人難曉。陳言生活不須矜，自是中才皆可了。

四小吟簡陳季常

八月小春天，小花開且殷。晚來經小雨，遂使小車閑。

樂樂吟

吾常好樂樂，所樂無害義。樂天四時好，樂地百物備。
樂人有美行，樂己能樂事。此數樂之外，更樂微微醉。

誡子吟

善惡無他在所存，小人君子此中分。改圖不害爲君子，迷復終歸作小人。
良藥有功方利病，白珪無玷始稱珍。欲成令器須追琢，過失如何不就新。

聞少華崩

變化無蹤倏忽間，力廻天地不爲難。若教舒〔一〕展巨靈手，豈止軒騰少華山。六社居民皆覆没，九泉磐石盡飛飜。芻蕘一句能收采，堯舜之時自可攀。

自古吟

自古大聖人，猶以爲難事。而況後世人，豈復便能至。求之不勝難，得之至容易。千人萬人心，一人之心是。

代書寄祖龍圖

三十年交舊，相逢各白頭。海壖曾共飲，洛社又同遊。脱屣風波地，開懷松桂秋。兩眉從此後，應不著閑愁。

寒夜吟

天加一上寒，我添一重被。不出既往言，不爲已甚事。

〔一〕「舒」，四部叢刊本、四庫本作「施」。

責己重以周，與人不求備。唯是大聖人，能立無過地。

知幸吟

雞職在司辰，犬職在守禦。二者皆有功，一歸于報主。
我飢亦享食，我寒亦受衣。如何無纖毫，功德補于時。

趨嚮

捨我靈龜，觀我朵頤。背義從利，人無遠思。賁于丘園，束帛戔戔。既能圖大，小在其間。

不可知吟

犁牛生騂角，老蚌産明珠。人雖欲勿用，山川其捨諸。
事固不可知，物亦難其拘。一歸于臆度，義失乎精麤。

事急吟

旱極望雨意，病危思藥心。人人當此際，不待勸而深。

知人吟

事到急時觀態度，人于危處露肝脾。深心厚貌平時可，慎勿便言容易知。

言語吟

一言便喜處，千言益怒時。既因言語合，却爲言語離。

思患吟

緣飾近虛襟，虛襟後患深。療飢當用食，救旱必須霖。

人生一世吟

前有億萬年，後有億萬世。中間一百年，做得幾何事。
又況人之壽，幾人能百歲。如何不喜歡，强自生憔悴。

謝人惠石笋

誰將天柱峰，快刀割一半。泉漱痕微漬〔一〕，雲抱色猶見。

〔一〕「漬」，四部叢刊本、四庫本作「清」。

權門不能移，富室不能轉。則予何人哉，當閤君之獻。

奉和十月二十四日初見雪呈相國元老

壬子初逢雪，未多仍却晴。人間都變白，林下不勝清。寒士痛遭恐，窮民惡著驚。盃觴限新法，何故便能傾。

和相國元老

崇臺未經慶，瑞雪下雲端。雖地盡成白，而天不甚寒。有年豐可待，盈尺潤難乾。畎畝無忘處，追蹤擊壤歡。

天津看雪代簡謝蔣秀才還詩卷

清洛接天去，寒雲貼地飛。人於橋上立，詩向雪中歸。

安樂窩中看雪

同雲漠漠雪霏霏，安樂窩中卧看時。初訝後園羅玉樹，却驚平地璨瑤池。

未逢寒食梨花謝，不待春風柳絮飛。酒放半醺簾半卷，此情無使外人知。

滿目是瑤琚，貧家遂富如。許觀非許賣，宜慘不宜舒。

醇釀裝醺後，重衾造暖餘。肯於人世上，造一作還險較錙銖。

答富韓公見示正旦四絶熙寧六年

正旦四篇詩，緣忻七十期。請觀唐故事，未放晉公歸。

和君實端明

養道自安恬，霜毛一任添。且無官責咎，幸免世猜嫌。

蓬户能安分，藜羹固不饜。一般偏好處，曝背向前簷。

安樂窩中四長吟

安樂窩中快活人，閑來四物幸相親。一篇詩逸收花月，一部書嚴驚鬼神。

一炷香清沖宇泰，一罇酒美湛天真。太平自慶何多也，唯願君王壽萬春。

安樂窩中詩一編

安樂窩中詩一編，自歌自詠自怡然。陶鎔水石閑勳業，銓擇風花靜事權。
意去乍乘千里馬，興來初上九重天。忺〔一〕時更改三兩字，醉後吟哦五七篇。
直恐心通雪外月，又疑身是洞中仙。銀河洶湧翻晴浪，玉樹查牙生紫煙。
萬物有情皆可狀，百骸無病不能蠲。命題濫被神相助，得句謬爲人所傳。
肯讓貴家常奏樂，寧慚富室騰收錢。若條此過知何限，因甚臺官獨未言。

安樂窩中一部書

安樂窩中一部書，號云皇極意何如。春秋禮樂能遺則，父子君臣可廢乎。
浩浩羲軒開闢後，巍巍堯舜協和初。炎炎湯武干戈外，恟恟桓文弓劍餘。
日月星辰高照耀，皇王帝伯音霸大鋪舒。幾千百主出規制，數億萬年成楷模。
治久便憂强跋扈，患深仍念惡驅除。才堪命世有時有，智可濟時無世無。
既往盡歸閑指點，未來須俟別支梧。不知造化誰爲主，生得許多奇丈夫。

〔一〕「忺」，四庫本作「歡」。

安樂窩中一炷香

安樂窩中一炷香，淩晨焚意豈尋常。禍如許免人須諂，福若待求天可量。且異緇黄徼廟貌，又殊兒女褁衣裳。中孚起信寧煩禱，無妄生災未易禳。虚室清泠都是白，靈臺瑩静别生光。觀風禦寇心方醉，對景一作境顔淵坐正忘。赤水有珠涵造化，泥丸無物隔青蒼。生爲男子仍身健，時遇昌辰更歲穰。日月照臨功自大，君臣庇蔭効何長。非又作不徒聞道至於此，金玉誰家不滿堂。

安樂窩中酒一罇

安樂窩中酒一罇，非唯養氣又頤真。頻頻到口微成醉，拍拍滿懷都是春。何異君臣初際會，又同天地乍絪緼。醺酣情味難名狀，醖釀工夫莫指陳。斟有淺深存爕理，飲無多少寄經綸。鳳凰樓下逍遥客，郟鄏城中自在人。高閣望時花似錦，小車行處草如茵。卷舒萬世興亡手，出入千重雲水身。雨後静觀山意思，風前閑看月精神。這般事業權衡别，振古英雄一本作豪恐未聞。

謝富相公見示新詩一軸

通衢選地半松筠，元老辭榮向盛辰。多種好花觀物體，每斟醇酒發天真。
清朝將相當年事，碧洞神仙今日身。更出新詩二十首，其間字字敵陽春。
文章天下稱公器，詩在文章更不踈。到性始知真氣味，入神方見妙工〔一〕夫。
閑將歲月觀消長，靜把乾坤照有無。辭比離騷更温潤，離騷其奈少寬舒。

安樂窩中好打乖吟

安樂窩中好打乖，打乖年紀合挨排。重寒盛暑多閉户，輕暖初涼時出街。
風月煎催親筆硯，鶯花引惹傍樽罍。問君何故能如此，秖被才能養不才。

和君實端明登石閣

平地雖然遠，那知物物新。危樓一百尺，別有萬般春。

〔一〕「工」，四部叢刊本、四庫本作「功」。

和君實端明副酒之什

洛陽花木滿城開，更送東都雙榼來。遂使閑人轉狂亂，奈何紅日又西頹。

對花吟

春在花爭好，春歸花遂殘。好花留不住，好客會亦難。酒既對花飲，花宜把酒看。如何更斟滿，酒盡此時歡。

依韻寄成都李希淳屯田

思君君未還，君戀蜀中官。白首雖知倦，清衷宜自寬。花時難得會，蠶市易成歡。莫歎歸休晚，生涯苦未完。

代書寄廣信李遵度承制

薊北更千里，漢唐爲極邊。奈何今境土，不復舊山川。虎帳兵家重，雕弓嗣子傳。他年勒功處，無使後燕然。

自和打乖吟

安樂窩中好打乖，自知元没出人才。老年多病不服藥，少日壯心都已灰。

庭草剗除終未盡，檻花擡舉尚難開。輕風吹動半醺酒，此樂直從天外來。

伊川擊壤集卷之十

年老逢春十三首

年老逢春春莫猜，老年方自少年迴。人情少悦酒不解，天氣却寒花未開。
堤外有風斜送柳，牆陰經雨半生苔。去年波水東流去，舊渌奈何新又來。

年老逢春春正妍，春妍况在禁煙前。纔寒却暖養花日，行去聲雨便晴消酒天。
進退罇罍宜有主，栽培桃李豈無權。清談已是歡情極，更把狂詩當管絃。

年老逢春雨乍晴，雨晴况復近清明。天低宫殿初長日，風暖園林未囀鶯。
花似錦時高閣望，草如茵處小車行。東君見賜何多也，又復人間久太平。

年老逢春莫厭春，住家况復在天津。既將水竹爲生計，須與風花作主人。
故宅廢功除瓦礫，新畦加意種蘭薰。未知去此閑田地，何地更能容此身。

年老逢春始識春，春妍都恐屬閑身。能知青帝工夫大，肯逐後生撩亂頻。
酒趁嫩醅嘗格韻，花承曉露看精神。大凡尤物難分付，造化從來不負人。

年老逢春春意多，波光誰染柳誰搓〔一〕。池亭正好愛不徹，草木向榮情奈何。
便把罇罍通意思，須防風雨害清和。千紅萬翠中間裏，似我閑人更有麽。

年老逢春春莫厭，春工慎勿致猜嫌。紅芳若得眼前過，白髮任從頭上添。
雨後豔花零淚顆，風餘新月露眉尖。輕醇酒面斟來凸，舉盞長憂不易拈。

年老逢春春莫慳，春慳不當世艱難。四時只有三春好，一歲都無十日閑。
酒盞不煩人訴免，花枝須念雨摧殘。却愁千片飄零後，多少金能買此歡。

年老逢春莫厭頻，更頻能見幾回春。須將酒盞强留客，却恐花枝解笑人。
世態不堪新間舊，物情難免假疑真。誰云梁鷰多言語，此箇深冤都未伸。

〔一〕「搓」，四庫本作「拖」。

年老逢春興未收，願春慈造少遲留。既稱好事愁花老，須與多情秉燭遊。
酒裏功勞閑汗馬，詩中罪過靜風流。東君不奈人嘲戲，孱僽花枝惡未休。

年老逢春莫惜狂，惜狂無那興難當。園林恰到惡〔一〕明媚，風雨便多閑中傷。
花等半開宜速賞，酒聞纔熟便先嘗。大都美物天長惜，非是吾儕曲主張。

年老逢春春不任，不任緣被老來侵。一身老去惡足惜，滿眼春歸何處尋。
紅日墜時風更急，落花流處水仍深。流鶯不悟芳菲歇，猶向枝頭送好音。

年老逢春認破春，破春不用苦傷神。身心自有安存地，草木焉能媚惑人。
此日榮爲他日瘁，今年陳是去年新。世間憂喜常相逐，多少酒能平得君。

和司馬君實崇德久待不至

君家梁上年時鷰，過社今年尚未回。請罰誤君凝竚久，萬花深處小車來。

〔一〕「惡」，四庫本作「恁」。

天啓夫君八斗才，野人中路必須回。神仙一句難忘處，花外小車猶未來。

别兩絶

樓外花深礙小車，難忘有德見思多。欲憑桃李爲之謝，桃李無言爭奈何。

賞花高閣上，負約罪難回。若許將詩贖，何時不可陪。

春日登石閣

滿洛城中將相家，廣栽桃李作生涯。年年二月凭高處，不見人家只見花。

六十三吟

行年六十有三歲，齒髮雖衰志未衰。耻把精神虚作弄，肯將才力妄施爲。

愁聞刮骨聲音切，悶見吹毛智數卑。珍重至人嘗有語，落便宜是得便宜。陳希夷先生嘗有是言。

感事吟

古人不見面，止可觀其心。其心固無他，而多顧義深。今人不見心，止可觀其面。其面固〔一〕無他，而多顧利淺。顧義則利人，顧利則害民。利人與害民，而卒反其身。其身幸而免，亦須殃子孫。

偶書

天生萬物，各遂其一。唯人最靈，萬物能并。芝蘭芬芳，麒麟鳳凰。此類之人，鮮有不臧。狼毒野葛，梟鴆蛇蝎。此類之人，鮮有不孽。臧唯思安，孽唯思殘。日夜無息，相代于前。天無私覆，地無私載。俱能含養，始知廣大。

偶得吟

蛙蜢泥中走，鳳凰雲外飛。雲泥相去遠，自是難相知。

〔一〕「固」，原作「顧」，據四庫本改。

太和湯吟

二味相和就甕頭，一般收口效偏優。同斟秖却因無事，獨酌何嘗爲有愁。纔沃便從真宰辟，半醺仍約伏犧遊。人間盡愛醉時好，未到醉時誰肯休。

洗竹

歲寒松柏共經秋，叢剉無端蔽翳稠。遍地冗枝都與去，倚天高幹一齊留。應龍吟後聲能效，儀鳳來時功可收。未説其他爲用處，此般風格最難儔。

天意吟

天意無他只自然，自然之外更無天。不欺誰怕居暗室，絕利須求在一源。未喫力時猶有説，到收功處更何言。聖人能事人難繼，無價明珠正在淵。

代書戲祖龍圖

祖兄同甲中〔一〕，二十七日長。無怨可低眉，有歡能抵掌。交情日更深，道義久相尚。但欠書丹人，黄金八百兩。擇之葬其親也，書誌用予名姓。

〔一〕「中」，四部叢刊本、四庫本作「申」。

把酒

把酒囑兒男，吾今六十三。處身雖未至，講道固無慙。世上榮都謝，林間樂尚貪。語其貪一也，且免世猜嫌。

對花 熙寧七年

花枝照酒巵，把酒囑花枝。酒盡錢能買，花殘藥不醫。人無先酩酊，花莫便離披。慢慢對花飲，況春能幾時。

四道吟

天道有消長，地道有險夷。人道有興廢，物道有盛衰。興廢不同世，盛衰不同時。奈何人當之，許多喜與悲。

林下吟

林下一般奇，俗人那得知。乍圓明月夜，纔放好花枝。美酒未斟滿，佳賓莫放歸。世間優我輩，幸有這些兒。

春陰

日日是春陰，春陰又復沈。養花雖有力，愛月豈無心。
月滿方能看，花開始可吟。奈何花與月，殊不諒人深。
花好難久觀，月好難久看。花能五七日，月止十二圓。
圓時仍齟齬，開處足摧殘。風雨尋常事，人心何不安。

囑花吟

把酒囑花枝，花枝亦要知。花無十日盛，人有百年期。
據此銷魂處，寧思中酒時。若非詩斷割，難解一生迷。

懶起吟

半記不記夢覺後，似愁無愁情倦時。擁衾側卧未忺〔一〕起，簾外落花撩亂飛。

〔一〕「忺」，四庫本作「歡」。

感事吟

君子小人正相反，上智下愚誠不移。野葛根非連靈芝，奈何生與天地齊。

三　惑

老而不歇是一惑，安而不樂是二惑。閑而不清是三惑，三者之惑自戕賊。

四　喜

一喜長年爲壽域，二喜豐年爲樂國。三喜清閑爲福德，四喜安康爲福力。

何如吟

立身須作真男子，臨事無爲淺丈夫。料得人生皆素定，空多計較竟何如。

問春吟

自古言花須説鸎，鸎花本合一時行。因何花謝鸎纔至，浪得鸎花相與名。
輒欲問春春不應，私於蜂蝶有何情。流鸎不伏春辜負，啼了千聲又萬聲。

樓上寄友人

有客常輕平地春，夫〔一〕春不得不云云。能安陋巷無如我，既上高樓還憶君。滿眼雲林都是緑，萬花煙瓦〔二〕半來新。凭欄須是心無事，誰是凭欄無事人。

所失吟

所失彌多所得微，中間贏得一歔欷。人榮人悴乃常理，花謝花開何足追。偶爾相逢却相别，乍然同喜又同悲。只消照破都無事，何必區區更辯爲。

插花吟

頭上花枝照酒巵，酒巵中有好花枝。身經兩世太平日，眼見四朝全盛時。況復筋骸粗康健，那堪時節正芳菲。酒涵花影紅光溜，爭忍花前不醉歸。

〔一〕「夫」，四庫本作「失」。
〔二〕「萬花煙瓦」，四部叢刊本、四庫本作「萬家輝舞」。

閑居吟

閑居須是洛中居，天下閑居皆莫如。文物四方賢俊地，山川千古帝王都。絶奇花畔持芳醑，最軟草間移小車。只有堯夫負親舊，交親殊不負堯夫。

依韻和張子堅太博

八載相逢恨未平，如何别酒又還傾。雖慙坦率珠多纇，却識清和玉有聲。處世當爲天下士，賞花須是洛陽城。也知今古真男子，造化工夫不易生。

還鞠十二著作見示共城詩卷

寫象丹青未易偕，丹青難寫象情懷。覽君十首詩三遍，勝我再遊鄉一回。故國不知新想望，家山如見舊崔嵬。功名時事人休問，只有兩行清淚揩。

樂物吟

日月星辰天之明，耳目口鼻人之靈。皇王帝伯音霸由之生，天意不遠人之情。飛走草木類既别，士農工商品自成。安得歲豐時長平，樂與萬物同其榮。

喜春吟

春至已將詩探伺，春歸更用酒追尋。酒因春至春歸飲，詩爲花開花謝吟。
花謝花開詩屢作，春歸春至酒頻斟。情多不是彊年少，和氣衝心何可任。

暮春吟

多情潘佑羡楊花，出入千家復萬家。少日壯心都失去，老年新事不知他。
詩中罪過人多恕，酒裏功勞我自誇。猶有一般牢落處，交親太半在天涯。

和王中美大卿致政二首

等候人間七十年，便如平子賦歸田。知時所得誠多矣，養志其誰曰不然。
況有林泉情悦樂，却無官守事拘牽。小車近日曾馳謁，正值夫君春晝眠。

自古有才思奮飛，夫君何故獨知時。平生懷抱未少屈，盛世掛冠良得宜。
入格柳挼〔一〕風細細，壓春花笑日遲遲。傳呼震地門前過，更不令人問是誰。

〔一〕「挼」，四庫本作「拖」。

和北京王郎中見訪留詩

車從賞春來北京，耿君先期已馳情。此時殞霜奈何重，今歲花開徒有聲。既辱佳章仍墜刺，寧無累句代通名。天之才美應自惜，料得不爲時虚生。

喜樂吟

生身有五樂，居洛有五喜。人多輕習常，殊不以爲事。吾才無所長，吾識無所紀。其心之泰然，奈何能了此。一樂生中國，二樂爲男子，三樂爲士人，四樂見太平，五樂聞道義。一喜多善人，二喜多好事，三喜多美物，四喜多佳景，五喜多大體。

歡喜吟

歡喜又歡喜，喜歡更喜歡。吉士爲我友，好景爲我觀。美酒爲我飲，美食爲我餐。此身生長老，盡在太平間。

天道吟

天道不難知，人情未易窺。雖聞言語處，更看作爲時。

隱几功夫大，揮戈事業卑。春秋賴乘興，出用小車兒。

一〔一〕室吟

一室可容身，四時長有春。何嘗無美酒，未始絶佳賓。洞裏賞花者，君實也，宅中有洞。天邊泛月人。君貺也，宅中有樓。相逢應有語，笑我太因循。

依韻和君實端明洛濱獨步

冠蓋紛紛塞九衢，聲名相軋在前呼。獨君都不將爲事，始信人間有丈夫。

風背河聲近亦微，斜陽淡泊隔雲衣。一雙白鷺來煙外，將下沙頭又却飛。

雨後天津獨步

洛陽宮殿鎖晴煙，唐漢以來書可傳。多少升沉都不見，空餘四面舊山川。

〔一〕四部叢刊本、四庫本無「一」字。

春色

去歲春歸留不住，今年春色來何處。洛陽處處是桃源，小車漸轉東街去。

太平吟

天下太平日，人生安樂時。更逢花爛漫，爭忍不開眉。

禁煙留題錦幈山下四首

滿川桃李弄芳妍，不忍〔一〕重爲風所殘。忍使一年春遂去，儘凭高處與盤桓。

寒食風煙錦幈下，凭高把酒興何如。滿川桃李方妍媚，不忍重爲風破除。

無涯桃李待清明，經歲方能開得成。不念化工曾著力，狂風何故苦相淩。

春半花開百萬般，東風近日惡摧殘。可憐桃李性温厚，吹盡都無一句言。

〔一〕「忍」，四庫本作「任」。

兩歲錦屏之遊不克見鄭令因以寄之

歲歲羣芳正爛開，錦屏山下賞春來。兩年不得陪仙躅，洞裏仙人出未回。

東軒前添色牡丹一株開二十四枝成二絶呈諸公

牡丹一株開絶倫，二十四枝嬌娥顰。天下唯洛十分春，邵家獨得七八分。

牡丹一株開絶奇，二十四枝嬌娥圍。滿洛城人都不知，邵家獨占春風時。

花時阻雨不出

三月洛城春半時，鞦韆未拆楊花飛。小車不出閑春泥，亂紅飄處流鶯啼。

安樂窩中吟

安樂窩中職分脩，分脩之外更何求。滿天下士情能接，遍洛陽園身可遊。行己當行誠盡處，看人莫看力生頭。因思平地春言語，使我嘗登百尺樓。司馬君實有詩云：「始知平地上，看不盡青春。」

安樂窩中事事無，唯存一卷伏犧書。倦時就枕不必睡，忺〔一〕後攜筇任所趨。準備點茶收露水，隄防合藥種魚蘇。苟非先聖開蒙吝，幾作人間淺丈夫。

安樂窩中弄舊編，舊編將絶又重聯。燈前燭下三千日，水畔花間二十年。有主山河難占籍，無爭風月任收權。閑吟閑詠人休問，此箇工夫世不傳。

安樂窩中萬户侯，良辰美景忍虚休。已曾得手春深日，更欲放懷〔二〕年老頭。曉露重時花滿檻，暖醅浮處酒盈甌。聖人喫緊〔三〕些兒事，又省工夫又省憂。

安樂窩中春夢回，略無塵事可裝〔四〕懷。輕風一霎座中過，遠樂數聲〔五〕天外來。日影轉時從杖屨，花陰交處傍罇罍。人間未若吾鄉好，又況吾鄉多美才。

〔一〕「忺」，四庫本作「歡」。
〔二〕「放懷」，四部叢刊本、四庫本作「披衣」。
〔三〕「喫緊」，四部叢刊本、四庫本作「喜得」。
〔四〕「裝」，四部叢刊本作「中」。
〔五〕「遠樂數聲」，四部叢刊本作「安樂窩中」，四庫本作「此樂直從」。

安樂窩中春不虧，山翁出入小車兒。水邊平轉緑楊岸，花外就移芳草堤。
明快眼看三月景，康强身歷四朝時。鳳凰樓下天津畔，仰面迎風倒載歸。

安樂窩中三月期，老來纔會惜芳菲。自知一賞有分付，誰讓萬金無孑遺。
美酒飲教微醉後，好花看到半開時。這般意思難名狀，只恐人間都未知。

安樂窩中春暮時，閉門慵坐客來稀。蕭蕭微雨竹間霽，嘒嘒翠禽花上飛。
好景盡將詩記録，歡情須用酒維持。自餘身外無窮事，皆可掉頭稱不知。

安樂窩中甚不貧，中間有榻可容身。儒風一變至於道，和氣四時長若春。
日月作明明主日，人言成信信由人。唯人與日不相遠，過此何嘗更語真。

安樂窩中設不安，略行湯劑自能痊。居常無病不服藥，就使有災宜俟天。
理到昧時須索講，情於盡處更何言。自餘虚費閑思慮，都可易之爲晝眠。

安樂窩中春欲歸，春歸忍賦送春詩。雖然春老難牽復，却有初夏能就移。

飲酒莫教成酩酊，賞花慎勿至離披。人能知得此般事，焉有閒愁到兩眉。又云：「安樂窩中三月期，老年才會惜芳菲。酒防酩酊須生病，花恐離披遂便飛。飲酒莫教成酩酊，賞花慎勿至離披。離披酩酊惡滋味，不作歡欣只作悲。」

生爲男子偶昌辰，安樂窩中富貴身。大字寫詩誇壯健，小盃飲酒惜輕醇。山川澄淨初經雨，草木暄妍正遇春。造化工夫精妙處，都宜分付與閑人。

安樂窩中雖不拘，不拘終不失吾儒。輕醇酒用小盞飲，豪壯詩將大字書。花木暄妍春雨後，山川澄淨九秋餘。閑中意思長多少，無忝人間一丈夫。

食梨〔一〕

願君莫愛金花梨，願君須愛紅消梨。金花紅消兩般味，一般顏色如烟脂。紅消食之甘如飴，金花食之先顰眉。似此誤人事不少，未食之前宜辯之。

〔一〕四部叢刊本、四庫本作「食梨吟」。

依韻答王安之少卿

疊巘如屏四面開，可堪虚使亂雲堆。已曾同賞花無限，須約共遊山幾迴。
未老秋光詩擁筆，乍凉天氣酒盈盃。輕風早是得人喜，更向芰荷深處來。

伊川擊壤集卷之十一

上巳觀花思友人

上巳觀花花意穠，今年正與昔年同。當時同賞知何處，把酒猶能對遠風。

戲呈王郎中

近年好花人輕之，東君惡怒人不知。直與增價一百倍，滿洛城春都買歸。

一株二十有四枝，枝枝皆有傾城姿。又恐冷地狂風吹，盛時都與籍入詩。予家有牡丹一株，名曰添色紅，開二十有四枝。

流鶯吟

遷喬固有之，出谷未多時。正嫩簧爲舌，初新金作衣。

替花言灼灼，代柳説依依。柳外晚猶囀，花前曉又啼。

啼多因雨過，囀少爲春歸。莫遣行人聽，行人路正迷。

善賞花吟

人不善賞花，只愛花之貌。人或善賞花，只愛花之妙。
花貌在顏色，顏色人可效。花妙在精神，精神人莫造。

善飲酒吟

人不善飲酒，唯喜飲之多。人或善飲酒，唯喜飲之和。
飲多成酩酊，酩酊身遂痾。飲和成醺酣，醺酣顏遂酡。

省事吟

慮少夢自少，言稀過亦稀。簾垂知日永，柳靜覺風微。
但見花開謝，不聞人是非。何須尋洞府，度歲也應遲。

一春吟

一春九十日，風雨占幾半。花好不成觀，心狂未能按。

舉世吟

舉世自紛紛，誰爲無事人。吾生獨何幸，卧看洛陽春。

春水吟

春水渌成波，成波無奈何。難將染他物，止可染輕羅。

春雨吟

春雨細如絲，如絲霡霂時。如何一霶霈，萬物盡熙熙。

可惜吟

可惜熙熙一片春，未〔一〕多時節覓無因。眼前園苑知何限，只見鸎啼不見人。

簪花吟

簪花猶且强年少，訴酒固非佯小心。花好酒嘉情更好，奈何明日病還深。

〔一〕「未」，四部叢刊本、四庫本作「不」。

春去吟

春去休驚晚，夏來還喜初。殘芳雖有在，得似緑陰無。

和大尹李君錫龍圖留别詩

多情大尹辭春去，正是羣芳爛漫時。自古英豪重恩意，羣芳慎勿便離披。

答李希淳屯田三首

去歲嘗蒙遠寄詩，當時已歎友朋希。如今存者殆非半，不縱歡遊待幾時。

竹間水際情懷好，月下風前意思多。洛社過從無事日，非吾數輩更誰何。

胸中日月時舒慘，筆下風雲旋合離。老去無成尚如此，不知成後更何爲。

箋年老逢春詩

年老逢春春莫疑，（箋云：物理窺開後，人情照破時。且無形不見，只有意能知。）

老年纔會惜芳菲。（箋云：一歲正榮處，三春特盛時。是花堪愛惜，況見好花枝。）
自知一賞有分付，（箋云：羣卉爭妍處，奇花獨異時。東君深意思，亦恐要人知。）
誰讓千〔一〕金無孑遺。（箋云：白日偏催處，黄金欲盡時。侈心都用了，始得一開眉。）
美酒飲教微醉後，（箋云：瓮頭噴液處，盞面起花時。有客來相訪，通名曰伏犧。）
好花放〔二〕到半開時。（箋云：風輕如笑處，露重似啼時。只向笑啼處，濃香惹滿衣。）
這般意思難名狀，（箋云：陰陽初感處，天地未分時。言語既難到，丹青何處施。）
只恐人間都未知。（箋云：酒到醺酣處，花當爛漫時。醺酣歸酩酊，爛漫入離披。）

謝彦國相公和詩用醉和風雨夜深歸

道堂閑話儘多時，塵外盃觴不浪飛。初上小車人已静，醉和風雨夜深歸。

謝君實端明用只將花卉記冬春

有時自問自家身，莫是犧皇已上人。日往月來都不記，只將花卉記冬春。

〔一〕「千」，四部叢刊本、四庫本作「萬」。
〔二〕「放」，四部叢刊本、四庫本作「看」。

謝君貺宣徽用少微今已應星文

一字詩中義未分，少微今已應星文。閑人早是無憑據，更與閑人開後門。

謝安之少卿用始知安是道梯階

窩名安樂直堪咍，臂痛頭風接續來。恰見安之便安樂，始知安是道梯階。

謝開叔司封用無事無求得最多

客問人間事若何，堯夫對曰不知他。居林之下行林下，無事無求得最多。

謝伯淳察院用先生不是打乖人

經倫事業須才者，燮理工夫有巨臣。安樂窩中閑偃仰，焉知不是打乖人。

自謝用此樂直從天外來

得自苦時終入苦，來從哀處卒歸哀。既非哀樂中間得，此樂直從天外來。

別謝彦國相公二首

和詩韓國老，見比以宣尼。引彼返魯事，指予來西畿。又作遷洛時。日星功共大，麋鹿分同微。華衮承褒借，將何答所知。

仲尼天縱自誠明，造化工夫發得成。見比當初歸魯事，堯夫才業若爲情。

嘗走狂詩到座前，座前仍是洞中仙。無涯風月供才思，清潤何人敢比肩。

別謝君實端明

曹王八斗才，今日爲余催。錦繡佳章裏，芝蘭秀句開。煩痾熸軀體，溽暑爍樓臺。宜把君詩諷，清風當自來。

大字吟

詩成半醉正陶陶，更用如椽大筆抄。儘得意時仍放手，到凝情處略濡毫。魯陽却日功猶淺，宗慤乘風志未高。寫出太平難狀意，任他天下頌功勞。

教子吟

爲人能了自家身，千萬人中有一人。雖用知如未知説，在乎行與不行分。
該通始謂才中秀，傑出方名席上珍。善惡一何相去遠，也由資性也由勤。

臂痛吟

先〔一〕苦頭風已病軀，新添臂痛又何如。無妨把盞只妨拜，雖廢梳頭未廢書。
不向醫方求効驗，唯將談笑且消除。大凡物老須生病，人老何由不病乎。

世上吟

世上偷閑始得閑，我生長在不忙間。光陰有限同歸老，風月無涯可慰顔。
坐卧遶身唯水竹，登臨滿目但雲山。醉眠只就花陰下，轉破花陰夢始還。

逸書吟

丹山誰道鳳爲巢，筆下吾能見九苞。逸句得時如虎變，大篇成處若神交。

〔一〕「先」，四庫本作「老」。

千端蜀錦新番樣，萬樹春華暖弄梢。天馬無蹤周八極，但臨風月鐙相敲。

旋風吟二首

安有太平人不平，人心平處固無爭。棊中機械不願看，琴裏語言時喜聽。
少日掛心唯帝典，老年留意只羲經。自知別得收功處，松桂隆冬始見青。
松桂隆冬始見青，蒿萊盛夏亦能榮。光陰去後繩難繫，利害在前人必爭。
萬事莫於疑處動，一身常向吉中行。人心相去無多遠，安有太平人不平。

又二首

近日衰軀有病侵，如何醫藥不求尋。軒前密葉自成幄，砌下黄花空散金。
閑看蜜蜂收蜜意，静觀巢鷰累巢心。非關天下知音少，自是堯夫不善琴。
自是堯夫不善琴，非關天下少知音。老年難做少年事，年少不知年老心。
將養精神便静坐，調停意思喜清吟。如何醫藥不尋訪，近日衰軀有病侵。

頭風吟

近日頭風不奈何，未妨談笑與高歌。人才相去不甚遠，事體所爭能許多。
閉目面前都是暗，開懷天外更無他。若由智數經營得，大有英雄善揣摩。

答客吟

説者從來太過乎，道須能卷又能舒。人間好事不常有，天下奇才何處無。
年近縱心唯策杖，詩逢得意便操觚。快心亦恐詩拘束，更把狂詩大字書。

老去吟

老去無成不入時，中年養病只吟詩。因乘意思要舒放，肯把語言生事治。
世上閑愁都一致，人間何務更能爲。攜筇晚步天津畔，爲報沙鷗慎勿飛。
行年六十有三歲，二十五年居洛陽。林静城中得山景，池平坐上見江鄉。
賞花長被盃盤苦，愛月屢爲風露傷。看了太平無限好，此身老去又何妨。

依韻和王安之判監少卿

人行一善已爲優，何況夫君百行修。曩日慈闈貪眷戀，多年宦〔一〕路不追求。

官纔少列孤〔二〕清德，職異上庠尊白頭。洛社逾時阻相見，許多歡意却還休。

曉事吟

曉物情人爲曉事，知時態者號知人。知人失後却成害，曉事過時還不淳。

鮮歡吟

生不爭名與爭利，夫君何故鮮歡意。以道自重固有之，非理相干是無謂。

白日升天恐虚傳，金貂换酒何曾醉。誰云憂撓大于山，亦是人間常式事。

病起吟

病作因循一月前，豈期爲苦稍淹延。朝昏飲食是難進，軀體虚羸不可言。

〔一〕「宦」，四部叢刊本、四庫本作「官」。

〔二〕「孤」，四部叢刊本、四庫本作「辜」。

既勸佳賓持酒盞，更將大筆寫詩篇。始知心者氣之帥，心快沉痾自釋然。

半醉吟

半醉上車兒，車兒穩碾歸。輕風迎面處，翠柳拂頭時。
意若兼三事，情如擁九麾。這般閑富貴，料得没人知。
半醉小車行，世間無此榮。涼風迎面細，垂柳拂頭輕。
意若兼三事，情如擁萬兵。這般閑富貴，料得没人爭。

覽照吟

淩晨覽照見皤然，自喜皤然一叟仙。慷慨敢開天下口，分明高道世間言。
雖然天下本無事，不奈世間長有賢。自問此身何所用，此身唯稱老林泉。

人壽吟

人壽百年間，其間多少難。予今六十三，何止于一半。
骨瘦固非清，髮白豈謂筭。便化不爲夭，况且粗康健。

年老吟[一]

身老太平間，身閑心更閑。非貴亦非賤，不飢兼不寒。有賓須置酒，無日不開顏。第一條平路，何人伴往還。

古琴吟

長隨書與棊，貧亦久藏之。碧玉琢爲軫，黄金拍作徽。典多因待客，彈少爲求知。近日僮奴惡，須防煮鶴時。

求信吟

始則求人信，有知有不知。既而求自信，人或多知之。今我不求信，何人更起疑。無可無不可，安往不熙熙。

〔一〕「年老吟」，四部叢刊本作「年平吟」，四庫本作「太平吟」。

蝎蛇吟

蛇毒遠于生，蝎毒近于死。蛇蝎雖不同，其毒固無異。
蛇以首中人，蝎以尾用事。奈何天地間，畏首又畏尾。

自在吟

心不過一寸，兩手何拘拘。身不過數尺，兩足何區區。
何人不飲酒，何人不讀書。奈何天地間，自在獨堯夫。

心安吟

心安身自安，身安室自寬。心與身俱安，何事能相干。
誰謂一身小，其安若泰山。誰謂一室小，寬如天地間。

論詩吟

何故謂之詩，詩者言其志。既用言成章，遂道心中事。
不止鍊其辭，抑亦鍊其意。鍊辭得奇句，鍊意得餘味。

爲善吟

人之爲善事，善事義當爲。金石猶能動，鬼神其可欺。
事須安義命，言必道肝脾。莫問身之外，人知與不知。

即事吟

事到患來頻，何由得任真。就新須果敢，從善莫因循。
盜亦自有道，人而或不仁。義緣無定體，安處是行身。

偶得吟

日爲萬象精，人爲萬物靈。萬象與萬物，由天然後生。
言由人而信，月由日而明。由人與由日，何嘗不太平。

靜坐吟

人生固有命，物生固有定。豈謂人最靈，不如物正性。
或聞陰有鬼，善能致人死。致死設有由，死外何所求。

又況人之命，繫天不繫他。陰鬼設有靈，獨且奈天何。

靜樂吟

和氣四時均，何時不是春。都將無事樂，變作有形身。
靜把詩評物，閑將理告人。雖然無鼓吹，此樂世難倫。

男子吟

欲作一男子，須了四般事。財能使人貪，色能使人嗜。
名能使人矜，勢能使人倚。四患既都去，豈在塵埃裏。

望雨

盛夏久不雨，滿天下愁苦。安得一片雲，救取人間否。
久旱偶成雨，方喜慰愁苦。雖能斂塵土，不能救禾黍。

思義吟

小人固無知，唯以利爲視。君子固不欺，見得還思義。思義不顧死，見利或忘生。二者之所起，平之與不平。

金帛吟

金帛一種物，所用固不常。聘則謂之幣，賮則謂之將。貿則謂之貨，積則謂之藏。賂則謂之賄，竊則謂之贓。

盜伯吟

盜伯窺財物，其心不慮他。取時惟恐少，敗後只緣多。盜伯窺財物，其心只慮添。安得取時貪，却似敗時嫌。

待物吟

待物莫如誠，誠真天下行。物情無遠近，天道自分明。

義理須宜顧，才能不用矜。世間閑緣飾，到了是虚名。

唐虞吟

天下目爲目，謂之明四目。天下耳爲耳，謂之達四聰。前旒與黈纊，所貴無近情。無爲無不爲，知此非虚生。

曝書吟

蟲蠹書害少，人蠹書害多。蟲蠹曝已去，人蠹當如何。

㕦犯吟

這般事業人難繼，此箇工夫世莫傳。窺牖知天乃常事，不窺牖見是知天。

憫旱

正要雨時須不雨，已成災處更成災。如何百穀欲焦爛，遍地只存蒿與萊。

無事吟

人間萬事若磨持，叢入枯榮利害機。秖有一般無對處，都如天地未分時。

閣上招友人

清風正藹如，小閣枕通衢。不欲久獨擅，能來同享無？

憶夢吟

心足而家貧，體疎而情親。開襟知骨瘦，發語見天真。

大筆吟

詩成大字書，意快有誰如。巨浪銀山立，風檣百尺餘。

酒喜小盃飲，詩忺大字書。不知人世上，此樂更誰如。

自慶吟

俗阜知君德，時和見帝功。況吾生長老，俱在太平中。

伊川擊壤集卷之十二

心耳吟〔一〕

意亦心所至，言須耳所聞。誰云天地外，别有好乾坤。

夢中〔二〕

夢裏常言夢，誰知覺後思。不知今亦夢，更説夢中時。

日中〔三〕

日中爲噬嗑，交易是尋常。彼各不相識，何復更思量。

〔一〕道藏本無此詩，據四部叢刊本補。
〔二〕四部叢刊本、四庫本作「夢中吟」。
〔三〕四部叢刊本、四庫本作「日中吟」。

月到梧桐上吟

月到梧桐上，風來楊柳邊。院深人復靜，此景共誰言。

步月吟

林罅天尤碧，風餘月更明。人間無事日，得向此中行。

偶得吟

人間事有難區處，人間事有難安堵。有一丈夫不知名，静中只見閑揮麈。

答人吟

林下閑言語，何須更問爲。自知無紀律，安得謂之詩。

寄曹州李審言龍圖

曏日所云是，如今却是非。安知今日是，不起後來疑。

歸日所云我，如今却是伊。不知今日我，又是後來誰。

清夜吟

月到天心處，風來水面時。一般清意味，料得少人知。

思聖吟

不逢聖人時，不見聖人面。聖人言可聞，聖人心可見。

君子吟

君子存大體，小人常無心。於人不求備，受恩惟恐深。

安分吟

安分身無辱，知幾心自閑。雖居人世上，却是出人間。

感事吟

四海三江與五湖，只通舟楫不通車。往來無限平安〔一〕者，豈是都由香一爐。

登石閣吟

一般情意惡難羈，長怕登高望遠時。今日凭欄異常日，幾迴將下又遲遲。

憶昔吟

憶昔初書大字時，學人飲酒與吟詩。苟非益友推金石，四十五年成一非。

可必吟

可必人間唯善事，不由天地只由衷。莫嫌効遠因而止，更勉其來更有功。

恍惚吟

恍惚陰陽初變化，氤氲天地乍迴旋。中間些子好光景，安得工夫入語言。

〔一〕「平安」，四部叢刊本、四庫本作「安平」。

謝君實端明詩

人説崑崙多美玉，世傳滄海有明珠。世傳人説恐無據，今我家藏乃不虚。

好勇吟

好勇能過我，當仁豈讓師。勇須仁以濟，仁必勇爲資。

莫如吟

親莫如父子，遠莫如蠻夷。蠻夷和亦至，父子失須離。
仁莫如父子，義莫如君臣。二者尚有失，自餘惡足論。
君臣守以義，父子守以仁。義失爲敵國，仁失爲路人。

里閈吟

里閈閑過從，太平之盛事。吾鄉多吉人，況與他鄉異。

太平之盛事，天下之美才。人間無事日，都向洛中來。

思友吟

欲見心無已，久違情奈何。雲煙難咫尺，不得屢相過。

忠信吟

忠信于人最有情，平居非是鬼神輕。何須只在江湖上，患難切身然後行。

代簡答張淳秘校

老年前事怕追思，更見曾悲先德詩。却有斷章聊自慰，如今冢嗣弱於誰。

代簡謝尹處初先生

樂國久容人避乖，非窩何以狀清懷。則予豈敢窺高躅，天險能升不用階。

代簡謝王茂直惠酒及川牋

白羊玉屑誠佳物，臂痛頭風正苦時。酒放半醺詩思動，窩中何用更呼醫。

寄壽安令簿尉諸君

錦幈山下好安棲，花月風煙未改移。聞説近來長袖過，林前立馬儘多時。

知識吟〔一〕

曾見方言識，曾聞始謂知。柰何知與識，天下亦常稀。

人情吟

古事參今事，今人乃古人。只應情未浹，情浹自相親。

因何吟

梅因何而酸，鹽因何而鹹。茶因何而苦，薺因何而甘。

〔一〕道藏本無此詩，據四部叢刊本、四庫本補。

天聽吟

天聽寂無音，蒼蒼何處尋。非高亦非遠，都只在人心。

白頭吟

五福雖難備，三殤却不逢。太平無事日，得作白頭翁。

天意吟

人能言語自能窺，天意無言人莫欺。莫道無言便無事，殆非流俗所能知。

謝壽安縣惠神林山牒

西南有山高崔嵬，亂峰圍遶如蓬萊。中間有地可容止〔一〕，泉甘木茂無塵埃。
諸君之意一何厚，協謀判給如風雷。天津八月水波定，便可乘查〔二〕觀一迴。

〔一〕「止」，四部叢刊本、四庫本作「足」。
〔二〕「查」，四庫本作「槎」。

依韻和王安之少卿見戲安之非是棄堯夫吟

安之殊不棄堯夫，亦恐傍人有厚誣。開叔當初言得罪，希淳在後説無辜。誚〔一〕然情意都如舊，劃地盃盤又見呼。始信歲寒心未替，安之殊不棄堯夫。

小車吟

自從三度絶韋編，不讀書來十二年。大甃子中消白日，小車兒上看青天。閑爲水竹雲山主，静得風花雪月權。俯仰之間俱是樂，任他人道似神仙。

晚步吟

晚步上陽堤，手攜笻竹枝。静隨芳草去，閑逐野雲歸。月出松梢處，風來蘋末時。林間此光景，能有幾人知。

接花吟

物爲萬民生，人爲萬物靈。人非物不活，物待人而興。

〔一〕「誚」，四庫本作「悄」。

男女天所生，夫妻人所成。天人相與外，率是皆虚名。

答任開叔郎中昆仲相訪

竹影戰棊罷，閑思安樂窩。曠時稱不見，聯轡幸相過。寵莫兼金比，褒逾華衮多。從來有詩癖，使我遂成魔。

小春天

八〔一〕月小春天，如人强少年。偷生誠有謂，却老固無緣。既有神仙術，能迴草木妍。安知太平日，不得似堯天。

深秋吟

終歲都無事，四時長有花。小車乘興去，所到便如家。

〔一〕「八」，四庫本作「十」。

中秋吟

中秋光景好，況復月團圓〔一〕。大抵衆所愛，奈何兼獨難。天晴仍客好，酒美更身安。四者若闕一，不能成此歡。

同程郎中父子月陂上閑步吟

草軟沙平風細溜，雲輕日淡柳低捼〔二〕。狂言不記道何事，劇飲未嘗如此盃。景好只知閑信步，朋歡那覺太開懷。必期快作賞心事，却恐賞心難便來。

秋望吟

草色連雲色，山光接水光。危樓一百尺，旅鴈兩三行。

閑適吟

春看洛城花，秋翫天津月。夏披嵩岑風，冬賞龍山雪。

〔一〕「圓」原作「團」，據四部叢刊本、四庫本改。
〔二〕「捼」，四庫本作「萎」。

觀陳希夷先生真及墨跡

未見希夷真，未見希夷蹟。止聞希夷名，希夷心未識。及見希夷蹟，又見希夷真。始知今與古，天下長有人。希夷真可觀，希夷墨可傳。希夷心一片，不可得而言。

答君實端明遊壽安神林

占得憂棲一片山，都離塵土利名間。四時分定所遊處，不爲移文便往還。

杏香花

客説何〔一〕州事，經營杳未涯。訝予獨無語，貪嗅杏香花。

〔一〕「何」，四部叢刊本、四庫本作「河」。

天津晚步

芝蓋久稀踈，暮雲空坱北。千年舊都城，一片閑宫闕。禁籞尚連延，觚稜猶巀嶭。橋勢横雌霓，堤形偃初月。瀍澗岸已深，漢唐時既歇。危亭獨坐人，浪把興亡閲。

歡喜吟

日往月來，終則有始。半行天上，半行地底。照臨之間，不憂則喜。予何人哉，歡喜不已。

自作真贊

松桂操行，鶯花文才。江山氣度，風月情懷。借爾面貌，假爾形骸。弄丸餘暇，閑往閑來。丸謂太極。

奢侈吟

侈不可極，奢不可窮。極則有禍，窮則有凶。

多多吟

天下居常，害多于利。亂多于治，憂多于喜。奈何人生，不能免此。奈何予生，皆爲外事。

畏愛吟

人有正性，事事皆齊。人無正性，事事皆隳。失于用恩，以非爲是。失于用威，以是爲非。恩威既失，畏愛何知。不知畏愛，何用恩威。喜怒不節，鮮不至斯。婦人男子，宜用戒之。

秋閣〔一〕

秋閣一凭欄，人心何悄然。乾坤今歲月，唐漢舊山川。淡泊霜前日，蕭踈雨後天。丹青空妙手，此意有誰傳。

浮生吟

浮生曉露邊，且喜又添年。動悔須有悔，求全未必全。

〔一〕四部叢刊本、四庫本作「秋閣吟」。

處人心上事，道物性中言。寰宇雖然廣，其誰曰不然。

力外吟

以少爲多，以無爲有。力外周旋，不能長久。

謝傅欽之學士見訪

長莫長于天，大莫大于地。天地尚有極，自餘安足計。世態非一朝，人情止于是。以至立殊功，無非借巨勢。適會在其間，慎勿强生事。雖嚴似雪霜，無改如松桂。方惜久離闊，却喜由道義。相别二十年，猶能記憔悴。

賞雪吟

一片兩片雪紛紛，三盃五盃酒醺醺。此時情狀不可論，直疑天地纔絪緼。

答傅欽之

欽之謂我曰：詩欲〔一〕多吟，不如少吟；詩欲少吟，不如不吟。

〔一〕「欲」，四部叢刊本、四庫本作「似」。

我謂欽之曰：亦不多吟，亦不少吟；亦不不吟，亦不必吟。芝蘭在室，不能無臭；金石振地，不能無聲。惡則哀之，哀而不傷；善則樂之，樂而不淫。

月陂閑步

因隨芳草行來遠，爲愛清波歸去遲。獨步獨吟仍獨坐，初涼天氣未寒時。

仲尼吟

仲尼生魯在吾先，去聖千餘五百年。今日誰能知此道，當時人自比于天。
皇王帝伯中原主，父子君臣萬世權。河不出圖吾已矣，修經意思豈徒然。

謝圓益上人惠詩一卷

覽公詩十首，起我意何多。似藥驅疑疾，如茶滌睡魔。
月當松皎潔，山隔水嵯峨。明日如無事，天津可再過。

自述二首

傳[一]者堪名席上珍，都緣當日得師真。是知佚我無如老，惟喜放懷長似春。得志當爲天下事，退居聊作水雲身。胸中一點分明處，不負高天不負人。

陸海卧龍收爪甲，遼天老鶴戢毛衣。難攀騏驥日千里，易足鷦鷯巢一枝。最好朋儕同放適，儘[二]高臺榭與登躋。雲山勝處追尋遍，似我清閑更有誰。

答會計杜孝錫寺丞見贈

四方多善人，予善未毫分。有意空求志，無功漫愛君。閑行觀止水，静坐看歸雲。老向太平裏，朝廷正右文。

[一]「傳」，四部叢刊本、四庫本作「何」。
[二]「儘」，四部叢刊本、四庫本作「博」。

伊川擊壤集卷之十三

天津弊居蒙諸公共爲成買作詩以謝

重謝諸公爲買園，買園城裏占林泉。七千來步平流水，二十餘家爭出錢。嘉祐卜居終是僦，熙寧受券遂能專。鳳凰樓下新閑客，道德坊中舊散仙。洛浦清風朝滿袖，嵩岑皓月夜盈軒。接籬倒戴芰荷畔，談麈輕搖楊柳邊。陌徹銅駝花爛熳，堤連金谷草芊綿。青春未老尚可出，紅日已高猶自眠。洞號長生宜有主，窩名安樂豈無權。敢於世上明開眼，會向人間別看天。盡送光陰歸酒盞，都移造化入詩篇。也知此片好田地，消得堯夫筆似椽。

同諸友城南張園賞梅十首 一首和長水李令子真韻

東風一夜坼梅枝，舞蝶遊蜂都不知。插了滿頭仍漬酒，任他人道拙於時。

折來嗅了依前嗅，重惜清香難久留。多謝主人情意切，未殘仍許客重遊。

清香冷豔偏多處，猛雨狂風未有前。賞意正濃紅日墜，如何既去遂經年。

紅日墜時情更切，玉山頹處興還深。攀條時揀繁枝折，不插滿頭孤〔一〕此心。

梅臺賞罷意何如，歸插梅花登小車。陌上行人應見笑，風情不薄是堯夫。

酒中漬後香尤烈，笛裏吹來韻更清。此韻此香來處好，此時消得一凝情。

春早梅花正爛開，生平不飲亦銜盃。城南盡日高臺上，恰似江南去一回。

梅花四種或黃紅，顏色不同香頗同。更遠也須重一到，看看隨水又隨風。

五嶺雖多何足觀，三川縱少須重去。臺邊況有數千〔二〕株，仍在名園最深處。

〔一〕「孤」，四部叢刊本、四庫本作「辜」。
〔二〕「千」，四部叢刊本、四庫本作「十」。

人間好物尤宜惜，天下奇才非易得。他日相逢他處時，始知此會重難覓。

答人〔一〕

誰道閑人無事權，事權唯只是詩篇。四時雪月風花景，都與收來入近編。

初春洛城梅開時，賞梅更吟梅花詩。梅花雖開難遠寄，唯寄梅詩伸所思。

依韻和君實端明惠酒

春風吹雪亂飄飖，林下如何更寂寥。霜窗威稜正難犯，小人當晛是難消。

謝壽安簿寄錦幈山下所失剪刀

江夏尚能悲墜履，少原唯解泣遺簪。一刀所失安足繫，不那久經人用心。

〔一〕四庫本作「答人吟」。

謝君實端明惠山蔬八品

八品山蔬盡藥萌，何山採得各標名。山翁驚受霜臺貺，即命山妻親自烹。

謝君實端明惠牡丹

霜臺何處得奇葩，分送天津小隱家。初訝山妻忽驚走，尋常只慣插葵花。

謝判府王宣徽惠酒

自得花枝向遠鄰，只憂輕負一番春。無何寵貺酒雙榼，少室山人遂不貧。

和君實端明洛陽看花

洛陽最得中和氣，一草一木皆入看。飲水也須無限樂，況能時復舉盃盤。

洛陽花木誇天下，吾輩遊勝庶士遊。重念東君分付意，忍於佳處不遲留。

洛陽交友皆奇傑，遞賞名園只似家。却笑孟郊窮不慣，一日看盡長安花。

南園一色栽桃李，春到且圖花早開。多謝主人情意厚，天津客不等閑來。

和君實端明送酒

大凡人意易爲驕，雙榼何如水一瓢。亦恐孟光心漸侈，自茲微厭紫芝苗。

暮春吟

林下居常睡起遲，那堪車馬近來稀。春深晝永簾垂地，庭院無風花自飛。

依韻和鎮戎倅龔章屯田

十五年前初見君，見君情意便如親。雖然林下無他事，不那心間思故人。
萬物比之論至底，丹誠到了總輸真。過從洛社勝諸處，何日能來共卜鄰。

安樂窩銘

安莫安于王政平，樂莫樂于年穀登。王政不平年不登，窩中何由得康寧。

愁恨吟

城裏住煙霞，天津小隱家。經書爲事業，水竹是生涯。
恨爲雲遮月，愁因風損花。恨愁花月外，何暇更知他。

悲喜吟

吴起初辭魏，張儀乍入秦。西河蒙惠久，南楚受欺頻。

善惡吟

君子學道則務本，小人見利則忘生。務本則非理不動，見利則非賄不行。

所學吟

人之所學，本學人事。人事不修，無學何異。

君子行

何者爲君子，君子固可修。是知君子途，使人從之遊。

與義不與利，記恩不記讎。揚善不揚〔一〕惡，主喜不主憂。

思省吟

仲尼再思，曾子三省。予何人哉，敢忘修整。

梁鷰吟

物情誰道爾無知，秋去春來不失期。今歲新雛又成就，去時寧不重依依。

鄒田二忌

鄒田二忌不相能，買卜之言惡足明。利害傷真至于此，姓田人去恨難平。

孫龐二將

孫臏伏兵稱有法，龐涓鑽火一何愚。兵家詭詐盡如此，利害今人自不殊。

〔一〕「揚」原作「愓」，據四部叢刊本、四庫本改。

一言感人

爲女不嫁，爲士不官。齊人一言，田子辭焉。

四公子吟

時去三王，事歸五霸。七雄既爭，四子乃詫。孟嘗居先，信陵居亞。平原居中，春申居下。

淳于髡酒諫

賜酒于君，飲不知味。執法在前，恐懼無既。當此之時，一斗而醉。
宗族滿堂，既孝且悌。尊卑以親，少長以齒。當此之時，二斗而醉。
賓之初筵，蹌蹌濟濟。獻酬百拜，升降有禮。當此之時，三斗而醉。
里閈過從，如兄如弟。時和歲豐，情懷歡喜。當此之時，五斗而醉。
朋友往還，講道求義。樂事賞心，登山臨水。當此之時，八斗而醉。
男女雜坐，盃觴不記。燈燭明滅，衣冠傾圮。當此之時，一石而醉。

東海有大魚

東海有大魚，罔罟無能近。碭然一失水，螻蟻得而困。

土木偶人

土木偶人，慎無相笑。天將大雨，止可相弔。

辯謗吟

田單功蓋國，貂勃語迴君。謗者古來有，猶能殺九人。

三皇吟

三皇之世正熙熙，烏鵲之巢俯可窺。當日一般情味切，初春天氣早晨時。

五帝

五帝之時似日中，聲明文物正融融。古今世盛無如此，過此其來便不同。

三王

三王之世正如秋，權重權輕事有由。深谷爲陵岸爲谷，陵遷谷變不知休。

五伯

五伯之時正似冬，雖然三代莫同風。當初管晏權輕重，父子君臣尚且宗。

七國

七國縱横事可明，蘇張得路信非平。當初天下如何爾，市井之人爲正卿。

掃地吟

管晏治時猶有體，蘇張用處更無名。三皇五帝從何出，掃地中原俟太平。

天人吟

犧軒堯舜雖難復，湯武桓文尚可循。事既不同時又異，也由天道也由人。

利害吟

兔犬俱斃，蚌鷸相持。田漁老父，坐而利之。

時吟

騏驥壯時，千里莫追。及其衰也，駑馬先之。時與事會，談笑指揮。時移事去，雖死奚爲。

二説吟

治不變俗，教不易民。甘龍之説，亦或可循。常人習俗，學者溺聞。商鞅之説，異乎所云。

言行吟

言不失行，行不失義。自天祐之，吉無不利。言與仁背，行與義乖。天且不祐，人能行哉。有商君者，賊義殘仁，爲法自弊，車分其身。始知行義脩仁者，便是延年益壽人。

治亂吟

財利爲先，筆舌用事。饑饉相仍，盜賊蜂起。孝悌爲先，日月長久。時和歲豐，延年益壽。

太平吟

老者得其養，幼者得其仰。勞者得其餉，死者得其葬。

商君吟

商鞅得君持法處，趙良終日正言時。當其命令炎如火，車裂如何都不知。

能懷天下心

能懷天下心，肯了人間事。豈止求于今，求古亦未易。

始皇吟

并吞天下九千日，一統寰中十五年。坑血未乾高祖至，驪山丘壠已蕭然。

有妄吟

作僞少陰德，飾非多隱情。人心雖曖昧，天道自分明。手足既皆露，語言安足憑。

乾坤吟

用九見羣龍，首能出庶物。用六利永貞，因乾以爲利。
四象以九成，遂爲三十六。四象以六成，遂成二十四。如何九與六，能盡人間事。

皇極經世一元吟

天地如蓋軫，覆載何高極。日月如磨蟻，往來無休息。上下之歲年，其數難窺測。
且以一元言，其理尚可識。一十有二萬，九千餘六百。中間三千年，迄今之陳迹。
治亂與廢興，著見于方策。吾能一貫之，皆如身所歷。

應龍吟

龍者陽類，與時相須。首出庶物，同遊六虚。能潛能見，能吸能呼。能大能小，能有能無。

何處是仙鄉

何處是仙鄉，仙鄉不離房。眼前無冗長，心下有清涼。
靜處乾坤大，閑中日月長。若能安得分，都勝别思量。

謝宋推官惠白牛

毛如霜雪眼如朱，耳角方齊三尺餘。狀異不將耕曠土，性馴宜用駕安車。水邊牧處龍能擾，月下牽時兔可驅。從此洛陽圖幀上，丹青人更著工夫。

依韻和王安之少卿六老詩仍見率成七

六老皤然鬢似霜，縱心年至又非狂。園池共選〔一〕何妨勝，樽俎相歡未始忙。杖屨爛遊千載運，衣巾濃惹萬花香。過從見率添成七，況復秋來亦漸涼。

六老相陪卿與郎，閑曹饒却不清狂。過從無事易成樂，職局向人難道忙。煙柳嫩垂低更緑，露桃紅裛暖仍香。乘春醉卧花陰下，恰到花陰别是涼。

六翁誰讓少年場，老不羞人任意狂。同向靜中觀物動，共於閑處看人忙。天心月滿蟾蜍動，水面風微菡萏香。肯信人間有憂事，新醅正熟景初涼。

〔一〕「選」，四部叢刊本、四庫本作「避」。

六人相聚會時康，著甚來由不放狂。遍地園林同己有，滿天風月助詩忙。
文章高摘漢唐豔，騷雅濃薰李杜香。水際竹邊閑適處，更無塵事只清涼。
六客同遊一醉鄉，又非流俗所言狂。追遊共喜清平久，唱和爭尋警〔一〕策忙。
薦酒月陂林果熟，發茶金谷井泉香。千年松下麈談塵，襟袖無風亦自涼。
見率野人成七老，野人唯解野踈狂。編排每日清吟苦，趁辦遞年閑適忙。
夏末喜嘗新酒味，春初愛嗅早梅香。問君何故須如此，不奈心頭一點涼。
林下狂歌不帖腔，帖腔安得謂之狂。小車行處鶯花鬧，大筆落時神鬼忙。
門掩柴荆闤闠遠，牆開瓮牖薜蘿香。一般天下難尋物，洛浦清風拂面涼。

依韻和張靜之少卿惠文房三物

文房三物品皆精，報謝愁無秀句成。欲狀升平在歌頌，奈何才不逮升平。

〔一〕「警」，四部叢刊本、四庫本作「驚」。

依韻和王安之少卿謝富相公詩

寵辱見多惡足驚，出塵還喜自誠明。閑中氣象乾坤大，靜處光陰宇宙清。素業經綸無少愧，全功天地不虛生。野人何幸逢昌運，一百餘年天下平。

安樂窩前蒲柳吟

安樂窩前小江曲，新蒲細柳年年緑。眼前隨分好光陰，誰道人生多不足。

瓮牖吟

瓮破已甘棄，言收用有方。用時須藉口，照處便安牀。不假軒窗力，能迴日月光。清平卧其下，自可比羲皇。

人生長有兩般愁

人生長有兩般愁，愁死愁生未易休。或向利中窮力取，或于名上盡心求。多思惟恐晚得手，未老已聞先白頭。我有何功居彼上，其間攘〔一〕臂獨無憂。

〔一〕「攘」，四部叢刊本、四庫本作「掉」。

自詠

天下更無雙，無知無所長。年顔李文爽，風度賀知章。
靜坐多茶飲，閑行或道裝。傍人休用笑，安樂是吾鄉。

中秋月

一年一度中秋夜，十度中秋九度陰。求滿直須當夜半，要明仍候到天心。
無雲照處情非淺，不睡觀時意更深。徒愛古人詩句好，何堪千里共如今。

小車吟

春暖秋涼兼景好，年豐身健更時和。如茵草上輕輕輾，似錦花間慢慢拕。

晝夢

夢裏到鄉關，鄉關二十年。依稀新國土，隱約舊山川。
身已煙霞外，人家道路邊。覺來猶在目，一餉但蕭然。

晚步洛河灘

晚步洛河灘，河灘石萬般。青黄有長短，大小或方圓。考彼多無數，求其用實難。琅玕在何處，止可使人歎。

和李文思早秋五首

一雨洗觚稜，三川氣象清。林風傳顥氣，木葉送商聲。匆匆蓮生的，看看菊吐英。太平時裏老，何以報虛生。

徑小新經雨，庭幽遍有苔。風前閑意思，階下静徘徊。不分筋骸老，難甘歲月催。時時藉芳草，賴有酒同盃。

王金秋已至，爍石景方闌。直養能希孟，閒居肯讓潘。竹間風葉葉〔一〕，松罅月團團。洛社多賢友，人人可共歡。

〔一〕「葉葉」，四部叢刊本、四庫本作「喈喈」。

池畔拖垂柳，欄邊笑晚花。敗荷傾弊蓋，老檜露枯槎。
歲暮驚時態，年高惜物華。東陵風未替，解憶故園瓜。
日脚雲微淡，林梢葉漸黄。可堪須變色，徹了爲侵霜。
酒到難成醉，風來易得涼。老年何所欲，唯願且平康。

堯夫何所有

堯夫何所有，一色得天和。夏住長生洞，冬居安樂窩。
鬻花供放適，風月助吟哦。竊料人間樂，無如我最多。

長憶乍能言

長憶乍能言，朝遊父母前。方行初下膝，既老遂華顔。
在昔四五歲，于今六十年。却看兒女戲，又喜又潸然。

答友人

何者名爲善處身，非爲〔一〕能武又能文。可行可止存諸己，或是或非繫在人。遍數古來賢所得，歷觀天下事須真。吉凶悔吝生乎動，剛毅木訥近於仁。易地皆然休計較，不言而信省開陳。雖居蠻貊亦行矣，無患鄉閭情未親。

獨坐吟

天告自丁寧，人多不肯聽。四時皆有景，萬物豈無情。禍福眼前事，是非身後名。誰能事閑氣，浪與世人爭。

又

天意自分明，人多不肯行。鶯花春乍暖，風月雨初晴。靜坐澄思慮，閑吟樂性情。誰能事閑氣，浪與世人爭。

〔一〕「爲」，四部叢刊本、四庫本作「惟」。

意未萌于心

意未萌于心，言未出諸口。神莫得而窺，人莫得而咎。
君子貴慎獨，上不愧屋漏。人神亦吾心，口自處其後。

自適吟

郟鄏城中，鳳凰樓下。風月庭除，鶯花臺榭。時和歲豐，閑行静坐。朋好身安，清吟雅話。

老翁吟

皤然一老翁，凡百事皆慵。舊物不盡記，故人難得逢。
幽花渾在霧，殘夢半隨風。只且願天下，時和與歲豐。

鐵如意吟

此物鐵爲之，何嘗肯妄持。長隨大甏子，永伴小車兒。
擊碎珊瑚處，敲殘牙齒時。誰能學此輩，纔始入鞭笞。

道裝吟

道家儀用此衣巾，只拜星辰不拜人。何故堯夫須用拜，安知人不是星辰。

道家儀用此巾衣，師外曾聞更拜誰。何故堯夫須用拜，安知人不是吾師。

安車麈尾道衣裝，里閈過從乃是常。聞説洞天多似此，吾鄉殊不異仙鄉。

如知道只在人心，造化工夫自可尋。若説衣巾便爲道，堯夫何者敢披襟。

四者吟

目時然後視，耳時然後聽。口時然後言，身時然後行。

前不見厚禄，後不見重兵。惟其義所在，安知利與名。

偶得吟

壯歲苦奔馳，隨分受官職。所得唯錙銖，所喪無紀極。

今日度一朝，明日過一夕。不免如路人，區區被勞役。

四事吟

會有四不赴，時有四不出。公會、生會、廣會、醵會。大寒、大暑、大風、大雨。無貴亦無賤，無固亦無必。里閈閑過從，身安心自逸。如此三十年，幸逢太平日。

伊川擊壤集卷之十四

偶書

美食無使饜，饜則不能受。善人無使倦，倦則不能久。

官小拜人喜，官高拜人恥。官職自外來，中心何若此。

才高命寡，恥居人下。若不固窮，非知道者。

賢德之人，所居之處，如芝如蘭，使人愛慕。

凶惡之人，所居之處，如虎如狼，使人怕怖。

妻强夫殃，奴强主殃，臣强君殃。

尾大于身，冰堅于霜，辯〔一〕之不早，國破家亡。

〔一〕「辯」，四庫本作「辨」。

王勝之諫議見惠文房四寶内有巨硯尤佳因以謝之

銅雀或常聞，未嘗聞金雀。始愧林下人，識物不甚博。金雀出何所，必出自靈岳。剪斷白雲根，分破蒼岑角。既爲之巨硯，遂登于綸閣。水貯見温潤，墨發知瀺灂。窗下喜鑑開，案前驚月落。見贈何慇懃，欲報須和璞。胡爲不且留，洪化用斟酌。胡爲不且留，賢人用選擢。胡爲不且留，姦人用誅削。胡爲不且留，生靈用安泊。則予何人哉，拜貺徒驚矍。須是筆如椽，方能無厚怍。

再用晴窗氣暖墨花春謝王勝之諫議惠金雀硯

硯名金雀世難倫，用報慚無天下珍。國士有詩偏雅處，晴窗氣暖墨花春。

題范忠獻公真

范邵居洛陽，希夷居華山。陳邵爲逸人，忠獻爲顯官。
邵在范之後，陳在范之前。三人貌相類，兩人名相連。

觀物吟

時有代謝，物有枯榮。人有衰盛，事有廢興。

對花吟

美酒豈無留客飲，好花猶解向人開。多情不忍阻花意，未醉何須辭滿盃。

義利吟

意不若義，義不若利，利之使人，能忘生死。利不若義，義不若意，意之使人，能動天地。

代簡謝朱殿直贈長韻詩

慇懃見贈用長篇，里閈過從積有年。歲事報成還報始，春華相次又暄妍。

試筆

心在人軀號太陽，能於事上發輝光。如何皎日照八表，得似靈臺高一方。
家用平康貧不害，身無疾病瘦何妨。高吟大笑洛城裏，看盡人間手脚忙。

試硯

富貴傲人人未信，還知富貴去如何。常觀靜處光陰好，亦恐閑時思慮多。日出自然天不暗，風來安得水無波。世間大有平田地，因甚須由捷徑過。

問調鼎

請將調鼎問于君，調鼎工夫敢預聞。只有鹽梅難盡善，豈無薑桂助爲辛。和羹必欲須求美，衆口如何便得均。慎勿輕言天下事，伊周殊不是庸人。

讀古詩

閑讀古人詩，因看古人意。古今時雖殊，其意固無異。喜怒與哀樂，貧賤與富貴。惜哉情何物，使人能如是。

蠹書魚

形狀類于魚，其心好蠹書。居常遊篋笥，未始在江湖。爲害千般有，言烹一物無。年年當盛夏，㬢了却如初。

歲儉吟

歲儉心非儉，家貧道不貧。誰知天地内，别有好乾坤。

極論

下有黄泉上有天，人人許住百來年。還知虚過死萬遍，都似不曾生一般。要識明珠須巨海，如求良玉必名山。先能了盡世間事，然後方言出世間。

求鑑吟

人無鑑流水，當求鑑止水。流水無定形，止水有定體。人無鑑于水，當求鑑于人。水鑑見人貌，人鑑見人神。

學佛吟

飽食豐衣不易過，日長時節奈愁何。求名少日投宣聖，怕死老年親釋迦。妄欲斷緣緣愈重，徼求去病病還多。長江一片長如練，幸自無風又起波。

霜露吟

天地有潤澤，其降也瀼瀼。暖則爲湛露，寒則爲繁霜。爲露萬物悦，爲霜萬物傷。二物本一氣，恩威何昭彰。

天命吟

可委者命，可憑者天。人無率爾，事不偶然。

性情〔一〕

踐形治性，踐跡治情。賢人踐跡，聖人踐形。

心跡吟

聖人了心，賢人了跡。了心無窮，了跡無極。

〔一〕四部叢刊本、四庫本作「性情吟」。

觀物吟

物不兩盛，事難獨行。榮瘁迭起，賢愚並行。

思慮吟

思慮未起，鬼神莫知。不由乎我，更由乎誰。

代書答朝中舊友

少日治文章，亦曾觀國光。山林雖不返，畎畝未嘗忘。麋鹿寧無志，鵷鴻自有行。還知今日事，大故索思量。

冬不出吟

冬非不欲出，欲出苦日短。年老恐話長，天寒怕歸晚。山翁頭有風，鄉友情非淺。必欲相招延，春光況不遠。

觀物

地以靜而方，天以動而圓。既正方圓體，還明動靜權。靜久必成潤，動極遂成然。潤則水體具，然則火用全。水體以器受，火用以薪傳。體在天地後，用起天地先。

家國吟

邪正異心，家國同體。邪能敗亡，正能興起。

邪正吟

賢人好正，姦人好邪。好邪則競，好正則和。

義利吟

君子尚義，小人尚利。尚利則亂，尚義則治。

天時吟

人作者事，天命者時。時來易失，事去難追。

恩義吟

恩深者親，義重者君。恩義兩得，始謂之人。

閑步吟

何者謂知音，知音難漫尋。既無師曠耳，安有伯牙琴。雖逼桑榆景，寧忘松桂心。獨行月堤上，一步一高吟。

坐右吟

萬化〔一〕備于身，直須資養深。因何爲寶鑑，只被用精金。酒少如茶飲，詩多似史吟。顔淵方内樂，天下事難任。

感雪吟

旨酒佳肴與管絃，通宵鼎沸樂豐年。侯門深處還知否，百萬流民在露天。

〔一〕「化」，四部叢刊本作「花」，四庫本作「物」。

六十五歲新正自貽 熙寧八年

予家洛城裏，況在天津畔。行年六十五，當宋之盛旦。南園臨通衢，北圃仰雙觀。雖然在京國，却如處山澗。清泉篆溝渠，茂木繡霄漢。涼風竹下來，皓月松間見。面前有芝蘭，目下無冰炭。坐上有餘歡，胸中無交戰。冬夏既不出，炎涼徒自變。榮辱既不入，富貴徒自衒。惡聞人之惡，樂道人之善。不行何趑趄，勿藥何瞑眩。誰謂金石堅，其心亦能斷。誰謂鬼神靈，其誠亦能貫。

小車六言吟

昔人乘車是常，今見乘車倉皇。既有前車戒慎，豈無覆轍兢莊。將出必用茶飲，欲登先須道裝。軫邊更掛詩帙，轅畔仍懸酒缸。輪緩爲移芳草，蓋低因礙垂楊。水際尤宜穩審，花間更要安詳。朝出頻經履道，晚歸屢過平康。春重縱觀明媚，秋深飫看豐穰。五鳳樓前月色，天津橋上風涼。金谷園中流水，魏王堤外脩篁。靜處光陰最好，閑中氣味偏長。所經莫不意得，所見無非情忘。或見農人擁耒，或見蠶女求桑。或見蘼蕪遍野，或見蒺藜滿牆。或見荆棘茂密，或見芝蘭芬芳。或見雞豚狗彘，或見鵰鶚鸞凰。惡者既不見害，善者固無相傷。華嶽三峰岌嶪，黄陂萬頃汪洋。不爲虚作男子，無負閒居洛陽。天地精英多得，堯夫老去何妨。

安樂吟

安樂先生，不顯姓氏。垂三十年，居洛之涘。風月情懷，江湖性氣。色斯其舉，翔而後至。無賤無貧，無富無貴。無將無迎，無拘無忌。窘未嘗憂，飲不至醉。收天下春，歸之肝肺。盆池資吟，瓮牖薦睡。小車賞心，大筆快志。或戴接籬，或著半臂。或坐林間，或行水際。樂見善人，樂聞善事。樂道善言，樂行善意。聞人之惡，若負芒刺。聞人之善，如佩蘭蕙。不佞禪伯，不諛方士。不出户庭，直際天地。三軍莫凌，萬鍾莫致。爲快活人，六十五歲。

甕牖吟

有客無知，唯知自守。自守無他，唯求寡咎。有屋數間，有田數畝。用盆爲池，以甕爲牖。牆高于肩，室大于斗。布被暖餘，藜羹飽後。氣吐胸中，充塞宇宙。筆落人間，暉映瓊玖。人能知止，以退爲茂。我自不出，何退之有。心無妄思，足無妄走。人無妄交，物無妄受。炎炎論之，甘處其陋。綽綽言之，無出其右。羲軒之書，未嘗去手。堯舜之談，未嘗虚口。當中和天，同樂易友。吟自在詩，飲歡喜酒。百年升平，不爲不偶。七十康强，不爲不壽。

盆池吟

有客無知，唯知不爲。不爲無他，唯求不欺。我有人是，人無我非。因開甕牖，遂鑿盆池。
都邑地貴，江湖景奇。能遊澤國，不下堂基。簾外青草，軒前黄陂。壺中月落，鑑裏雲飛。
既有荷芰，豈無鳧茨。既有蝌蚪，豈無蛟螭。亦或清淺，亦或渺瀰。亦或淥淨，亦或漣漪。
風起蘋藻，涼生袖衣。林宗何在，范蠡何歸。密雪霏霏，輕冰披披。垂柳依依，細雨微微。
可以觀止，可以忘機。可以照物，可以看時。不樂乎我，更樂乎誰。吾于是日，再見伏犧。

小車吟

有客無知，唯知有家。有家能歸，其歸非遐。靈臺瑩靜，天壤披葩。書用大筆，出乘小車。
身爲男子，生于中華。又居洛陽，爲幸何多。天地中央，帝王真宅。漢唐遺烈，氣象自佳。
聖賢區宇，士人淵藪。仁義場圃，聞見無涯。里巷相切，親朋相過。人疑日馭，我謂星查。
或遊金谷，或泛月波。或經履道，或過銅駝。進退雲水，舒卷煙霞。揄揚風月，攎帖鶯花。
性喜飲酒，飲喜微酡。飲未微酡，口先吟哦。吟哦不足，遂及浩歌。浩歌不足，無可奈何。

大筆吟

有客無知，爲性太質。不忮不求，無固無必。足躡天根，手探月窟。所得之懷，盡賦于筆。
意遠情融，氣和神逸。酒放微醺，綃鋪半匹。如風之卒，如雲之勃。如電之欻，如雨之密。
或住或還，或没或出。滌蕩氛埃，廓開天日。鸞鳳翱翔，龍蛇盤屈。春葩暄妍，秋山崒屼。
三千簪裾，俯循儒術。百萬貔貅，仰聽軍律。松桂成林，芝蘭滿室。蜀錦初翻，朝霞乍拂。
白璧一雙，黄金百鎰。羲之來求，牧之來乞。物外神交，人間事畢。觀者析酲，收之愈疾。

伊川擊壤集卷之十五

觀易吟

一物其來有一身，一身還有一乾坤。能知萬物備於我，肯把三才別立根。天向一中分體用又云造化，人於心上起經綸。天人焉有兩般義又云事，道不虛行只在人。

觀書吟

吁嗟四代帝王權，盡入區區一舊編。或讓或爭三萬里，相因相革二千年。唐虞事業誰能繼，湯武工夫世莫傳。時既不同人又異，仲尼惡得不潸然。

觀詩吟

愛君難得似當時，曲盡人情莫若詩。無雅豈明王教化，有風方識國興衰。知音未若吴公子，潤色曾經魯仲尼。三百五篇天下事，後人誰敢更譏非。

觀春秋

堂堂王室寄空名，天下無時不戰爭。滅國伐人唯恐後，尋盟報役未嘗寧。
晉齊命令炎如火，文武資基冷似冰。惟有感麟心一片，萬年千載若丹青。

觀三皇吟

許大乾坤自我宣，乾坤之外復何言。初分大道非常道，纔有先天未後天。
作法極微難看蹟，收功最久不知年。若教世上論勳業，料得更無人在前。

觀五帝吟

進退肯將天下讓，著何言語狀雍容。衣裳垂處威儀盛，玉帛脩時意思恭。
物物盡能循至理，人人自願立殊功。當時何故得如此，只被聲明類日中。

觀三王吟

一片中原萬里餘，殆非孱德所宜居。夏商正朔猶能布，湯武干戈未便驅。
澤火有名方受革，水天無應不成需。善能又云觀〔一〕仁義爲心者，肯作人間淺丈夫。

〔一〕「善能又云觀」，四部叢刊本、四庫本作「詳知又云請觀」。

觀五伯吟

刻意尊名名愈虧，人人奔命不勝疲。生靈劍戟林中活，公道貨財心裏歸。
雖則餼羊能愛禮，奈何鳴鳳未來儀。東周五百〔一〕餘年内，歎息唯聞一仲尼。

觀七國吟

當其末路尚縱横，仁義之言固不聽。肯謂破齊存即墨，能勝坑趙盡長平。
清晨見鬼未爲恠，白日殺人奚足驚。加以蘇張掉三寸，扼喉其勢不俱生。

觀嬴秦吟

轟轟七國正爭籌，利害相磨未便休。比至一雄心底定，其如四海血横流。
三千賓客方成夢，百二山河又變秋。謾説罷侯能置守，趙高元不是封侯。

觀兩漢吟

秦破河山舊戰場，豈期民復見耕桑。九千來里開封域，四百餘年號帝王。

〔一〕「百」原作「伯」，據四部叢刊本、四庫本改。

剥喪既而遭莽卓，經營殊不念高光。當時文物如斯盛，城復何由更在隍。

觀三國吟

桓桓鼎峙震雷音，絶唱高蹤没處尋。蕭鼓一方情未暢，弓刀萬里力難任。論兵很〔一〕石寧無意，飲馬黄河徒有心。雖曰天時亦人事，誰知慮外失良金。

觀西晉吟

承平未必便無憂，安若忘危非善謀。題品人材憑雅誚，雌黄時事用風流。有刀難剖公閭腹，無木可梟元海頭。禍在夕陽亭一句，上東門嘯浪悠悠。

觀十六國吟

溥天之下號寰區，大禹曾經治水餘。衣到弊時多蟣蝨，瓜當爛後足蟲蛆。龍章本不資狂寇，象魏何嘗薦亂胡。尼父有言堪味處，當時欠一管夷吾。

〔一〕「很」，四部叢刊本、四庫本作「狼」。

觀南北朝吟

方其天下分南北，聘使何嘗絶往還。偏霸尚存前典憲，小康猶帶舊腥羶。
洛陽雅望稱崔浩，江表奇才服謝安。二百四年能並轡，謾將夷虜互爲言。

觀隋朝吟

始謀當日已非臧，又更相承或自戕。螻蟻人民貪土地，泥沙金帛悦姬姜。
征遼意思糜荒服，泛汴情懷厭未央。三十六年都掃地，不然天下未歸唐。

觀有唐吟

天生神武奠中央，不爾羣凶未易攘。貞觀若無風凜凜，開元安有氣揚揚。
凭高始見山河壯，入夏方知日月長。三百年間能混一，事雖成往道彌光。

觀五代吟

自從唐季墜皇綱，天下生靈被擾攘。社稷安危懸卒伍，朝廷輕重繫藩方。
深冬寒木固不脱，未旦小星猶有光。五十三年更五姓，始知除掃待真王。

觀盛化吟

紛紛五代亂離間，一旦雲開復見天。草木百年新雨露，車書萬里舊山川。
尋常巷陌猶簪紱，取次園亭亦管絃。人老太平春未老，鶯花無害日高眠。
吾曹養拙賴明時，爲幸居多寧不知。天下英才中遁跡，人間好景處開眉。
生來只慣見豐稔，老去未嘗經亂離。五事歷將前代舉，帝堯而下固無之。
一事，革命之日市不易肆；二事，克服天下在即位後；三事，未嘗殺一無罪；四事，百年方四葉；五事，百年無腹心患。

喜老吟

幾何能得鬢如絲，安用區區鑷白髭。在世上官雖不做，出人間事却能知。
待天春暖秋涼日，是我東遊西泛時。多少寬平好田地，山翁方始會開眉。

瞻禮孔子吟

執卷何人不讀書，能知性者又何如。工居天下語言内，妙出世間繩墨餘。
陶冶有無天事業，權衡治亂帝工夫。大哉贊易脩經意，料得生民以後無。

還圓益上人詩卷

缾錫相從更一巾，一巾曾拂十州塵。心通佛性久無礙，口道儒言殊不陳。吳越江山前日事，伊嵩風月此時身。閑行閑坐松陰下，應恃眼明長笑人。

天人吟

知盡人情天豈異，未知何啻隔天地。少時氣鋭未更諳，不信人間有難事。知盡人情與天意，合而言之安有二。能推己心達人心，天下何憂不能治。

錦屏春吟

錦屏山下有家園，每歲家園過禁煙。早是三春天氣好，那堪百里主人賢。同於一派水邊飲，醉向萬株花底眠。明日歸鞍遂東指，上陽風景更暄妍。

樂春吟

四時唯愛春，春更愛春分。有暖温存物，無寒著莫人。好花方蓓蕾，美酒正輕醇。安樂窩中客，如何不半醺。

觀物吟四首

日月無異明，晝夜有異體。人鬼無異情，生死有異理。

既未能知生，又焉能知死。既未能事人，又焉能事鬼。

鸎蟬體既分，安用苦云云。氣盛有餘力，聲銷無異聞。

時來由自己，勢去屬他人。莫作〔一〕傷心事，傷心不益身。

古今情一也，能處又何難。識事事非易，知人人所艱。

多疑虧任用，輕信失防閑。堯舜其猶病，何嘗無大姦。

人之耳所聞，不若目親照。耳聞有異同，目照無多少。

併棄耳目官，專用口舌較。不成天下功，止成天下笑。

〔一〕「作」，四庫本作「非」。

人貴有精神吟

人貴有精神，精神反不醇。有精神而醇，爲第一等人。不醇無義理，是非隨怒喜。怒以是爲非，喜以非爲是。怒是善人疎，喜非小人比。敗國與亡家，鮮有不由此。娶妻娶柔和，嫁夫嫁才美。安得正婦人，作配真男子。

義利吟

賁於丘園，束帛戔戔。義既在前，利在其間。捨爾靈龜，觀我朵頤。義既失之，利何能爲。尚義必讓，君子道長。尚利必爭，小人道行。

小車初出吟

物外洞天三十六，都疑布在洛陽中。小車春暖秋涼日，一日止能移一宫。

府尹王宣徽席上作

留都三判主人翁，大第名園冠洛中。又喜一年春入手，萬花香照酒巵紅。

紛紛又過一年春，牢落情懷酒漫醇。滿眼暄妍都去盡，罇前惟憶舊交親。

春暮答人吟

相違經歲意何如，漫説爲鄰德不孤。咫尺洛陽春已盡，過從能憶舊時無。

天津閑樂吟

名園相倚洛陽春，巷陌無塵羅綺新。何處青樓隔桃李，樂聲時復到天津。

春暮吟

有意楊花空學雪，無情榆莢漫堆錢。窮愁不服春辜負，酒病依還似去年。

自問二首

因甚年來可作詩，奈何人老又春歸。流鶯不忍花離披，啼到黄昏猶自啼。

年來因甚可吟詩，桃李無言鶯有辭。啼到黄昏猶自啼，奈何人老又春歸。

和成都俞公達運使見寄

前年車從過天津，花底當時把酒頻。此日錦城花爛漫，何嘗更憶洛陽春。

吴越吟二首

乙未闔廬淩楚歲，戊辰勾踐破吴時。正〔一〕如當日乘虚事，三十四年人不知。

夫差丁未曾囚越，勾踐戊辰還滅吴。二十二年時返復，一如當日却乘虚。

屬事吟

鷦鷯分寄一枝巢，不信甘言便易驕。當力尚難超北海，去威何足動鴻毛。

願將情意分明謝，肯把恩光取次燒。天寵居多爲幸久，春花無奈正夭饒。

興亡吟

孫陳李三人，亡國體相似。雖然少有文，何復語英氣。

〔一〕「正」原作「屈」，據四部叢刊本、四庫本改。

曹劉孫三人，與國體相似。雖然小有才，何復語命世。

文武吟

既爲文士，必有武備。文武之道，皆吾家事。

善惡吟

瞽鯀有子，堯舜無嗣。餘慶餘殃，何故如是。堯舜無子，瞽鯀有嗣。福善禍淫，何故如此。

責己吟

不爲十分人，不責十分事。既爲十分人，須責十分是。

無疾吟

無疾之安，無災之福。舉天下人，不爲之足。

四者吟

財色名勢，爲世所親。四者不動，然後見人。

恩怨吟

人之常情，無重于死。恩感人心，死猶有喜。怨結人心，死猶未已。恩怨之深，使人如此。

秦川吟二首

當時馬上過秦川，倏忽于今二十年。因見夫君話家住，依稀記得舊風煙。

秦川兩漢帝王區，今日關東作帝都。多少聖賢存舊史，夕陽唯只見荒蕪。

和絳守王仲賢郎中

爲郎得絳分銅虎，見寄詩中非浪誇。地土尚傳唐草木，山川猶起晉雲霞。

園池富有吟供筆，風俗淳無訟到衙。太守下車民受賜，一心殊不負官家。

日月吟

月明星自稀，日出月亦微。既有少正卯，豈無孔仲尼。

水旱吟

堯水九年，湯旱七載。調燮之功，此時安在。九年洪水，七年大旱。非堯與湯，民死過半。

老去吟

使吾却十歲，亦可少集事。奈何天地間，日無再中理。吾今六十六，衰老何可擬。志逮力不逮，人共知之矣。

人事吟

索鍊無如事，難知莫若人。人情隨手别，事體到頭均。

不同吟

求者不得，辭者不能。二者相去，其遠幾程。

貪義吟

貪人之惡，其過莫大。貪人之善，是亦爲罪。

月新吟

月新與月殘，形狀兩相似。奈何人之情，初見自歡喜。

和内鄉李師甫長官見寄

雖未似神仙，能逃暑與寒。何嘗無水竹，未始離林巒。
道不同新學，才難動要官。時和歲豐後，亦自有餘歡。
歲豐時又康，爲邑在南陽。不廢吏民事，得遊雲水鄉。
春輸桃李豔，風薦蕙蘭香。太守兼賢傑，且無奔走忙。

内鄉天春亭

内鄉有園名天春，春時桃李如綵雲。邑民攜觴連帟幕，或歌或舞何歡欣。縣尹中間意自若，直謂前世無古人。牡丹百品紅與紫，華而不實徒紛紜。

内鄉兼隱亭

兼隱詫來書，於時特起予。民淳無訟聽，縣僻類山居。簿領盃盤外，官聯談笑餘。不知當此際，傍邑更誰如。

李少卿見招代往吟

洛城春去會仙才，春去還驚夏却來。微雨過牡丹初謝，輕風動芍藥纔開。緑楊陰裏擁罇罍，身健時康好放懷。

病酒吟

年年當此際，酒病掩柴扉。早是人多感，那堪春又歸。花殘蝴蝶亂，晝永子規啼。安得如前日，和風初扇微。

爭讓吟

有讓豈無爭，無沿安有革。爭讓起于心，沿革生于跡。
羲軒讓以道，堯舜讓以德。湯武爭以功，桓文爭以力。

謝王諫議見思吟

西齋前後半松筠，萬慮澄餘始見真。不謂天光明淨處，又能時憶舊交親。

依韻和任司封見寄吟

王侯貴盛不勝言，圖畫中山得一觀。不似夫君行坐看，貪嵩又更愛天壇。
高樓百尺破危空，天淡雲閑看帝功。更上一層情未快，思君不見見喬嵩。
辭麾來此住雲霄，聞健登臨肯憚勞。紫陌事多都不見，家山圍遶是嵩高。

伊川擊壤集卷之十六

答人吟

筋骸得似當年否，氣血能如舊日無。却喜一般增長處，罇前談笑有工夫。

歲寒吟

松柏入冬看，方能見歲寒。聲須風裏聽，色更雲中觀。

依韻謝任司封寄逍遥枕吟

夫君惠我逍遥枕，恐我逍遥蹟未超。形體逍遥終未至，更和〔一〕魂夢與逍遥。

齊鄭吟

子產何嘗辭鄭小，晏嬰殊不願齊衰。二賢生若得其地，才業當爲王者師。

〔一〕「和」，四庫本作「知」。

代書寄呂庫部

周王八駿走天涯，爭似君家四寶奇。鄭洛風煙雖咫尺，恨無由往一觀之。

和王安之少卿雨後

焦勞九夏餘，一雨物皆蘇。蛙鼓不足聽，蚊雷未易驅。非唯仰歲給，抑亦了官輸。林下閑遊客，何妨儘自愉。

和和承制見贈

自度無能處世間，經冬經夏掩柴關。青雲路穩無功上，翠竹叢疎有分閑。猶許豔花酬素志，更將佳酒發酡顔。年來老態非常甚，長懼英才未易攀。

清和吟

清而不和，隘而多鄙。和而不清，慢而鮮禮。既和且清，義無定體。時行則行，時止則止。

異同吟

俊快傷滅裂，厚重傷滯泥。趨造隨所尚，不免有同異。

異己必爲非，同己必爲是。是非戰異同，終身不知意。

即事吟

生求媚于人，死求媚于鬼。媚人幸富貴，媚鬼免罪戾。

生死雖殊途，人鬼豈異理。哀哉過用心，妄意何時已。

觀物吟

耳目聰明男子身，洪鈞賦予不爲貧。因探月窟方知物，未躡天根豈識人。

乾遇巽時觀月窟，地逢雷處看天根。天根月窟閑來往，三十六宮都是春。

淳厚之人少秀慧，秀慧之人少審諦。安得淳厚又秀慧，與之共話人間事。

對酒吟

有酒時時泛一甌，年將七十待何求。齒衰婚嫁尚未了，歲旱田園纔薄收。客去有時閑拱手，日高無事靜梳頭。霜毛不止裝詩景，更可因而入畫休。

秋懷吟

一番春了未多時，雲外征鴻又報歸。節物眼前來若此，歲華頭上去如斯。當年志意雖然在，今日筋骸寧不衰。賴有寸心常自喜，聖人難處却能知。

和王安之少卿秋遊

春夏而來可作詩，雖然可作待何爲。屢空濫得同顏子，歷物固難如惠施。風月情懷無奈處，雲山意思不勝時。一歌一詠聊酬唱，敢詎安之與靜之。張少卿湍字靜之。

和王安之同赴府尹王宣徽洛社秋會

後房深出會親賓，樂按新聲妙入神。紅燭盛時翻翠袖，畫橈停處占青蘋。早年金殿舊遊客，此日鳳池將去人。宅冠名都號蝸隱，邵堯夫敢作西鄰。

負河陽河清濟源三處之約以詩愧謝之

韓持國、傅欽之、杜天經

秋霖積久泥正滑，念念何日天開晴。親朋延望固已甚，衰軀怯寒難遠行。一程相去雖不遠，兩次講行終未成。二事交戰乎胸中，隱几愁坐無由平。

依韻和王安之少卿秋約吟

升沉惡足論，事體到頭均。一片蓬蒿地，千年雲水身。收成時正好，寒暖氣初匀。自此過從樂，諸公莫厭頻。

長子伯温失解以詩示之

儒家所尚者，行義與文章。用捨何嘗定，枯榮未易量。干〔一〕求須黽勉，得失是尋常。外物不可必，其言味甚長。

歲暮自貽吟

天道無常春，地道無常珍。須稟中和氣，方生粹美人。良田多黍稌，薄地足荆榛。

〔一〕「干」，四部叢刊本、四庫本作「便」。

檮櫟蓬蒿類，止〔一〕能充惡薪。既爲萬物靈，須有萬物粹。既無萬物靈，徒分萬物類。欲出至珍言，須有至珍意。欲彰至美名，須作至美事。濟時爲美事，悟主爲珍意。奈何此二者，我獨無一與。

君子飲酒吟

父慈子孝，兄友弟恭。家給人足，時和歲豐。筋骸康健，里閈過從。君子飲酒，其樂無窮。

讀張子房傳吟

漢室開基第一功，善哉能始又能終。直疑後日赤松子，便是當年黃石公。用捨隨時無分限，行藏在我有窮通。古人已死不復見，痛惜今人少此風。

觀物吟二首〔二〕熙寧九年

柳性至柔軟，一年長丈餘。雖然易得榮，奈何易得枯。

〔一〕「止」原作「正」，據四部叢刊本、四庫本改。

〔二〕題爲「二首」，但是據底本格式看，實際只一首。

百穀仰膏雨，極枯變極榮。安得此甘澤，聊且振羣生。

治亂吟五首

亂多于治，害多于利，悲多于喜，惡多于美。一陰一陽，奈何如此。

中原一片閑田地，曾生三皇與五帝。三皇五帝子孫多，或賤或貧或富貴。

精義入神以致用，利用出入之謂神。神無方而易無體，藏諸用而顯諸仁。

火能勝水，火不勝水，其火遂滅。水能從火，水不從火，其水不熱。

夫能制妻，夫不制妻，其妻遂絶。妻能從夫，妻不從夫，其妻必孽。

天能生而不能養，地能養而不能生。火能烹而不能沃，水能沃而不能烹。

天地尚猶無全功，水火何由有全能。得用二者交相養，反爲二者交相淩。

三十年吟

比三十年前，今日爲艱難。比三十年後，今日爲安閑。
治久人思亂，亂久人思安。安得千年鶴，乘去遊仙山。

有病吟

身之有病，當求藥醫。藥之非良，其身必虧。國之有病，當求人醫。人之非良，其國必危。
事之未急，當速改爲。事之既急，雖悔難追。

對花吟

今年花似昔年開，今日人開昔日懷。煩惱全無半掐子，喜歡常有百來車。
光陰已過意未過，齒髪雖頹志未頹。人問堯夫曾出否，答云方自洞天回〔一〕。

自述

春暖秋涼人半醉，安車麈尾閑從事。雖無大德及生靈，且與太平裝景致。

〔一〕「回」原作「來」，據四部叢刊本、四庫本改。

去事吟

君子去事，民有餘祥。小人去事，民有餘殃。

策杖吟

策杖南園或北園，春來尤足慰衰年。初晴天氣上元後，乍暖風光寒食前。池岸微微粧嫩草，林梢薄薄罩輕煙。東君此際情何厚，非象之中正造妍。

不願吟

不願朝廷命官職，不願朝廷賜粟帛。惟願朝廷省徭役，庶幾天下少安息。

量力吟

量力動時無悔吝，隨宜樂處省營爲。須求騏驥方乘馬，亦恐終身無馬騎。

戲答友人吟

邵堯夫者是何人，歲歲春秋來謁君。車小半年行一轉余春秋一出，非如駿馬走香塵。

偶得吟

皋陶遇舜，伊尹逢湯。武丁得傅，文王獲姜。齊知管仲，漢識張良。諸葛開蜀，玄齡啓唐。

觀事吟

一歲之事勤在春，一日之事勤在晨。一生之事勤在少，一端之事勤〔一〕在新。

觀物吟

利輕則義重，利重則義輕。利不能勝義，自然多至誠。義不能勝利，自然多忿爭。

金玉吟

聖在人中出，心從行上修。金於沙裏得，玉向石中求。

風霜吟

見風而靡者草也，見霜而殞者亦草也。見風而鳴者松也，見霜而淩者亦松也。

〔一〕四部叢刊本、四庫本四「勤」字均作「慎」。

見風而靡，見霜而傷，焉能爲有，焉能爲亡。

上下吟

自下觀上，無限富貴。自上觀下，無限賤貧。自心觀物，何物能一。自物觀心，何心不均。

吾廬吟

吾廬雖小粗容身，且免輕爲僦舍人。大有世人無屋住，向人簷下索温存。

瀍河上觀杏花回

瀍河東看杏花開，花外天津暮却回。更把杏花頭上插，圖人知道看花來。

娶妻吟

人之娶妻，容德威儀。倘或生子，不皋則夔。

好事吟

好事固難將力取，賢人須是著心求。浮生日月無多子，時過千休復萬休。

不再吟

春無再至，花無再開。人無再少，時無再來。

毛頭吟

誰剪毛頭謝陸沉，生靈肌骨不勝侵。人間自有回天力，林下空多憂國心。
日過中時憂未艾，月幾望處患仍深。軍中儒服吾家事，諸葛武侯何處尋。
憂國心深爲愛君，愛君須更重於身。口中講得未必是，手裏做成方始真。
妄意動時難照物，俗情私處莫知人。厚誣天下凶之甚，多少英才在下塵。

六得吟

眼能識得，耳能聽得，口能道得，手能做得，身能行得，心能放得。

六者盡與，天地同德。〔一〕飲食起居，出處語默。不止省心，又更省力。

盛衰吟

勢盛舉頭方偃蹇，氣衰旋踵却嗟吁。厚誣天下稱賢者，天下何嘗可厚誣。

富貴吟

大舜與人同好惡，以人從欲得安乎。能知富貴尋常事，富貴能驕非丈夫。

無妄吟

耳無妄聽，目無妄顧。口無妄言，心無妄慮。四者不妄，聖賢之具。予何人哉，敢不希慕。

善惡吟

人善不趨，己惡不除。謂之知道，不亦難乎。

〔一〕四部叢刊本、四庫本作「六者盡能，與天同德」。

春日園中吟

春暖遊園迺是常，域中殊不異仙鄉。竹間日日同真侶，水畔時時泛羽觴。
雨後鳥聲移樹囀，風前花氣觸人香。林間富貴一般樂，更縱其來更不妨。

解字吟

人言爲信，日月爲明。止戈爲武，羔美爲羹。

感事吟

芝蘭種不榮，荆棘剪不去。二者無奈何，徘徊歲將暮。

窮達吟

窮不能卷，達不能舒。謂之知道，不亦難乎。

宇宙吟

宇宙在乎手，萬物在乎身。緜緜而若存，用之豈有勤。

久旱吟

久旱望雨，久雨思晴。天之常道，人之常情。

成性吟

成性存存，用志不分。又何患乎，不到古人。

路徑吟

面前路徑無令窄，路徑窄時無過客。過客無時路徑荒，人間大率多荆棘。

大人吟

天道遠，人道邇。盡人情，合天理。

先天吟示邢和叔

一片先天號太虚，當其無事見真腴。胸中美物肯自衒，天下英才致厚誣。理順是言皆可放，義安何地不能居。直從宇泰〔一〕收功後，始信人間有丈夫。

〔一〕「宇泰」，四庫本作「太宇」。

感事吟

爲善大宜量力分，知機都在近人情。人情盡後疑難入，力分量時事自平。理順面前皆道路，義乖門外是榛荆〔一〕。何人肯認此言語，此語分明人不聽。

浩歌吟

何者謂知機，惟神能造微。行藏全在我，用捨繫於時。每恨知人晚，常憂見事遲。與天爲一體，然後識宣尼。

利名吟

利名都不到胸中，由此胸中氣自沖。既愛且憎皆是病，靈臺何日得從容。

凭高吟

誰將酷烈千般毒，變作恩光一派深。惆悵先民不復見，更凭高處儘沈吟。

〔一〕「榛荆」，四庫本作「荆榛」。

意盡吟

意盡於物，言盡於誠。矯情鎮物，非我所能。

又浩歌吟二首

憂愁與喜歡，相去一毛間。治亂不同體，山川無兩般。

笛聲方遠聽，草木正遥看。何處危樓上，斜陽人凭欄。

嘉善既難投，先生宜罷休。履霜猶可救，滅木更何求。

獸困重來日，鴻飛遠去秋。民飢須是食，食外盡悠悠。

温良吟

君子温良當責備，小人情僞又須知〔一〕。因驚世上機關惡，遂覺壺中日月遲〔二〕。

〔一〕「知」，四庫本作「防」。

〔二〕「遲」，四庫本作「長」。

君子吟

君子與義，小人與利。與義日興，與利日廢。君子尚德，小人尚力。尚德樹恩，尚力樹敵。君子作福，小人作威。作福福至，作威禍隨。君子樂善，小人樂惡。樂惡惡至，樂善善歸。君子好譽，小人好毁。好毁人怒，好譽人喜。君子思興，小人思壞。思興召祥，思壞召恠。君子好與，小人好求。好與多喜，好求多憂。君子好生，小人好殺。好生道行，好殺道絶。

先天吟

先天天弗違，後天奉天時。弗違無時虧，奉時有時疲。

爽口吟

爽口之物少茹，爽心之行少慮。爽意之言少語，爽身之事少做。

至誠吟

不多求故得，不離〔一〕學故明。欲得心常明，無過用至誠。

〔一〕「離」，四部叢刊本、四庫本作「雜」。

書事吟

它山有石能攻玉，玉未全成老已催。有限光陰隨事去，無涯衰朽逐人來。
陶鎔情性詩千首，燮理筋骸酒一盃。六十六年無事日，心源方始似昭回。

答寧秀才求詩吟

林下閑言語，何須要許多。幾乎三百首，足以備吟哦。

詩酒吟

聖人難處口能宣，何止千年與萬年。心静始能知白日，眼明方會看青天。
鬼神情狀將詩寫，造化工夫用酒傳。傳寫不干詩酒事，若無詩酒又難言。

白頭吟

何人頭不白，我白不因愁。只被人多欲，其如我不憂。
不憂緣不動，多欲爲多求。年老人常事，如何不白頭。

知音吟〔一〕

仲尼始可言無意，孟子方能不動心。莫向山中尋白玉，但於身上覓黄金。

山中白玉有時得，身上黄金無處尋。我輩何人敢稱會，安知世上無知音。

〔一〕四部叢刊本、四庫本此詩在本卷内觀事吟與觀物吟之間。

伊川擊壤集卷之十七

人物吟

人破須至護，物破須至補。補護既已多，卒歸于敗露。
人有人之情，物有物之理。人物類不同，情理安有異。

偶得吟

林間無事可裝懷，晝睡功勞酒一盃。殘夢不能全省記，半隨風雨過東街。

觀物吟

一氣纔分，兩儀已備。圓者爲天，方者爲地。變化生成，動植類起。人在其間，最靈最貴。

戰國吟

七國之時尚戰爭，威强知詐一齊行。廉頗白起善用兵，蘇秦張儀善縱横。

朝爲布衣暮公卿，昨日鼎食今鼎烹。范睢謝相何心情，蔡澤入秦何依憑。
始皇奮袂天下寧，二世乞爲氓不能。三千賓客憤未平，百二山河漢已興。
所存舊物唯空名，殘陽衰草山川形。都似一場春夢過，自餘惡足語威獰。

感事吟

切玉如泥劍不虚，誰知世上有昆吾。能言未是真男子，善處方名大丈夫。
士老林泉誠所願，民填溝壑諒何辜。然非我事我心惻，珍重羲皇一卷書。

又五首〔一〕

萬物有精英，人爲萬物靈。必先詳其體，然後論人情。
氣靜形安樂，心閑身太平。伊耆治天下，不出此名生。

用藥似交兵，兵交豈有寧。求安安未得，去病病還生。
湯劑未全補，甘肥又却爭。何由能壽考，瑞應老人星。

〔一〕四庫本無此三字標題。

萬物道爲樞，其來類自殊。性雖無厚薄，理亦有精麤。
未若人爲盛，還知物有餘。我生于此日，幸免作庸夫。
曾聞不若見，曾見不如經。既用心經過，何煩口説行。
改詩知化筆，醒酒識和羹。料得人間事，無由出此情。
前有億萬年，後有億萬世。中間有壽人，未過百來歲。
出口無善言，行身無善事。徒有人之身，殊無人之貴。

履道吟〔一〕

何代無人振德輝，衆賢今日會西畿。太平文物風流事，更勝元和全盛時。

見義吟

見善必爲，不見則已。量力而動，力盡而止。

〔一〕四部叢刊本、四庫本作「履道留題吟」。

觀物吟

如鸞如鳳，意思安詳。所生之人，非忠則良。如鼠如雀，意思驚躩。所生之人，不凶則惡。

王公吟

王公大人，天下具瞻。輕流傳〔一〕習，重損威嚴。此尚未了，彼安能兼。非爲失道，又復起貪。頂戴儒冠，心存象教。本圖心寧，復使心鬧。譬如生子，當求克肖。不教義方，教之竊盜。

自詠吟

老去無成齒髮衰，年將七十待何爲。居常無病不服藥，間或有懷猶作詩。引水更憐魚並至，折花仍喜蝶相隨。平生積學無他效，只得胸中惡〔二〕坦夷。

觀物吟

畫工狀物，經月經年。軒鑑照物，立寫于前。鑑之爲明，猶或未精。工出人手，平與不平。

〔一〕「傳」，四庫本作「薄」。
〔二〕「惡」，四庫本作「恁」。

天下之平，莫若于水。止能照表，不能照裏。表裏洞照，其唯聖人。察言觀行，罔或不真。盡物之性，去己之情。有德之人，而必有言。能言之人，未必能行。

能寐吟

大驚不寐，大憂不寐，大傷不寐，大病不寐，大喜不寐。大安能寐。何故不寐，湛於有累。何故能寐，行於無事。

鷓鴣吟二首

人間重者是黄金，誰道黄金無處尋。不著閑辭文雅意，更將何事悦良心。
遠山四面供清潤，幽鳥千般送好音。無限春光都去盡，請君聽唱鷓鴣吟。

翠竹叢深啼鷓鴣，鷓鴣聲更勝提壺。江南江北常相逐，春後春前多自呼。
遷客銷魂驚夢寐，征人零淚濕衣裾。愁中聞處腸先斷，似此傷懷禁得無。

先天吟

若問先天一字無，後天方要著工夫。拔山蓋世稱才力，到此分毫强得乎一作無。

自樂吟

麟鳳何嘗不在郊，太平消得苦譊譊。纔聞善事心先喜，每見奇書手自抄。一瓦清泉來竹下，兩竿紅日上松梢。窩中睡起窩前坐，安得閑辭解客嘲。

民情吟

民情既樂，和氣爲祥。民情既憂，戾氣爲殃。祥爲雨露，天下豐穰。殃爲水旱，天下凶荒。

牡丹吟

牡丹花品冠羣芳，况是其間更有王。四色變而成百色，百般顏色百般香。

代書吟

金須百鍊始知精，水鑑何如人鑑明。不棄既能存故舊，久要焉敢忘平生。

經綸事體當言用，道義襟懷只論誠。草木面前何止萬，歲寒松桂獨青青。

病淺吟

病淺之時人不疑，病深之後藥難醫。勞謙所以有終吉，迷復何嘗無大虧。物我中間難著髮，天人相去〔一〕豈容絲。能知古樂猶今樂，省了譊譊多少辭。

借出詩

詩狂書更逸，近歲不勝多。大半落天下，未還安樂窩。

無苦吟

平生無苦吟，書翰不求深。行筆因調性，成詩爲寫心。詩揚心造化，筆發性園林。所樂樂吾樂，樂而安有淫。

〔一〕「去」原作「吉」，據四部叢刊本、四庫本改。

萬物吟

萬物備于身，乾坤不負人。時光嗟荏苒，事體落因循。
既感青春老，還驚白髮新。胸中若無有，未免作埃塵一云走埃塵。

月窟吟

月窟與天根，中間來往頻。所居皆綽綽，何往不申申。
投足自有定，滿懷都是春。若無詩與酒，又似太虧人。

大象吟

大象自中虛，中虛真不渝。施爲心事業，應對口工夫。
伎量千般有，憂愁一點無。人能知此理，勝讀五車書。

百病吟

百病起於情，情輕病亦輕。可能無系累，却是有依憑。
秋月千山静，春華萬木榮。若論真事業，人力莫經營。

小車吟

春暖未苦熱，秋涼未甚寒。小車隨意出，所到即成歡。

擊壤吟

擊壤三千首，行窩十二家〔一〕。樂天爲事業，養志是生涯。出入將如意，過從用小車。人能知此樂，何必待紛華。

留題水北楊郎中園亭二首

買宅從來重見山，見山今直幾何錢。奇峰環列遠隔水，喬木俯臨微帶煙。行路客疑經〔二〕洞府，凭欄人恐是神仙。長憂暗入丹青手，寫向鮫綃天下傳。

洛下誰家不買居，買居還得似君無。風光一片非塵世，景物四時真畫圖。後圃花奇真〔三〕閬苑，前軒峰好類蓬壺。人生能向此中老，亦是世間豪丈夫。

〔一〕「十二家」，四部叢刊本、四庫本作「二十家」。
〔二〕「經」，四部叢刊本、四庫本作「驚」。
〔三〕「真」，四部叢刊本、四庫本作「同」。

秋盡吟

數日之間秋遂盡，百思無以慰蹉跎。園林正好愛不徹，草木已黄情奈何。
雖老筋骸行尚健，儘高臺榭望仍多。終朝把酒未成醉，又欲臨風一浩歌。

不肖吟

不肖之人，志在遊蕩。身在屋下，心在屋上。不肖之子，志在浮誇。身尚不保，焉能保家。

君子吟

君子之去，亦如其來。小人之來，亦如其去。既有恩情，且無怨怒。既有憎嫌，且無思慕。

小人吟

小人無節，棄本逐末。喜思其與，怒思其奪。

把手吟

富貴把手，貧賤掣肘。貧賤把手，富貴掣肘。金石之交，死且不朽。市井之交，自難長久。

大易吟

天地定位，否泰反類。山澤通氣，損咸見義。雷風相薄，恒益起意。水火相射，既濟未濟。
四象相交，成十六事。八卦相盪，爲六十四。

罷吟吟

久欲罷吟詩，還驚意忽奇。坐中知物體，言外到天機。
得句不勝易，成篇豈忍遺。安知千萬載，後世無宣尼。

黄金吟

身上有黄金，人無走陸沈。求時未必見，得處不因尋。
辯捷非通物，涵容是了心。會彈無絃琴，然後能知音。

鶬鴰吟

事體一番新，纔新又却陳。新陳非利物，義理不由人。
歲月休驚晚，鶯花續報春。餘罇幸無恙，宜唱鶬鴰頻。

閑中吟

閑中氣味長，長處是仙鄉。富有林泉樂，清無市井忙。
爛遊千聖奧，醉擁萬花香。莫作傷心事，傷心易斷腸。

閑中氣味真，真處是天民。富有林泉樂，清無市井塵。
爛遊千聖奧，醉擁萬花春。莫作傷心事，傷心愁殺人。

閑中氣味全，全處是天仙。富有林泉樂，清無市井喧。
爛觀千聖奧，醉擁萬花妍。莫作傷心事，傷心事好旋。

蒼蒼吟

人人共戴天，我戴豈徒然。須識天人理，方知造化權。
功名歸酒盞，器業入詩篇。料得閑中樂，無如我得全〔一〕。

〔一〕「全」，四部叢刊本、四庫本作「閒」。

團團吟

如鑑又如鈎，迴旋莫記秋。難窮天上理，易白世間頭。團處人人喜，虧時物物愁。有生無不喘，何必待吴牛。

代書吟

見别一年餘，歲殘相憶初。重煩君款密，遠寄我空疎。衰朽百端有，憂愁一點無。閑吟四十字，聊用答來書。

失詩吟

胸中風雨吼，筆下龍蛇走。前後落人間，三千有餘首。

不去吟

行年六十六，不去兩般事。用詩贈真宰，以酒勸象帝。面未發酡顔，心先動和氣。俯仰天地間，自知無所愧。

經世吟

羲軒堯舜，湯武桓文。皇王帝伯，父子君臣。四者之道，理限于秦。降及兩漢，又歷三分。東西俶擾，南北紛紜。五胡十姓，天紀幾焚。非唐不濟，非宋不存。千世萬世，中原有人。

知人吟

君子知人出于知，小人知人出于私。出于知，則同乎理者謂之是，異乎理者謂之非。出于私，則同乎己者謂之是，異乎己者謂之非。

言行吟

能言未是難，行得始爲艱。須是真男子，方能無厚顔。

光陰吟

三百六旬有六日，光陰過眼如奔輪。周而復始未嘗息，安得四時長似春。

舉酒吟

閑與賓朋飲酒盃，盃中長似有花開。清談纔向口中出，和氣已從心上來。
物外意非由象得，坐間春不自天回。施之天下能如此，天下何憂不放懷。

酒少吟

此物近來貧，時時得數斤。如茶辜老朽，似藥負交親。
未飲先憂盡，雖斟不敢頻。何由同九日，長有白衣人。

觀棊絶句

未去交爭意，難忘黑白心。一條無敵路，徹了没人尋。

未去交爭意，難忘黑白情。一條平穩路，痛惜没人行。

老去吟

老去無成鬢已斑，縱心年幾合輕閑。如何得意雲山外，更欲遊心詩酒間。

大字寫詩酬素志，小盃斟酒發酡顔。春雷驚起千年蟄，筆下蒼龍自往還。

亂石吟

天津多亂石，石裏閑尋覓。全玉固難求，似玉亦難得。徒有碌碌青，亦有磷磷白。奈無清越聲，亦〔一〕無温潤色。

未有吟

未有一分功，先立十分敵。所得無分毫，所喪無紀極。未有一分讓，先有十分爭。所喪者實事，所得者虚名。

誡子吟

至寶明珠非有類，全珍良玉自無瑕。爲珠爲玉尚如此，何況爲人多過差。

〔一〕「亦」，四部叢刊本、四庫本作「更」。

有過不能改，知賢不肯親。雖生人世上，未得謂之人。

周孔不足法，軻雄不足師。還同棄常膳，除是適蠻夷。

乾坤吟〔一〕

意亦心所至，言須耳所聞。誰云天地外，别有好乾坤。

道不遠于人，乾坤只在身。誰能天地外，别去覓乾坤。〔二〕

胡越吟

胡越同心日，夫妻反目時。人間無大小，得失在須斯。

善處吟

善處憂難作，能持事自修。腹心無外物，蠻貊亦懷柔。

〔一〕道藏本無此詩，據四部叢刊本、四庫本補。

〔二〕「道不遠于人」四句，道藏本繫于誡子吟之末，非是，此從四部叢刊本、四庫本。

百年吟

百年嗟荏苒，千里痛蕭條。忍逐東流水，無期任所飄。

歲杪吟

一日去一日，一年添一年。饒教成大器，其那已華顛。志意雖依舊，聰明不及前。若非心有得，亦恐學神仙。

觀棊小吟

誰言博弈尚優游，利害相磨未始休。初得手時宜顧望，合行權處莫遲留。二年乃正三監罪，七日能尸兩觀囚。天下太平無一事，南陽高卧更何求。

又借出詩

安樂窩中樂，媧皇笙萬攢。自從閑借出，客到遂無歡。

和王規甫司勳見贈

何止千年與萬年，歲寒松桂獨依然。若無楊子天人學，安有莊生内外篇。
已約月陂尋白石，更期金谷弄清泉。誰云影論紛紜甚，一任山巔復起巔。

答友人勸酒吟

人人誰不願封侯，及至封侯未肯休。大得却須防大失，多憂元只爲多求。
規模焉敢比才士，度量自知非飲流。少日何由能强此，况今年老雪堆頭。

伊川擊壤集卷之十八

冬至吟

何者謂之幾，天根理極微。今年初盡處，明日未來時。
此際易得意，其間難下辭。人能知此意，何事不能知。

盃盤吟

林下盃盤大寂寥，寂寥長願似今朝。君看擊鼓撞鐘者，勢去賓朋不易招。

歡喜吟

揚善不揚惡，記恩不記讎。人人自歡喜，何患少交遊。

善人吟

良如金玉，重如丘山。儀如鸞鳳，氣如芝蘭。

議論吟

事苟非，自有異。事苟是，安有二。

推誠吟

天雖不語人能語，心可欺時天可欺。天人相去不相遠，只在人心人不知。
人心先天天弗違，人身後天奉天時。身心相去不相遠，只在人誠人不推。

堯夫吟

堯夫吟天下拙，來無時去無節。如山川行不徹，如江河流不竭。如芝蘭香不歇，如簫韶聲不絕。
也有花也有雪，也有風也有月。又温柔又峻烈，又風流又激切。

意外吟

事出意外，人難智求。自非妄動，惡用多愁。既有誤中，寧無暗投。能知此説，天下何憂。

當斷吟

斷以決疑，疑不可緩。當斷不斷，反受其亂。

憂夢吟

至人無夢，聖人無憂。夢爲多想，憂爲多求。憂既不作，夢來何由。能知此説，此外何修。

人情吟

人達人情，無寡無廣。天下之事，如指諸掌。

人事吟

人無取次，事莫因循。因循失事，取次壞人。人無率爾，事貴丁寧。率爾近薄，丁寧近誠。

師資吟

未知道義，尋人爲師。既知道義，人來爲資。尋師未易，爲資實難。指南嚮道，非去非還。

師人則恥，人師則喜。喜恥皆非，我獨無是。好爲人師，與恥何異。

天人吟

天學修心，人學修身。身安心樂，乃見天人。天之與人，相去不遠。不知者多，知之者鮮。身主于人，心主于天。心既不樂，身何由安。

樂毅吟

樂毅事燕時，其心有深旨。破齊七十城，迎刃不遺矢。豈留即墨莒，却與燕有二。欲使燕遂王，天下自齊始。豈意志未申，昭王一旦死。惠王固不知，使人代其位。强燕自此衰，何復能振起。自古君與臣，際會非容易。重惜千萬年，英雄爲流涕。

十分吟

所謂十分人，須有十分真。非謂能寫字，非謂能爲文。非爲〔一〕眉目秀，非謂衣裳新。欲行人世上，直須先了身。所謂十分人，須有十分事。事苟不十分，終是未完備。事父盡其心，事兄盡其意。事君盡其忠，事師盡其義。人壽百來年，其過豈容易。雖然瞬息間，其間多少事。號爲能了事，必先能了身。身苟未能了，何暇能了人。

〔一〕「爲」，四部叢刊本、四庫本作「謂」。

生日吟 祥符辛亥十二月二十五日

辛亥年辛丑月，甲子日甲戌辰。日辰同甲，年月同辛，吾于此際，生而爲人。

誡子吟

雞能警旦，馬能代行。犬能守禦，牛能力耕。人稟天地，萬物之靈。妬賢嫉能，不如不生。

有常吟

天地有常理，日月有常明。四時有常序，鬼神有常靈。聖人有常德，小人無常情。

歲暮吟

世上紛華都不見，眼前唯見讀書尊。百千難過尚驚惕，三十歲前尤苦辛。
少日只知難險事，老年方識太平身。家風幸有兒孫繼，足以無心伴白雲。

春天吟

一片春天在眼前，眼前須識好春天。春秋冬夏能無累，雪月風花都一連。

能用真腴爲事業，豈防他物害暄妍。我生其幸何多也，安有閑愁到耳邊。

庶幾吟

以聖責人，固未完備。以人望人，自有餘地。責人無難，受責非易。其殆庶幾，猶望顏子。

人物吟

人盛必有衰，物生須有死。既見身前人，乃知身後事。
身前人能興，身後事豈廢。興廢先言人，然後語天地。

詫嗟吟

昨日炙手，今日張羅。人間常事，何詫何嗟。

左衽吟〔一〕

自古禦戎無上策，唯憑仁義是中原。王師問罪固能道，天子蒙塵爭忍言。

〔一〕四庫本作「防邊吟」，詩中文字有改動，不具列。

二晉亂亡成茂草，三君屈辱落陳編。公閭延廣何人也，始信興邦亦一言。

教勸吟

若聖與仁吾豈敢，空言猶足慰虛生。明開教勸用常道，永使子孫持善名。此日貽謨情未顯，他時受賜事非輕。庶幾此意流天下，天下何由不太平。

不善吟

悲哉不善人，稟此凶戾德。非唯〔一〕敗人家，又能敗人國。

多事吟

多事招憂，多疑招悶。多與招吝，多取招損。

處身吟

君子處身，寧人負己，己無負人。小人處事，寧己負人，無人負己。

〔一〕「唯」原作「爲」，據四部叢刊本、四庫本改。

觀性吟

千萬年之人，千萬年之事，千萬年之情，千萬年之理，唯學之所能，坐而爛觀爾。

觀物吟

居暗觀明，居靜觀動，居簡觀繁，居輕觀重。所居者寡，所觀則衆。匪居匪觀，衆寡何用。

答和吴傳正贊善二首 並寄高陽王十三機宜

洛陽城裏一愚夫，十許年來不讀書。老去情懷難狀處，淡煙寒月映松疎。

樂靜豈無病，好閑終有心。爭如自得者，與世善浮沈。

是非吟

是短非長，好丹非素。一生區區，未免愛惡。愛惡不去，何由是非。愛惡既去，是非何爲。

洗心吟

人多求洗身，殊不求洗心。洗身去塵垢，洗心去邪淫。塵垢用水洗，邪淫非能淋。必欲去心垢，須彈無絃琴。

見物吟

見物即謳吟，何嘗曾用意。閑將篋笥詩，静看人間事。

力穡吟

春時耕種，夏時耘耨。秋時收治，冬時用受。雨露不愆，既苗既秀。水旱爲災，尚罹其咎。

六十六歲吟

六十有六歲，暢然持酒盃。少無他得志，老有此開懷。往往英心動，時時秀句來。尚收三百首，自謂敵瓊瓌。

寬猛吟

寬則民慢，猛則民殘。寬猛相濟，其民自安。

小道吟

藝雖小道，事亦繫人。苟不造微，焉能入神。

得失吟

人有賢愚，事無巨細。得不艱難，失必容易。

薰蕕吟

善惡之間，薰蕕可究。近薰必香，近蕕必臭。

好惡吟

惡死好生，去害就利。天下之人，其情無異。

歲暮吟

此情人不知，亦嘗歎遲暮。雖則歎遲暮，奈何難分付。
此情人不知，亦嘗歎遲久。雖則歎遲久，奈何人不受。

安分吟

輕得易失，多謀少成。德無盡利，善無近名。

由聽吟

由聽而失，以聽爲賓。而今而後，何復信人。

詩畫吟

畫筆善狀物，長于運丹青。丹青入巧思，萬物無遁形。詩畫善狀物，長于運丹誠。
丹誠入秀句，萬物無遁情。詩者人之志，言者心之聲。志因言以發，聲因律而成。
多識于鳥獸，豈止毛與翎。多識于草木，豈止枝與莖。不有風雅頌，何由知功名。

不有賦比興，何由知廢興。觀朝廷盛事，壯社稷威靈。有湯武締構，無幽厲欹傾。知得之艱難，肯失之驕矜。去巨蠹姦邪，進不世賢能。摘〔一〕陰陽粹美，索天地精英。籍江山清潤，揭日月光榮。收之爲民極，著之爲國經。播之于金石，奏之于大庭。感之以人心，告之以神明。人神之胥悅，此所謂和羹。既有虞舜歌，豈無皐陶賡。既有仲尼刪，豈無季札聽。必欲樂天下，捨詩安足憑。得吾之緒餘，自可致升平。

詩史吟

史筆善記事，長于炫其文。文勝則實喪，徒增〔二〕口云云。詩史善記事，長于造其真。真勝則華去，非如目紛紛。天下非一事，天下非一人。天下非一物，天下非一身。皇王帝伯時，其人長如存。百千萬億年，其事長如新。可以辯庶政，可以齊黎民。可以述祖考，可以訓子孫。可以尊萬乘，可以嚴三軍。可以進諷諫，可以揚功勳。可以移風俗，可以厚人倫。可以美教化，可以和疎親。可以正夫婦，可以明君臣。可以贊天地，可以感鬼神。規人何切切，誨人何諄諄。送人何戀戀，贈人何懃懃。

〔一〕「摘」，四部叢刊本、四庫本作「擇」。
〔二〕「增」，四部叢刊本、四庫本作「憎」。

無歲無嘉節，無月無嘉辰。無時無嘉景，無日無嘉賓。罇中有美禄，坐上無妖氛。
胸中有美物，心上無埃塵。忍不用大筆，書字如車輪。三千有餘首，布爲天下春。

演繹吟

萬事入沈吟，其來味更深。雖然曾過眼，須是更經心。
過眼未盡見，經心肯儘尋。儘尋能得見，方始是真金。
何者是真金，真金入骨沈。飽曾經煅鍊，足得不沈吟。
到手何須眼，行身敢放心。放心然後樂，天下有知音。
何者謂知音，知音只在心。肝脾無效驗，鐘鼓漫搜尋。
既若能開物，何須更鼓琴。來儀非爲鳳，只是感人深。
何者謂來儀，來儀意不低。有身皆衎衎，無物不熙熙。
一國若一物，四方猶四肢。巍巍乎堯舜，何得而名之。

史畫吟

史筆善記事，畫筆善狀物。狀物與記事，二者各得一。詩史善記意，詩畫善狀情。狀情與記意，二者皆能精。狀情不狀物，記意不記事。形容出造化，想像成天地。體用自此分，鬼神無敢異。詩者豈于此，史畫而已矣。

好勝吟

人無好勝，事無過求。好勝多辱，過求多憂。憂辱並至，道德弗遊。不止人患，身亦是仇。

治心吟

心親于身，身親于人。不能治心，焉能治身。不能治身，焉能治人。

吾廬吟

吾亦愛吾廬，吾廬似野居。性隨天共淡，身與世俱踈。遍地長芳草，滿床堆亂書。自從無事後，更不著工夫。

人靈吟

天地生萬物，其間人最靈。既爲人之靈，須有人之情。若無人之情，徒有人之形。

過眼吟

紛紛過眼不須驚，利害相磨卒未平。伎倆雖多無實效，聰明到了是虚名。
温涼寒熱四時事，甘苦辛酸萬物情。除却此心皆外物，此心猶恐未全醒一作未惺惺。

災來吟

災自外來，猶可消除。災自内來，何由支梧。天人之間，内外察諸。

内外吟

目耳鼻口，人之户牖。心膽脾腎，人之中霤。内若能守，外自不受。内若無守，外何能久。

名利吟

重之以名，見人之情。厚之以利，見人之意。情意内也，内重則外輕。名利外也，内賤則外貴。

名實吟

内無是實，外有是名，小人故矜。外無是名，内有是實，君子何失。

性情吟

君子任性，小人任情。任性則近，任情則遠。

丁寧吟

人無忽略，事貴丁寧。忽略近薄，丁寧近誠。

疑信吟

人無輕信，事無多疑。輕信招釁，多疑招離。

治亂吟

君子小人，亦常相半。時止時行，或治或亂。

有時吟

龍不冬躍，螢能夜飛。小人君子，而皆有時。

忠厚吟

小人斯須，君子長久。斯須傾邪，長久忠厚。

窮冬吟

十二月將終，還驚歲律窮。藏冰方北陸，解凍未東風。
草昧徒尋緑，花梢强覓紅。探春春不見，元只在胸中。

知非吟

今日已前事，知非心可憑。虚言安足道，實行又何矜。
無藥醫衰老，有詩歌聖明。縱然時飲酒，未肯學劉伶。

冬至吟

冬至子之半，天心無改移。一陽初起處，萬物未生時。玄酒味方淡，大音聲正希。此言如不信，更請問庖犧。

頭白吟

頭白已多時，況能垂白髭。不如猶甚幸，竊此未全衰。潤屋雖無鏹，承家却有兒。敢言貧淨潔，似我亦應稀。

談詩吟

詩者人之志，非詩志莫傳。人和心盡見，天與意相連。論物生新句，評文起雅言。興來如宿構，未始用雕鐫。

繩水吟

水能平而不能直，繩能直而不能平。安得繩水爲人情，而使天下都無爭。

刑名吟

君子多近名，小人多近刑。善惡有異同，一歸於任情。

陰陽吟

陽行一，陰行二。一主天，二主地。天行六，地行四。四主形，六主氣。

人事吟

人有去就，事無低昂。跡有踈密，人無較量。能此四者，自然久長。

内外吟

衣冠嚴整，謂之外修。行義純潔，謂之内修。内外俱修，何人不求。

衣冠不整，謂之外惰。行義不修，謂之内惰。内外俱惰，何人不唾。

盛衰吟

克肖子孫，振起家門。不肖子孫，破敗家門。猗嗟子孫，盛衰之根。

死生吟

學仙欲不死，學佛欲再生。再生與不死，二者人果能？設使人果能，方始入于情。賞哉林下人，不爲人所惜。哀哉公與卿，重爲人所惑。

生日吟

三萬五千日，伊子享此身。當時纔作物，此際始爲人。久負陰陽力，終虧父母恩。一盃爲壽酒，牀下列兒孫。

時事吟

時之來兮，其勢可乘。時之去兮，其事〔一〕遂生。前日之事兮，今日不行。

〔一〕「事」，四部叢刊本、四庫本作「勢」。

今日之事兮，後來必更。時久則患生，事久則弊生。弊患相仍，人何以寧。

不知吟

比知陰陽，不知天地，不知人情，不知物理。强爲人師，寧不自愧。

水火吟

水火得其御，交而成既濟。水火失其御，焚溺可立至。不止水與火，萬事盡如此。只知用水火，不知水火義。

中原吟

中原之師，仁義爲主。仁義既無，四夷來侮。

喜飲吟

堯夫喜飲酒，飲酒喜全真。不喜成酩酊，只喜成微醺。微醺景何似，襟懷如初春。初春景何似，天地纔絪緼。不知身是人，不知人是身。只知身與人，與天都未分。

所感吟

人生無定準，事體有多端。客宦危疑處，家書子細看。既〔一〕曾憂險阻，方信喜平安。男子平生事，須于痛〔二〕定觀。

行止吟

時止則須止，時行則可行。時行與時止，人力莫經營。

太平吟

太平時世園亭内，豐稔歲年村落間。情味一般難狀處，風煙草木盡閑閑。

探春吟

草色依稀緑，花梢隱約紅。一般難道説，如醉在心中。

〔一〕「既」，四庫本作「可」。

〔二〕「痛」，四庫本作「論」。

不出吟

冬夏遠難出，止行南北園。如逢好風景，亦可至三天。西行至天街，二百步。北行至天津，三百步。東行至天宮，四百步。

伊川擊壤集卷之十九

不善吟

不良之人，稟氣非正。蛇蝎其情，豺狼其性。至良之人，稟氣清明。金玉其性，芝蘭其情。

不同吟

君子之人，與己非比。聞善則樂，見賢則喜。小人之人，與己非惡。聞善則憎，見賢則怒。

得失吟

時難得而易失，心雖悔而何追。不知老之已至，不知志與願違。

痛矣吟

痛矣時難得，悲哉道未傳。今年年已盡，明日是明年。

歲除〔一〕

半百已華顛，如今更皓然。自知爲士子，人訝學神仙。
風月難忘酒，雲山不著錢。行年六十六，明日又添年。

筆興吟 熙寧十年

窗晴氣和暖，酒美手柔軟。興逸情撩亂，筆落春花爛。

影論吟

性在體内，影在形外。性往體隨，形行影會。體性不存，形影安在。影外之言，曾何足恠。

憂喜吟

大喜與大憂，二者莫能寐。二者若能寐，何憂事不治。

〔一〕四部叢刊本、四庫本作「歲除吟」。

窺開吟

物理窺開後，人情照破時。一身都是我，瘦了又還肥。
物理窺開後，人情照破時。能將函谷塞，只用一丸泥。
物理窺開後，人情照破時。正如攜寶劍，切玉過如泥。
物理窺開後，人情照破時。渴多逢美酒，病後遇良醫。
物理窺開後，人情照破時。能將一箇字，善解百年迷。
物理窺開後，人情照破時。情中明事體，理外見天機。
物理窺開後，人情照破時。可嗟兼可唾，堪鄙又堪嗤。
物理窺開後，人情照破初。不堪將勸誡，止可與嗟吁。

物理窺開後，人情照破前。止堪令執筆，不可使持權。

物理窺開後，人情照破休。止堪初看望，不可久延留。

物理窺開後，人情照破時。欲知花爛漫，須是葉離披。

物理窺開後，人情照破時。有權能處置，更狡待何爲。

物理窺開後，人情照破間。敢言天下事，到手又何難。

喜飲吟

平生喜飲酒，飲酒喜輕醇。不喜大段醉，只便微帶醺。融怡如再少，和煦似初春。亦恐難名狀，兩儀仍未分。

貴賤吟

繫自我者，可以力行。繫自人者，難乎力爭。貴爲萬乘，亦莫之矜。賤爲匹夫，亦莫之淩。

措處吟

在未定之時，當難處之地。方事之危疑，見人之措置。

費力吟

事無巨細，人有得失。得之小心，失之費力。

不老吟

人無不老理，日有再中時。不老必無也，再中應有之。

代書寄陳章屯田

執别而來二十春，忽飛書意一何懃。四方豈是少賢士，千里猶能思故人。世態見多知可否，物情諳久識踈親。我今老去甘衰朽，無補明時卧洛濱。

長短吟

君子喜淳誠，小人喜欺罔。淳誠歲時長，欺罔日月短。

迷悟吟

君子改過，小人飾非。改過終悟，飾非終迷。終悟福至，終迷禍歸。

正性吟

未生之前，不知其然。既生之後，乃知有天。有天而來，正物之性。君子踐形，小人輕命。

幽明吟

明有日月，幽有鬼神。日月照物，鬼神依人。明由物顯，幽由人陳。人物不作，幽明何分。

無覗吟

事曾經見，物曾持鍊。天地之間，俯仰無覗。

事體吟

語言須中節，義理貴從宜。可革仍三就，當行必再思。

自餘吟

身生天地後，心在天地前。天地自我出，自餘何足言。

四可吟

可勉者行，可信者言，可委者命，可託者天。

四不可吟

言不可妄，行不可隳，命不可忽，天不可違。

賃屋吟

屋新人喜居，屋弊人思去。主若善修完，何時不能住。

小　人〔一〕

小人無恥，重利輕死。不畏人誅，豈顧物議。

〔一〕四部叢刊本、四庫本作「小人吟」。

覽照〔一〕

其骨爽，其神清，其禄薄，其福輕。

有病

一身如一國，有病當求醫。病愈藥便止〔二〕，節宣良得宜。

二月吟

林下故無知，唯知二月期。酒嘗新熟後，花賞半開時。只有醺酣趣，殊無爛漫悲。誰能將此景，長貯在心脾。

三月吟

滿城盡日行春去，言會行春還有數。真宰何嘗不發生，遊人其那無憑據。梨花著雨漫成啼，柳絮因風爭肯住。一片清明好意多，奈何意好難分付。

〔一〕四部叢刊本、四庫本作「覽照吟」。
〔二〕「止」原作「正」，據四部叢刊本、四庫本改。

一等吟

欲出第一等言，須有第一等意。欲爲第一等人，須作第一等事。

萬物吟

成敗須歸命，興衰各有時。小人縱多欲，真宰豈容私。
只此浪喜歡，便成空慘悽。請觀春去後，遊者更爲誰。

洛陽春吟

四方景好無如洛，一歲花奇莫若春。景好花奇精妙處，又能分付與閑人。
洛陽人慣見奇葩，桃李花開未當花。須是牡丹花盛發，滿城方始樂無涯。
桃李花開人不窺，花時須是牡丹時。牡丹花發酒增價，夜半遊人猶未歸。
光陰不肯略從容，九十日春還又空。多少落花無著莫，半隨流水半隨風。

春歸花謝日初長，鸎語鸎啼各自忙。何故遊人斷來往，緑陰殊不減紅芳。

十日好花都去盡，可憐青帝用功深。遊人莫便無憑據，未必紅芳勝緑陰。

春歸畢竟歸何處，無限春寃都未訴。欲託流鸎問所因，子規又叫不如去。

用盡四時周一歲，唯春能見好花開。十千買酒未爲貴，既去紅芳豈再來。

自貽吟

六十有七歲，生爲世上人。四方中正地，萬物備全身。天外更無樂，胸中別有春。

落花吟

萬紫千紅處處飛，滿川桃李漫成蹊。狂風猛雨日將暮，舞榭歌臺人乍稀。

水上漂浮安有定，徑邊狼籍更無依。流鸎不用多言語，到了一番春已歸。

暮春吟

花開春正好，花謝春還暮。不意子規禽，猶能道歸去。
春來蝴蝶亂，春去子規啼。安得如前日，和風初扇時。
禽不通人情，唯知春已暮。亦或叫提壺，亦或叫歸去。

泉布吟

名爲泉布者，無足走人間。善發難言口，能開不笑顔。
償逋小續命，賙急大還丹。唯有商山老，非干買得閑。

牡丹吟

一般顔色一般香，香是天香色異常。真宰工夫精妙處，非容人意可思量。

和鳳翔橫渠張子厚學士 亡後篇

秦句〔一〕山河半域中，精英孕育古今同。古來賢傑知多少，何代無人振素風。

自處吟

堯夫自處道如何，滿洛陽城都似家。不德於人焉敢異，至誠從物更無他。眼前只見羅天爵，頭上誰知換歲華。何止春歸與春在，胸中長有四時花。

爲人吟

爲人須是與人羣，不與人羣不盡人。大舜與人焉有異，帝堯親族亦推倫。人心齟齬一身病，事體和諧四海春。心在四支心是主，四支又復遠于身。

先天吟

先天事業有誰爲，爲者如何告者誰。若謂先天言可告，君臣父子外何歸。

〔一〕「句」，四部叢刊本、四庫本作「甸」。

眼前伎倆人皆曉，心上工夫世莫知。天地與身皆易地，己身殊不異庖犧。

中和吟

性亦故無他，須是識中和。心上語言少，人間事體多。
如霖回久旱，似藥起沉痾。一物尚不了，其如萬物何。

四賢吟

彦國之言鋪陳，晦叔之言簡當，君實之言優游，伯淳之言調又作條暢。
四賢洛陽之觀〔一〕望，是以在人之上。有宋熙寧之間，大爲一時之壯。

年老吟

歲華頭上不能驚，唯有交親眼更明。皓皓月常因坐看，深深酒不爲愁傾。
苟於心上無先覺，却似人間小後生。欲約何人爲伴侣，江湖泛去一舟輕。

〔一〕「觀」，四部叢刊本、四庫本作「名」。

天地吟

天人之際豈容鍼，至理何煩遠去尋。凶焰熾時焚更烈，恩波流處浸還深。長征戍卒思歸意，久旱蒼生望雨心。禍福轉來如反掌，可能中夜不沉吟。

至論吟

民于萬物已稱珍，聖向民中更出羣。介石不疑何盡日，知幾何患未如神。若無剛果難成善，既有精明又貴純。禍福兆時皆有漸，不由天地只由人。

人玉吟

玉不自珍人與珍，人珍何謝玉之純。然如粹美始終一，更看清光表裏真。韜韞有名初在石，琢磨成器却須人。古人已死不復見，被褐之言不謬云。

詐者吟

詐者固疑人，天下盡行詐。不信天下人，其間無真話。

飲酒吟

時時醇酒飲些些，頤養天和以代茶。無雨將成大凶歲，負城非有好生涯。身居畎畝須憂國，事委兒男[一]尚恤家。人問老來何長進，鑑中添得鬢邊華。

樂物吟

物有聲色氣味，人有耳目口鼻。萬物于人一身，反觀莫不全備。

和王安之小園五題

小園新葺不離家，高就崗頭底就窊。洛邑地疑偏得勝，天津人至又非賒。宜將閬苑同時語，莫共桃源一道誇。聞説一軒多種藥，只應猶欠紫河車。

野軒

一軒名野非塵境，嵩少煙岑送好風。日月歲時都屬己，更於何處覓壺中。

[一]「兒男」，四部叢刊本、四庫本作「男兒」。

汙亭

許由爲計未爲深，洗耳何如不動心。到此灑然如世外，何嘗更有事來侵。

藥軒

山裏藥多人不識，夫君移植更標名。果能醫得人間病，紅紫何妨好近楹。

晚暉亭

高亭新建礙煙霞，暮景能留是可嘉。最近賞春來往路，遊人應問是誰家。

觀物吟

水雨霖，火雨露，土雨濛，石雨雹。水風涼，火風熱，土風和，石風冽。
水雲黑，火雲赤，土雲黄，石雲白。水雷霎，火雷虩，土雷連，石雷霹。

晝睡

晝睡工夫未易偕，羲皇以上合安排。心間無事飽食後，園裏有時閑步回。

未午庭柯鷽屢囀，已殘花徑客稀來。請觀世上多愁者，枕簟雖涼無此懷。

進退吟

進退兩途皆曰賓，何煩坐上苦云云。低眉坐處當周物，掉臂行時莫顧人。
齒髮既衰非少日，林泉能老是長春。行於無事人知否，寵辱何由得到身。

爲客吟

忽憶南秦爲客日，洛陽東望隔秦川。雲山去此二千里，歲月于今十九年。
柳色得非新婀娜，江聲應是舊潺湲。衰軀設使能重往，疇昔情懷奈杳然。
忽憶東朐爲客日，壯心初見水雲鄉。島夷居處鄰荒服，潮水來時雜海商。
卧看蒼溟圍大塊，坐觀紅日出扶桑。虛生虛死人何限，男子之稱不易當。
忽憶東吴爲客日，當年意氣樂從遊。登山未始等閑輟，飲酒何嘗容易休。
萬柄荷香經楚甸，一帆風軟過揚州。追思何異邯鄲夢，瞬息光陰三十秋。

忽憶太原爲客日，經秋縱酒未成歸。遠山近水都成恨，高閣斜陽盡是悲。
年少不禁花到眼，情多唯只淚沾衣。如今老向洛城裏，更没這般愁到眉。

攝生吟

握固如嬰兒，作氣如壯士。二者非自然，皆出不容易。
心爲身之主，志者氣之帥。沉珠于深淵，養自己天地。

病中吟

堯夫三月病，憂損洛陽人。非止交朋意，都如骨肉親。
薦醫心懇切，求藥意慇懃。安得如前日，登門謝此恩。

重病吟

安樂五十年，一旦感重疾。仍在盛夏中，伏枕幾百日。
砭灸與藥餌，百療効無一。以命聽于天，於心何所失。

天人吟

天生此身人力寄，人力盡兮天數至。天人相去不毫芒，若有毫芒却成二。

疾革吟

有命更危亦不死，無命極醫亦無効。唯將以命聽於天，此外誰能閑計較。

聽天吟

上天生我，上天死我。一聽於天，有何不可。

得一吟

天自得一天無既，我一自天而後至。唯天與一無兩般，我亦何嘗與天異。

答客問病

世上重黄金，伊予獨喜吟。死生都一致，利害漫相尋。湯劑功非淺，膏肓疾已深。然而猶灼艾，用慰友朋心。

病亟吟

生于太平世，長于太平世。老于太平世，死于太平世。
客問年幾何，六十有七歲。俯仰天地間，浩然無所愧。

伊川擊壤集卷之二十

首尾吟 一百三十五首〔一〕

堯夫非是愛吟詩，爲見聖賢興有時。日月星辰堯則了，江河淮濟禹平之。皇王帝伯經襃貶，雪月風花未品題。豈謂古人無闕典，堯夫非是愛吟詩。

堯夫非是愛吟詩，安樂窩中坐看時。一氣旋回無少息，兩儀覆燾〔二〕未嘗私。四時更革互爲主，百物新陳爭効奇。享了許多家樂事，堯夫非是愛吟詩。

堯夫非是愛吟詩，安樂窩中得意時。志快不須求事顯，書成當自有人知。林泉且作酬心物，風月聊充藉手資。多少寬平好田地，堯夫非是愛吟詩。

堯夫非是愛吟詩，安樂窩中半醉時。因月因花因興詠，代書代簡代行移。

〔一〕題爲「一百三十五首」，實際只一百三十四首。
〔二〕「燾」，四庫本作「幬」。

池中既有雙魚躍，天際寧無一鴈飛。無限交親在南北，堯夫非是愛吟詩。

堯夫非是愛吟詩，詩是堯夫可愛時。寶鑑造形難著髮，鸞刀迎刃豈容絲。
風埃若不來侵路，塵土何由得上衣。欲論誠明是難事，堯夫非是愛吟詩。

堯夫非是愛吟詩，爲見興衰各有時。天地全功須發露，朝廷盛美在施爲。
便都默默奈何見，若不云云那得知。事在目前人不慮，堯夫非是愛吟詩。

堯夫非是愛吟詩，詩是堯夫不寐時。咀茹蘭薰宜有主，恢張風雅更爲誰。
三千來首收清月，二十餘年撚白髭。了却許多閑職分，堯夫非是愛吟詩。

堯夫非是愛吟詩，詩到忘言是盡時。雖則借言通要妙，又須從物見幾微。
羹因不和方知淡，樂爲無聲始識希。多少風花待除改，堯夫非是愛吟詩。

堯夫非是愛吟詩，雖老精神未耗時。水竹清閑先據了，鶯花富貴又兼之。
梧桐月向懷中照，楊柳風來面上吹。被有許多閑捧擁，堯夫非是愛吟詩。

堯夫非是愛吟詩，詩是天津竚立時。有意水聲千古在，無情山色四邊圍。
孤鴻遠入晴煙去，雙鷺斜穿禁柳飛。景物不妨閑自適，堯夫非是愛吟詩。
堯夫非是愛吟詩，詩是天津再住時。積翠鬪花供秀潤，上陽風月助新奇。
鳳凰樓觀雲中看，道德園林枕上窺。不負太平吟笑事，堯夫非是愛吟詩。
堯夫非是愛吟詩，詩是堯夫漸老時。每用風騷觀物體，却因言語漏天機。
林間車馬自稀到，塵外盃觴不浪飛。六十一年無事客，堯夫非是愛吟詩。
堯夫非是愛吟詩，詩是堯夫忠恕時。無限物情閑處見，諸般藥性病來知。
暗於成事事必敗，失在知人人必欺。家國與身同一體，堯夫非是愛吟詩。
堯夫非是愛吟詩，詩是堯夫默識時。初有意時如父子，到無情處類蠻夷。
眼前成敗尚不見，天下安危那得知。始信知人是難事，堯夫非是愛吟詩。
堯夫非是愛吟詩，詩是堯夫知幸時。日未出前朝象帝，天纔春處謁庖犧。

三盃五盃自勸酒，一局兩局無爭棊。韶濩不知何似樂，堯夫非是愛吟詩。

堯夫非是愛吟詩，詩是堯夫自勵時。適道全由就師學，出塵須是稟天資。
好賢只恐知人晚，樂善唯憂見事遲。多謝友朋常見教，堯夫非是愛吟詩。

堯夫非是愛吟詩，詩是堯夫得意時。正得意時嘗起舞，到麾毫處輒能飛。
南溟萬里鵬初舉，遼海千年鶴乍歸。豈止一詩而已矣，堯夫非是愛吟詩。

堯夫非是愛吟詩，詩是堯夫可歎時。固有命焉剛不信，是無天也果能欺。
才高正被聰明使，身貴方爲利害移。無計奈何春又老，堯夫非是愛吟詩。

堯夫非是愛吟詩，詩是堯夫筆逸時。蒼海有神搜鯨鯢，陸沉無水藏蛟螭。
岌業五千仞華嶽，汪洋十萬頃黄陂。都與收來入近題，堯夫非是愛吟詩。

堯夫非是愛吟詩，詩是堯夫出入時。春初暖兮日遲遲，秋初涼兮雲微微。
輕風動垂柳依依，細雨過芳草萋萋。林下小車遊未歸，堯夫非是愛吟詩。

堯夫非是愛吟詩，詩是堯夫試硯時。玉未琢前猶索辯，金經煆後更何疑。
當時掉臂人皆笑，今日搖頭誰不知。天外鳳凰飛處別，堯夫非是愛吟詩。

堯夫非是愛吟詩，詩是堯夫試筆時。以至死生都處了，自餘榮辱可知之。
適居堂上行堂上，或在水湄言水湄。不止省心兼省力，堯夫非是愛吟詩。

堯夫非是愛吟詩，詩是堯夫試墨時。十室邑中須有信，三人行處豈無師。
謀謨不講還疎略，思慮傷多又忸怩。機會失時尋不得，堯夫非是愛吟詩。

堯夫非是愛吟詩，詩是堯夫語道時。天聽雖高只些子，人情相去没多兒。
無聲無臭儘休也，不忮不求還得之。雖有丹青亦難〔一〕狀，堯夫非是愛吟詩。

堯夫非是愛吟詩，詩是堯夫語物時。物盛物衰隨氣候，人榮人瘁逐推移。
天邊新月有時待，水上落花何處追。皆是世間常事耳，堯夫非是愛吟詩。

〔一〕「亦難」，四庫本作「難得」。

堯夫非是愛吟詩，詩是堯夫語事時。天若可升非待勸，神如無驗不須祈。
人當堂上易施設，事過面前難改移。勢盛勢衰非一日，堯夫非是愛吟詩。

堯夫非是愛吟詩，詩是堯夫登閣時。往事千年徒渺漭，斜陽一片漫光輝。
伊川洛川水似線，太室少室鋒〔一〕如錐。爭者從來是閑氣，堯夫非是愛吟詩。

堯夫非是愛吟詩，詩是堯夫隱几時。尺寸光陰須愛惜，分毫頭角莫矜馳。
酒因勸客小盞飲，句到驚人大字麾。無入何嘗不自得，堯夫非是愛吟詩。

堯夫非是愛吟詩，詩是堯夫詠史時。曠古第成千覺夢，中原都入一枰棊。
唐虞玉帛煙光紫，湯武干戈草色萋。觀古事多今可見，堯夫非是愛吟詩。

堯夫非是愛吟詩，詩是堯夫對酒時。處世雖無一分善，行身誤有四方知。
大凡觀物須生意，既若成章必見辭。詩者志之所之也，堯夫非是愛吟詩。

〔一〕「鋒」，四部叢刊本、四庫本作「峰」。

堯夫非是愛吟詩，詩是堯夫半老時。肥遁雖無潤屋物，勞謙却有克家兒。
筋骸幸且粗康健，談笑不妨閑滑稽。六十二年無事客，堯夫非是愛吟詩。

堯夫非是愛吟詩，詩是堯夫自笑時。閑散何嘗遠人事，語言時復洩天機。
至微勳業有難立，儘大功名或易爲。成敗一歸思慮外，堯夫非是愛吟詩。

堯夫非是愛吟詩，詩是堯夫讓僕時。止會搖頭道又錯，奈何轉脚復爲非。
比圖爲家効功力，更却與物生瑕疵。失在知人不無過，堯夫非是愛吟詩。

堯夫非是愛吟詩，詩是堯夫可歎時。大器晚成當自重，小人難養又何疑。
既無一日九遷則，安有終朝三褫之。若向槿花求遠到，堯夫非是愛吟詩。

堯夫非是愛吟詩，詩是堯夫樂事時。慷慨丈夫無後悔，分明男子有前知。
在尋常時觀執守，當倉卒處看施爲。善事没身而已矣，堯夫非是愛吟詩。

堯夫非是愛吟詩，詩是堯夫自喜時。名在士人當盛世，生於中國作男兒。

良辰美景忍虚廢，驟雨飄風無定期。過此焉能事追悔，堯夫非是愛吟詩。

堯夫非是愛吟詩，詩是堯夫喜老時。好話説時常愈疾，善人逢處每忘機。此心是物難爲動，其志唯天然後知。詩是堯夫分付處，堯夫非是愛吟詩。

堯夫非是愛吟詩，詩是堯夫贊仲尼。大事既去止可歎，皇綱已墜如何追。由茲春秋無義戰，所以定哀多微辭。絶筆獲麟之一句，堯夫非是愛吟詩。

堯夫非是愛吟詩，詩是堯夫自在時。何處不行芳草地，誰家不望小車兒。花枝好處安詳折，酒盞滿時撋就持。閑氣虚名都忘了，堯夫非是愛吟詩。

堯夫非是愛吟詩，詩是堯夫自負時。暖日纔從桃李過，涼風又向芰荷吹。月華正似金波溜，雪片還如柳絮飛。此樂太平然後見，堯夫非是愛吟詩。

堯夫非是愛吟詩，詩是堯夫自得時。風露清時收翠潤，山川秀處摘新奇。揄揚物性多存體，拂掠人情薄用辭。遺味正宜涵泳處，堯夫非是愛吟詩。

堯夫非是愛吟詩，詩是堯夫默坐時。天意教閑須有謂，人心剛動似無知。
煙輕柳葉眉閑皺，霧重花枝淚靜垂。應恨堯夫無一語，堯夫非是愛吟詩。

堯夫非是愛吟詩，詩是堯夫晚望時。恰見花開便花謝，纔聞春至又春歸。
流鶯啼處春猶在，杜宇來時花已飛。春至花開春去謝，堯夫非是愛吟詩。

堯夫非是愛吟詩，詩是堯夫春出時。一點兩點小雨過，三聲五聲流鶯啼。
盃深似錦花間醉，車穩如茵草上歸。更在太平無事日，堯夫非是愛吟詩。

堯夫非是愛吟詩，詩是堯夫入夏時。醪酒竹間留客飲，清風水畔向人吹。
嬋娟月色滿軒檻，菡萏花香盈袖衣。樂莫樂于無事樂，堯夫非是愛吟詩。

堯夫非是愛吟詩，詩是堯夫秋出時。樓上清風猶足喜，水邊芳草未全衰。
纔涼便可停新酒，薄暮初能著夾衣。都没人間浪憂事，堯夫非是愛吟詩。

堯夫非是愛吟詩，詩是堯夫自喜時。不用虚名矜智數，且無閑氣撓心脾。

酒佳驀地泛一瓶，花好有時簪兩枝。更縱無人訝狂恠，堯夫非是愛吟詩。

堯夫非是愛吟詩，詩是堯夫確論時。若以後時爲失計，必將先手作知幾。三千賓客成何夢，百二山河付阿誰。弄巧既多飜作拙，堯夫非是愛吟詩。

堯夫非是愛吟詩，詩是堯夫會計時。進退雲山爲主判，陶鎔水竹是兼司。鬻花舊管三千首，風月初收二百題。歲暮又須行考課，堯夫非是愛吟詩。

堯夫非是愛吟詩，詩是堯夫覺老時。不動已求如孟子，無言又欲學宣尼。能知同道道亦得，始信先天天弗違。六十三年無事客，堯夫非是愛吟詩。

堯夫非是愛吟詩，詩是堯夫贊易時。火在内而刑寡妻，風行外而令庶黎。老成人爲福之基，騃孺子爲禍之梯。此理昭然多不知，堯夫非是愛吟詩。

堯夫非是愛吟詩，詩是堯夫記所思。少日過從都是夢，老年光景只如飛。快心事固難强覓，到手物如何不爲。欲俟河清人壽幾，堯夫非是愛吟詩。

堯夫非是愛吟詩，詩是堯夫重惜時。萬里焦勞無所訴，九重深邃莫能知。
二年斯得誠爲晚，七日言誅未是遲。本固邦寧王道在，堯夫非是愛吟詩。

堯夫非是愛吟詩，詩是堯夫髣髴時。寫字吟詩爲潤色，通經達道是鎡基。
經綸亦可爲餘事，性命方能盡所爲。可謂一生男子事，堯夫非是愛吟詩。

堯夫非是愛吟詩，詩是堯夫拍手時。此路清閑都屬我，這般歡喜更饒誰。
將何勢力爲憑藉，著甚言辭與指揮。遷怒飾非何更有，堯夫非是愛吟詩。

堯夫非是愛吟詩，詩是堯夫試手時。善死自明非不死，有知誰道勝無知。
楊朱眼淚惟〔一〕能泣，宋玉心胸只解悲。爲報西風漫相侮，堯夫非是愛吟詩。

堯夫非是愛吟詩，詩是堯夫憶昔時。天下只知才可處，人間不信事難爲。
眼觀秋水斜陽遠，淚洒西風黃葉飛。此意如今都去盡，堯夫非是愛吟詩。

〔一〕「惟」原作「誰」，據四部叢刊本、四庫本改。

堯夫非是愛吟詩，詩是堯夫相度時。合放手時須放手，得開眉處且開眉。狂情多見好人喜，弊〔一〕性少爲他物移。只恨一般言不到，堯夫非是愛吟詩。

堯夫非是愛吟詩，詩是堯夫樂物時。天地精英都已得，鬼神情狀又能知。陶真義〔二〕向辭中見，借論言從意外移。始信詩能通造化，堯夫非是愛吟詩。

堯夫非是愛吟詩，詩是堯夫不樂時。明月恰圓還却缺，好花纔盛又成衰。返魂丹向何人用，續命湯於甚處施。天聽雖高只些子，堯夫非是愛吟詩。

堯夫非是愛吟詩，詩是堯夫春盡時。有意落花猶去住，無情流水任東西。鶯傳信處音聲切，燕訴冤時言語低。似此誤人事多少，堯夫非是愛吟詩。

堯夫非是愛吟詩，詩是天津秋盡時。見慣不驚新物盛，話長難説故人稀。雲踈煙淡山仍遠，露冷天高草已衰。賴有餘罇自斟酌，堯夫非是愛吟詩。

〔一〕「弊」，四庫本作「僻」。
〔二〕「義」，四部叢刊本、四庫本作「意」。

堯夫非是愛吟詩，詩是堯夫代記時。官職固難稱太史，文章却欲學宣尼。能歸豈謝陶元亮，善聽何慙鍾子期。德若不孤吾道在，堯夫非是愛吟詩。

堯夫非是愛吟詩，詩是堯夫曠望時。一片園林擁京國，幾層樓觀犯雲霓。朝昏天氣屢變易，今古人情旋合離。欲問遠山唯斂黛，堯夫非是愛吟詩。

堯夫非是愛吟詩，詩是閑觀蔬圃時。暖地春初纔鬱鬱，宿根秋末却披披。韭蔥蒜薤青遮壠，蘋芋薑蘘緑滿畦。時到皆能弄精彩，堯夫非是愛吟詩。

堯夫非是愛吟詩，詩是堯夫窮理時。語愛何嘗過父子，講和曾未若夫妻。恩多意思飜成恨，歡極情懷却似悲。何事人間不如此，堯夫非是愛吟詩。

堯夫非是愛吟詩，詩是堯夫重惜時。西晉浮誇時可歎，南梁崇尚事堪悲。仲尼豈欲輕辭魯，孟子何嘗便去齊。儀鳳不來人老去，堯夫非是愛吟詩。

堯夫非是愛吟詩，詩是堯夫自足時。開口笑多無若我，同心言少更爲誰。

田園管勾憑諸子，罇俎安排仰老妻。不信人間有憂事，堯夫非是愛吟詩。

堯夫非是愛吟詩，詩是堯夫獨酌時。一盞兩盞至三盞，五題七題或十題。

只知人事是太古，不信我身非伏羲。爲幸居多宜自樂，堯夫非是愛吟詩。

堯夫非是愛吟詩，詩是堯夫切慮時。千世萬世所遭遇，聖人賢人曾施爲。

當初何故盡有說，在後可能都没辭。事既不同時又異，堯夫非是愛吟詩。

堯夫非是愛吟詩，詩是堯夫强少時。筇杖藜杖到手拄，南園北園隨意之。

酒醺不怕暖生面，花好儘教香惹衣。六十四年無事客，堯夫非是愛吟詩。

堯夫非是愛吟詩，詩是堯夫自顧時。若有意時非語話，都無情處是肝脾。

方將憂己到未到，何暇責人知不知。因喜聖賢用心遠，堯夫非是愛吟詩。

堯夫非是愛吟詩，詩是堯夫自得時。已把樂爲心事業，更將安作道樞機。

未來身上休思念，既入手中須指揮。迎刃何煩多顧慮，堯夫非是愛吟詩。

堯夫非是愛吟詩，詩是堯夫鑑誡時。意淺不知多則惑，心靈須識動之微。
行凶既有人誅戮，心善豈無天保持。讀易不唯明禍福，堯夫非是愛吟詩。

堯夫非是愛吟詩，詩是堯夫贊易時。八卦小成皆有主，三才大備略無遺。
陰陽消長既未已，動靜吉凶那不知。爲見至神功效遠，堯夫非是愛吟詩。

堯夫非是愛吟詩，詩是堯夫贊易時。大道備人皆有謂，上天生物固無私。
雖知同道道亦得，未若先天天弗違。過此聖人猶不語，堯夫非是愛吟詩。

堯夫非是愛吟詩，詩是堯夫十月時。寒日無光天色遠，陰雲不動柳絲垂。
園林葉盡鳥未散，道路風多人更稀。滿目時光口難道，堯夫非是愛吟詩。

堯夫非是愛吟詩，詩是堯夫可愛時。已著意時仍著意，未加辭處與加辭。
物皆有理我何者，天且不言人代之。代了天工無限說，堯夫非是愛吟詩。

堯夫非是愛吟詩，詩是堯夫不著棊。大智大謀難妄設，小機小數肯輕爲。

泥沙用處寧無惜，螻蟻驅時忍便〔一〕窺。天下也宜留一路，堯夫非是愛吟詩。

堯夫非是愛吟詩，詩是堯夫歡喜時。歡喜焉能便休得，語言須且略形之。

胸中所有事既説，天下固無人致疑。更不防閑尋罅漏，堯夫非是愛吟詩。

堯夫非是愛吟詩，詩是堯夫先見時。直在胸中貧亦樂，屈於人下貴奚爲。

誰何藥可醫無病，多少金能買不疑。遲老更逢春未〔二〕老，堯夫非是愛吟詩。

堯夫非是愛吟詩，詩是堯夫不忍時。戾氣中人爲疾病，和風養物號清微。

世情非利莫能動，士節待窮然後知。尚口乃窮非我事，堯夫非是愛吟詩。

堯夫非是愛吟詩，詩是堯夫恨月時。見説天長在甚處，照教人老待奚爲。

嬋娟東面才如鑑，屈曲西邊却似眉。由此遂多悲與喜，堯夫非是愛吟詩。

〔一〕「便」，四部叢刊本、四庫本作「更」。

〔二〕「未」，四部叢刊本、四庫本作「不」。

堯夫非是愛吟詩，詩是堯夫愛月時。松上見時偏皎潔，懷中照處特光輝。何如亭午更休轉，不奈纔圓又却虧。青女素娥應有恨，堯夫非是愛吟詩。

堯夫非是愛吟詩，詩是堯夫中夜時。擁被不眠還展轉，披衣却坐忽尋思。死生有命尚能處，道德由人那〔一〕不知。須是安之以無事，堯夫非是愛吟詩。

堯夫非是愛吟詩，詩是堯夫訪友時。青眼主人偶不在，白頭老叟還空歸。幾家大第横斜照，一片殘春啼子規。獨往獨來還獨坐，堯夫非是愛吟詩。

堯夫非是愛吟詩，詩是堯夫信脚時。高祖宅前花似錦，魏王堤畔柳如絲。因閑看水行來遠，就便遊園歸去遲。每遇好風還眷眷，堯夫非是愛吟詩。

堯夫非是愛吟詩，詩是堯夫忖度時。先見固能無後悔，至誠方始有前知。己之欲處人須欲，心可欺時天可欺。只被世人難易地，堯夫非是愛吟詩。

〔一〕「那」，四部叢刊本、四庫本作「却」。

堯夫非是愛吟詩，詩是堯夫麾〔一〕塵時。每見賓朋須款曲，更和言語不思惟。方將與物同休戚，何暇共人爭是非。天地與人同一體，堯夫非是愛吟詩。

堯夫非是愛吟詩，詩是堯夫恣縱時。在世上官雖不做，出人間事却能知。待天春暖秋涼日，是我東遊西泛時。道在眼前人不見，〔二〕堯夫非是愛吟詩。

堯夫非是愛吟詩，詩是堯夫服老時。簡尺每稱林下士，過從或著道家衣。須將賢傑同星漢，直把身心比鹿麋。六十五年無事客，堯夫非是愛吟詩。

堯夫非是愛吟詩，詩是堯夫睡覺時。夢後舊歡初髣髴，酒醒前事略依稀。任經生死心無異，雖隔江湖路不迷。因向此中觀至理，堯夫非是愛吟詩。

堯夫非是愛吟詩，詩是堯夫注思時。事少全由心易〔三〕足，病多休道藥難醫。

〔一〕「麾」，四部叢刊本、四庫本作「揮」。

〔二〕此句，四部叢刊本、四庫本作「多少寬平好田地」。

〔三〕「易」，四部叢刊本、四庫本作「意」。

情當少日須思老，志在安時莫忘危。天道分明人自昧，堯夫非是愛吟詩。

堯夫非是愛吟詩，詩是堯夫行己時。政在我時心必盡，事關人處力難爲。人如負我我何預，我若辜人人有詞。就責莫如躬自厚，堯夫非是愛吟詩。

堯夫非是愛吟詩，詩是堯夫自省時。義若不爲無勇也，幸如有過必知之。面前地惡猶能掃，心上田荒何所欺。從諫如流是難事，堯夫非是愛吟詩。

堯夫非是愛吟詩，詩是堯夫盡性時。若聖與仁雖不敢，樂天知命又何疑。恢恢志意方閑暇，綽綽情懷正坦夷。心逸日休難狀處，堯夫非是愛吟詩。

堯夫非是愛吟詩，詩是堯夫用畜時。史籍始終明治亂，經書表裏見安危。庖犧可作三才主，孔子當爲萬世師。不止前言與往行，堯夫非是愛吟詩。

堯夫非是愛吟詩，詩是堯夫出入時。草軟沙平月陂下，雲輕日淡上陽西。花深柳暗銅駝陌，風暖鶯嬌金谷堤。盡是堯夫行樂處，堯夫非是愛吟詩。

堯夫非是愛吟詩，詩是春秋後語時。七國縱横如破的，九州吞吐若抨棊。
君臣自作逋逃主，將相無非市井兒。篆入草書猶不誤，堯夫非是愛吟詩。

堯夫非是愛吟詩，詩是堯夫晚步時。信意遂過高祖宅，因行更上魏王堤。
設如終久全無託，何似當初都不知。料得鬼神知此意，堯夫非是愛吟詩。

堯夫非是愛吟詩，詩是堯夫處困時。事體極時觀道妙，人情盡處看天機。
孝慈親和未必見，松柏歲寒然後知。匪石未聞心可轉，堯夫非是愛吟詩。

堯夫非是愛吟詩，詩是堯夫處否時。信道而行安有悔，樂天之外更何疑。
受疑始見周公旦，經阨方明孔仲尼。大聖大神猶不免，堯夫非是愛吟詩。

堯夫非是愛吟詩，詩是堯夫無奈時。眼下見榮還見辱，心中疑是又疑非。
上陽宫殿空遺堵，金谷園林但落暉。天若有言人可問，堯夫非是愛吟詩。

堯夫非是愛吟詩，詩是堯夫擲筆時。事體順時爲物理，人情安處是天機。

堅如金石猶能動，靈若鬼神何可欺。此外更無言語道，堯夫非是愛吟詩。

堯夫非是愛吟詩，詩是堯夫自詫時。許大天時猶可測，些兒人事豈難知。
崑岡美玉人誰〔一〕識，滄海明珠世莫窺。由是堯夫聊自詫，堯夫非是愛吟詩。

堯夫非是愛吟詩，詩是堯夫慎獨時。人壽百年無以過，心遊萬仞待何爲。
爲謀須求心無愧，作事莫幸人不知。誠盡鬼神猶且懼，堯夫非是愛吟詩。

堯夫非是愛吟詩，詩是堯夫慎與時。初作事時分可否，始親人處定安危。
殊鄉忠信同思善，異世姦邪共喜私。豈待較量然後見，堯夫非是愛吟詩。

堯夫非是愛吟詩，詩是堯夫樂事時。天道虧盈如橐籥，聖人言語似蓍龜。
光陰去後繩難繫，筋力衰時藥不醫。莫把閑愁伴殘照，堯夫非是愛吟詩。

〔一〕「誰」，四部叢刊本、四庫本作「難」。

堯夫非是愛吟詩，詩是堯夫重惜時。爭向僞時須便信，奈何真處却生疑。
既稱有客告曾子，豈爲無人毁仲尼。父子君臣獨未免，堯夫非是愛吟詩。

堯夫非是愛吟詩，詩是堯夫掩卷時。時過猶能用歸妹，物傷長懼入明夷。
夏商盛日何由見，唐漢衰年爭忍思。畎畝不忘天下處，堯夫非是愛吟詩。

堯夫非是愛吟詩，詩是堯夫愛物時。曉事情懷須灑落，出塵言語必新奇。
山川秀拔寧無孕，天地精英自有歸。粹氣始能生粹物，堯夫非是愛吟詩。

堯夫非是愛吟詩，詩是堯夫默識時。日月既來還却往，園林纔盛又成衰。
登山高下雖然見，臨水淺深那不知。世上高深事無限，堯夫非是愛吟詩。

堯夫非是愛吟詩，詩是堯夫自試時。事體待諳然得信，人情非久莫能知。
同霑雨露蒿萊質，獨出雪霜松柏姿。見慣不如身歷過，堯夫非是愛吟詩。

堯夫非是愛吟詩，詩是堯夫可歎時。只被人間多用詐，遂令天下盡生疑。

罇前一云唐虞揖讓三盃酒，坐上一云湯武交爭一局棊。小大不同而已矣，堯夫非是愛吟詩。

堯夫非是愛吟詩，詩是堯夫憑式時。亂法奈何非獨古，措刑安得見於茲。

當時既有少正卯，今日寧無孔仲尼。時世不同人一也，堯夫非是愛吟詩。

堯夫非是愛吟詩，詩是堯夫自信時。必欲全然無後悔，直須曉了有前知。

言忠能盡己所有，事善任他人致疑。外物從來自難必，堯夫非是愛吟詩。

堯夫非是愛吟詩，詩是堯夫毋必時。或讓或爭時既往，相因相革事難齊。

羲軒堯舜前規矩，湯武桓文舊範圍。一筆寫成還抹了，堯夫非是愛吟詩。

堯夫非是愛吟詩，客問〔一〕堯夫何所爲。睡思動時親甕牖，幽情發處旁盆池。

尋芳更用小車去，得句仍將大筆麾。餘事不妨閑潤色，堯夫非是愛吟詩。

〔一〕「客問」，四部叢刊本、四庫本作「詩是」。

堯夫非是愛吟詩，詩是堯夫詫老時。金玉過從舊朋友，糟糠歡喜老夫妻。瓦燒酒盞連醅飲，紙畫棊盤就地圍。六十六年無事客，堯夫非是愛吟詩。

堯夫非是愛吟詩，詩是堯夫樂靜時。藥裏君臣慵點對，琴中文武倦更移。鼎間龍虎忘看守，棊上山河廢指揮。亦恐因而害天性，堯夫非是愛吟詩。

堯夫非是愛吟詩，詩是堯夫談笑時。國士待人能盡意，山翁道我會開眉。盞隨酒量徐徐飲，榻逐花陰旋旋移。此樂再尋非易得，堯夫非是愛吟詩。

堯夫非是愛吟詩，詩是堯夫驚駭時。暮雨朝雲纔半日，春華秋葉未多時。即今世態已堪歎，過此人情更可知。一暑一寒何太急，堯夫非是愛吟詩。

堯夫非是愛吟詩，詩是堯夫自詫時。事少事多都在己，人憂人喜更由誰。壺中日月明長在，洞裏乾坤春不歸。誰道光陰如過隙，堯夫非是愛吟詩。

堯夫非是愛吟詩，詩是堯夫疎散時。早起〔一〕小詩無撿束，那堪大字更狂迷。

〔一〕「起」，四部叢刊本、四庫本作「是」。

既貪李杜精神好，又愛歐王格韻奇。餘事不妨閑戲弄，堯夫非是愛吟詩。

堯夫非是愛吟詩，詩是堯夫語事時。舉動苟能循義理，辯明安用致言辭。
艱難圖處費心力，容易來時省指揮。欲蓋而彰事多矣，堯夫非是愛吟詩。

堯夫非是愛吟詩，詩是堯夫得意時。物向物中觀要妙，人於人上看幾微。
物中要妙眼前見，人上幾微心裏知。且是有金無處買，堯夫非是愛吟詩。

堯夫非是愛吟詩，詩是堯夫不强時。事到强爲須涉跡，人能知止是先機。
面前自有好田地，天下豈無平路岐。省力事多人不做，堯夫非是愛吟詩。

堯夫非是愛吟詩，詩是堯夫得意時。這意著何言語道，此情唯用喜歡追。
仙家氣象閑中見，真宰工夫静處知。不必深山更深處，堯夫非是愛吟詩。

堯夫非是愛吟詩，詩是堯夫喜老時。明著衣冠爲士子，高談仁義作男兒。
敢於世上明開眼，肯向人間浪皺眉。六十七年無事客，堯夫非是愛吟詩。

堯夫非是愛吟詩，詩是堯夫難老時。齒暮乍逢新歲月，眼明初見舊親知。歡情此去未伏減，飲量近來差覺低。六十七年無事客，堯夫非是愛吟詩。

堯夫非是愛吟詩，詩是堯夫慎動時。枉道干名名亦失，佛〔一〕民從欲欲還隳。號爲賢者能從善，名曰小人須〔二〕飾非。大佞似忠非易辯，堯夫非是愛吟詩。

堯夫非是愛吟詩，詩是堯夫有激時。留在胸中防作恨，發于詞上恐成疵。芝蘭見處須收採，金玉逢時莫棄遺。到此堯夫常自賀，堯夫非是愛吟詩。

堯夫非是愛吟詩，詩是堯夫有愧時。空受半來天下拜，却無些子自家爲。心能盡處我自慰，力不周時人亦知。只恨一般言未得，堯夫非是愛吟詩。

堯夫非是愛吟詩，詩是堯夫詫劍時。當鍛煉時分勁挺〔三〕，到磨礱處發光輝。長蛇封豕休撩亂，狡兔妖狐莫陸離。此器養來年歲久，堯夫非是愛吟詩。

〔一〕「佛」，四庫本作「拂」。
〔二〕「須」，四部叢刊本、四庫本作「能」。
〔三〕「挺」，四部叢刊本、四庫本作「節」。

伊川擊壤集外詩〔一〕

過比干墓

精誠皦〔二〕於日，發出爲忠辭。方寸已盡破，獨夫猶不知。
高墳臨大道，老木無柔枝。千古存遺像，翻爲諂子嗤。

自遣

讀書忘歲月，人競笑蹉跎。但得甘旨〔三〕足，寧辭辛苦多。
龍泉去鉎刃，蝸角亦風波。知我爲親老，不知將謂何。

〔一〕道藏本无此伊川擊壤集外詩，據四部叢刊本補。
〔二〕「皦」，四庫本作「皎」。
〔三〕「旨」原作「百」，據四庫本改。

共城十吟〔一〕

予家有園數十畝，皆桃李梨杏之類，在衛之西郊。自始營十餘載矣，未嘗熟觀花之開，屬以男子之常事也。去年冬會病歸自京師，至今年春始偶花之繁茂，復悼身之窮處，故有春郊詩一什。雖不合於雅焉，抑亦導於情耳。慶曆丁亥歲。

其一曰春郊閒居

居處雖近郭，不欲登城市。盡日客不來，至夜門猶閉。
院静春正濃，窗閑晝復寐。誰知藜藿中，自有詩書味。

其二曰春郊閒步

病起復驚春，攜筇看野新。水邊逢釣者，壟上見耕人。
訪彼形容苦，酬予家業貧。自慚功濟力，未得遂生民。

〔一〕四庫本作「共城十吟小序」。

其三曰春郊芳草

春風必有刀，離腸被君斷。春風既無刀，芳草何人剪。腸斷不復接，草剪益還生。誰人有芳酒，爲我高歌傾。

其四曰春郊花開

桃李正芬敷，花繁覆弊〔一〕廬。亂香尋密牖，碎影下前除。静繞晝眠後，輕攀春醉餘。縱然觀盡日，誰敢罪狂疏。

其五曰春郊寒食

郭外花亦繁，不謂繁華失。幸非在郭中，不見繁華物。不寒不暖天，半陰半晴日。花外鞦韆鳴，月隔鞦韆出。

其六曰春郊晚望

風暖囀鳴禽，天低薄薄陰。煙容凝壟曲，雨意弄河心。

〔一〕「弊」，四庫本作「敝」。

柳隔高城遠，花藏舊縣深。獨憐身卧病，猶許後春尋。

其七曰春郊雨中

九野散漫漫，連昏鳥道間。坐中迷遠樹，門外失前山。
襏襫耕夫喜，帡幪居者閑。騷人正凝黯，天際意初還。

其八曰春郊雨後

雨歇蕩餘春，天光露太真。茵鋪芳草軟，錦濯爛花新。
風觸鶯簧健，煙舒柳帶匀。如何當此景，閑卧度昌辰。

其九曰春郊舊酒

花開風雨後，忍病欲消磨。未是疏狂極，其如困頓何。
梁間新燕亂，天外去鴻多。總是灰心事，冥焉晝午過。

其十曰春郊花落

春暮多風雨，離披滿後園。曉餘殘片擁，晴外亂紅翻。
香徑難留裛，嬌心絶弄繁。成蹊是桃李，狼籍尚無言。

寄楊軒

淇水清且泚，泉源發吾地。流到君家時，儘是思君意。

洛陽懷古賦

洛陽之爲都也，居天地之中，有終天之王氣在焉。予家此，治平歲，會秋，乘雨霽，與殿院劉君玉登天宫寺三寶閣，洛之風景因得周覽。惜其百代興廢以來，天子雖都之，而多不得其久居也。故有懷古之感，以通諷諭。君玉好賦，以賦言。

秋雨霽日色清，景方出秋益明。何幽懷之能快，唯高閣之可憑。天之空廓，風之輕冷。覽三川之形勝，感千古之廢興。乃眷西北，物華之妍，雲情物態，一氣茫然。擁樓閣以高下，焕金碧之光鮮。當地勢之拱處，有王居之在焉。惜乎天子居東都，此邦若諸夏，不會要于方来，不號令于天下。聲明文物，不此而出，道德仁義，不此而化。宫殿森列，鞠而爲茂草；園囿棊布，荒而爲平野。鑾輿曾不到者，三十餘年。使人依然而歎曰：虚有都之名也。噫！夏王之治水也，四海之内，列壤惟九，而居中者，實曰豫州。荆河之北，此爲上流。周公之卜宅也，率土之濱，建國爲萬，而居中者，實曰洛陽。瀍澗之側，此唯舊邦。迄于今日，二千年之有餘。因興替之不定，故靡常其厥居。我所以作賦者，閲古今變易之時，述興亡異同之迹。追既失之君王，存後来之國家也。

噫！太昊始法，二帝成之，三王全法，參用適宜。伊六聖之經理，實萬世之宗師。我乃謂治民之道，於是乎大盡矣。逮夫五霸抗軌，七雄駕威。漢之興，乘秦之弊；曹之擅，幸漢之衰。始鼎立而治，終豆分而隳。晉中原之失守，宋江左之晝畿。或走齊而驛魏，或道陳而經隋。自元魏廓河南之土，植六朝之風物；李唐蟠關中之腹，孕五代之亂離。其間或道勝而得民，或兵强而慴下，或虎吞而龍噬，或鷄狂而犬詐；或創業於艱難，或守成於逸暇；或覆餗而終焉，或包〔一〕桑而振者。故得陳其六事，雖善惡不同，其成敗一也。

其一曰：大哉，德之爲大也！能潤天下，必先行之於身，然後化之於人。化也者効之也，自人而効我者也。所以不嚴而治，不爲而成，不言而信，不令而行，順天下之性命，育天下之生靈。其帝者之所爲乎。

其二曰：至哉，政之爲大也！能公天下，必先行之於身，然後教之於人。教也者正之也，自我而正人者也。所以有嚴而治，有爲而成，有言而信，有令而行，拔天下之疾苦，遂天下之生靈。其王者之所爲乎。

其三曰：壯哉，力之大也！能致天下，必先豐府庫，峙倉箱，鋭鋒鏑，峻金湯。嚴法令于烈火，肅兵刑于秋霜。竦民聽于上下，慴夷心于外荒。其霸者之所爲乎。

其四曰：時若傷之于隨，失之于寬，始則廢事，久則生姦。既利不能勝言，故冗得以疾賢，是必薄其賦斂，欲民不困而民愈困；省其刑罰，欲民不殘而民愈殘。蓋致之之道，失其本矣。

〔一〕「包」，四庫全書本宋文鑑作「苞」。

其五曰：時若任之以明〔一〕，專之以察，始則烈烈，終焉缺缺。既上下以交虐，乃恩信之見奪。是必峻其刑罰，欲民不犯而民愈犯；厚其賦斂，欲國不竭而國愈竭。蓋致之之道，失其末矣。

其六曰：水旱爲沴，年歲豐虛，此天地之常理，雖聖人不能無。蓋有備而無患，不得中者，加以寬猛失政，重輕逸權，不有水旱而民已困，而況有水旱兵革焉。所謂本末交失，不亡何待。

天下有成敗六焉，此之謂也。君天下者，得不用聖帝之典謨，行明王之教化？士可殺不可辱，民可近不可下。上能撫如子焉，下必戴其后也。仲尼所以陳革命，則抑爲人之匪君；明遜國，則杜爲人之不臣。定禮樂而一天下之政教，修春秋而罪諸侯之亂倫，删詩以揚文武之美，序書以尊堯舜之仁，贊大易以都括，與六經而並存。意者不可以地之重易民之教，不可以民之教悖天之時。教之各備，則居地而得宜，是故知地不可固有之也。君上必欲上爲帝事，則請執天道焉；中爲王事，則請執人道焉；下爲霸事，則請執地道焉。三道之間能舉其一，千古之上，猶反掌焉。則是洛之興也，又何計乎都與不都也！如欲用我，吾從其中。

（録自宋呂祖謙編皇朝文鑑卷五，四部叢刊初編本）

〔一〕「明」原作「民」，據四庫全書本宋文鑑改。

戒子孫

上品之人不教而善，中品之人教而後善，下品之人教亦不善。不教而善，非聖而何？教而後善，非賢而何？教亦不善，非愚而何？是知善也者，吉之謂也；不善也者，凶之謂也。吉也者，目不觀非禮之色，耳不聽非禮之聲，口不道非禮之言，足不踐非理之地。人非善不交，物非義不取。親賢如就芝蘭，避惡如畏蛇蝎。或曰不謂之吉人，則吾不信也。凶也者，語言詭譎，動止陰險，好利飾非，貪淫樂禍。疾良善如讎隙，犯刑憲如飲食。小則殞身滅性，大則覆宗絶嗣。或曰不謂之凶人，則吾不信也。傳有之曰：「吉人爲善，惟日不足；凶人爲不善，亦惟日不足。」汝等欲爲吉人乎？欲爲凶人乎？

（録自皇朝文鑑卷一〇八，四部叢刊初編本）

無名君傳

無名君生于冀方，老于豫方。年十歲求學于里人，遂盡里人之情，己之滓十去其一二矣。年二十求學于鄉人，遂盡鄉人之情，己之滓十去其三四矣。年三十歲求學于國人，遂盡國人之情，己之滓十去其五六矣。年四十求學于古今，遂盡古今之情，己之滓十去其八九矣。五十求學于天地，遂盡天地之情，欲求己之滓，無得而去矣。始則里人疑其僻，問于鄉人，曰：「斯人善與人羣，安得謂之僻！」既而鄉人疑其泛，問于國人，曰：「斯人不妄與人交，安得謂之泛！」既而國人疑其陋，問于四方之人，曰：「斯人不能器，安得謂之陋！」既而四方之人又疑之，質之於古今之人，古今之人終始無可與同者。又考之于天地，不對。當時也，四方之人迷亂，不復得知，因號爲無名君。

夫「無名」者，不可得而名也。凡物有形則可器，可器斯可名。然則斯人無體乎？曰：「有體，有體而無跡者也。」斯人無用乎？曰：「有用，有用而無心者也。」夫有跡有心者，斯可得而知也。無跡無心者，雖鬼神亦不可得而知，不可得而名，而況於人乎！故其詩曰：「思慮未起，鬼神莫知。不由乎我，更由乎誰〔一〕？」能造萬物者，天地也。能造天地者，太極也。太極者，其可得而知乎？故强名之

〔一〕「更由乎誰」上原有「更由乎我」四字，疑衍，據四庫全書本宋文鑑删。

曰太極。太極者，其無名之謂乎？故嘗自爲之贊曰：「借爾面貌，假爾形骸。弄丸餘暇，閑往閑來。」人告之以脩福，對曰：「吾未嘗不爲善。」人告之以禳災，對曰：「吾未嘗妄祭。」故詩曰：「禍如許免人須諂，福若待求天可量。」又曰：「中孚起信寧煩禱，無妄生災未易禳。」性喜飲酒，常命之曰「太和」，詩曰：「不佞禪伯，不諛方士。不出户庭，直際天地。」家素業爲儒，言身未嘗不行儒行，故其詩曰：「心無妄思，足無妄走。人無妄交，物無妄受。炎炎論之，甘處其陋。綽綽言之，無出其右。羲軒之書，未嘗去手。堯舜之談，未嘗虚口。當中和天，同樂易友。吟自在詩，飲歡喜酒。百年升平，不爲不偶。七十康强，不爲不壽。」其無名君之謂乎。

或按：以上無名君傳採自南宋呂祖謙編皇朝文鑑，作者署名邵雍，是以第三人稱爲邵雍所作的傳記，内容多取材於伊川擊壤集和漁樵問對。二程遺書卷二上「二先生語二上」有一語録：「堯夫之學，先從理上推意。言象數、言天下之理，須出於四者。推到理處，曰：『我得此大者，則萬事由我，無有不定。』然未必有術，要之亦難以治天下國家。其爲人則直是無理不恭，惟是侮玩，雖天理亦爲之侮玩。如無名公傳言『問諸天地，天地不對』、『弄丸餘暇，時往時來』之類。」顯然，程頤是將無名公傳當作邵雍之作而發議論。

漁樵問對

嵩山晁氏曰：「邵雍堯夫設爲問答，以論陰陽化育之端，性命道德之奧云。」

漁者垂鈎于伊水之上，樵者過之，弛擔息肩，坐于磐石之上，而問于漁者。

曰：「魚可鈎取乎？」

曰：「然。」

曰：「鈎非餌可乎？」

曰：「否。」

曰：「非鈎也，餌也。魚利食而見害，人利魚而蒙利，其利同也，其害異也，敢問何故？」

曰：「子樵者也，與吾異治，安得侵吾事乎！然亦可以爲子試言之。彼之利猶此之利也，彼之害亦猶此之害也。子知其小，未知其大。魚之利食，吾亦利乎食也。魚之害食，吾亦害乎食也。子知魚終日得食爲利，又安知魚終日不得食不爲害？如是則食之害也重，而鈎之害也輕。子知吾終日得魚爲利，又安知吾終日不得魚不爲害也。如是，則吾之害也重，魚之害也輕。以魚之一身當人之一食，則魚之害多矣。以人之一身當魚之一食，則人之害亦多矣。又安知鈎乎？大江大海，則無異地之患焉。魚利乎水，人利乎陸，水與陸異，其利一也。魚害乎餌，人害乎財，餌與財異，其害一也，又何必分乎彼此哉！子之言體也，獨不知用爾。」

樵者又問曰：「魚可生食乎？」

曰：「烹之可也。」

曰：「必吾薪濟子之魚乎？」

曰：「然。」

曰：「吾知有用乎子矣。」

曰：「然則子知子之薪能濟吾之魚，不知子之薪所以能濟吾之魚也。薪之能濟魚久矣，不待子而後知。苟世未知火之能用薪，則子之薪雖積丘山，獨且奈何哉！」

樵者曰：「願聞其方。」

曰：「火生于動，水生于靜。動靜之相生，水火之相息。水火用，草木體也。用生于利，體生于害。利害見乎情，體用隱乎性。一性一情，聖人成能。子之薪猶吾之魚，微火則皆爲腐臭朽壞而無所用矣，又安能養人七尺之軀哉！」

樵者曰：「火之功大於薪，固已知之矣。敢問善灼物何必待薪而後傳？」

漁者曰：「薪，火之體也。火，薪之用也。火無體，待薪然後爲體。薪無用，待火而後爲用。是故凡有體之物，皆可焚之矣。」

曰：「水有體乎？」

曰：「然。」

曰：「火能焚水乎？」

曰：「火之性能迎而不能隨，故滅。水之體能隨而不能迎，故熱。是故有温泉而無寒火，相息之謂也。」

曰：「火之道生於用，亦有體乎？」

曰：「火以用爲本，以體爲末，故動。水以體爲本，以用爲末，故静。是火亦有體，（火）〔水〕亦有用也，故能相濟又能相息。非獨水火則然，天下之事皆然，在乎用之何如爾。」

樵者曰：「用可得聞乎？」

曰：「可以意得者，物之性也。可以言傳者，物之情也。可以象求者，物之形也。可以數取者，物之體也。用也者，妙萬物爲言者也，可以意得而不可以言傳。」

曰：「不可以言傳，則子惡得而知之乎？」

曰：「吾所以得而知之者，固不能言傳。非獨吾不能傳之以言，聖人亦不能傳之以言也。」

曰：「聖人既不能傳之以言，則六經非言也耶？」

曰：「時然後言，何言之有？」

樵者贊曰：「天地之道備於人，萬物之道備於身，衆妙之道備於神，天下之能事畢矣。又何思何慮！吾而今而後知事心踐形之爲大，不及子之門，幾至於殆矣。」乃析薪烹魚而食之，飫而論易。

漁者與樵者遊於伊水之上。

漁者歎曰：「熙熙乎萬物之多，未始有雜。吾知遊乎天地之間，萬物皆可以無心而致之矣。非子，則吾孰與歸焉？」

樵者曰：「敢問無心致天地萬物之方。」

漁者曰：「無心者，無意之謂也。無意之意，不我物也。不我物，然後能物物。」

曰：「何謂我，何謂物？」

曰：「以我徇物，則我亦物也。以物徇我，則物亦我也。我物皆致意，由是明天地亦萬物也。何天地之有焉？萬物亦天地也。何萬物之有焉？萬物亦我也。何萬物之有焉？我亦萬物也。何我之有焉？何物不我，何我不物。如是則可以宰天地，可以司鬼神，而況於人乎，況於物乎！」

樵者問漁者曰：「天何依？」

曰：「依乎地。」

「地何附？」

曰：「附乎天。」

曰：「然則天地何依何附？」

曰：「自相依附。天依形，地附氣。其形也有涯，其氣也無涯。有無之相生，形氣之相息，終則有始，終始之間，天地之所存乎！天以用爲本，以體爲末。地以體爲本，以用爲末。利用出入之謂神。名體有無之謂聖。唯神與聖，能參乎天地者也。小人則日用而不知，故有害生實喪之患也。夫名也者，實之客也。利也者，害之主也。名生於不足，利喪於有餘，害生於有餘，實丧於不足，此理之常也。養身者必以利，貪夫則以身徇利，故有害生焉。立身必以名，衆人則以身徇名，故有實喪焉。竊人之財謂之盜，其始取之也唯恐其不多也，及其敗露也唯恐其多矣。夫賄之與贓一物也，而兩名者，利與害故也。竊人之美謂之徼，其始取之唯恐其不多也，及其敗露也唯恐其多矣。夫譽與毁一事也，而兩名者，名與實故也。凡言朝者，萃名之所也，市者，聚利之地也，能不以爭處乎其間，雖一日九遷，一貨十倍，何害生實喪之有耶！是知爭也者，取利之端也。讓也者，趨名之本也。利至則害生，名興則實喪，利至名興而無害生實喪之患，唯有德者能之。天依地，地附天，豈相遠哉！」

漁者謂樵者曰：「天下將治，則人必尚行也，天下將亂，則人必尚言也。尚行則篤實之風行焉，尚言則詭譎之風行焉。天下將治，則人必尚義也，天下將亂，則人必尚利也。尚義則謙讓之風行焉，尚利則攘奪之風行焉。三王尚行者也，五霸尚言者也，尚行者必入於義，尚言者必入於利也。義利之相去一何如是之遠耶？是知言之于口，不若行之于身，行之于身，不若盡之于心。言之于口，人得而聞之。行之于身，人得而見之。盡之于心，神得而知之。人之聰明猶不可欺，況神之聰明乎！是知無愧于口，不若無愧于身。無愧于身，不若無愧于心。無口過易，無身過難。無身過易，無心過難。既無心過，何難之有？吁，安得無心過之人，與之語心哉！」

漁者謂樵者曰：「子知觀天地萬物之道乎？」

樵者曰：「未也。願聞其方。」

漁者曰：「夫所以謂之觀物者，非以目觀之也。非觀之以目，而觀之以心也。非觀之以心，而觀之以理也。天下之物，莫不有理焉，莫不有性焉，莫不有命焉。所以謂之理者，窮之而後可知也。所以謂之性者，盡之而後可知也。所以謂之命者，至之而後可知也。此三知者，天下之真知也。雖聖人無以過之也，而過之者非所以謂之聖人也。夫鑑之所以能爲明者，謂其能不隱萬物之形也。雖然鑑之能不隱萬物之形，未若水之能一萬物之形也。雖然水之能一萬物之形，又未若聖人之能一萬物之情也。聖人之所以能一萬物之情者，謂其聖人之能反觀也。所以謂之反觀者，不以我觀物也。不以我觀物者，以物觀物之謂也。既能以物觀物，又安有我於其間哉！是知我亦人也，人亦我也，我與人皆物也。此所以能用天下之目爲己之目，其目無所不觀矣。用天下之耳爲己之耳，其耳無所不聽矣。用天下之口爲己之口，其口無所不言矣。用天下之心爲己之心，其心無所不謀矣。夫天下之觀，其于見也不亦廣乎！天下之聽，其于聞也不亦遠乎！天下之言，其于論也不亦高乎！天下之謀，其于樂也不亦大乎！夫其見至廣，其聞至遠，其論至高，其樂至大，能爲至廣至遠至高至大之事，而中無一爲焉，豈不謂至神至聖者乎！非唯吾謂之至神至聖者乎，而天下謂之至神至聖者乎！非唯一時之天下謂之至神至聖者乎，而千萬世之天下謂之至神至聖者乎！過此以往，未之或知也已。」

樵者問漁者曰：「子以何道而得魚？」

曰：「吾以六物具而得魚。」

曰：「六物具也，豈由天乎？」

曰：「具六物而得魚者，人也。具六物而所以得魚者，非人也。」

樵者未達，請問其方。

漁者曰：「六物者，竿也、綸也、浮也、沉也、鈎也、餌也。一不具，則魚不可得。然而六物具而不得魚者，非人也。六物具而不得魚者有焉，未有六物不具而得魚者也。是知具六物者，人也。得魚與不得魚者，天也。六物不具而不得魚者，非天也，人也。」

樵者曰：「人有禱鬼神而求福者，福可禱而求耶？求之而可得耶？敢問其所以。」

曰：「語善惡者，人也。禍福者，天也。天道福善而禍淫，鬼神其能違天乎！自作之咎，固難逃已。天降之災，禳之奚益！修德積善，君子常分，安有餘事於其間哉！」

樵者曰：「有爲善而遇禍，有爲惡而獲福者，何也？」

漁者曰：「有幸與不幸也。幸不幸，命也。當不當，分也。一命一分，人其逃乎！」

曰：「何謂分，何謂命？」

曰：「小人之遇福，非分也，有命也。當禍，分也，非命也。君子之遇禍，非分也，有命也。當福，分也，非命也。」

漁者謂樵者曰：「人之所謂親莫如父子也，人之所謂踈莫如路人也。利害在心，則父子過路人遠矣。父子之道，天性也。利害猶或奪之，況非天性者乎！夫利害之移人，如是之深也，可不慎乎！路人之相逢則過之，固無相害之心焉，無利害在前故也。有利害在前，則路人與父子又奚擇焉？路人之能相交以義，又何況父子之親乎！夫義者，讓之本也。利者，爭之端也。讓則有仁，爭則有害。仁與害，何相去之遠也。堯舜，亦人也。桀紂，亦人也。人與人同，而仁與害異爾。仁因義而起，害因利而生。利不以義，則臣弑其君者有焉，子弑其父者有焉，豈若路人之相逢，一日而交袂于中逵者哉！」

樵者謂漁者曰：「吾嘗負薪矣，舉百斤而無傷吾之身，加十斤則遂傷吾之身。敢問何故？」

漁者曰：「樵則吾不知之矣，以吾之事觀之，則易地皆然。吾嘗鉤而得大魚，與吾交戰，欲棄之則不能捨，欲取之則未能勝，終日而後獲，幾有没溺之患矣，非直有身傷之患耶。魚與薪則異也，其貪而爲傷則一也。百斤力，分之内者也。十斤力，分之外者也。力分之外，雖一毫猶且爲害，而況十斤乎！吾之貪魚，亦何以異子之貪薪乎！」

樵者歎曰：「吾而今而後知量力而動者，智矣哉！」

樵者謂漁者曰：「子可謂知易之道矣。吾敢問『易有太極』，太極何物也？」

曰：「無爲之本也。」

「『太極生兩儀』，兩儀，天地之謂乎？」

曰：「兩儀，天地之祖也。非止爲天地而已也。太極分而爲二，先得一爲一，後得一爲二，一二謂兩儀。」

曰：「『兩儀生四象』，四象，何物也？」

曰：「大象謂『陰陽剛柔』，有陰陽然後可以生。天有剛柔，然後可以生地。立功之本，於斯爲極。」

曰：「『四象生八卦』，八卦，何謂也？」

曰：「謂乾、坤、離、坎、兑、艮、震、巽之謂也。迭相盛衰，終始於其間矣。因而重之，則六十四由是而生也，而易之道始備矣。」

樵者問漁者曰：「復，何以見天地之心乎？」

曰：「先陽已盡，後陽始生，則天地始生之際，中則當日月始周之際，末則當星辰終始之際，萬物死生，寒暑代謝，晝夜遷變，非此無以見之。當天地窮極之所必變，變則通，通則久，故象言『先王以至日閉關，商旅不行，后不省方』，順天故也。」

樵者謂漁者曰：「『无妄，災也』，敢問其故？」

曰：「妄則欺也，得之必有禍，欺有妄也。順天而動，有禍及者，非禍也，災也。猶農有思豐而不勤稼穡者，其荒也不亦禍乎？農有勤稼穡而復敗諸水旱者，其荒也不亦災乎？故象言『先王以茂對時育萬物』，貴不妄也。」

樵者問曰：「姤，何也？」

曰：「姤，遇也。柔遇剛也，與夬正反。夬始逼壯，姤始遇壯，陰始遇陽，故稱姤焉。觀其姤，天地之心亦可見矣。聖人以德化及此，罔有不昌，故象言『施命誥四方』，『履霜』之慎，其在此也。」

漁者謂樵者曰：「春爲陽始，夏爲陽極，秋爲陰始，冬爲陰極。陽始則温，陽極則熱，陰始則涼，陰極則寒。温則生物，熱則長物，涼則收物，寒則殺物，皆一氣，其別而爲四焉，其生萬物也亦然。」

樵者問漁者曰：「人之所以能靈于萬物者，何以知其然耶？」

漁者對曰：「謂其目能收萬物之色，耳能收萬物之聲，鼻能收萬物之氣，口能收萬物之味。聲色氣味者，萬物之體也。目耳鼻口者，萬人之用也。體無定用，惟變是用。用無定體，惟化是體。體用交，而人物之道於是乎備矣。然則人亦物也，聖人亦人也。有一物之物，有十物之物，有百物之物，有千物之物，有萬物之物，有億物之物，有兆物之物。生一一之物當兆物之物者，豈非人乎。有一人之人，有十人之人，有百人之人，有千人之人，有萬人之人，有億人之人，有兆人之人。生一一之人當兆人之人者，豈非聖乎。是知人也者，物之至者也。聖人者，人之至者也。物之至者，始得謂之物之物也。人之至者，始得謂之人之人也。夫物之至者，至物之謂也。而人之至者，至人之謂也。以一至物而當一至人，則非聖而何？人謂之不聖，則吾不信也。何哉？謂其能以一心觀萬心，一身觀萬身，一物觀萬物，一世觀萬世者焉。又謂其能以心代天意，口代天言，手代天工，身代天事者焉。又謂其能以上識天時，下盡地理，中盡物情，通照人事者焉。又謂其能以彌綸天地，出入造化，進退今古，表裏人物者焉。噫！聖人者，非世世而效聖焉，吾不得而目見之也。雖然吾不得而目見之，察其心，觀其迹，探其體，潛其用，雖億萬年亦可以理知之也。人或告我曰，天地之外別有天地萬物，異乎此天地萬物，則吾不得而知已。非唯吾不得而知已也，聖人亦不得而知之也。凡言知者，謂其心得而知之也。言之者，謂其口得而言之也。既心尚不得而知之，口又惡得而言之乎！以心不可得知而知之，是謂妄知也。以口不可得言而言之，是謂妄言也。吾又安能從妄人而行妄知妄言者乎！」

漁者謂樵者曰：「仲尼有言曰：『殷因於夏禮，所損益可知也。周因於殷禮，所損益可知也。其或繼周者，雖百世可知也。』夫如是，則何止千百世而已哉！億千萬世，皆可得而知之也。人皆知仲尼之爲仲尼，不知仲尼之所以爲仲尼。不欲知仲尼之所以爲仲尼則已，如其必欲知仲尼之所以爲仲尼，則捨天地將奚之焉。人皆知天地之爲天地，不知天地之所以爲天地，不欲知天地之所以爲天地則已，如其必欲知天地之所以爲天地，則捨動靜將奚之焉。夫一動一靜者，天地之至妙者與？夫一動一靜之間者，天地人之至妙至妙者與？是知仲尼之所以盡三才之道者，謂其行無轍跡也。故有言曰：『予欲無言。』又曰：『天何言哉，四時行焉，百物生焉。』其此之謂與？」

漁者謂樵者曰：「大哉！權之與變乎，非聖人無以盡之。變然後知天地之消長，權然後知天地之輕重。消長，時也。輕重，事也。時有否泰，事有損益。聖人不知隨時否泰之道，奚由知變之所爲乎？聖人不知隨時損益之道，奚由知權之所爲乎？運消長者，變也，處輕重者，權也。是知權之與變，聖人之一道耳。」

樵者謂漁者曰：「人謂死而有知，有諸？」

曰：「有之。」

曰：「何以知其然？」

曰：「以人知之。」

曰：「何者謂之人？」

曰：「目耳鼻口心膽脾腎之氣全，謂之人。心之靈曰神，膽之靈曰魄，脾之靈曰魂，腎之靈曰精。心之神發乎目，則謂之視。腎之精發乎耳，則謂之聽。脾之魂發乎鼻，則謂之臭。膽之魄發乎口，則謂之言。八者具備，然後謂之人。夫人者，天地萬物之秀氣也。然而亦有不中者，各求其類也。若全得人類，則謂之曰全人之人。夫全類者，天地萬物之中氣也，謂之曰全德之人也。全德之人者，人之人者也。夫人之人者，仁人之謂也，唯全人然後能當之。人之生也，謂其氣行。人之死也，謂其形返。氣行則神魂交，形返則精魄存。神魂行于天，精魄返于地。行于天則謂之曰陽行，返于地則謂之曰陰返。陽行則晝見而夜伏者也，陰返則夜見而晝伏者也。是故知日者月之形也，月者日之影也。陽者陰之形也，陰者陽之影也。人者鬼之形也，鬼者人之影也。人謂鬼無形而無知者，吾不信也。」

漁者問樵者曰：「小人可絶乎？」

曰：「不可。君子稟陽正氣而生，小人稟陰邪氣而生。無陰則陽不成，無小人則君子亦不成，唯以盛衰乎其間也。陽六分則陰四分，陰六分則陽四分，陰陽相半則各五分矣。由是知君子小人之時有盛衰也。治世，則君子六分。君子六分，則小人四分，小人固不勝君子矣。亂世則反是。君君、臣臣、父父、子子、兄兄、弟弟、夫夫、婦婦，謂各安其分也。君不君、臣不臣、父不父、子不子、兄不兄、弟不弟、夫不夫、婦不婦，謂各失其分也。此則由世治世亂使之然也。君子常行勝言，小人常言勝行。故世治則篤實之士多，世亂則緣飾之士衆。篤實鮮不成事，緣飾鮮不敗事。成多國興，敗多國亡。家亦由是而興亡也。夫興家興國之人、與亡國亡家之人，相去一何遠哉！」

樵者問漁者曰：「人所謂才者，有利焉有害焉者，何也？」

漁者曰：「才一也，利害二也。有才之正者，有才之不正者。才之正者利乎人，而及乎身者也。才之不正者利乎身，而害乎人者也。」

曰：「不正，則安得謂之才？」

曰：「人所不能而能之，安得不謂之才！聖人所以惜乎才之難者，謂其能成天下之事，而歸之正者寡也。若不能歸之以正才，則才矣難乎語其仁也。譬猶藥之療疾也，毒藥亦有時而用也，可一而不可再也。疾愈則速已，不已則殺人矣。平藥則常日而用之可也，重疾非所以能治也。能驅重疾而無害人之毒者，古今人所謂良藥也。易曰『大君有命，開國承家，小人勿用』，如是則小人亦有時而用之，時平治定用之則否。詩云『它山之石，可以攻玉』，其小人之才乎？」

樵者謂漁者曰：「國家之興亡與夫才之邪正，則固得聞命矣，然則何不擇其人而用之？」

漁者曰：「擇臣者君也，擇君者臣也，賢愚各從其類而爲奈何。有堯舜之君，必有堯舜之臣。有桀紂之君，必有桀紂之臣。堯舜之臣生乎桀紂之世，猶桀紂之臣生乎堯舜之世，必非其所用也。雖欲爲禍爲福，其能行乎！夫上之所好，下必好之。其若影響，豈待驅率而然耶！上好義則下必好義，而不義者遠矣。上好利則下必好利，而不利者遠矣。好利者衆，則天下日削矣。好義者衆，則天下日盛矣。日盛則昌，日削則亡。盛之與削，昌之與亡，豈其遠乎！在上之所好耳。夫治世何嘗無小人，亂世何嘗無君子，不用則善惡何由而行也。」

樵者曰：「善人常寡，而不善人常衆。治世常少，而亂世常多。何以知其然耶？」

曰：「觀之於物，何物不然！譬諸五穀，耘之而不苗者有矣；蓬莠，不耘而猶生，耘之而求其盡也，亦末如之何矣。由是知君子小人之道，有自來矣。君子見善則喜之，見不善則遠之。小人見善則疾之，見不善則喜之。善惡各從其類也。君子見善則就之，見不善則違之。小人見善則違之，見不善則就之。君子見義則遷，見利則止，小人見義則止，見利則遷。遷義則利人，遷利則害人。利人與害人，相去一何遠耶！家與國一也，其興也，君子常多而小人常鮮；其亡也，小人常多而君子常鮮。君子多而去之者小人也，小人多而去之者君子也。君子好生，小人好殺。好生則世治，好殺則世亂。君子好義，小人好利。治世則好義，亂世則好利。其理一也。」

釣者談已。樵者曰：「吾聞古有伏羲，今日如覩其面焉。」拜而謝之，及旦而去。

或按：以上漁樵問對，録自性理大全書卷十三（文淵閣四庫全書本）。元陶宗儀撰説郛卷八上録有漁樵對問，作者署名邵雍。性理大全所録内容与説郛中内容大致相同。程顥爲邵雍所作墓誌銘中有「有問有觀」一句，「觀」指觀物篇，「問」則似指漁樵問對。又朱子語類卷一百曰：「康節漁樵問對、無名公序是一兩篇書次第，將來刊成一集。」還有「天何依？曰依乎地。地何附？曰附乎天。天地何所依附？曰自相依附。天依形，地依氣。所以重複而言不出此意者，惟恐人於天地之外別尋去處故也」和「康節説得那天依地，地附天，天地自相依附。天依形，地附氣底幾句，向嘗以此數語附於通書之後」二條語録，卷一百十五又記：「舊嘗見漁樵問對，問天何依？曰依乎地。地何附？曰附乎天。天地何所依附？曰天依形，地附氣。其形也有涯，其氣也無涯。意者當時所言，不過如此。某嘗欲注此語於遺事之下，欽夫不許。細思無有出是説者。」「因問向得此書，而或者以爲非康節所著。先生曰其間盡有好處，非康節不能著也。」則知朱熹當時力主漁樵問對爲邵子書。宋史邵雍傳亦謂邵雍有漁樵問對之作。至四庫全書總目却將兩江總督採進之一卷本漁樵對問歸入「儒家類存目一」，提要曰：「舊本題宋邵子撰。晁公武讀書志又作張子。劉安上集中亦載之。三人時代相接，未詳孰是也。其書設爲問答，以發明義理……然書中所論，大抵習見之談，或後人摭其緒論爲之，如二程遺書不盡出於口授歟？」

今以是書内容與觀物内篇對照之，可知：「天下將治……安得無心過之人而與之語心哉」之 240 字爲觀物内篇第七篇中文字；「夫所以謂之觀物者……過此以往未之或知之也」之 488 字爲觀物内篇第十二篇中文字；「謂其目能收萬物之色……又安能從妄人而行妄知妄言者乎」之 540 字爲觀物内篇第二篇中文字；「仲尼曰……謂其行無轍跡也」之 215 字爲觀物内篇第五篇中文字。四處合計直接引用觀物内篇内容 1483 字。黄百家於宋元學案百源學案中評價此書，曰「去其浮詞並與觀物篇重出者」，録存不足二千字。如果再去其與伊川擊壤集重出者，則所餘無幾。可見，漁樵問對一書是與邵雍觀物内篇及伊川擊壤集關係極爲密切之書。宋元學案百源學案引黄氏日鈔云：「伊川至論第八卷載漁樵問對，蓋世傳以爲康節書者，不知何爲亦剿入其中？近世昭德先生晁氏讀書記疑此書爲康節子伯温所作。」如果説漁樵問對是邵伯温「得家庭之説而附益之」，的確有可能。然而，近人余嘉錫於四庫提要辯證中引朱熹説，又力主漁樵問對「真邵子所作矣」。

附録

四庫全書總目皇極經世書提要

皇極經世書十二卷，通行本。宋邵子撰。據晁説之所作李之才傳，邵子數學本於之才，之才本於穆修，修本於种放，放本陳摶。蓋其術本自道家而來。當之才初見邵子於百泉，即授以義理、物理、性命之學。皇極經世蓋即所謂物理之學也。其書以元經會、以會經運、以運經世。起於帝堯甲辰，至後周顯德六年己未。凡興亡治亂之蹟，皆以卦象推之。厥後王湜作易學、祝泌作皇極經世解起數訣、張行成作皇極經世索隱，各傳其學。朱子語録嘗謂「自易以後，無人做得一物如此整齊包括得盡」，又謂「康節易看了，都看别人的不得」，其推之甚至。然語録又謂：「易是卜筮之書，皇極經世是推步之書。經世以十二辟卦管十二會，綳定時節，却就中推吉凶消長，與易自不相干。」又謂：「康節自是易外别傳。」蔡季通之數學，亦傳邵氏者也。而其子沈作洪範皇極内篇，則曰：「以數爲象，則畸零而無用，太元是也。以象爲數，則多耦而難通，經世是也。」是朱子師弟於此書，亦在然疑之間矣。明何瑭議其「天以日月星辰變爲寒暑晝夜，地以水火土石變爲風雨露雷，涉於牽强」，又議其「乾不爲天而爲日，離不爲日而爲星，坤反爲水，坎反爲土，與伏羲之卦象大異」。至近時黄宗炎、朱彝尊攻之尤力。夫以邵子之占驗如神，則此書似乎可信。而此書之取象配數，又往往實不可解。據王湜易學所言，則此書實不盡出於邵子。流傳既久，疑以傳疑可矣。至所云「學以人事爲大」，又云「治生於亂，亂生於治，聖人貴未然之防，是謂易之大綱」，則粹然儒者之言，非術數家所能及。斯所以得列於周程張朱間歟？

四庫全書子部七術數類一皇極經世書提要

臣等謹案，皇極經世書十四卷，宋邵雍撰。邵子數學本於李挺之、穆修，而其源出於陳摶。當李挺之初見邵子於百泉，即授以義理性命之學。其作皇極經世，蓋出於物理之學，所謂「易外別傳」者是也。其書以元經會、以會經運、以運經世。起於帝堯甲辰，至後周顯德六年己未。而興亡治亂之蹟，皆以卦象推之。朱子謂「皇極是推步之書」，可謂能得其要領。朱子又嘗謂「自易以後，無人做得一物如此整齊，包括得盡」，又謂「康節易看了，却看別人的不得」。而張崏亦謂此書「本以天道質以人事，辭約而義廣，天下之能事畢矣」。蓋自邵子始爲此學，其後自張行成、祝泌等數家以外，能明其理者甚鮮，故世人卒莫窮其作用之所以然。其起而議之者，則曰「元會運世之分無所依據，十二萬九千餘年之說近於釋氏之劫數，水火土石本於釋氏之地水火風。且五行何以去金去木，乾在易爲天而經世爲日，兑在易爲澤而經世爲月，以至離之爲星、震之爲辰、坤之爲水、艮之爲火、坎之爲土、巽之爲石，其取象多不與易相同，俱難免於牽强不合」，然邵子在當日用以占驗，無不奇中，故歷代皆重其書。且其自述大旨亦不專於象數，如云「天下之事，始過於重，猶卒於輕，始過於厚，猶卒於薄」，又云「學以人事爲大」，又云「治生於亂，亂生於治，聖人貴未然之防，是謂易之大綱」，又云「天下將治，則人必尚義也。天下將亂，則人必尚利也。尚義則謙讓之風行焉，尚利則攘奪之風行焉」，類皆立義正大，垂訓深切。是經世一書，雖明天道而實責成於人事，洵粹然儒者之言，固非讖緯術數家所可同年而語也。

四庫全書總目擊壤集提要

擊壤集二十卷，河南巡撫採進本。宋邵子撰。前有治平丙午自序，後有元祐辛卯邢恕序。晁公武讀書志云「雍邃於易數，歌詩蓋其餘事」，亦頗切理。案：自班固作詠史詩，始兆論宗，東方朔作誡子詩，始涉理路。沿及北宋，鄙唐人之不知道，於是以論理爲本，以修詞爲末，而詩格於是乎大變，此集其尤著者也。朱國楨湧幢小品曰「佛語衍爲寒山詩，儒語衍爲擊壤集。此聖人平易近人，覺世唤醒之妙用」，是亦一説。然北宋自嘉祐以前，厭五季佻薄之弊，事事反樸還淳，其人品率以光明豁達爲宗，其文章亦以平實坦易爲主，故一時作者往往衍長慶餘風，王禹偁詩所謂「本與樂天爲後進，敢期杜甫是前身」者是也。邵子之詩，其源亦出白居易，而晚年絶意世事，不復以文字爲長，意所欲言，自抒胸臆，原脱然於詩法之外。毁之者務以聲律繩之，固所謂「謬傷海鳥，横斥山木」。譽之者以爲風雅正傳，莊杲諸人轉相摹仿，如所謂「送我一壺陶靖節，還他兩首邵堯夫」者，亦爲「刻畫無鹽，唐突西子」，失邵子之所以爲詩矣。況邵子之詩，不過不苦吟以求工，亦非以工爲厲禁。如邵伯温聞見前録所載安樂窩詩曰「半記不記夢覺後，似愁無愁情倦時。擁衾側卧未欲起，簾外落花撩亂飛」，此雖置之江西派中，有何不可！而明人乃惟以鄙俚相高，又烏知邵子哉！集爲邵子所自編，而楊時龜山語録所稱「須信畫前原有易，自從删後更無詩」一聯，集中乃無之。知其隨手散佚，不復收拾，真爲寄意於詩而非刻意於詩者矣。又案：邵子抱道自高，蓋亦顔子陋巷之志，而黄冠者流以其先天之學出於華山道士陳摶，又恬淡自怡，迹似黄老，遂以是集編入道藏太元部「賤」字「禮」字二號中，殊爲誕妄。今併附辨於此，使異教無得牽附焉。

伊川擊壤集後序

聖人不作，而士溺於成俗，忽不自知，日入於卑。近有能奮然拔起，追古人於數千百年之上，獨與之爲徒者，傳所謂豪傑之士，康節先生是已。先生之學，以先天地爲宗，以皇極經世爲業，揭而爲圖，萃而成書。其論世尚友，乃直以堯舜之事而爲之師。其發爲文章者，蓋特先生之遺餘。至其形於詠歌、聲而成詩者，則又其文章之餘。皆德人之言，鬱於中而著於外，故其所摭者近而所託者遠，爲體小而推類大。其始感發於性情之間，乃若自幸生天下無事，饑而食，寒而衣，不知帝力之何有於我，陶然有以自樂，而其極乃蘄於身堯舜之民，而寄意於唐虞之際。此先生所以自名其集曰擊壤也。

余嘗讀阮籍、陶潛詩，愛其平易渾厚，氣全而致遠。二人之學固非先生比，然皆志趣高邈，不爲時俗所汩没，事物所侵亂。其胸中所守者完且固，則其爲詩不煩於繩削而自工，又況於正聲大雅之什不爲陶、阮者乎。先生其狀退然，其氣和，與人不爲崖異。初若可親，既而莫不起敬，終以屈服。豈所謂德全之人哉！其詩如璞玉，如良金，温粹精明，而不見其廉隅鋒穎，如其爲人，渾渾浩浩，簡易較直，薰然太和，不名一體，足以想見乎堯舜之時。其行已立言，若使遭遇其時，攄發其藴，則雖致其君爲堯舜，疑不難。而道不小行，人不易知，故蓽門環堵，卒老於伊洛之間。而行誼信天下，名聲動京師。朝廷始以爲試將作監主簿，既又爲潁州團練推官，而以疾辭不起。已而道益尊，稱益顯，賢士大夫往來過洛者，必造其廬居。守河南尹而下，莫不親禮之，願見其顔色，聆其語言。四方英才好學之士，皆願質疑請益而受業焉。其殁也，守臣以爲言，詔贈秘書省著作郎，加賻粟帛。久之，韓獻肅公守洛，又爲之請謚於朝。奏下太常，賜謚康節。蓋自本朝有天下百四十年間，隱逸處士名行始卒完具無玷缺，而朝廷旌命及存殁賻恤贈謚無一或闕，愈久而愈光者，先生一人而已。

恕嘗從先生學，而奉親從仕南北，未之卒業。然於講聞其文章，而次第其本末，則或能之。其子伯温裒類先生之詩凡若干篇，先生固嘗自爲序矣，又屬恕以系其後，義可辭乎？

元祐六年辛未夏六月甲子十有三日，原武邢恕序。

（録自四部叢刊本伊川擊壤集卷末）

擊壤集引

康節邵先生，有宋名儒也。方其五星聚奎，伊洛鍾秀，篤生先生。著書立言，羽翼聖經。寓有所得，形諸聲詩，發越性情，集成一卷，名曰擊壤。予於侍問之暇，披閱再四。愛其體物切實，立意高古，其音純，其辭質，如茹大羹、啜玄酒而有餘味焉。乃重鋟梓，廣惠來學。即其言以味先生理趣之深，誦其詩以求先生道學之妙，庶幾行遠自邇、升高自卑之少助云。時成化乙未花朝日書。希古。

（録自四部叢刊本伊川擊壤集卷首）

題伊川擊壤集後

予家食時，手録康節先生首尾吟二十餘首，讀之欣然自得。及登進士，於監察御史晉陽王濬家得擊壤集二册，乃知先生所作不止首尾吟，而首尾吟又不止予所録也。每欲壽諸梓而未暇，及後尹應天，始克刊行，以廣其傳。及進今職致政，特取此板回洛。意此集乃先生隱洛時所著，置之于洛，以爲先生故物耳。已而郡守桂林劉公尚文，創建先生安樂窩書院，復訪先生是集而梓行之，遂以此板授焉。其間殘缺者，劉公洗補之爲全集云。

庚子歲副都御史洛人畢亨題。

（録自四部叢刊本伊川擊壤集卷末，題目爲整理者所加）

宋史邵雍傳

邵雍字堯夫。其先范陽人，父古徙衡漳，又徙共城。雍年三十，游河南，葬其親伊水上，遂爲河南人。

雍少時，自雄其才，慷慨欲樹功名。於書無所不讀，始爲學，即堅苦刻厲，寒不爐，暑不扇，夜不就席者數年。已而歎曰：「昔人尚友於古，而吾獨未及四方。」於是踰河、汾，涉淮、漢，周流齊、魯、宋、鄭之墟，久之，幡然來歸，曰：「道在是矣。」遂不復出。

北海李之才攝共城令，聞雍好學，嘗造其廬，謂曰：「子亦聞物理性命之學乎？」雍對曰：「幸受教。」乃事之才，受河圖、洛書、宓羲八卦六十四卦圖像。之才之傳，遠有端緒，而雍探賾索隱，妙悟神契，洞徹藴奥，汪洋浩博，多其所自得者。及其學益老，德益邵，玩心高明，以觀夫天地之運化，陰陽之消長，遠而古今世變，微而走飛草木之性情，深造曲暢，庶幾所謂不惑，而非依倣象類、億則屢中者。遂衍宓羲先天之旨，著書十餘萬言行于世，然世之知其道者鮮矣。

初至洛，蓬蓽環堵，不芘風雨，躬樵爨以事父母，雖平居屢空，而怡然有所甚樂，人莫能窺也。及執親喪，哀毁盡禮。富弼、司馬光、吕公著諸賢退居洛中，雅敬雍，恒相從游，爲市園宅。雍歲時耕稼，僅給衣食。名其居曰「安樂窩」，因自號安樂先生。旦則焚香燕坐，晡時酌酒三四甌，微醺即止，常不及醉也，輿至輒哦詩自詠。春秋時出遊城中，風雨常不出。出則乘小車，一人挽之，惟意所適。士大夫家識其車音，爭相迎候，童孺廝隸皆歡相謂曰：「吾家先生至也。」不復稱其姓字。或留信宿乃去。好事者別作屋如雍所居，以候其至，名曰「行窩」。

司馬光兄事雍，而二人純德尤鄉里所慕向。父子昆弟每相飭曰：「毋爲不善，恐司馬端明、邵先生知。」士之道洛者，有不之公府，必之雍。雍德氣粹然，望之知其賢，然不事表襮，不設防畛，羣居燕笑終日，不爲甚異。與人言，樂道其善而隱其惡。有就問學則答之，未嘗强以語人。人無貴賤少長，一接以誠，故賢者悅其德，不賢者服其化。一時洛中人才特盛，而忠厚之風聞天下。

熙寧行新法，吏牽迫不可爲，或投劾去。雍門生故友居州縣者，皆貽書訪雍。雍曰：「此賢者所當盡力之時，新法固嚴，能寬一分，則民受一分賜矣。投劾何益耶？」

嘉祐詔求遺逸，留守王拱辰以雍應詔，授將作監主簿，復舉逸士，補潁州團練推官，皆固辭乃受命，竟稱疾不之官。熙寧十年卒，年六十七，贈秘書省著作郎。元祐中賜謚康節。

雍高明英邁，迥出千古，而坦夷渾厚，不見圭角。是以清而不激，和而不流，人與交久，益尊信之。河南程顥初侍其父識雍，論議終日，退而歎曰：「堯夫，內聖外王之學也。」

雍知慮絕人，遇事能前知。程頤嘗曰：「其心虛明，自能知之。」當時學者因雍超詣之識，務高雍所爲，至謂雍有玩世之意；又因雍之前知，謂雍於凡物聲氣之所感觸，輒以其動而推其變焉。於是摭世事之已然者，皆以雍言先之。雍蓋未必然也。

雍疾病，司馬光、張載、程顥、程頤晨夕候之。將終，共議喪葬事外庭，雍皆能聞衆人所言。召子伯温謂曰：「諸君欲葬我近城地，當從先塋爾。」既葬，顥爲銘墓，稱雍之道純一不雜，就其所至，可謂安且成矣。所著書曰皇極經世、觀物内外篇、漁樵問對，詩曰伊川擊壤集。子伯温，别有傳。

邵堯夫先生墓誌銘

程　顥

熙寧丁巳孟秋癸丑，堯夫先生疾終于家。洛之人弔哭者，相屬於途，其尤親且舊者，又聚謀其所以葬。先生之子泣以告曰：「昔先人有言，誌於墓者，必以屬吾伯淳。」噫！先生知我者，以是命我，我何可辭？

謹按：邵本姬姓，系出召公，故世爲燕人。大王父令進，以軍職逮事藝祖，始家衡漳。祖德新，父古，皆隱德不仕。母李氏，其繼楊氏。先生之幼，從父徙共城，晚遷河南，葬其親於伊川，遂爲河南人。先生生於祥符辛亥，至是蓋六十七年矣。雍，先生之名，而堯夫其字也。娶王氏。伯温、仲良，其二子也。

先生之官，初舉遺逸，試將作監主簿，後又以爲潁州團練推官，辭疾不赴。

先生始學於百原，勤苦刻厲，冬不爐，夏不扇，夜不就席者數年，衛人賢之。先生歎曰：「昔人尚友於古，而吾未嘗及四方，遽可已乎？」於是走吴適楚，過一作「寓」。齊、魯，客梁、晉。久之而歸，曰「道其在是矣」，蓋始有定居之意。

先生少時，自雄其材，慷慨有大志。既學，力慕高遠，謂先王之事爲可必致。及其學益老，德益邵，玩心高明，觀於天地之運化，陰陽之消長，以達乎萬物之變，然後頹然其順，浩然其歸。在洛幾三十年，始至，蓬蓽環堵，不蔽風雨，躬爨以養其父母，居之裕如。講學於家，未嘗强以語人，而就問者日衆。鄉里化之，遠近尊之，士人之道洛者，有不之公府，而必之先生之廬。

先生德氣粹然，望之可知其賢，然不事表暴，不設防畛，正而不諒，通而不汙，清明坦夷，洞徹中外，接人無貴賤親疏之間，羣居燕飲，笑語終日，不取甚異於人，顧吾所樂何如耳。病畏寒暑，常以春秋時行遊城中，士大夫家聽其車音，倒屣迎致，雖兒童奴隸，皆知懽喜尊奉。其與人言，必依於孝弟忠信，樂道人之善，而未嘗及其惡，故賢者悦其德，不賢者服其化，所以厚風俗、成人材者，先生之功一有「爲」字。多矣。

昔七十子學於仲尼，其傳可見者，惟曾子所以告子思，而子思所以授孟子者耳。其餘門人，各以其材之所宜一有「者」字。爲學，雖同尊聖人，所因而入者，門户則衆矣。況後此千餘歲，師道不立，學者莫知其從來。獨先生之學爲有傳也。先生得之於李挺之，挺之得之於穆伯長，推其源流，遠有端緒。今穆、李之言及其行事，概可見矣。而先生淳一不雜，汪洋浩大，乃其所自得者多矣。然而名其學者，豈所謂門户之衆，各有所因而入者歟？語成德者，昔難其居。若先生之道，就所至而論之，可謂安且成矣。

先生有書六十二卷，命曰皇極經世；古律詩二千篇，題曰擊壤集。先生之葬，附於先塋，實其終之年孟冬丁酉也。銘曰：

嗚呼先生，志豪力雄；闊步長趨，淩高厲空；探幽索隱，曲暢旁通。在古或難，先生從容；有問有觀，以飫以豐。天不慭遺，哲人之凶；鳴臯在南，伊流在東；有寧一宮，先生所終。

彧按：本文録自中華書局二程集河南程氏文集卷第四。「先生有書六十二卷」，呂祖謙宋文鑑作「先生有書六十卷」。

邵雍年表

郭彧

宋真宗大中祥符四年辛亥

辛丑月甲子日甲戌辰，邵雍生於河南衡漳。今河南省林州市。曾祖父邵令進曾事宋太祖，善騎射，官軍校尉，老歸范陽，今河北省涿州市。後避戰亂徙上谷、中山，又轉徙衡漳。祖父邵德新讀書爲儒者。父邵古字天叟，生衡漳，十一歲而孤。喜儒學，尤善文字聲音韻律，古今切正爲解三十篇。後經邵伯温整理加入皇極經世書中，即今見道藏皇極經世卷七至卷十一内容。慕西晉孫登之爲人，崇尚隱逸之風，不仕，自號伊川丈人。

乾興元年壬戌

十二歲。舉家遷共城，今河南省輝縣市，父古卜居蘇門山下。青年時代，一心於科舉之學。嘗築廬蘇門山百源之上，冬不爐，夏不扇，刻苦鑽研。後遇共城縣令李挺之，遂從業，受物理之學、性命之學。雍遂三年不設榻，晝夜危坐以思。寫周易一部貼於牆上，日誦熟十遍。待李挺之改任河陽司户曹，雍亦從之，寓州學，以飲食易燈油，刻勵爲學。

宋仁宗景祐三年丙子

二十六歲。生母李氏亡故，葬伊水原上。父古續弦楊氏。

景祐四年丁丑

二十七歲。異母弟邵睦生。

慶曆七年丁亥

三十七歲。遊歷過洛陽，愛其山水風俗之美，始有遷居之意。雍居共城時，有大名人王豫字天悦者執弟子禮，從學易，得雍所授伏羲八卦圖。其後是圖流入南人鄭夬手中，見於朱震周易圖。

皇祐元年己丑

三十九歲。奉父伊川丈人遷居洛陽。初寓天宫寺三學院，僧宗顥待之甚厚。雍登寺閣，嘗作洛陽懷古賦，有「時若傷之於隨，失之於寬，始則廢事，久而生奸。既利不能勝害，故冗得以疾賢。是必薄其賦斂，欲民不困而民愈困；省其刑罰，欲民不殘而民愈殘。蓋致之之道，失其本矣」等句。時與劉君玉、呂静居、張師錫、張景伯、張景憲、王勝之、張師雄、劉伯壽、劉明復、李景真、吴執中、王仲儒、李仲象、李端伯、姚周輔等人交遊，或爲門生。後洛人爲買宅於履道坊西天慶觀東，王不疑、周鄉給買田於河南延秋莊。雍作新居成呈劉君玉殿院詩。

至和二年乙未

四十五歲。家貧不能娶，經太學博士姜子發與潞州張穆之爲媒，聘王允修之妹爲妻。

嘉祐二年丁酉

四十七歲。生子伯温。作生男吟詩，有「我今行年四十五，生男方始爲人父」句。是年重陽日曾訪共城百源故居，有「山川一夢外，風月十年期」詩句。有張崏字子望者師事之，得先天學之傳。後邵伯温得崏所記雍講學語録，整理作觀物外篇。又有秦玠者長雍一歲，亦稱門生。

嘉祐三年戊戌

四十八歲。出遊陝西。作過陝、題黄河、過潼關、題華山、宿華清宫、長安道路作、題留侯廟、題淮陰侯廟等詩。

嘉祐五年庚子

五十歲。春遊洛陽，正月賞梅花，二月看杏花，寒食乘馬踏輕草，三月賞盛開牡丹。夏日不出。秋日長游商山道中。冬日登樓看雪，至旅中歲除。

嘉祐六年辛丑

五十一歲。新歲在商洛，作和商守新歲、題四皓廟等詩，後經天柱山返回洛陽。登山臨水，春遊盡興。龍門看勝，伊川賞景，太室觀旭，天壇望雲，泛舟夜裏，垂釣月下。有「此身已許陪真侶，不爲錙銖起重輕」詩句。是年丞相富弼薦於朝，朝廷命雍爲將作監主簿，命者特有「如不欲仕，亦可奉致一閑名目」之語。雍均婉言謝絶，不仕亦不奉閑官職。作謝富丞相招出仕詩二首，有「願同巢由稱臣日，甘老虞唐比屋時」、「鵷鴻自有江湖樂，安用區區設網羅」詩句。

嘉祐七年壬寅

五十二歲。王宣徽尹洛陽，就天宮寺西天津橋南五代節度使安審琦宅故基，以郭崇韜廢宅餘材建屋三十間，請雍居之。宰相富弼爲買對宅一園。作天津新居成謝府尹王君貺尚書詩，有「嘉祐壬寅歲，新巢始僝功」句。

嘉祐八年癸卯

五十三歲。春秋出遊，飲酒作詩。有後園即事、觀棊長吟、秋日登崇德閣、秋日飲後晚歸等詩，得「詩狂」雅號。

宋英宗治平元年甲辰

五十四歲。正月朔日，父古逝世，享年七十九歲，遺囑「慎勿爲浮屠事以薦吾死，惟擇高塏地藏焉」。三月，雍請同里人陳繹爲墓誌。雍與程顥同卜葬地，不盡用葬書，亦不拘陰陽之説，用五音之法擇地，以昭穆序葬。十月初三日，葬父古於伊川神陰原西南。

治平三年丙午

五十六歲。春秋出，訪友遊山。登嵩頂，觀少室。代書寄友，依韻和詩。有「惟我敢開無意口，對人高道不妨言」、「每恨性昏聞道晚，長慚智短適時難」絶句。

治平四年丁未

五十七歲。秋游伊洛二川半月有餘，作詩三十餘首。有「一簞雞黍一瓢酒，誰羨王公食萬錢」等言志詩句。

宋神宗熙寧元年戊申

五十八歲。雍同父異母弟睦年三十二，四月八日忽殯東籬下。雍傷痛作傷二弟無疾而化、聽杜鵑思亡弟、書亡弟殯所、南園晚步思亡弟詩。

熙寧二年己酉

五十九歲。冬夏不出，春秋出遊。作詩近五十首。有「只恐身閑心未閑，心閑何必住雲山」等絶句。神宗詔天下舉遺逸，御史中丞呂誨叔、三司副使吴充等皆舉薦雍，詔下除秘書省校書郎、潁州團練推官，辭不許，既受命而引疾不起。作詔三下答鄉人不起之意詩，有「幸逢堯舜爲真主，且放巢由作外臣」句。

熙寧三年庚戌

六十歲。作詩五十餘首。有「自從會得環中意，閑氣胸中一點無」等絶句。王安石行新法，天下騷然。雍門生故舊仕宦四方者，皆欲投劾而歸，以書問於雍。雍答曰：「正賢者所當盡力之時，新法固嚴，能寬一分則民受一分之賜矣。投劾而去何益？」雍作無酒吟詩：「自從新法行，常苦鐏無酒。每有賓朋至，盡日閑相守。必欲丐於人，交親自無有。必欲典衣買，焉能得長久。」預見新法不會長久。司馬光以議新法不合求去，遂居洛陽，買園於尊賢坊，命名獨樂園。從此與雍過從甚密。富弼亦自汝州得請歸洛陽養疾，築大第與雍居相邇，與雍相招往來，雍詩遂有「三朝爲宰相，四水作閑人」語。

熙寧四年辛亥

六十一歲。作詩近三十首。其感事吟詩，有「蛇頭蝎尾不相同，毒殺人多始是功」句，隱喻行新法之革新派上下荼毒百姓。給兵部侍郎秦玠詩中有「天心復處是無心，心到無時無處尋」句。是年，所著皇極經世書成，上起帝堯甲辰，下至後周顯德六年己未，簡括三千三百餘年歷史大事記。其書皇極經世後詩有「樸散人道立，法始乎羲皇」、「善設稱周孔，能齊是老莊」句。

熙寧五年壬子

六十二歲。作詩八十餘首。與司馬光、富弼互有詩歌呈答。

熙寧六年癸丑

六十三歲。作詩四十餘首。作安樂窩中好打乖吟，富弼、王拱辰、司馬光、程顥、呂希哲等人均以詩和之。又作年老逢春十三首，中有「大凡尤物難分付，造化從來不負人」、「世態不堪新間舊，物情難免假疑真」、「大都美物天長惜，非是吾儕曲主張」佳句。所作天意吟詩有「天意無他只自然，自然之外更無天」、「聖人能事人難繼，無價明珠正在淵」句，則表達了哲理和志向。其老去吟詩有「行年六十有三歲，二十五年居洛陽」句。

熙寧七年甲寅

六十四歲。作詩三百六十餘首。有觀物有感者，有與友人對答者，有闡述哲理者，有以詩言志者，有簡括著作主題者等。從其詩中有「閉目眼前都是暗，開懷天外更無他。若由智數經營得，大有英雄善揣摩」句，知雍不搞術數。從「少日掛心唯帝典，老年留意只羲經」知，雍年青時曾用心於科舉之學，而年老則專於易學研究。其「窺牖知天乃常事，不窺牖見是知天」句，本於老子「不出於户，以知天下，不窺於牖，以知天道」思想而發。其「只有一般無對處，都如天地未分時」句，闡太極之道爲一而無對。其「仲尼生魯在吾先，去聖千餘五百年。今日誰能知此道，當時人自比於天」句，以「五百年必有聖者出」暗喻自己向聖人看齊的志向。其皇極經世一元吟詩「中間三千年，迄今之陳迹。治亂與廢興，著見于方策。吾能一貫之，皆如身所歷」句，則概括了皇極經世一書的主題。是年王安石新法行買官田之法，雍所居亦官地。出榜三月，無人認買。雍之諸友相謀曰：「使先生之宅他人居之，吾輩蒙耻矣。」於是司馬光等二十餘家集錢買之。雍作天津敝居蒙諸公共爲成買作詩以謝詩，有「重謝諸公爲買園」、「二十餘家爭出錢」句。雍居宅爲司馬光户名，遊園爲富弼户名，收租河南延秋莊爲王朗中户名，至終而不改。

熙寧八年乙卯

六十五歲。作詩百餘首。其安樂吟詩有「不佞禪伯，不諛方士。不出户庭，直際天地」句，知雍不近禪學與方術。觀易吟有「天向一中分體用，人於心上起經綸。天人焉有兩般義，道不虛行只在人」句。觀三皇吟有「初分大道非常道，才有先天未後天」句。

熙寧九年丙辰

六十六歲。作詩近三百首。有「惟願朝廷省徭役，庶幾天下少安息」、「痛矣時難得，悲哉道未傳」

等句，從中可見其情其志。雍時臂痛，又患「頭風」，身瘦髭白，亦由其詩中有所表白。

熙寧十年丁巳

六十七歲。作詩八十餘首。其窺開吟詩十三首中有「能將函谷塞，只用一丸泥」、「能將一個字，善解百年迷」、「情中明事體，理外見天機」、「敢言天下事，到手又何難」句。其先天吟詩有「先天事業有誰爲，爲者如何告者誰」、「眼前伎倆人皆知，心上功夫世莫知」句。是年三月雍感疾，氣日益耗，值張載歸陝過洛問疾於榻前。載喜論命，曰：「先生信命乎？」載試爲先生推之。」雍曰：「世俗所謂命者，某所不知。若天命，則知之矣。」載曰：「既曰天命，則無可言者。」不意張載歸途至潼關暴卒於驛中，雍聞訊作和鳳翔橫渠張子厚學士亡後篇詩。進七月病篤，程頤顧謂雍曰：「先生至此，他人無以爲力，願自主張。」雍曰：「平生學道，豈不知此？然亦無可主張。」頤猶相問難不已，雍戲曰：「正叔可謂生薑樹頭生，必是生薑樹頭出也。」頤曰：「從此與先生訣矣，更有可以見告者乎？」時雍聲氣已微，舉兩手以示之，徐曰：「面前路徑常令寬，路徑窄則之無著身處，況能使人行耶？」又司馬光來問疾，雍曰：「某疾勢必不起，且試與觀化一巡也，願君實自愛。」光曰：「堯夫未應至此。」雍曰：「死生亦常事耳。」時諸人議後事於外廳，有欲擇葬地於近洛城者，雍囑伯温「當從伊川先塋」。雍重病中猶作病中吟、重病吟、天人吟、疾革吟、聽天吟、得一吟、答客問病等詩。其中「湯劑功非淺，膏肓疾已深。然而猶灼艾，用慰友朋心」句令人感動。至七月四日，大書病亟吟詩：「生於太平世，長於太平世，老於太平世，死於太平世。

客問年幾何，六十有七歲。俯仰天地間，浩然無所愧。」入夜至天明五更捐館，時當熙寧丁巳孟秋癸丑。熙寧十年七月五日。是年孟冬丁酉，衆人葬雍於伊川神陰原伊川丈人塋旁。今河南伊川縣西村山上，東臨伊水，西依紫荊山。

皇極經世初探

郭彧

今見道藏皇極經世一書有十二卷，總以「觀物」名其篇，一共有觀物篇五十二篇，一至十二篇爲「以元經會」，十三至二十三篇爲「以會經運」，二十四至三十四篇爲「以運經世」，三十五至四十篇爲「律呂聲音」，四十一至五十二篇爲雜論及觀物外篇上下篇。四庫全書皇極經世書有十四卷，分觀物篇六十二篇，一至十二篇爲「以元經會」，十三至二十四篇爲「以會經運」，二十五至三十四篇爲「以運經世」，三十五至五十篇爲「律呂聲音」，五十一至六十二篇爲雜論及觀物外篇上下篇。

邵雍伊川擊壤集書皇極經世後詩曰：

樸散人道立，法始乎羲皇。歲月易遷革，書傳難考詳。二帝啓禪讓，三王正紀綱。
五伯仗形勝，七國爭强良。兩漢驤龍鳳，三分走虎狼。西晉擅風流，羣凶來北荒。
東晉事清芬，傳馨宋齊梁。逮陳不足筭，江表成悲傷。後魏乘晉弊，掃除幾小康。
遷洛未甚久，旋聞東西將。北齊舉爝火，後周馳星光。隋能一統之，駕福于巨唐。
五代如傳舍，天下徒擾攘。不有真主出，何由奠中央。一萬里區宇，四千年興亡。
五百主肇位，七十國開疆。或混同六合，或控制一方。或創業先後，或垂祚短長。
或奮于將墜，或奪于已昌。或災興無妄，或福會不祥。或患生藩屏，或難起蕭牆。

或病由脣齒，或疾亟膏肓。談笑萌事端，酒食開戰場。情慾之一發，利害之相戕。
劇力恣吞噬，無涯罹禍殃。山川纔表裏，丘壠又荒涼。荆棘除難盡，芝蘭種未芳。
龍蛇走平地，玉石粹崑崗。善設稱周孔，能齊是老莊。奈何言已病，安得意都忘。

又安樂窩中一部書詩曰：

安樂窩中一部書，號云皇極意何如。春秋禮樂能遺則，父子君臣可廢乎。
浩浩羲軒開闢後，巍巍堯舜協和初。炎炎湯武干戈外，恟恟桓文弓劍餘。
日月星辰高照耀，皇王帝伯大鋪舒。幾千百主出規制，數億萬年成楷模。
治久便憂强跋扈，患深仍念惡驅除。才堪命世有時有，智可濟時無世無。
既往盡歸閑指點，未來須俟別支梧。不知造化誰爲主，生得許多奇丈夫。

又皇極經世一元吟詩曰：

天地如蓋軫，覆載何高極。日月如磨蟻，往來無休息。上下之歲年，其數難窺測。
且以一元言，其理尚可識。一十有二萬，九千餘六百。中間三千年，迄今之陳迹。
治亂與廢興，著見于方策。吾能一貫之，皆如身所歷。

我們從這幾首詩中即可大體得知，邵雍原作的皇極經世的確是一部「本諸天道，質於人事」的書。「皇極」一詞出於尚書洪範，九疇中「五皇極」居中，所言爲皇帝統治中國之法則。「經世」就是書中「以運經世」的三千多年歷史大事記。

皇極經世一書，「經世」始於公元前二五七七年，止於公元一〇二三年，時間跨度爲三千六百餘年。其中有人事標注者，則始於公元前二三五七年唐堯，止於公元九六三年宋太祖建隆四年，時間跨度爲三千三百二十年，此即邵雍所謂之「中間三千年」。

這「中間三千年」的歷史大事記，與司馬光的資治通鑑有着異曲同工之妙，都糾正了前史中的一些錯誤。司馬光向皇帝進資治通鑑，時當宋神宗元豐七年（公元一〇八四年），已經是邵雍去世之後七年。邵雍與司馬光過從甚密，二人必當於學術方面有所切磋。邵雍的皇極經世對司馬光編纂資治通鑑當有一定的影響，而皇帝准許司馬光借用之龍圖、天章閣、三館秘閣書籍，邵雍亦當引爲參考。

邵雍安樂窩中一部書及書皇極經世後之詩，作於公元一〇七二年（邵雍當時六十二歲），由這幾首詩可知皇極經世成書時間及其大致内容。

皇極經世「以元經會」的内容只列世數而不及年。每世爲一列，兩卷内容總四千三百二十列。自二千一百五十七世列下記「唐堯二十一」至二千二百七十世列下記「宋仁宗三十二」，爲有帝王紀年内容。

皇極經世「以會經運」内容的時間跨度爲八萬六千四百年（公元前四〇〇一七年——公元四六三八三年），人事標注自公元前二三五七年「唐堯」至公元一〇七七年「宋神宗十年」，時間跨度爲三千四百三十四年。「開物」至「閉物」之始總計八萬六千四百年，「開物」前有二萬七千年，「閉物」後有一萬六千二百年，合計一十二萬九千六百年。

可以用下表簡要概括皇極經世「以元經會」的内容：

子會　始公元前六七〇一七年，一——三〇運，一——三六〇世

丑會　始公元前五六二一七年，三一——六〇運，三六一——七二〇世

寅會　始公元前四五四一七年，六一——九〇運，七二一——一〇八〇世

開物始於公元前四〇〇一七年

卯會　始公元前三四六一七年，九一——一二〇運，一〇八一——一四四〇世

辰會　始公元前二三八一七年，一二一——一五〇運，一四四一——一八〇〇世

巳會　始公元前一三〇一七年，一五一——一八〇運，一八〇一——二一六〇世

（二一五七世始公元前二三三七年，爲堯二十一年）

午會　始公元前二二一七年，一八一——二一〇運，二一六一——二五二〇世

（二二七〇世始公元一〇五四年，爲宋仁宗三十二年）

未會　始公元八五八五年，二一一——二四〇運，二五二一——二八八〇世

申會　始公元一九三八四年，二四一——二七〇運，二八八一——三二四〇世

酉會　始公元三〇一八四年，二七一——三〇〇運，三二四一——三六〇〇世

戌會　始公元四〇九八四年，三〇一——三三〇運，三六〇一——三九六〇世

閉物始於公元四六三八四年

亥會　始公元五一七八四年，三三一——三六〇運，三九六一——四三二〇世

我們可以用下表簡要概括皇極經世「以會經運」的内容：

寅會之中「開物」　始七六運（九〇一世公元前四〇〇一七年）——九〇運

卯會　九一運——一二〇運

辰會　一二一運——一五〇運

巳會　一五一運——一八〇運　至一八〇運二一四九世始以干支紀年，至二一五六世甲辰（公元前二三五七年）標注「唐堯」，二一五八世甲辰「洪水方割命鯀治之」、癸丑「徵舜登庸」、乙卯「薦舜於天命之位」、丙辰「虞舜正月上日舜受命於文祖」，二一五九世癸未「帝堯殂落」、丙戌「月正元日舜格於文祖」，二一六〇世丙辰「薦禹於天命之位」、丁巳（公元前二二二四年）標注「夏禹正月朔旦受命於神宗」，至二一六〇世末癸亥（公元前二二一八年）爲禹七年。

午會　一八一運——二一〇運　其中一八一運二一六一世——一九〇運二二八〇世末爲干支紀年，人事標注始二一六一世癸酉（禹十七年）「舜陟方乃死」，止二二七〇世丁巳（宋神宗熙寧十年，公元一〇七七年，邵雍去世年）。一九一運——二一〇運只列運數。

未會　二一一運——二四〇運

申會　二四一運——二七〇運

酉會　二七一運——三〇〇運

戌會　三〇一運——三一五運（戌會之中「閉物」，始公元四六三八四年）

我們可用下表簡要概括皇極經世「以運經世」的內容：

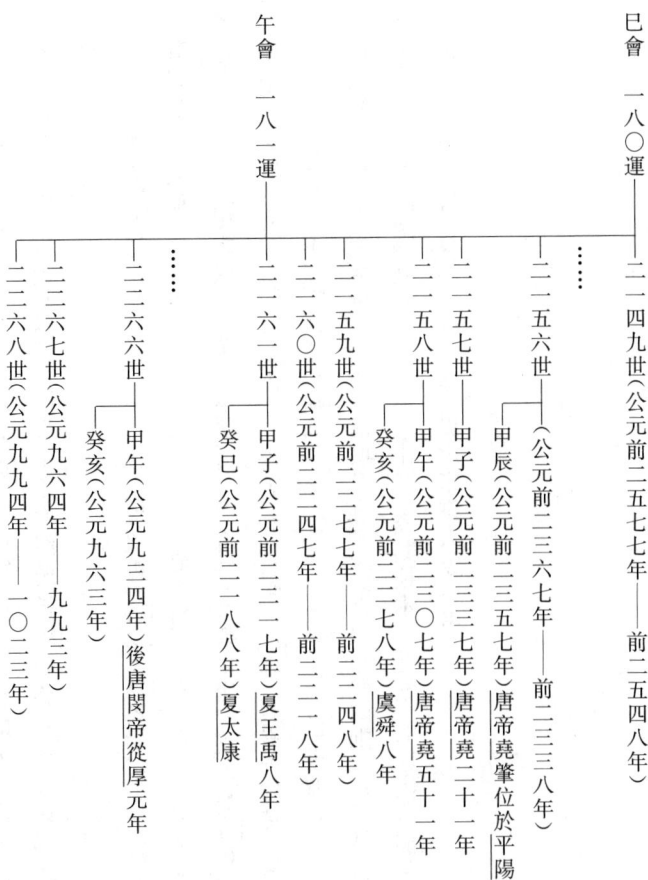

- 巳會　一八〇運
  - 二一四九世（公元前二五七七年——前二五四八年）
  - ……
  - 二一五六世（公元前二三六七年——前二三三八年）
    - 甲辰（公元前二三五七年）唐帝堯肇位於平陽
  - 二一五七世
    - 甲子（公元前二三三七年）唐帝堯二十一年
  - 二一五八世
    - 甲午（公元前二三〇七年）唐帝堯五十一年
    - 癸亥（公元前二二七八年）虞舜八年
  - 二一五九世（公元前二二七七年——前二二四八年）
  - 二一六〇世（公元前二二四七年——前二二一八年）
- 午會　一八一運
  - 二一六一世
    - 甲子（公元前二二一七年）夏王禹八年
    - 癸巳（公元前二一八八年）夏太康
  - ……
  - 二二六六世
    - 甲午（公元九三四年）後唐閔帝從厚元年
    - 癸亥（公元九六三年）
  - 二二六七世（公元九六四年——九九三年）
  - 二二六八世（公元九九四年——一〇二三年）

顯然，有了邵雍的元會運世之説，以「以運經世」的内容即可反推出「以會經運」及「以元經會」的内容。其間人事紀録都是起於唐堯肇位而終於後周顯德六年。只不過紀時有長短、紀事有詳略而已。

邵雍弟子張崏述邵雍行略曰：「先生治易、書、詩、春秋之學，窮意、言、象、數之藴，明皇、帝、王、霸之道，著書十餘萬言，研精極思三十年。觀天地之消長，推日月之盈縮，考陰陽之度數，察剛柔之形體，故經之以元，紀之以會，始之以運，終之以世。又斷自唐、虞，迄於五代，本諸天道，質以人事，興廢治亂，靡所不載。其辭約，其義廣；其書著，其旨隱。」邵雍「著書十餘萬言」，則暗示原本皇極經世可能不是今見之冗長版本，除却觀物篇數萬字之外，原著皇極經世可能只是「經世」的三千多年歷史大事記的内容。四庫館臣謂邵雍之書「能明其理者甚鮮」，其原因則在於「其書浩繁」，而邵雍弟子張崏則稱邵雍著述「其辭約，其義廣」，顯然矛盾。究其根本，「浩繁」的原因可能是邵伯温在整理過程中加入了很多東西。這是我的一個懷疑，提出來供大家參考。

附表　邵雍六十四卦易數表（文見《觀物外篇》注）

分數		長數	
乾一	1	夬二	12
大有三	1×360^{1}	大壯四	12×360^{1}
小畜五	1×360^{2}	需六	12×360^{2}
大畜七	1×360^{3}	泰八	12×360^{3}
履九	1×360^{4}	兑十	12×360^{4}
睽十一	1×360^{5}	歸妹十二	12×360^{5}
中孚十三	1×360^{6}	節十四	12×360^{6}
損十五	1×360^{7}	臨十六	12×360^{7}
同人十七	1×360^{8}	革十八	12×360^{8}
離十九	1×360^{9}	豐二十	12×360^{9}
家人二十一	1×360^{10}	既濟二十二	12×360^{10}
賁二十三	1×360^{11}	明夷二十四	12×360^{11}
无妄二十五	1×360^{12}	隨二十六	12×360^{12}
噬嗑二十七	1×360^{13}	震二十八	12×360^{13}
益二十九	1×360^{14}	屯三十	12×360^{14}
頤三十一	1×360^{15}	復三十二	12×360^{15}
姤三十三	1×360^{16}	大過三十四	12×360^{16}
鼎三十五	1×360^{17}	恒三十六	12×360^{17}
巽三十七	1×360^{18}	井三十八	12×360^{18}
蠱三十九	1×360^{19}	升四十	12×360^{19}
訟四十一	1×360^{20}	困四十二	12×360^{20}
未濟四十三	1×360^{21}	解四十四	12×360^{21}
渙四十五	1×360^{22}	坎四十六	12×360^{22}
蒙四十七	1×360^{23}	師四十八	12×360^{23}
遯四十九	1×360^{24}	咸五十	12×360^{24}
旅五十一	1×360^{25}	小過五十二	12×360^{25}
漸五十三	1×360^{26}	蹇五十四	12×360^{26}
艮五十五	1×360^{27}	謙五十六	12×360^{27}
否五十七	1×360^{28}	萃五十八	12×360^{28}
晉五十九	1×360^{29}	豫六十	12×360^{29}
觀六十一	1×360^{30}	比六十二	12×360^{30}
剥六十三	1×360^{31}	坤六十四	12×360^{31}